TARA DUNCAN
Dragons contre Démons

타라 덩컨

드래곤 대 악마 

TARA DUNCAN
Dragons contre Démons

타라 덩컨

드래곤 대 악마 ⑩하

펴 낸 날 ㅣ 2013년 7월 17일 초판 1쇄
　　　　　　 2013년 8월 20일 초판 2쇄

지 은 이 ㅣ 소피 오두인 마미코니안
옮 긴 이 ㅣ 이원희
펴 낸 이 ㅣ 이태권
책임편집 ㅣ 곽지희
책임미술 ㅣ 이슬기
펴 낸 곳 ㅣ (주)태일소담
　　　　　　 서울시 성북구 성북동 178-2 (우)136-020
　　　　　　 전화 ㅣ 745-8566~7 팩스 ㅣ 747-3235
　　　　　　 e-mail ㅣ sodam@dreamsodam.co.kr
　　　　　　 등록번호 ㅣ 제2-42호(1979년 11월 14일)

ISBN 978-89-7381-669-9 04860
　　　　 978-89-7381-857-0 (세트)

● 책값은 뒤표지에 있습니다.
● 잘못된 책은 구입하신 곳에서 교환해드립니다.
● 이 도서의 국립중앙도서관 출판시도서목록(CIP)은 서지정보유통지원시스템 홈페이지
　 (http://seoji.nl.go.kr)와 국가자료공동목록시스템(http://www.nl.go.kr/kolisnet)에서
　 이용하실 수 있습니다.(CIP제어번호: CIP2013011296)

www.dreamsodam.co.kr

TARA DUNCAN
Dragons contre Démons

타라 덩컨

드래곤 대 악마  10 하

소피 오두인 마미코니안 지음 | 이원희 옮김

소담출판사

파트로크 왕국
키크로크
타트란
트리톤족 아쿠아리아 왕국
시티빌
데네즈
오소르
오오살레
아로쿠쉬르
혼
크로
보리아
그룬트
살테렌스 사막
비리디스
세클라트
안개 대양
티란
살라
메우스
케키디
붉은산
데무아
테수르
푸아브레트
바스크리트
라스본
피어
스파니비아
레스피르
팅가푸르
탕즈 강
오무
카바
투대
아더월드
서쪽면

북 극
빙원
뇌우 해
리노
멘탈리르 평원
세로스
우를라
크라살비 왕국
이시
톰베
랑코비트 왕국
글루안트
비스케우
테오우
크리아
타도리산
크랑카르
데호
라비아
빌랭 왕국
미나트
브론타뉴
프로가데크
숨
포라트
스몰빌
히믈리아
코지토
스몰
컨트리
제오폴
셀렌다
왕국
에르고
간디스
세보른
가로
베르티그
블루 대양
테스프레스
데국
미카일 해
바시
에투아
축척 1:52 500 000
0
1417.5 km
남 극
빙원

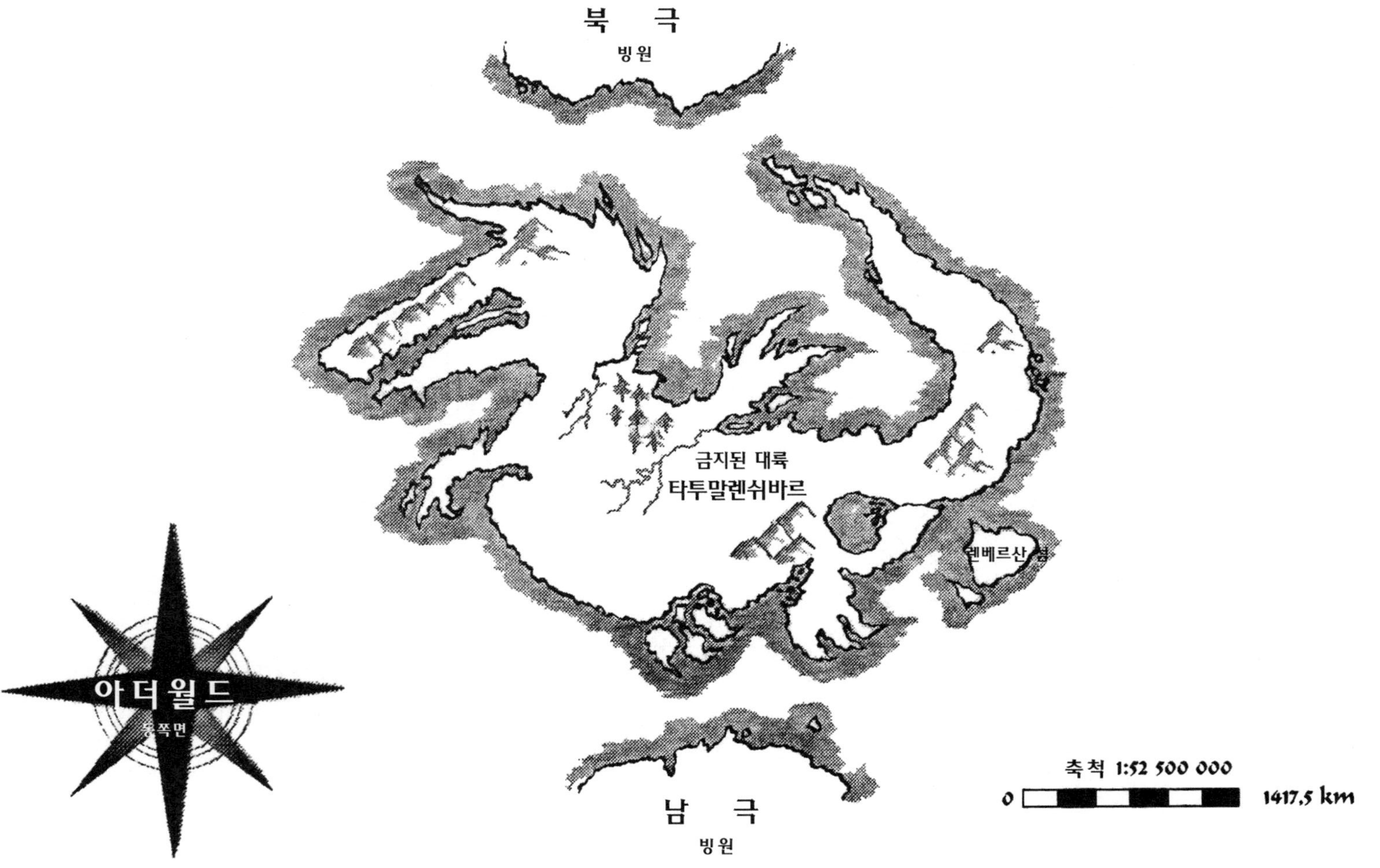

북 극
빙원
금지된 대륙
타투말렌쉬바르
렌베르산 섬
아 더 월 드
동쪽면
남 극
빙원
축척 1:52 500 000
0
1417,5 km

TARA DUNCAN
Dragons contre Démons

타라 덩컨

드래곤 대 악마 하 | 차례

●일러두기
이 책의 본문에 표시된 ＊부분은 뒤페이지의 '아더월드의 용어 해설'에 자세히
설명해두었습니다.

드래곤 대 악마 하

탈옥

*

"뭐라고?"

격분한 사피르 드라고쉬가 끔찍한 소식을 전해준 친위대원의 멱살을 잡았다.

감옥에 수감된 셀렌바와 로빈 망질이 동시에 사라졌다는 소식이었다.

"어떻게 그런 일이 가능하단 말인가?" 뱀파이어는 노발대발했다. "26시간 감시를 받고 있는데!"

"몇 시간 동안 아래층 감옥에 수감되어 있었습니다. 취조실이 딸린 위층 특별 수감소를 사용할 수 없었기 때문입니다."

사피르는 티그족 친위대원을 답삭 들어 올리고 있음을 알아차렸다. 얼굴이 빨개진 친위대원이 공중에 떠 있었다. 뱀파이어가 심호흡

을 하면서 내려놓자 친위대원이 재수 없게 당하지 않으려고 뒷걸음
쳤다. 성난 뱀파이어가 깨물고 싶은 충동에 송곳니를 세우고 있었기
때문이다.

친위대원이 침을 삼키는 것으로 보아 그걸 느낀 것이 틀림없었다.
친위대원은 동료들과 동전을 던져 누가 사피르에게 알릴지 정하기로
했는데 늘 이기다가 하필이면 이럴 때 져서…… 정말이지 운수가 사
나운 날이었다. 뱀파이어의 턱뼈는 흡사 아더월드의 상어 크로크-르
캉 같았다.

사피르는 곰곰이 생각했다. 취조실이 수십 개나 되는데 모두 사용
할 수가 없었다? 그것도 한꺼번에 전부 다? 있을 수 없는 일이었다.
뭔가 잘못된 것이다. 뱀파이어는 문으로 향하면서 부동자세로 서 있
는 친위대원에게 내뱉었다.

"가서 봐야겠다."

"저기…….” 친위대원은 용기를 내서 감히 말했다. "그보다 먼
저…….”

그렇게 우물우물 말하면서 친위대원은 송곳니가 삐죽삐죽 나온 뱀
파이어의 턱을 가리켰다.

금방 알아차린 뱀파이어는 험상궂은 표정으로 송곳니들을 집어넣
었다. 그러고는 친위대원에게 앞장서라는 손짓을 했다.

친위대원은 뱀파이어의 몸에 닿지 않게 조심하면서 앞장섰다. 냉
정을 잃은 뱀파이어를 본 적이 있기 때문에 피를 빨아 먹히는 끔찍한
장면은 정말이지 떠올리기도 싫었다. 그걸 본 뒤로 한동안 얼마나 악
몽에 시달렸는데.

뱀파이어와 함께 감옥으로 향하는 친위대원은 동료 대원들의 동정
어린 눈길을 느꼈다. 모두들 자기가 걸리지 않은 것에 안도하는 눈치
였다. 수필루트* 같은 놈들.**40**

그리 오래 걸리지 않아서 그들은 감옥에 도착했다. 한 명도 아니고
두 명이나 탈옥한 사건을 조사하기 위해 많은 사람이 모여 있었다.

화가 치미는 사피르 드라고쉬는 군대와 궁전의 안보를 책임져야
하는 황제의 자리는 정말 앉고 싶지 않다는 생각을 했다. 무능한 황
제로 낙인찍히고도 남을 사건이 벌써 몇 번째인가. 물론 황제의 면전
에서는 모두가 입도 벙긋하지 못했다. 비욘드월드로 직행하고 싶다
면 몰라도…….

사피르는 단서가 될 만한 것을 찾기 시작했다. 한쪽 구석에는 뒤통
수에 커다란 혹이 생긴 남자가 뱅글뱅글 도는 눈으로 수사관들의 질
문에 더듬더듬 대답하고 있었다. 하지만 사피르의 관심은 남자가 아
니었다. 이상한 냄새……가 뱀파이어의 예리한 후각에 잡혔다. 거기
에 더해지는 또 하나의 냄새. 하나는 잘 아는 냄새였고, 또 하나는 자
신의 냄새였다.

피 냄새.

이건 분명 셀렌바의 피 냄새였다.

. . . .

40. 아더월드에서 '수필루트 같은 놈들'이라고 하면 '비열한 놈'과 같은 뜻으로 자주 쓰이는
표현이다. 수필루트는 원래 히플리아 산의 전사 부족으로 기질이 교활하다는 평판이
나 있다. 수필루트 부족은 온몸에 털이 덥수룩하게 나 있는데 희한하게도 머리는 완전
대머리이다. 수필루트 부족은 '수필루트 같다'는 말을 '아주 용맹한 전사'라는 뜻으로 받
아들이기 때문에 아무도 진실을 말해줄 엄두를 내지 못했다. 그래서 부족은 다른 종족
들에게 자주 언급되는 것에 자부심을 가지고 있다.

불안에 휩싸인 사피르는 셀렌바가 있던 감방으로 뛰어갔다. 바닥에 떨어진 핏자국. 그렇지만 여기서 나는 냄새가 아니었다. 사피르는 사냥개처럼 몸을 숙이고 냄새를 맡았다. 단서를 찾았다.

수사관들은 늑대로 변하는 사피르를 보면서 깜짝 놀랐다. 수감자들의 마법 차단기 조각상에도 불구하고 뱀파이어는 늑대인간들과 마찬가지로 마법을 사용하지 않고 변신할 수 있었다.

즉시 냄새가 강하게 느껴지자 늑대/뱀파이어는 머리를 쳐들고 으르렁거렸다. 모두 경직되었다. 이 울음소리 속에 사냥의 흥분, 작은 동물들을 위한 경고 같은 것이 있었다. 거기 있는 사람들은 아더월드의 토끼 크레크레크레나 작고 온순한 동물들41이 이 울음소리를 들으며 얼마나 공포에 떨었을지 짐작할 수 있었다.

온몸이 마비되는 것 같은 공포였다.

갑자기 검은 늑대가 오른쪽 벽을 향해 달려가는 바람에 모두들 황급히 비켜섰다. 어찌나 빠른 속도로 돌진하는지 돌벽에 부딪칠 거라고 생각했는데 늑대는 벽 너머로…… 사라졌다.

늑대/뱀파이어는 벽—아래쪽 벽의 한 부분이 일루전인데 사피르는 알아채지 못하고 피 냄새만 맡았던 것이다—을 통과하자 피 냄새가 훨씬 뚜렷해졌다. 냄새가 이렇게 진동하는 것은 많은 양의 피 때문이었다. 늑대는 완전히 캄캄한데도 속도를 높였고, 희미한 빛이 보였다. 얼마 후, 벽에 부딪쳐서 널브러진 몸뚱이가 보였다. 늑대는 가슴

. . . .

41. 아더월드의 작고 온순한 동물만 의미하는 것은 아니다. 작지만 사나운 크라크텐트도 늑대에게는 한입거리밖에 되지 않기 때문에……

이 철렁한 채 달려갔다.

정말 셀렌바였다. 위험한 상태지만 천만다행으로 심장은 아직 뛰고 있었다. 사피르는 너무 낮은 천장에 부딪치지 않으려고 조심하면서 뱀파이어로 다시 변신했다.

그러고는 레파루스 주문을 날렸다. 마법 차단기 조각상에서 멀리 떨어져 있기 때문에 마법을 사용할 수 있어 다행이었다.

피가 서서히 흡수되고 큼직한 혹도 사라지자 셀렌바가 가물가물 눈을 떴다.

"오, 내 조상들이시여!" 셀렌바는 머리를 만져보면서 말했다. "내가 정상인지 모르겠네. 나를 깔아뭉갠 빌어먹을 크루이크크크를 잡아서 갈기갈기 찢어야 하는데!"

"셀렌바, 어떻게 된 거요?" 사피르는 어찌나 놀랐던지 아직도 심장이 벌렁벌렁했다.

셀렌바는 멍한 표정으로 사피르를 쳐다보다 눈을 찡그렸다. 그러고는 선뜻 대답하지 않고 잠시 시간을 끌었다.

"전혀 모르겠어요. 특별 수감소에 감금하는 것으로 알았는데 합의한 것과는 달리 아주 쾌적하지 않은 감방에 갇혀 있었다는 것, 얼마 후 뭔가가 내 머리를 내리쳤다는 것…… 그것밖에는 기억나는 게 없어요. 아무튼 내가 물어야 할 질문이에요. 어떻게 된 거죠?"

사피르는 셀렌바를 쳐다봤다. 그러고는 눈을 감고 한숨을 쉬었다. 셀렌바가 거짓말을 하고 있었다. '인피뱀파'였을 때는 무슨 말을 할지, 무슨 짓을 할지 예측하기가 힘들었지만, 지금은 분명히 알 수 있었다. 거짓말이라는 것을.

사피르는 주저앉았다. 두려워하던 일이 일어나고 있었다. 셀렌바가 궁전에 있게 해달라며 정상적인 뱀파이어로 살아가게 치료해달라는 이유를 핑계 삼아 사피르와 모두를 함정에 빠뜨리고 있는 것이었다. 사피르는 심호흡을 하고 잠자코 다정한 미소만 지어 보였다. 이제부터는 자신도 연기를 해야 했다. 셀렌바가 전혀 눈치채지 못하게.

사피르는 천장이 낮은데도 점잖게 셀렌바를 안고 일어나다가 천장에 부딪쳐 하마터면 떨어뜨릴 뻔했다. 셀렌바의 키득거리는 웃음소리를 들으며 사피르는 입술을 깨물었다. 셀렌바가 그의 목에 두 팔을 두르더니 하얀 얼굴을 어깨에 기대고는 안도의 숨을 내쉬었다. 그는 설명은 나중에 듣기로 했다.

이제부터 해야 할 일이 있었다.

셀렌바를 함정에 빠뜨려야 했다.

타딕스

결혼하려는 건지 아니면 죽이려는 건지도 모르면서
어떻게 만날 수 있을까,
그야말로 피 말리는 만남이 될 게 뻔한데

*

노닥거리고 있을 때가 아니었다. 타라는 칼에게 곧 돌아오겠다고 말하고 로미네트처럼 빠르게 뛰어나갔다. 고모가 감옥에서 기다리고 있었다. 머리부터 발끝까지 온통 검은색 차림인 고모는 기분이 안 좋은 정도가 아니라 폭발 일보 직전이었다.

"어떻게 된 거예요?" 쓸데없이 커다란 궁전을 수없이 저주하면서 헐레벌떡 뛰어온 타라가 물었다.

"나야말로 알고 싶어, 어떻게 된 일인지!" 고모는 신경질적으로 대답했다. "궁전 안에서 암살범을 붙잡았다고 하더니 이번엔 또 감옥에 있던 암살범이 증발했다고 하니, 정말이지 이거야 원!"

고모 옆에서 크산디아르 친위대장이 움츠리고 있었다. 친위대장은 황세의 시휘하에 궁전의 안보를 책임지고 있었다. 친위대장은 10분

전에 사임 의사를 밝혔다가 여제로부터 거부당했다.

"친위대장이 최선을 다하고 있다는 거 알고 있다. 그동안 나를 시해하려는 자들을 막기 위해 목숨 걸고 싸워왔다는 점은 믿어 의심치 않아. 하지만 시대가 변했고, 기술력과 마법은 향상되었다. 따라서 친위대장은 궁전의 확실한 치안을 위해 더 열심히 우리 연구실과 협력할 필요가 있다."

친위대장은 고개를 끄덕였다. 크산디아르는 이미 연구실과 밀접한 협력 관계를 유지하고 있지만 기계가 이따금 고장이 나는 바람에 고전적인 방식을 신봉하는 경향이 있었다. 인간과 티그족, 엘프들의 눈과 귀를 도처에 심어두는 것이었다. 그리고 아직까지는 의식 있는 존재들의 눈과 귀가 기계보다 훨씬 똑똑하다는 주장이 설득력을 얻고 있었다. 하지만 크산디아르는 여제의 분노를 이해할 수 있었다. 두 번씩이나 정신적으로 장악되었고, 뱀파이어의 피에 중독된 뒤로 여제는 주변을 위협할 가능성이 있는 모든 것에 아주 예민했다. 게다가 지금은 자식을 생각하고 있는 때였다. 크산디아르는 전율이 일었다. 지금도 엄격한 여제인데 보호해야 할 자식까지 여럿이 생길 경우에는 어떨지 정말 상상도 하기 싫었다.

"위병 교대 시간 두 시간 전부터 감시카메라들이 작동하지 않았다는 걸 확인했습니다." 친위대장은 여제의 차가운 눈길을 피하면서 고했다. "하지만 모니터를 감시하는 위병들은 이런 사실을 전혀 알아채지 못했습니다. 영상에 떠 있는 수감자의 옷이 같아서 다른 사람이라는 걸 알아보지 못했던 겁니다(그가 제아무리 뛰어난 기계라도 맹신할 수 없다고 주장한 대로였다)."

타라는 믿기지 않는다는 얼굴로 크산디아르를 쳐다봤다.

"어떻게 그럴 수 있죠?"

"신원 불명의 남자가 기절해 있었는데 자기는 무슨 일이 일어났는지 전혀 모른다고 주장하고 있습니다. 그자가 기억하는 것이라곤 거리를 가다가 무슨 소리가 들리는 순간 충격을 느꼈고…… 깨어나 보니 많은 사람이 고함을 지르면서 수감자를 어떻게 했냐고 다그치고 있더라는 겁니다."

타라는 미소를 억제해야 했다. 불쌍한 남자가 얼마나 공포에 질렸을지 상상이 갔다.

"가능한 테스트는 다 했지만 피해자는 엘프와 아무 관련이 없습니다. 피해자의 머리 뒤쪽에 난 혹으로 보아 기절시킨 뒤에 우리가 끝내 발견하지 못한 궁전의 지하 통로 중 하나를 이용하여 이곳에 옮겨놓은 것으로 추정됩니다. 범인은 감시카메라들을 차단시키고 피해자에게 로빈 망질의 옷을 입혀놓았고, 그사이에 하프엘프는 도주한 겁니다. 그래서 일단 수감자 전원을 다른 쪽 감옥으로 이동시켰습니다. 지금은 수사를 위해 마법 차단기 조각상을 작동시키지 않은 상태지만 사건이 일어난 두 시간 전에는 마법을 사용할 수 없었습니다. 벽에 템푸스 주문을 걸고 이미지들을 복원하려고 했지만 그것도 작동하지 않았습니다. 그리고……."

그때 뒤쪽에서 들리는 냉랭한 목소리에 친위대장은 더 이상 말을 잇지 못했다.

"내 아들이 납치되었다는 게 사실이오? 아들이 수감된 뒤 내가 그렇게 여러 번 면회를 요청했건만 허락하지 않더니 이게 뭡니까?"

탕딜루스 망질이었다. 소식을 들은 랑코비트의 정보국장이 인간 아내 메보라와 함께 달려온 것이었다. 메보라는 얼마나 울었는지 눈이 빨갰다.

"지금 마지스터에 대해 얘기하고 있는 겁니까?" 메보라는 무슨 일인지 모르는 눈치였다. "그 미치광이가 내 아들의 납치와 무슨 관련이 있는데요? 명령을 받았다면 몰라도 내 아들은 누구든 죽이려고 한 적이 없습니다!"

"지금으로서는 우리도 아는 것이 전혀 없습니다, 망질 부인." 여제가 부드럽게 말했다. "추측에 의존할 수밖에 없습니다. 아드님이 살인미수범으로 수감되긴 했지만 우리도 부인과 같은 생각입니다. 우리 역시 로빈 망질이 엘프의 질투심 때문에 칼리반 달 살란을 죽이려고 했다는 걸 믿기 힘듭니다. 그리고 부모의 면회를 거절한 것은 로빈 망질이었습니다. 우리가 음모라고 생각하는 이유는 지금부터 몇 시간 후에는 우리가 타딕스로 출발해야 되기 때문에 이 일이 아르칸즈 왕이 오는 것과 관련이 있을까 걱정하는 겁니다. 아직은 로빈 망질을 어떤 방법으로 납치했는지, 왜 그랬는지 이유를 파악하지 못했습니다. 정황상 의심 가는 것이 많기 때문에 나는 진실 규명을 위해 가능한 한 모든 정보를 동원할 것이고, 아울러 두 분의 지식과 경험을 보태주셨으면 합니다."

크산디아르는 숨을 죽였다. 엘프를 싫어하는 건 아니지만 그래도 다른 나라의 정보국장에게 사건을 파헤치게 하는 것은 썩 내키지 않았다. 그렇지만 여제가 방금 명을 내린 이상 선택의 여지가 없었다. 친위대장은 탕딜루스와 협조해야 했다.

관대하게 나오는 리스베스 여제에게 놀라며 탕딜루스가 대답했다.

"고맙습니다, 폐하."

"아드님 일입니다." 여제는 단호하게 말했다. "우리의 아이들을 지켜야지요. 반드시 진실을 규명해서 음모를 꾸민 자들에게 응분의 대가를 치르게 하세요, 망질 국장."

"로빈 망질 대신 감방에 있던 남자는 어떡할까요, 폐하?" 친위대장이 물었다.

"서둘러서 심문해야지. 이 사건과 아무 관련이 없는 것으로 밝혀지면 피해자일 뿐이니 즉시 풀어주고, 무고한 사람을 가둔 일로 쓸데없이 여론을 자극하지 않도록 각별히 주의하라. 그렇지 않아도 내가 아르칸즈의 도착과 관련된 추측성 기사가 난무하는 걸 방지하기 위해 소수의 기자만 선별한 일로 크리스털리스트들이 나를 원망하고 있는데. 크리스털리스트들이 보복 차원에서 이 사건을 크게 떠들어대면 골치 아파지니까."

타라는 자책감에 다리가 후들거렸다. 타딕스에 따라오지 못하게 감옥에 가두는 대신 적극적으로 로빈을 변호했더라면 이렇게 납치되는 일은 없었을 텐데!

리스베스 여제는 타라의 창백한 얼굴을 봤지만 내색하지 않았다. 여제는 조카가 느끼는 자책감을 이해했다. 사람들이 자신이 저지른 잘못을 깨닫고 되돌릴 수 있다면 세상의 절반은 과거로 돌아가려 하겠지만 이미 엎질러진 물인데 어찌하랴! 잘못을 타산지석으로 삼을 수밖에!

타라는 눈물을 참았다. 이 많은 사람들 앞에서 나약하게 감정을 드러낼 수는 없었다. 타라는 고모에게 집중하면서 여제의 모든 행동이 면밀히 검토된 정치적 계산에 따른 것이라고 생각했다. 타라는 이러다 자신도 수많은 사람들의 행복을 위해서는 누군가를 희생시켜도 된다고 생각하는 마키아벨리식의 군주가 되는 것이 아닐까 의문이 들었다.

어떤 의미에서는 자신이 로빈에게 저지른 짓이 바로 그것이 아닌가.

그때였다. 갑자기 셀렌바를 안은 사피르 드라고쉬가 벽에서 불쑥 튀어나왔다.

리스베스 여제는 아연실색했다.

"이건 또 무슨……."

친위대장이 헛기침을 하면서 말했다.

"폐하, 감옥에 수감되어 있던 셀렌바도 동시에 사라졌다는 걸 고하려는 순간에 탕딜루스 국장과 부인이 등장하는 바람에 말씀 못 드렸습니다. 원래는 특별 수감소에 감금하고 엄중하게 감시해야 하는데 뭔가 착오가 있었는지 감방에 수감되어 있었습니다."

친위대장에 이어 드라고쉬가 셀렌바를 어떻게 찾았는지 설명했다.

"피 때문이었습니다." 사피르 드라고쉬가 덧붙였다. "셀렌바가 부상당하지 않았다면 찾지 못했을 텐데 셀렌바의 피 냄새가 나를 인도했습니다."

"그럼 로빈은?" 타라와 메보라가 동시에 떨리는 목소리로 물었다.

사피르는 로빈의 어머니와 타라를 향해 고개를 돌렸다.

"로빈의 흔적은 없었습니다. 하지만 지하 통로 끝까지 가보지는 않았습니다. 함정이 있을지 몰라서……. 셀렌바가 부상당한 상태라서 위험을 무릅쓰고 싶지 않았습니다.”

사피르가 뱀파이어를 끌어안은 모습에서 그간의 범죄에도 불구하고 그에게는 여전히 셀렌바가 얼마나 소중한 존재인지 알 수 있었다.

여제는 화가 나서 주먹을 불끈 쥐었다.

“즉시 그 지하 통로에 수색대를 보내라. 틀림없이 우리가 잃어버린…… 아니 도둑맞은 궁전의 옛 지도를 갖고 마지스터가 찾아낸 통로 중 하나일 것이다. 반드시 로빈 망질을 찾아야 한다. 스스로 탈옥한 건지, 아니면 납치된 건지, 전자의 경우라면 그 지하 통로를 어떻게 알았는지 밝혀내야 하니까.”

여제는 사피르가 방금 내려놓은 셀렌바를 쳐다봤다. 셀렌바는 약간 비틀거렸고 눈빛이 아직은 생기가 없었다.

“뱀파이어, 이 탈옥 사건에 당신이 연루된 것으로 밝혀지면 타딕스에서 돌아오는 즉시 처형을 명하고 아침 식사를 하면서 내가 직접 참관할 것이다.”

셀렌바는 괴로운 얼굴을 했다. 음모를 꾸미고 있다기보다는 금방이라도 토할 것 같은 얼굴이었다.

“으윽, 뒤통수를 얻어맞아서 그런지 속이 메슥거려요!” 셀렌바는 억울하다는 표정을 지으면서 엄살을 부렸다.

이게 웃자고 하는 말인지! 마지스터의 사냥꾼으로서 그동안 그토록 공포에 떨게 했던 셀렌바가 이제는 두렵기는커녕 역겨웠다.

“뱀파이어를 심문하라.” 여제가 명했다. “뱀파이어가 알고 있는 것은 모두 토설하게 해. 부상당한 것에 개의치 말고! 이상 끝!”

그렇게 명하고 나서 여제는 타라에게 따라오라는 손짓을 했다. 여제가 지나갈 때 메보라와 탕딜루스를 비롯하여 모두 허리를 굽혔다. 타라는 셀렌바를 거들떠보지도 않은 채 오무아의 친위대원들보다 먼저 아들을 찾을 궁리만 하는 로빈의 부모를 보았다. 혹시라도 로빈이 몰래 랑코비트로 도망친 건 아닐까? 어쨌거나 오무아 사람들의 눈에 로빈은 살인미수범이니까. 자책감에 시달리는 타라는 오무아 군대든 부모든 하루빨리 로빈을 찾길 진심으로 빌었다.

타라는 고모를 따라 방으로 들어갔다. 날마다 실내장식이나 가구를 바꾸는 방이었다. 약간 공중에 떠 있는 상태로 짧은 다리를 연신 흔들어대는 가구들이며, 타딕스족이 선호하는 흰색과 초록색으로 장식되어 있는 걸 보면, 고모가 타딕스의 약한 중력에 익숙해지려고 노력하는 것 같았다.

고모가 중력 장치를 해제하자 가구들이 사뿐히 내려와 자리를 잡았다. 방에 들어서는 순간 몸이 둥둥 뜨는 것 같아서 속이 울렁거리던 타라는 안도의 숨을 내쉬었다.

여전히 화를 삭이지 못한 고모는 타라에게 집중하기 위해 소파침대에 앉았다. 로빈, 셀렌바, 탈옥, 지하 통로에 대한 말을 꺼낼 거라고 짐작하던 타라는 고모의 첫 번째 질문에 깜짝 놀랐다.

"그래, 이제 결정은 내렸니? 네 마음이 어디로 향하고 있는지 알 것 같은데? 이 사건 때문에 마음이 또 흔들렸니?"

'고모는 정말 오만 가지 생각을 다 하는구나.' 타라는 어이가 없었다. 하지만 이렇게까지 사생활을 간섭하다니! 물론 타라는 경호원들이 날마다 상급자에게 자세한 상황 보고를 한다는 걸 잘 알고 있었다. 그 보고서는 크산디아르 친위대장에게서 황제에게, 그리고 여제에게 단계적으로 전달되었다.

하지만 막상 많은 사람이 자신의 남친들과의 관계를 자세히 알고 있다고 생각하자 타라는 불쾌감이 밀려와 이를 악물었다.

"칼은 여기 남을 거예요." 타라는 심장이 쿵쿵 뛰지만 차분하게 말했다. "로빈이 사라졌으니 지금으로서는 아무것도 할 수 없어요. 그러니까 내 감정은 아무것도 달라질 게 없어요."

"하지만 아르칸즈가 정말 너와 결혼해서 우리 세계와 교역을 하겠다고 나오면 어떡할 건데?"

타라는 고모를 쳐다봤다. 자신과 똑같은 쪽빛 눈. 로빈이 걱정되는 타라는 자신에 대한 분노와 자책감에 사로잡혀 있었다.

"그건 대답할 수 없어요, 고모. 아르칸즈가 원하는 게 뭔지 그것부터 안 다음 내가 하고 싶은 질문을 할 거예요."

"하지만……."

"고모." 타라는 말을 잘랐다. "여제인 고모가 물으면 누구나 대답하는 것에 익숙하다는 거 알아요. 하지만 나는 방금 말했다시피 대답하지 않을 거예요. 내가 사랑했던 로빈이 사라졌다고요. 내 심정이 어떨지 헤아려주시면 안 되겠어요? 악마들과 대면하면 어차피 알게 될 텐데…… 나를 좀 가만히 내버려두세요, 제발."

리스베스는 더는 묻지 않았다. 자신의 뜻과 관계없이 사랑하지 않는 남자와 결혼했던 리스베스는 차츰 남편 다릴 크라투스를 사랑하게 되었다. 물론 그 사랑은 현재 바리우스를 향한 사랑만큼 열정적이지는 않았다. 여제는 자신과 똑같은 문제로 싸우는 조카를 보면서 한편으로는 안쓰러웠다. 하지만 세계의 평화가 타라의 결정에 달려 있는 만큼 선택의 문제가 아니었다.

리스베스는 배에 손을 얹었다. 그토록 자식을 원했는데 이제 돌아오지 못할지도 모르는 곳으로 떠나야 했다. 리스베스는 신경질적으로 입술을 깨무는 조카를 보면서 타딕스의 폭탄은 실제 상황이라는 걸 주지시켜야 할지 고민했다.

리스베스는 아더월드에서 교육을 받으며 자라지 않은 타라가 경우에 따라서는 인정사정없이 잔혹해야 함을 이해하지 못하는 걸 알고 있었다.

"그래, 알았다. 가서 준비해."

갑자기 리스베스가 타라를 다시 멈춰 세우고 묘한 미소를 흘렸다. 타라는 눈살을 찌푸렸다. 고모가 이런 미소를 짓는다는 것은 뭔가 수상쩍은 일이 있다는 건데…….

"안젤리카 기억나니?" 고모가 느닷없이 내뱉었다.

타라의 예감이 맞았다. 타라는 뇌 기능이 정지되는 것 같았다.

"안젤리카? 안젤리카가 누군데요?"

"안젤리카 브란다우드 말이야. 안젤리카의 아버지가 타딕스에 딸을 데려가 달라고 요구했어. '빛의 손'을 지니고 있어서 우리가 악마들과 싸워야 할 경우에 큰 도움이 될 거라면서. 물론 너보다는 강력하지 않지만. 그래서 내가 받아들였다."

그 순간 타라의 눈빛에 불안이 가득했다. 이 미션은 재앙이야. 악마들에, 드래곤들에, 이제 안젤리카까지, 대재앙이 될 게 틀림없어!

타라가 항변해봐야 고모가 이미 허락한 것인데 어찌 돌이킬 수 있을까.

게다가 고모는 한 방을 날렸다.

"그리고 나는 분명히 너에게 확인하라고 초대 손님들의 명단을 보냈다. 하지만 넌 그 아이의 이름에 줄을 긋지 않았어."

타라는 얼굴을 찌푸렸다. 고모가 한 수 제대로 가르쳐준 것이었다. 고모가 만나게 하는 구혼자들 때문에 타라는 화가 나서 그 명단을 거들떠보지도 않았다. 사소한 복수를 하려다 도리어 뒤통수를 맞은 격이었다. 오기를 부릴 사람이 따로 있지. 타라가 태어나기도 전부터 한 제국을 통치하고 있는 고모를 상대로?

짜증이 난 타라는 고모에게 인사를 하고 돌아섰다. 여제를 상대로 분풀이를 해봐야 비생산적일 뿐만 아니라 위험했다.

타라는 여제의 방을 나가다 바리우스 남작과 마주쳤다. 알록달록한 색깔로 요란하게 차려입는 남작이 이번에는 검은색 옷차림이었다. 몹시 화가 나 있는 것 같았다.

"타라! 나도 함께 떠날 수 있게 고모를 설득해주면 안 되겠니?"

이런, 나한테 이런 기회가 올 줄이야!

"왜요, 고모가 같이 가지 않으신대요?" 고모가 명단으로 골탕을 먹인 것에 복수할 절호의 기회를 잡은 타라는 천진하게 물었다.

"그렇다니까! 네 고모가 위성을 폭파할 모양인데 위험하다고 나를 데려가지 않겠다는구나!"

어찌나 화가 나 있는지 바리우스는 방금 한 말이 얼마나 웃기는지 깨닫지도 못했다.

"오, 내 조상들의 송곳니여!" 바리우스가 탄식하듯 내뱉었다(타라는 속으로 말했다. 바리우스 집안에 늑대인간이 있다는 말을 들은 적 없는데 웬 송곳니 타령이지?). "네 고모 때문에 내가 아주 돌아버리겠어. 결혼을 앞두고 악마들과 맞서 싸우겠다는 사람이 나를 뭘로 보고! 나를 장난감으로 아는 거야? 내가 이래 봬도 최고의 용병 전사이자 빌랭 왕국에서 가장 큰 영토를 정복한 사람인데!"

분명한 건 바리우스가 혼자 북 치고 장구 치고 다 해서 타라는 그저 적당한 때에 고개만 끄떡이면 되었다.

마침내 바리우스가 숨을 돌리느라 입을 다물었을 때 타라는 치고 들어갔다.

"아시겠지만 고모는 변덕이 심하세요. 그러니까 잘하면 설득할 수 있을 거예요."

바리우스가 믿을 수 없다는 눈길로 타라를 쳐다봤다. 남작은 리스베스가 얼마나 완고한지 잘 알고 있었다. 타라가 천연덕스러운 얼굴로 미소를 지어 보이자 바리우스는 순진한 표정을 짓더니 고모의 방으로 돌진했다.

타라는 슬그머니 사라졌다.

타라와 페가수스는 마라를 만나러 갔지만, 문은 마라가 출타 중이라면서 열어주지 않았다. 타라는 애석하지만 포기했다. 이제는 무아노와 친구들에게 작별 인사를 해야 할 시간이었다. 한편으로는 칼과 조금이라도 더 함께 보내고 싶었다.

하지만 타라가 거처로 돌아가 보니 아무도 없었다.

칼도 친구들도 없었다.

타라는 눈살을 찌푸리며 온 방을 찾아보다 마침내 문에게 물었다.

문은 타라가 다 둘러보고 질문하길 기다리고 있었다.

전할 메시지가 있었던 것이다. 문이 타라 앞에 이미지를 나타나게 했다.

칼이었다.

"타라, 나는 작별을 싫어해. 너는 우리가 타딕스로 가는 걸 원치 않지만 우리가 순순히 따르지 않으리라는 걸 짐작했을 거야. 넌 우리를 잘 아니까. 하지만 너에 대한 고모의 감시가 심해질 건 불 보듯 뻔해. 드래곤들과 악마들에게 약속한 게 있는데 네가 보잘것없는 인간과 사랑에 빠지면 곤란해지니까. 그래서 우리의 행방을 물을 고모 앞에서 네가 곤경에 처하지 않도록 우리는 이렇게 조용히 사라지기로 했어. 그러니까 너는 전혀 모른다고 대답하면 돼."

영악한 미소를 지어 보이는 칼의 이미지에 타라는 자신도 모르게 미소를 보내다 깨달았다. 이런, 이미지에 대고 내가 뭐 하는 거야!

"네가 원하든, 원치 않든 우리는 너와 합류하는 방법을 찾을 거야. 파프니르가 방법이 있대(칼은 난쟁이 전사의 작전이 미심쩍은 듯 눈살을 약간 찌푸렸다). 난쟁이족이 철이 거의 없는 타딕스에 많은 걸 수출하기 때문에 어떻게 할지 방법을 안다면서. 그래서 우리는 배달과 관련된 건데…… 그게 뭔지는 말하지 않을 거야. 그래야 네가 간섭하지 못하니까. 아무튼 네가 이 메시지를 보는 동안 우리는 이미 거기 가 있을 거야."

타라는 한숨을 내쉬었다. 물론 친구들이 이런 일을 꾸밀 거라고 짐

작은 하고 있었다.

하지만 친구들이 함께 죽는 일이 없도록 나름대로 최선의 작전을 세워놓았다. 타라는 죽음의 길로 떠나는 자신을 버리지 않고 또다시 끝까지 지원해주려는 친구들의 마음에 감동했다. 하지만 이번에는 어쩌면 마지막이 될지도 모르는데.

한편으로는 오랜 시간 공들여 세운 작전을 날려버리고 있는 친구들이 야속했다.

칼은 타라가 잠시 생각에 잠길 거라고 예상했다는 듯 말을 중단하고 미소를 지었다,

"그리고 아직 나와 함께 밤을 보내지도 못한 너를 혼자 죽으러 가게 내버려둘 것 같아? 지구의 로맨틱 커플 '보레오와 물리엣[42]'처럼 멋지게 네 품에 안겨 죽을 수 있을지 모르겠지만."

타라가 웃는 사이에 칼의 얼굴이 다시 진지하게 변했다.

"너를 사랑해, 타라. 친구들이 의례적으로 하는 인사처럼 그냥 가볍게 하는 말이 아냐. 내가 시에는 재주가 없기 때문에 내 감정을 글로 써서 웃음거리가 되기보다는 말로 하기로 했어. 너에게 직접 말하면 훨씬 분위기가 살 텐데 문에게 말하니 기분이 좀 그렇다. 그래도…… 혹시 내가 타딕스에서 너와 합류하지 못하더라도 그 멍청한 악마와 있는 동안 너를 사랑하는 내 마음만은 잊지 마."

음, 타라는 악마에 대해 질투심을 내보이는 칼에게 새삼 놀랐다. 칼은 어쩌면 저렇게 자신만만하고 아주 당연한 것처럼 질투심을 표현

....
42. '로미오와 줄리엣'을 말하는 것인데, 칼은 지구의 이름을 외우는 것이 서툴다.

할까.

칼은 손으로 키스를 날리고는 사라졌다.

"문!" 타라가 말했다.

"네, 마마?"

"방금 네가 전해준 메시지를 지우고 잊어."

문이 하나밖에 없는 눈살을 찌푸렸다.

"무슨 메시지요?"

타라는 '방금 네가 보여준 거 말이야' 하고 말하려다가 용의주도한 칼이 문에게 주문을 걸어 메시지가 전달되고 나면 잊히게 만들었다는 걸 알아차렸다. 타라도 문에게 메시지를 지워버리라는 지시를 내렸지만 실은 간직하고 싶었는데…… 유감스러웠다.

타라는 마라를 만나려고 했지만 동생은 여전히 연락조차 거부했다. 어쨌거나 송별식에서 만나게 될 텐데 설마 죽을지도 모르는 길을 떠나는 언니를 보면서 동생이 용서해줄 거라고 생각했다.

타라는 로빈의 메시지가 오면 잠잘 때든 바쁠 때든 무조건 알 수 있게 컴폰의 알림 장치를 켜놓고, 살아있는 돌에게도 지시했다. 타라에게 직접 연락할 수 있는 번호는 이 두 개인데 살아있는 돌의 번호는 가까운 친구들만 알고 있었다.

로빈이 연락해오길 기다리는 수밖에 없었다. 타라는 몇 분 동안 컴폰을 뚫어져라 쳐다봤다. 마치 그렇게 집중해서 로빈을 생각하면 연락이 올 것 같았다. 하지만 그런 일은 일어나지 않았다.

타라는 한숨을 내쉬었다. 이제는 정말 떠날 준비를 해야 했다. 악마의 사물들은 아주 조용히 있었다. 촉수들이 설명을 청하기 위해 타라의 머릿속을 노크하는 일도 거의 없었다. 증오 못지않게 사랑의 개념을 잘 이해하는 악마의 영혼들이 슬픔에 빠져 있는 타라를 헤아려 주고 있는 것이었다.

타라는 다시 한 번 놀랐다.

타딕스로 떠나기 위한 준비는 아주 간단했다. 타라가 가져가야 하는 것은 몸과 머리(뭐, 이거야 당연한 거지만), 페가수스와 체인지라인이었다.

타라가 얼마나 위험한지 설명하면서 그토록 말렸건만 모우르무르는 함께 가겠다고 고집하면서 거만하게 말했었다.

"타라, 너 농담하니? 위성을 폭파하는 일인데 나더러 그걸 보지 말라고? 말도 안 되는 소리!"

하지만 타라는 모우르무르가 가져가는 기계가 그렇게 많을 줄은 상상도 하지 않았다. 게다가 그 기계들 대부분이 금속성 유기체였다. 마법복 호주머니에 무한정으로 집어넣을 수 있는 기능이 있어도 숨을 쉬어야 하는 것들까지 넣을 수는 없어 공간이동의 문을 이용해야 했다.

따라서 타라가 공간이동의 문에 도착했을 때 산더미같이 쌓인 기계들 때문에(혼자 돌아다니는 기계까지 있었다) 칼리 부인이 정신없이 움직이고 있었다. 칼리 부인은 여제의 사촌인 갈색 머리 옥시아 부인의 직속 감독관으로 궁전 안에 있는 공간이동의 문을 책임지고 있는 티그족이었다.

티그족은 네 개의 손 덕분에 능숙하게 처리했고, 트롤들의 도움을 받고 있었다. 트롤들 중에 타라의 전 보디가드 그르룰이 있었다. 타라와 그르룰은 반갑게 인사했다. 아주 오랜만에 보는 그르룰이었다. 여제의 명을 받고 마라의 경호원으로 자리를 옮겼던 초록 트롤은 사임한 뒤 예전에 크라살비를 향해 가는 도중에 타라 일행을 구해주었던 트롤 그르로그와 '결합'하기로 결정했다. 트롤들은 남녀 트롤의 결합을 '결혼'이라 하지 않고 '그로아크 브룸 브뢰크'라는 표현을 썼다. 이 말은 'X년 동안 나를 책임져야지 아니면 몽둥이로 양미간을 얻어맞을 줄 알라'는 뜻이었다. 그르룰은 일주일이나 걸리는 '그로아크 결합식'을 마쳤다.

타라는 재미있는 개념이라고 생각했다.

그런데 얼마 전 리스베스 여제의 부름을 받고 황궁으로 돌아온 그르룰은 타딕스로 따라가기로 결정한 상태였다.

초록 트롤에게서 오무아 황궁에 와 있는 이유를 듣고 타라는 이마에 주름을 잡으면서 조심스럽게 말했다.

"하지만 그게 얼마나 위험한……."

"알고 있어요." 그르룰이 스쿠프를 피해서 말했다. "그르로그도 알고 있고요. 같이 내린 결정이에요. 나는 마마와 폐하를 보호하려고 온 것이고, 그 일을 하게 되어 행복해요. 이상 끝입니다."

트롤이 '이상 끝'이라고 하면 더 이상 할 말이 없다는 것이었다.

타라가 반박하려는 순간 여제가 웅장한 모습으로 등장했다. 타라는 지구에서 본 영화 〈아스테릭스: 미션 클레오파트라〉가 생각났다.

리스베스 여제의 등장이 클레오파트라의 모습과 아주 비슷했다. 수많은 트럼펫, 무희들, 가수들, 흩뿌려지는 꽃잎, 친위대에 에워싸인 여제는 금과 루비 옥좌에 앉아 있는데 금빛 페가수스들이 끌고 있어서 공중에 둥둥 떠 있었다.

아주 인상적인 광경이었다. 하지만 모든 비디오크리스털 채널이 타딕스로 출발하는 모습을 담고 있기 때문에 후계자가 트롤과 수다 떠는 모습은 화려하게 등장하는 여제의 모습과 너무 비교되었다.

타라는 분명히 여행하기 편한 복장으로 부탁했건만 갑자기 체인지 라인이 오기가 발동했는지 의상을 바꾸었다. 타라는 눈 깜짝할 사이에 회색 레이스가 달리고 몸에 딱 맞으면서도 뒤쪽은 나팔처럼 벌어지는 금빛과 빨간빛의 아름다운 드레스에 하이힐을 신고 있었다. 그리고 긴 금발에 루비와 다이아몬드 왕관을 쓰고 있었다.

타라는 속으로 말했다. '하긴 이 머리가 여행하기에는 훨씬 불편하지 않겠어.'

비행기나 기차를 타고 여행을 떠나듯 가방을 꾸릴 필요가 없었다. 거의 순간 이동을 하는 것인데 짐을 가져갈 필요가 있을까.

갑자기 타라는 팔뚝에서 경련을 느꼈다. 흠칫 놀란 타라는 컴폰을 봤다.

컴폰이 방금 수정되었다. 투명하지만 아주 튼튼한 막이 씌워진 새로운 형상이 팔뚝의 컴폰에 나타나 있었다. 빨간 해골 문양.

타딕스를 폭파시키기 위한 버튼이었다.

지령은 간단했다. 컴폰에게 투명한 막을 벗기라고 지시하고 빨간 해골을 세 번 만지면 쾅, 위성에서 폭탄이 터지는 것이었다. 혹시라도 타라의 입에 재갈이 물려서 말을 할 수 없어도 10초 동안 투명한 막에 손을 대고 있다가 막이 벗겨졌을 때 해골을 세 번 만지면 되었다. 입에 재갈이 물렸을 뿐만 아니라 손까지 묶였을 경우에는 투명막이 부서지도록 팔뚝을 세 번 아주 세게 치면 해골을 만지지 않아도 프로그램이 작동하도록 설정되어 있었다.

정말 모든 경우를 예상한 것이었다. 타라가 한숨을 내쉬면서 순순히 고모의 옆자리에 앉자 덩치 큰 트롤이 그 뒤에 자리를 잡았다. 다행히 이 공간이동의 문은 우주선 전용이었다. 따라서 이 공간이동의 문은 어마어마한 크기의 궁전에서 가장 중요한 부분을 차지하고 있었다. 친위대가 옥좌를 에워쌌고, 양탄자에 오른 최고 마구스들이 그 주위를 둘러싸고 있는데 조금이라도 위험한 징조가 있으면 날아오를 기세였다. 타라는 타딕스로 떠나는 여제의 안전을 위한 경호가 이 정도로 삼엄할 줄은 상상도 못 했다.

타라가 주변을 훑어봤지만 바리우스 남작은 어디에도 없었다. 끝내 고모를 설득하지 못한 모양이었다. 이런, 바리우스가 생존할 가능성이 전혀 없는 건 아닐 텐데.

방에 둘러쳐진 태피스트리들이 굉장히 컸다. 가로 500미터에 세로가 최소한 200미터는 되는 것 같았다. 이동을 가능하게 하는 왕홀도 어찌나 큰지 기계가 아니면 손으로는 작동할 수 없을 것 같았다.

궁인들과 대사들, 지명되었거나 자원한 장관들은 먼저 가서 오무아의 여제와 후계자를 맞기 위해 타딕스로 이미 출발한 상태였다.

반면 여제가 두 조카의 보호자로 지명한 산도르 황제, 마라와 자르는 공간이동의 문 밖에서 타딕스로 떠나려는 일행을 지켜보고 있었다. 몇 분 전 이들이 여제와 작별 인사를 나누고 있을 때 타라는 모우르무르의 많은 기계에 막혀서 움직이지 못했다. 그래서 스쿠프들은 이들 삼남매의 이별을 담을 수 없었다. 통치자라는 것이 얼마나 목숨이 위험한지 안 뒤로 황제라는 직위에 그다지 매력을 느끼지 않는 자르는 이번에는 타라가 실패하거나 말거나 관심 없다는 듯 냉랭하게 쳐다봤다.

타라는 가슴이 미어졌다. 무엇보다 마지막 모험이 될지도 모를 길을 떠나며 친구들이 정말 타딕스에 나타날까 봐 걱정이 되었다. 그리고 노려보는 마라의 얼굴을 보면서 동생과 문제를 해결하는 것이 그리 쉽지 않으리라는 걸 깨달았다. 마라는 타라가 용서를 구하려고 하자 획 돌아서 버렸다.

타라는 눈물을 흘리지 않으려고 입술을 깨물었다. 아더월드 전체의 스쿠프들이 촬영하고 있는데 웃음거리가 될 수는 없었다. 게다가 악마들이 도착하는 장면을 실시간으로 전하기 위해 도처에 열어놓은 공간이동의 문 덕분에 다른 행성들에도 보도되고 있었다.

까딱 잘못하면 수십억이 황실 가족의 불화를 생중계로 목격할 판이었다.

이건 텔레비전 리얼리티 프로그램이나 다름없었다. 타라는 이런 프로그램을 광고할 경우 1분당 비용이 얼마나 될지 궁금했다. 생존자들이 돌아올 가능성이 거의 희박한 뉴스를 전하는 것인데 아나운서들에게 이보다 더 엄청난 특보가 있을까.

여제의 신호에 따라 칼리 부인이 잔뜩 긴장한 얼굴로 출발 지시를 내렸다. 눈 깜짝할 사이에 뒤죽박죽이 되는 느낌을 받으며 그들은 사라졌다.

　타라는 대번에 차이를 느꼈다. 타딕스의 공간이동의 문 대합실은 체중이 70퍼센트 줄어드는 현상에 점차적으로 적응할 수 있도록 위성의 약한 중력과 비교해 인위적으로 50퍼센트 올려놓은 상태였다. 타라는 중력이 전혀 없거나 약한 상태에 와 있는 것이 처음은 아니었다. 넘어질 것만 같고 속이 울렁거렸지만 균형 잡는 방법을 알고 있었다. 그래서 여제보다 먼저 우아하게 내린 타라는 둥둥 떠다니며 정중하게 맞아주는 타딕스 정부의 관계자들과 인사를 나누었다.

　돔이 어찌나 높은지 현기증이 날 것 같았다. 건물들도 아더월드나 지구의 중력 상태에서는 도저히 오를 수 없는 높이로 우뚝 솟아 있었다. 가구며 바닥, 기둥, 옷, 장식품, 조각상 들이 모조리 흰색인 것은 타딕스 종족들의 형광이 도는 초록빛 머리를 강조하기 위해서인 것 같았다. 그 결과 전체적으로 차가워 보이는 배경 속에 외부에서 온 온갖 색깔의 궁인들과 대사들, 장관들이 한층 두드러져 보였다.

　곳곳에 거대한 샹들리에가 휘황찬란한 빛을 뿜어내고 있었다. 크리스털은 이런 빛을 발하지 않기 때문에 타라는 샹들리에의 재질이 무엇인지 궁금할 정도였다. 이 샹들리에들은 줄이라곤 없이 공중에 매달려 있어서 더욱 아름다워 보였다.

　금빛이 도는 돔 형태의 투명한 벽을 통해 타딕스족이 보이는데 뭔가를 하면서 서로를 향해 몸을 숙이는 모습이 흡사 아름다운 꽃 같았다. 타라는 한참이 지나서야 음악에 미친 이들답게 타딕스족이 오페라 공연을 하고 있음을 알아차렸다.

생존을 위한 마법의 돔 안은 트라둑투스 주문이 걸려 있어서 다행이었다. 타딕스족의 언어는 명확하지 않고 생기가 없는 소리로 이뤄져 있어서 말이라기보다 휘파람 소리처럼 들렸다.

게다가 언어는 주어와 동사, 목적어의 자리가 바뀌는 구조라서 〈스타워즈〉에 나오는 '요다 선생님'의 말을 듣는 것 같았다. 트라둑투스가 전하는 말은 다음과 같이 들렸다.

"기쁩니다 우리는, 여제와 후계자, 굉장히 아름다운, 맞이하게 되어……."

타라는 트라둑투스가 시작과 끝을 뒤죽박죽으로 전해주는 말에 차츰 적응이 되었지만 처음에는 멍한 얼굴로 있었다. 트라둑투스가 타딕스족이 하는 말을 그대로 전하기 때문이었다.

타라는 트라둑투스 주문이 처음부터 어순을 바꾸지 못하는 것이 이상하다고 생각했지만 문제는 마법에서 비롯된 것임을 알아차렸다. 타딕스에서의 마법은 지구보다 강력하지만 아더월드보다는 약해서 트라둑투스가 오류를 일으킨 것이었다. 타라는 바깥의 유독성 대기로부터 보호해주는 금빛 돔을 힐끔 쳐다봤다. 타라는 공상과학 영화를 아주 많이 봤는데 그중에서도 〈토탈 리콜〉의, 마법이 덜 강한 행성에서는 특히 돔을 경계하는 장면이 떠올랐다. 그래서 타라는 모우르무르에게 돔이 위험하지 않겠냐고 물었다. 홀린 눈으로 사방을 둘러보던 모우르무르는 5000년 동안 돔 때문에 일어난 문제는 거의 없다고 대답했다.

발명가를 잘 아는 타라는 소름이 돋았다. 문제가 전혀 없었다고 말해주길 바랐는데…….

"문제가 있긴 있었다는 거잖아요. 어떤 일이었는데요?"

발명가는 소중한 기계들이 망가지지 않았는지 확인하면서 건성으로 대답했다.

"마법의 주문 하나에 문제가 생겨서 생존자들이 다른 돔으로 이동하다가 습격을 받아 떼죽음을 당했지."

"누가 습격했는데요?"

"곤충들. 어떻게 된 건지 정확하게는 모르지만 방어막에도 불구하고 산 채로 뜯어 먹혔다지."

타라는 침을 삼켰다. 아더월드에서는 트실이 그랬다. 방어막에 달려드는 트실 떼를 막다 녹초가 된 마법사들이 끝내 항복하면서 트실의 독에 감염되어 죽었다고 했는데…….

타딕스에 오지 말아야 했나? 하지만 타라는 그럴 수 없었다.

타딕스로 가는 사람들은 출발하기 전에 홀로그램 촬영을 했고, 약간의 피를 뽑았다. 타라는 왜 그러는지 이유를 몰랐는데 아주 중요한 일인 건 분명한 것 같았다.

타라가 이런저런 생각을 하는 사이, 타딕스 정부 관계자들이 여제를 보게 되어 얼마나 행복한지 증명하듯 일제히 허리를 굽혔다가 세웠다. 50명에 이르는 고위 공직자들의 하얀 입에서 시처럼 흘러나오는 아름다운 인사말로 시작된 환영 의식이 두 시간쯤 후에 끝나자 타라는 안도의 숨을 내쉬었다. 약한 중력의 영향으로 다리가 아픈 건 문제가 아니었다. 칼과 친구들이 파프니르의 작전을 실행해서 성공했는지 궁금한데 아직까지 나타나지 않는 걸 보니 안심이 되었기 때문이다.

아더월드를 출발하기 전, 타라는 난쟁이들이 타딕스로 보내는 모든 것을 저지하라고 알렸다. 하지만 오무아는 교역을 제외하고 히믈리아와 협정을 맺은 것이 없어서 간섭할 권한이 전혀 없었다. 반면 난쟁이족은 타딕스족과 대등한 관계로 교역하고 있었다. 그래서 타라는 타딕스족에게 히믈리아에서 오는 물품을 수령하면 안 된다고 알렸는데, 연락을 받은 타딕스족 관료는 여제를 맞이할 준비를 하느라 너무 바빠서 귀담아듣지 않는 느낌을 받았었다.

슬루르크!

타라가 자신을 도와주러 오기 위해 친구들이 꾸미는 작전이 성공하지 않기를 바라기는 처음이었다. 타라는 무의식적으로 허리에 찬 쇠사슬 벨트를 만지작거리다가 자신에게 깜짝 놀랐다. 저주받은 영혼들에게서 위안을 얻고 싶은 건가?

아더월드에서 온 사절단을 유심히 관찰하던 타라는 여제를 비롯하여 모두들 평소보다 덜 아름답다는 걸 알아차렸다. 악마들 못지않게 스파이들을 경계하는 여제가 일루전을 금했기 때문이었다. 특히 뚱뚱하거나 대머리인 장관들이 난색을 표했지만 여제의 명을 어길 수는 없었다.

따라서 모두가 본래의 모습으로 있는 것인데 오히려 더 자연스럽지 않았다. 사절단에 속한 여자들은 평소에 아름답게 꾸미는 것이 습관이 된 탓인지 표정이 아주 어두웠다.

타라는 꼭 몇 시간 후에 죽을 사람들처럼 보여 머리색이 덜 아름

답거나 얼굴의 뾰루지 따위는 그리 중요한 게 아니라고 말해주고 싶
었다.

아무튼 아무도, 친구들도 포함해서 사절단 속에 숨어들기 위해 일
루전을 사용할 수가 없는 것은 분명했다. 타라는 그 점은 다행이라고
생각하면서 컴폰을 봤다. 메시지들이 와 있었다. 하지만 칼이나 로빈
에게서 온 메시지는 없었다.

타라는 친구들의 합류를 막기 위해 자신이 행한 조치가 부디 효과
가 있어, 그들이 아더월드에 안전하게 있기를 기도했다.

매직갱

어떻게 해야 밀항 상황에서 기쁨을 찾을까

*

유감스럽게도 타라의 기도는 이루어지지 않았다.

칼과 친구들은 아더월드에 있지 않고 이미 타딕스에 도착해 있었다.

속이 텅 빈 거대한 쇳덩이들 안에 있었다.

멀미약까지 먹고 우주복 차림으로 동그란 쇳덩이 안에 각각 들어 앉은 그들은 2분이 멀다하고 범퍼에 부딪치다 보니 당구공처럼 내동 댕이쳐지는 느낌이 들었다.

쿵쾅거리며 부딪치는 소리는 나지 않아도 연속적으로 들리는 삐걱 거리는 소리에 신경이 곤두서 있었다.

칼은 출발하기 전에 친구들에게 멀미약을 먹이지 않았으면, 쇳덩 이 안의 벽면에 범퍼를 대지 않았으면 어쩔 뻔했냐고 투덜거렸다. 약 을 안 먹었으면 벌써 오래전에 먹은 걸 다 토했을 것이고, 범퍼를 대지 않았으면 철모를 썼더라도 쇳덩이에 부딪쳐서 머리가 깨져 배 속의 토사물과 머리 속의 내용물로 뒤덮였을 거라면서 연신 구시렁거렸다.

칼의 귀에 목소리가 울렸다. 친구들 모두 특수 이어폰을 끼고 있었다. "그만 좀 해. 아주 훌륭한 생각이었다는 거 알고 있으니까."

"파프니르, 내가 건 최면 때문에 부엉이라 믿고 날았다가 죽을 뻔했다는 거 알아." 칼이 마이크에 대고 말했다. "허공으로 몸을 던졌다가 천 미터 아래로 곤두박질쳤고 뼈도 못 추릴 뻔했어. 그래도 이런 식으로 복수하는 건 아니지."

난쟁이의 웃음소리가 칼의 철모 속에 울려 퍼졌다. 그들은 마법 에너지를 절약하기 위해 트라둑투스 주문을 사용하지 않고 오무아어로 말하고 있었다.

"난 복수하는 게 아냐." 파프니르는 야무지게 말했다. "이게 타딕스로 갈 수 있는 가장 확실한 방법이었어. 타딕스로 운송해야 하는 마지막 철이었으니까. 물품 운반을 전담하는 이들이 따로 없기 때문에 계약대로 난쟁이족이 배달하면 된다는 걸 알고 있었거든. 물론 어딘지 모르는 곳에다 철을 저장할 거라고는 예상하지 못했지만."

작전은 기발했지만 돔 안에다 철을 저장할 거라고 생각한 것이 문제였다. 칼이 쇳덩이 밖에 미립자 집적기를 장착해놨는데 바깥의 대기를 측정한 결과 유독성 공기였다. 칼은 소형 카메라들도 장착해놨는데 알 수 없는 물질에 뒤덮여서 아무것도 보이지 않았다.

무아노와 파브리스, 칼은 히믈리아에서 난쟁이들의 창고에 몰래 들어갈 궁리를 하고 있었다. 그런데 파프니르가 숨을 생각 없이 당당히 창고 책임자를 만나 타딕스로 가야 하는데 미리 준비한 네 개의 쇳덩이를 사용하여 떠날 생각이라고 설명했다. 타딕스로 보내야 하는 200개의 쇳덩이와 모양은 똑같지만 속이 텅 비어 있다고 덧붙이면서 도끼 손잡이로 두드려 보였다.

책임자는 합리적인 난쟁이였다. 불같은 성격의 파프니르가 어디를 가겠다고 하면 기필코 간다는 걸 잘 아는지 책임자는 군소리를 하지 않았다. 너무 위험한 작전이라고 생각한 칼은 내심 책임자가 거부하길 바랐건만.

리스베스 여제가 타라의 친구들은 절대 안 된다고 말한 적이 없다면 그들은 괜한 고생만 실컷 하는 것이었다. 물론 어떤 점에서는 허락하지 않은 것일 수도 있었다. 강력한 대장장이 씨족의 딸과 랑코비트 왕비의 조카가 타딕스에서 죽을지도 모르는데 여제가 괜한 외교 문제를 일으키고 싶지 않을 것이 뻔했다.

칼의 경우는 타딕스로 가게 내버려뒀을지도 몰랐다. 하지만 많은 정보원을 둔 여제가 칼이 타라의 새로운 남친이라는 걸 모를 리 없었다. 그런데 후계자를 구하기 위해 목숨을 바쳤다는 게 알려지면 아더월드 전체 텔레크리스털들이 그 충격적인 감동을 몇날며칠 뉴스로 전할 것이었다. 얼마나 로맨틱하냐면서! 따라서 그들 중에서 파브리스만 타딕스로 가는 데 걸리는 문제가 없었다. 하지만 혼자 갔다가 괜한 호기심을 불러일으키고 싶지 않아서 친구들과 함께 가기로 결정한 것이었다.

실은 리스베스 여제는 타라의 친구들에게 신경 쓸 겨를이 없었다. 타라는 악마들과의 협상이 끝날 때까지는 타딕스로 보내는 모든 물품을 중지해야 된다는 내용의 서신을 히믈리아에 보냈다. 하지만 오무아에 복종해야 할 이유가 없다고 판단한 난쟁이들은 타라의 서신에 전혀 관심을 보이지 않았다.

파프니르가 물품 운송을 책임지는 난쟁이와 아주 짧은 대화를 나눈 지 얼마 후 그들은 쇳덩이 안에 편안하게 자리를 잡았다. 이윽고 수속 절차를 마친 책임자의 도움으로 그들은 타딕스에 도착했던 것이다. 타라가 도착하고 나서 얼마 안 됐으니 절묘한 타이밍이었다.

타이밍은 좋았는데, 문제는 위치였다.

타라는 돔 안에 있고, 친구들은 돔 밖에 있기 때문이었다.

타라와 마찬가지로 매직갱도 타딕스에 무시무시한 벌레가 존재한다는 걸 알았다. 벌레 떼를 피할 곳이 없다면 돔 밖으로 나가는 것은 아주 위험했다. 트실에게 물려 감염된 경험이 있는 칼은 외계 벌레의 주둥이가 쇳덩이에 부딪치는 소리에 소름이 끼쳤다. 신비로운 감각 덕분에 안에 먹이가 있다는 걸 알아차린 벌레들이 쇳덩이를 사방으로 흔들어대고 있었다.

그렇게 계속 이리저리 흔들리자 쇳덩이 안의 '먹이'들은 진저리가 나기 시작했다.

트실과 달리, 위성 지표면에 우글거리는 벌레들은 종류가 아주 다양했다. 벌집 같은 것에 우글우글 달라붙어서 유독성 기체를 뿜고 다니는 놈들이 있는가 하면, 홀로 다니거나 떼를 지어 공격하는 놈들도 있었다. 벌레들이 열심히 흔들어준 덕분에 카메라에 덮인 물질이 떨어져 나가면서 칼은 가장 미친 듯이 달려드는 놈들을 볼 수 있었다. 자이언트 개미 떼가 커다란 주둥이를 들이대더니 맛있는 미암(아더월드의 체리)이 들어 있는 껍질인 양 일제히 쇳덩이를 물어뜯었다.

칼은 역겹지만 벌레들에 대한 대비책을 궁리했다. 마법을 사용하지 않고도 어떻게든 버틸 수 있다고 생각했는데 상황이 예기치 못한 방향으로 전개되고 있었다. 구토에 죽도록 시달리는 걸(그래서 칼은 멀미약을 먹게 한 것이었다) 제외하고는 크게 위험할 일은 없을 거라고 예상했건만…….

마법으로 이산화탄소 미립자를 산소로 바꿀 수 있기 때문에 공기가 부족할 위험은 없었다. 다만 마법이라면 질색하는 파프니르가 길길이 뛰는 게 문제였다.

하지만 뜻밖의 변수가 계속되면 돔 안으로 들어가서 타라를 지켜줄 수가 없었다.

"마법을 사용해야겠어. 이젠 정말 선택의 여지가 없어."

"하지만 우리가 마법을 사용하면 타딕스족이 대번에 알아챌 거야." 무아노가 반대했다. "쇳덩이 네 개가 점점 다가오다 돔 안으로 들어가려고 하면…… 아야아아아아아아!"

덜컹!!! 무아노가 내지르는 비명에 모두 소스라치게 놀랐다.

거대한 집게발들이 갑자기 물어뜯던 동작을 멈추고 쇳덩이들을 들어 올렸던 것이다.

"다들 무사해?"

무슨 일인지 알아차린 칼이 불안한 목소리로 물었다.

"뭔가에 붙잡힌 것 같아." 무아노가 벌벌 떨면서 말했다. "이러다 우리를 뜯어 먹으려고 여왕개미가 뚫고 들어오는 거 아냐?"

"무아노, 쓸데없이 겁주지 마." 파브리스가 단호하게 말했다. "내 생각에는 개미들의 집게발이 아니라 금속 집게 같아. 잠깐만 뒤쪽 카메라를 움직여서 확인해볼게. (잠시 긴장된 침묵이 흘렀다) 오케이, 충격 때문에 벌레들이 떨어져 나갔어. 피에 굶주린 자이언트 여왕개미가 아니라 내 예상대로 기계들이 돔 쪽으로 움직이고 있어. 오, 탐부일 신**43**이시여, 고맙습니다!"

그 말에 환호성이 울렸다. 차츰 다른 쇳덩이의 카메라들도 이물질이 벗겨졌고, 무아노와 칼, 파프니르도 천천히 가까워지는 거대한 돔을 볼 수 있었다. 무한궤도 차량이 우글거리는 벌레를 가차 없이 짓이겨버리는데도 자기들에게 치명적이라는 걸 아직 깨닫지 못했는지 벌레들이 떨어지려고 하지 않았다. 매직갱이 들어앉은 쇳덩이들만 옮겨지는 것이 아니라서 무한궤도 차량 수십 대가 오가고 있었다. 사실, 쇳덩이 안의 그들은 벌레들 때문에 시야가 막혀서 모르고 있었을 뿐 커다란 풍선처럼 허공에 둥둥 떠 있었던 것이다.

쇳덩이들이 작은 돔으로 들어가자마자 마법의 장막 속에 갇혔고, 갑자기 폭포처럼 쏟아지는 보랏빛 액체 속에 잠겼다. 무한궤도 차량에 붙어서 돔 안으로 들어왔던 벌레들은 즉시 격하게 꿈틀거리다 분해되었다. 유기체는 모조리 가차 없이 보랏빛 액체에 파괴되었다. 이

....

43. 행운의 신이며, 이따금 기적 같은 음식을 만들었을 때 요리사들이 '오, 탐부일 신이시여!' 하면서 감격해한다.

번에는 칼이 쇳덩어리의 완벽한 방수성에 감사했다.

"와, 아주 깨끗하게 씻어버리는군." 파프니르가 감탄했다. "타딕스 족 정말 대단하다! 이런 액체가 있으면 광산의 진드기들을 박멸할 수 있겠어. 진드기들이 우리 광산의 버팀대들을 썩게 만들어서 골머리를 앓고 있거든. 자이언트 강철나무의 껍질도 갉아먹을 정도로 지독한 것들인데!"

파브리스가 놀렸다.

"어이, 파프니르, 이런 말을 해서 미안한데 내 생각에 이 액체는 독성이 아주 강해. 진드기 박멸에는 탁월하겠지만 광산의 버팀대들도 남아나지 않을 것 같은데."

칼도 한마디하려는 순간 보랏빛 액체가 한순간에 증발해버렸다. 그러자 집게들이 덜거덕거리면서 쇳덩이들을 들어 올리고는 다시 이동하기 시작했다. 오염 물질이 완전히 제거된 쇳덩이들이 마침내 주요 돔 중 하나로 들어갔는데 다양한 높이의 터널로 다른 돔들과 연결되어 있었다.

"휴, 나는 숨 쉴 수 있는 곳에 놓이길 바랄 뿐이야." 이리저리 굴러다니느라 지칠 대로 지친 무아노는 한숨을 내쉬었다. "벌레들에게서 벗어났으니 이제 타라가 있는 곳을 빨리 찾아야 되잖아!"

"하지만 너무 일찍 만나면 타라가 어떻게 해서든 우리를 보내버릴 구실을 찾을 거야." 파브리스는 아주 이성적으로 말했다. "타라는 우리가 합류하지 못하게 하려고 파프니르, 너네 동족에게 메시지를 보낼 생각까지 했어. 다른 때는 우리의 도움을 원했는데 타라가 이렇게 나오는 건 처음이야."

“혼자서 짐을 지려는 타라의 강박증 때문이야. 자신의 강력한 마법을 믿고서. 마법의 힘이 덜 강력하면 타라가 훨씬 신중했을 텐데. 그 강력한 마법 덕분에 타라는 매번 궁지에서 벗어났어. 죽을 고비도 넘겼고. 그래서 타라는 이제 죽음을 두려워하지 않게 된 거야. 분별력을 잃은 것 같아.”

“내 생각에는.” 칼이 말했다. “타라가 나…… 아니 우리를 원하지 않는 것은 아르칸즈와 결혼하고 싶어서야.”

충격적인 말에 침묵이 흘렀다.

칼은 우주복의 투명한 천을 통해 컴폰을 봤다.

“슬루르크! 환영회가 벌써 오래전에 시작됐을 텐데 이제 곧 악마들을 불러들이기 위한 소용돌이가 열릴 거야. 일단 이 쇳덩이에서 나가야 해!”

갑자기 제일 앞에 있던 파브리스가 딸꾹질을 하는 순간 무한궤도 차량이 다른 돔을 향해 이동하기 시작했다.

“파브리스, 왜 그래?” 무아노가 불안한 목소리로 물었다.

“얘들아. 아주 큰 문제가 생긴 것 같아.” 파브리스가 목멘 소리로 말했다.

“무슨 문제?” 칼이 묻는 순간 이번에는 집게들이 칼이 들어 있는 쇳덩이를 파브리스의 쇳덩이 옆으로 옮겨놓았다. 이제는 칼도 큰 문제라는 것이 뭔지 알았다.

용해된 용암 속으로 쇳덩이들이 하나 둘 사라지고 있었다.

네 친구는 비명을 질렀다.

집게들이 쇳덩이들을 떨어뜨렸다.

17

구출

*

타라는 긴장이 풀리기 시작했다. 친구들을 잘 알기에 만약 여기 와 있다면 벌써 불쑥 나타났거나, 아니면 느닷없이 등을 톡톡 치면서 이렇게 말했을 것이었다.

"우리가 어떻게 왔는지 알면 깜짝 놀랄걸!"

그런데 아무도 등을 치거나 불쑥 나타나지 않았다. 친구들은 어디에도 없었다. 이것은 타라가 그들은 타딕스에 오지 못하게 한 것이 성공했다는 뜻이었다. 처음으로 칼의 작전을 방해했는데 자신이 성공했다고 생각하니 뿌듯했다.

타라는 벌써 몇 시간째 담소를 나누는 손님들이 기분 상하지 않게 몰래 한숨지었다.

로빈에게서는 여전히 소식이 없었다. 타라는 미칠 것 같았다. 악마들이 이제 곧 들이닥칠 텐데 타딕스족이 조금도 불안해하는 기색이 없는 것도 못마땅했다. 모두가 예식, 일정, 예정된 리셉션에 대해 이 야기하고 있었다. 하나같이 축제 기분에 들떠 있다니! 어떻게 이럴 수 있는지 정말 이해되지 않았다.

타라의 정신에 접속한 악마의 영혼들도 여전히 조용히 있었다. 타라는 팔찌들이 상황을 볼 수 있게 드레스 소매를 걷었고, 허리에 찬 쇠사슬 벨트를 아름다운 금빛 벨트로 변형시켰다. 하지만 영혼들은 수천 년 동안 마음속에 품어왔던 인간들을 직접 보는 것으로 만족해 했다. 타라는 악마의 영혼들이 탐욕스럽다고 생각했는데 오히려 평온했다.

그게 좀 불안했다. 타라는 몇 주일 동안 영혼들이 더 이상 닥치는 대로 죽이는 일이 없도록 많은 노력을 했다. 타라는 철 속에 갇혀서 고통과 압박에 미쳐 날뛰던 영혼들이 악마들의 목적이 뭔지 알고 괴로워하다 이제는 새로운 환경에만 집중하기 위해 고통을 무시하고 있다는 느낌이 들었다. 마치 현실 속 깊이 자리를 잡은 것처럼. 아주 당혹스러웠다.

그때였다. 고모가 언성을 높였다. 고모의 갑작스러운 반응에 민감해진 타라는 고모가 하는 말에 집중했다.

리스베스 여제는 타딕스 측이 초청한 이들 중 상당수에게 위성이 폭탄으로 변할 거란 정보를 귀띔도 하지 않았다는 걸 알아차렸다. 특히 타딕스족은 악마들을 환영하는 성대한 연회를 준비했고, 유명 성악가들, 무용단, 극단, 오케스트라 단원들까지 초청해놓은 상태였다.

리스베스는 몹시 불쾌했다. 모두에게 명확히 알리라고 했는데 타딕스 측이 못 들은 체하다니! 타라는 마음에 들지 않는 제안을 받았을 때 귀머거리가 되는 이들이 있다는 걸 또 한 번 확인했다.

여제가 원하든 원치 않든 연주회에 이은 리셉션은 열릴 것이다. 타딕스족이 자기들의 나라에서 원하는 것을 하는데 누가 간섭할 수 있단 말인가. 게다가 환영회가 열리는 엿새 동안 타딕스에서 일어나는 모든 일이 전 세계에 중계방송되는데 나라를 공짜로 선전할 수 있는 이 좋은 기회를 놓칠 이유가 없었다.

리스베스는 작전을 털어놓지 않고서는 반대할 명분이 없었다.

하지만 분노의 눈빛으로 봐서는 리스베스가 몇 시간이나 감정을 억제할 수 있을지 의문이었다.

타라는 참석자들을 쭉 훑어봤다. 대사들은 대체로 싸움에 약하고 화술에 능한 편인데 이번에는 전사들로 교체되었다. 난쟁이족 사절단은 불굴의 전사들로 구성되었고, 빌랭 왕국의 사절단은 가장 뛰어난 용병들로 이뤄져 있었다. 그런데 이 용병들이 어찌나 덩치가 큰지 가냘픈 체격의 타딕스족이 사용하는 문이 좁아서 넓혀야 드나들 수 있었다. 허리를 붉은 빛깔로 치장한 호전적인 켄타우로스들, 공격적인 종으로 이름난 유니콘들, 경계하는 표정으로 참석자들을 뜯어보고 있는 셸렌다의 바이올렛 엘프들도 보였다. 틸이 파견한 늑대인간들은 얼마 전까지만 해도 전설로만 듣던 전사들을 보면서 완전히 홀려 있었다.

마법을 사용하지 않는 늑대인간들은 신체적으로 남성이 여성보다 훨씬 강했다. 그래서 사절단에 여성 늑대인간은 없었다. 타라를 발견한 늑대인간들이 다가와 반갑게 냄새를 맡았다. 타라는 그들을 끔찍한 노예 생활에서 해방시켜준 영웅이었고, 앞으로도 영원히 영웅으로 남을 것이었다. 사절단 대장은 새로운 맹세를 다짐했다. 그들은 타라를 보호하기 위해 온 것이었다. 타라는 그들에게 고마움을 표시했다. 지금은 정황상 정치가들보다 충성스러운 지지자들이 곁에 있는 것이 훨씬 나았다.

랑코비트, 메우스, 그 밖의 다른 나라 사절단들도 참석해 있었다. 온갖 색깔의 마법복들이 섞여 있고, 비마들도 몇 명 보였다. 땅신령들과 꼬마도깨비 파보족이 보란 듯이 검을 차고 있는가 하면 다른 종족과는 모습이 확연히 다른 진실의 입들도 있었다. 타라는 타딕스족이 건네는 다양한 술을 기쁘게 음미하고 있는 산티보르 대사를 알아봤다. 온갖 술을 뿌리에 붓고는 나뭇가지를 떠는 화분을 보면서 타라는 한숨을 내쉬었다.

참석자들이 거의 대부분 마법사들인 것은 그럴 만한 이유가 있었다. 타라가 와 있는 것은 공식적인 '피앙세'이기 때문이었다. 그런데 타라의 강력한 힘과 다른 마법사들의 힘을 합해서 소용돌이 통로를 만들어야 악마 사절단을 가능한 한 한 번에 불러들일 수 있었다.

이것은 오랜 토론 끝에 내린 결정이었고, 특히 드래곤들이 주장했다. 악마들을 순간 이동시키는 과정에서 사절단의 절반이라면 괜찮지만, 상반신과 하반신으로 나뉘어 몸의 절반씩만 들어오는 유감스러운 사고를 방지하려면 타라의 강력한 마법이 반드시 필요하기 때문이었다. 그리고 악마들이 무엇을 원하는지 전혀 모르는 상황에서 평화를 바라는 국가의 대사들을 죽이는 사태가 벌어져서는 안 될 일이었다.

바로 옆에 있는 돔 안에 별 문양이 있었다. 악마들이 도착할 일종의 플랫폼이었다.

지금까지는 아더월드의 종족들만 악마를 호출할 수 있었다. 하지만 악마 한 명을 불러내는 대가로 마법사는 수명이 몇 년 단축되는 걸 감수해야 했다.

수명이 단축되지 않는다면 너도나도 악마를 불러낼 것이 아닌가. 데미데루스는 마법의 힘이 커질 수만 있다면 마법사들이 무슨 짓이든 할 수 있다는 걸 잘 알고 있었다. 그래서 5000년 전 데미데루스가 최고 마구스들과 함께 만든 주문은 마법사의 수명 80퍼센트를 빨아들였다. 즉 마법 능력이 뛰어나 수명이 아주 긴 마법사들의 경우는 400년이 단축되는 셈이었다. 따라서 악마를 호출해보고 싶다면 기력이 떨어지는 말년에 하는 것이 나았다. 호출을 받은 악마 쪽에서도 림보의 서클을 나가면서 자기를 방해한 마법사를 후회하게 만들 방법을 궁리하는 일이 종종 일어나기 때문이다. 물론 이따금 마법사가 살아남는 경우도 있지만 대부분 악마를 호출한 것을 후회한다.

그래서 악마를 호출하는 일은 그리 많지 않았다. 완전히 실패한 경우를 제외하고 마법사가 식물인간이 되거나 죽은 경우만 계산하면 악마를 호출하는 데 성공하는 것은 1년에 한두 건이 고작이었다. 그렇지만 지구나 아더월드 같은 전혀 다른 문명에 호기심을 갖는 악마들에게는 반가운 호출이었다. 물론 드래곤들은 악마를 절대로 호출하지 않기 때문에 악마들이 유일하게 전혀 모르는 행성이 드란보우글리스펜쉬르였다.

이런 점에서 드래곤 사절단과 악마 사절단을 동시에 도착하게 하려는 멋진 작전이 수포로 돌아갔다. 리스베스 여제는 위장이나 변장이 아닌 본래의 모습으로 이미 와 있는 드래곤들을 발견하고 화가 치밀었다.

뒤쪽에 근육질의 블랙 드래곤들이 서 있었다. 타라도 블랙 드래곤들을 보면서 몸이 부르르 떨렸다. 블랙 드래곤이라니, 동족이고 뭐고 수틀리면 무조건 죽이는 살상 무기나 다름없는데!

사절단 맨 앞에 블루 드래곤 셈 선생님이 날아다니는 양탄자에 앉아 있었다. 타라는 멍하니 쳐다보면서 저렇게 화려한 색깔의 거대한 양탄자를 짜려면 얼마나 많은 자이언트 거미들이 동원되었을지 생각했다.

갑자기 잘 아는 얼굴을 발견한 타라는 소스라쳤다. 오, 흉측한 벤드룩의 내장이여, 제레미가 여길 왜 왔지? 그리고 제레미 뒤에 키가 훤칠한 금발의 남자를 보고 타라는 눈이 동그래졌다.

쫓기는 마법사 부부가 맡긴 돈으로 아기 제레미를 입양해서 키워준 지구인 가정의 형 조던이었다. 드래곤 왕은 림보와 지구를 파괴하기 위해 만든 기계에 에너지를 공급할 목적으로 타라와 제레미에게 유전자 조작을 했었다.

조던은 마법이 통하지 않는 '마불통 비마'였다. 조던을 마지막으로 본 것은 지구의 스톤헨지 농가에서였다. 조던은 부모가 하르퓌아에게 공격당해 사망했을 때 입양한 동생이 마법사임을 알고 있다고 말했다. 아더월드에 대해 전혀 모르는 조던을 여기서 보게 되다니. 게다가 마법의 세계에 있는데 조금도 불편해 보이지 않는 것도 이상했다. 이렇게 위험한 때에 조던을 데려온 사람이 누군지 궁금했다. 도대체 누가 왜?

그때였다. 타라는 파보족 꼬마도깨비가 한 비마에게 마법의 광선을 날리는 장면을 목격했다. 마법의 광선은 마치 존재하지 않는 사람처럼 비마를 뚫고 나가버렸다. 비마는 광선을 보지도 못한 것 같았다. 당황한 꼬마도깨비는 동족에게 시험해봤다. 그러자 화가 단단히 난 동족이 달려들었다. 꼬마도깨비 둘이 치고받고 한바탕 싸움이 일어났는데 다른 꼬마도깨비들은 재미있다는 얼굴로 고개만 끄덕일 뿐 간섭하지 않았다. 성격이 변덕스럽기로 이름난 종족인데…….

그러니까 조던뿐만 아니라 여기 참석한 비마들은 모두 '마불통'이었다. 마법사들은 이런 비마를 아주 싫어하기 때문에 아더월드에는 마불통이 거의 없었다. 마불통으로 밝혀진 아이들은 아더월드를 완전히 잊고 평화롭고 행복하게 살아갈 수 있게 민투스 주문을 걸어서 가족과 함께 지구로 보내졌다. 그런 이유로 아더월드의 주민들은 누구나 일반적으로 마법 능력이 나타나는 열세 살에 테스트를 받았다.

타라는 마불통들이 와 있는 이유를 알았다. 악마의 마법을 버텨낼 수 있는 이들만 모여 있는 것이었다. 하지만 위험한 도박이었다. 아무리 마불통 비마들이라도 악마들에게 맞서 대응할 수는 없는데…….

그래서 다시 한 번 마불통들을 유심히 관찰하던 타라는 나름대로 무장을 하고 있다는 걸 알아차렸다. 어쨌든 완전 무방비 상태는 아니었다.

조던이 어두운 얼굴로 주위를 두리번거리고 있었다. 타라가 기억하는 마지막 모습은 하르퓌아들의 공격을 받고 사망한 부모 앞에 조던이 무릎을 꿇고 서릿발같이 차가운 표정으로 부모의 얼굴을 쓰다듬던 모습이었다. 그때 조던은 부모를 죽인 원수를 찾아서 복수하겠다고 다짐했었다.

조던의 부모를 죽게 만든 범인은 결국 셈 선생님의 창에 찔려서 사망했다. 타라는 범인이 응징을 받았다는 것으로 조던에게 조금이나마 위안이 되었길 바랐다.

슬그머니 다가온 제레미가 타라에게 인사를 했다. 유명 인사가 되다 보니 예의를 지키는 건가? 타라는 제레미와 비슷한 점이 거의 없었다. 영국의 한 농가에서 자란 제레미는 아더월드로 돌아온 뒤 부자가 되자 향락에 빠져 살고 있었다. 울면서 찾아온 무아노는 두서없이 이런저런 말을 하면서 몇 번이나 '함정에 빠졌다'고 했었다. 제레미가 놓은 함정일까? 혹시 상속 문제와 관련된 함정? 랑코비트에 이익을 가져다주는 걸까? 타라는 랑코비트의 왕을 잘 알고 있었다. 너그러운 호인이지만 한 나라의 왕임에는 틀림없었다. 개인보다는 나라의 이익을 우선으로 생각하는 왕이었다. 타라는 제레미를 좋아하지 않지만 그래도 다정한 미소를 지어 보였다.

그 옆에 서 있는 안젤리카는 잘생긴 조던에게 정신이 팔려 있었다. 껑다리는 마지못해서 타라에게 고개만 까딱하고 돌아서서 조던에게 침을 흘리고 있었다. 스톤헨지에서 조던을 처음 만났을 때부터 홀딱 빠져 있더니 여전했다. 타라는 속으로 피식 웃으면서 행운을 빌어주었다. 안젤리카가 쳐다보거나 말거나 아무 관심이 없는 조던은 진지하게 임무 수행에 열중하고 있었다. 타라를 미워하는 안젤리카가 조던과 가까이 지내고 싶다는 이유로 이런 모험을 감행했을까? 아니, 타라는 안젤리카가 그런 일로 타딕스에 왔다고는 생각하지 않았다.

마침내 상견례가 끝나자 숙소를 보여주는데 맙소사, 삐죽 솟은 탑 안에 있었다. 타라는 바람에 휘어지는 탑들을 보는 것만으로도 현기증이 일었다. 숙소에 올라가 보니 느낌만 그런 게 아니라 정말로 속이 울렁거렸다.

숙소에서 내려온 타라는 타딕스족이 위성의 무게를 늘리기 위한 방편으로 수천 톤의 철을 용해하고 있다는 말을 들었다. 자기압력(magnetic pressure, 어떤 자기장 안에 철을 넣으면 새로 생긴 자기장이 겹쳐서 더 큰 세기를 갖는 자기력의 장이 생긴다. 이를 자기유도, 자기감응이라고도 한다—옮긴이)을 얻는 데 필요한 철의 양을 생각하면 타딕스 정부가 철을 구입하는 데 얼마나 쏟아붓고 있는지 짐작하기도 어려웠다.

그때 갈랑이 머릿속으로 보내준 이미지에 타라가 소스라치게 놀랐고, 주위의 시선이 일제히 후계자에게 쏠렸다. 벨제부트가 보내는 절망적인 메시지가 패밀리어에서 패밀리어로 전해진 것이었다.

타라의 친구들이 마그마 같은 불구덩이 속으로 떨어지기 일보 직전이었다!

타라는 깊이 생각할 겨를이 없었다. 파란색 마법의 빛이 주위의 모든 돔을 에워쌌다.

이어서 타라가 날린 임모빌리수스 주문에 모두들 얼음이 된 듯 동작을 멈췄다. 앞으로 나란히 자세, 공중에 붕 떠 있는 자세……, 심지어 사물들까지 모두 정지되었다.

타라만 자유롭게 페가수스가 보여준 곳을 향해 돌진했다. 그리 멀지 않았다. 두 번째 돔에 바닥에서 솟아오른 마그마 같은 불구덩이가 있었다. 타라는 노동자들이 작업복을 입지 않고도 일할 수 있게 정상적인 환경을 유지시켜놓은 것에는 고마웠지만 강력한 에어컨디셔너에도 불구하고 기계에 다가갈수록 굉장히 뜨거웠다.

타라는 문득 몸이 훨씬 무거워진 걸 느꼈다. 마법과 과학기술 덕분인지 이 돔에서는 아더월드보다 중력을 강화시켜놓아서 한 발을 내딛는 것이 힘들 정도였다.

눈앞에 끔찍한 광경이 보였다. 벌어진 집게에서 떨어지다 타라의 마법 때문에 정지된 쇳덩이들과 마그마 불구덩이까지의 거리는 불과 1미터였다. 쇳덩이마다 마법의 구명 로프가 돔의 지붕 쪽을 향하다 정지된 상태였다. 무아노의 핑크빛 로프, 파브리스의 갈색 로프, 파프니르의 잿빛 로프, 칼의 금빛 로프. 하지만 타라가 임모빌리수스 마법을 작동하지 않았어도 친구들은 어차피 구명 로프로 쇳덩이를 돔의 지붕에 묶을 수 없었을 것이다. 돔의 지붕은 마법의 장막에 둘러싸여 있어서 무엇이든 달라붙는 걸 허용하지 않는 데다 강화된 중력 상태에서는 쇳덩이를 그리 쉽게 들어 올릴 수 없기 때문이었다.

요컨대 타라가 타 죽기 일보 직전에 구하긴 했지만 친구들이 그 불기운을 얼마나 버텨내느냐가 관건이었다.

타라도 위기에 봉착했다. 문제는 불구덩이였다. 타라는 일괄적으로 모든 걸 마비시켜놓은 상태였다. 하지만 쇳덩이들을 불연성 처리가 된 안전한 데로 보내려면 두 가지를 해야 했다. 쇳덩이들을 풀어주고 불구덩이로 떨어지기 전에 잡아야 했다.

타라는 침을 삼켰다. 최근에는 불안정한 자신의 마법에 믿음이 생긴 편이었다. 더군다나 친구들의 목숨이 걸려 있었다. 타라가 땀에 젖은 손바닥을 옷에 닦자 헉, 이런 와중에도 체인지라인은 휴지로 해결하지 않았다고 투덜거렸다. 타라는 유독한 연기를 배출하고 신선한 공기로 대체해주는 환기장치에 감사하면서 심호흡을 했다.

한 손으로 쇳덩이들에 걸린 주문을 풀어주는 한편 다른 손으로는 세시수스 주문을 날렸다. 떨어지던 쇳덩이들이 타라가 만든 네 개의 거대한 손에 붙잡혔다.

쇳덩이들이 아주 무거운 데다 미끄러워서 타라는 조심조심 땅 위로 이동시키기 시작했다.

다른 사람들 모르게 친구들을 구하기 위해 쇳덩이들만 풀어준 상태였다. 그래서 다른 돔들을 마비시키고 있는 임모빌리수스 주문이 타라의 마법 에너지를 빨아들이고 있었다. 그런데다 타라는 칼을 살리기 위해 피를 많이 뽑아주었다는 걸 잊고 있었다.

마법의 힘이 약해지면서 쇳덩이들이 1미터쯤 밑으로 쿵 떨어졌다. 친구들의 패밀리어들이 울부짖는 소리가 갈랑을 통해 머릿속으로 전해졌다.

타라는 하는 수 없이 모험을 감행했다. 임모빌리수스 주문을 포기하고 모든 것을 풀어주는 것으로 에너지를 회수한 다음 강력한 글라시우스 주문으로 불구덩이의 일부를 얼려버렸다. 그 순간 거대한 손들이 사라지면서 쇳덩이들이 떨어졌다.

시커먼 얼음바다에 떨어진 데다 중력이 강하기 때문에 충격이 얼마나 셌는지 쇳덩이들이 거대한 호두처럼 반으로 쩍 갈라졌다. 데굴데굴 굴러 나온 친구들과 패밀리어들이 불바다가 아닌 걸 보고 넋 나간 얼굴이었다.

"빨리 뛰어!" 타라가 외쳤다. "내가 오랫동안 버티지 못해!"

친구들과 패밀리어들은 뛰는 게 아니라 거의 날아가고 싶었지만, 강화된 중력 탓에 마음대로 발이 움직이지 않았다. 금방이라도 집어삼킬 것 같은 불길이 바로 눈앞에 내려다보이는데 달아나지 않을 사람이 있을까. 친구들이 필사적으로 위쪽으로 오르는 사이, 타라는 특히 키가 작고 몸의 밀도가 커서 올라오는 것이 유독 힘든 파프니르를 도와주었다. 친구들이 모두 안전해지자 타라는 숨을 헐떡이면서 불구덩이에 날려 얼음바다로 만든 주문을 풀었다.

얼음이 사라지고 치솟은 불길이 쇳덩이들을 집어삼켰고, 눈 깜짝할 사이에 흔적도 남지 않았다.

드디어 파프니르가 입을 열었다.

"다음부터는 꼭 공간이동의 문으로 다니자, 오케이? 그리고 여긴 말이야, 뜨거운 곳에 이골이 나 있는 대장장이인 나한테도 너무 더워."

친구들이 우주복을 벗는 사이, 타라는 굳은 얼굴로 전혀 재미있지 않다는 표정을 지었다.

타라가 목숨을 구해주긴 했지만 친구들이 온 게 마뜩잖다는 표시였다. 어떤 점에서는 칼이 타라를 구하기 위해 스스로 검은 여왕의 장검에 찔린 뒤로 타라는 줄곧 무거운 빚을 진 것 같았는데, 이번 일로 그 빚을 조금이나마 갚은 느낌이었다.

그래서 칼과 사귀게 된 걸까? 자신이 원망스러워 고마움의 표시로 칼과 사귈 생각을 하게 된 걸까? 타라는 진심으로 그건 아니길 바랐다.

친구들 모두 타라에게 고마워했다. 한편 다른 돔에서는 후계자가 사라진 걸 알아차리고 모두 당황했다.

"너희들, 타딕스에 오지 말라고 한 내 말이 무슨 뜻인지 몰라?" 타라가 따지듯 소리쳤다. "못 알아들을 정도로 어려운 말 아니었는데? 그리고 로빈은 같이 안 왔어?"

칼이 눈살을 찌푸렸다.

"아니, 아무 소식 없어." 칼은 퉁명스럽게 대답했다.

"다른 질문에 대답하자면 네 말을 분명히 이해했지만 귀여운 놈들과 너 혼자만 있게 둘 수 없었어!" 파프니르는 뛸 때 마구 흔들린 도끼 두 개를 허리춤에 다시 차면서 야무지게 말했다. 그을음이 시커멓게 앉은 벨제부트도 난쟁이의 어깨 위에서 기분 나쁘다는 울음소리를 냈다.

고양이만 그런 게 아니었다. 친구들 모두 타라가 만든 얼음바다에서 뒹군 탓에 시커멨다.

"귀여운 놈들? 맙소사, 파프니르, 악마들이야! 내가 검은 여왕을 상대하는 것과는 달라. 너희들 힘으로는 악마들과 대적하지 못해. 여기서는 너희들이 할 일이 없단 말이야!"

"네가 검은 여왕을 물리쳤다고 그렇게 비교하다니, 그건 아니지!" 이번에는 무아노가 나섰다. "네가 우리를 원치 않는다는 말 알아들었지만 우리는 여기 왔어. 그래서 우리를 보내버리려면 우리를 체포해서 강제로 공간이동의 문에 쳐 넣어야 할 거야. 그리고 상기시키겠는데 나와 칼은 랑코비트의 시민이며, 파프니르는 히믈리아 시민이고,

파브리스는 지구인이야. 따라서 너는 법적으로 우리에게 명령할 권한이 없어. 우리는 네 신하가 아니에요, **마마!**"

타라는 정곡을 찔렀다. 무아노가 말한 대로 모두 보호막에 싸서 공간이동의 문으로 집어던질 생각을 하고 있었는데. 관심이 집중되면 말을 더듬던 그 수줍음 많은 무아노에게 무슨 일이 일어난 거지? 무아노의 논리 정연한 반박에 타라는 할 말을 잃었다. 하나도 틀린 말이 아니지 않는가.

"그리고 너를 위한 우정으로 돌아가란 말은 하지 마. 진정한 친구란 위기에 처한 친구를 버리지 않으니까. 그런 기대는 하지도 마!"

"슬루르크, 너희들이 내 임무를 어렵게 만들고 있지만 너희들에게 마법을 사용하지는 않을 거야(마법을 사용할 거라고 생각하던 칼은 타라의 말에 안도했다). 좀 이따가 내 마법의 모든 힘을 쏟아야 하기 때문에. 그러니까 일단 내 숙소에 가서 기다려. 사람들이 불안에 떨지 않게 해결할 방법을 찾아볼 거니까." 타라는 그렇게 말하고 나서 친구들이 쉽게 숙소를 찾아갈 수 있게 돔의 지도를 건네주었다.

타딕스 측에서 오무아의 후계자에게 제공한 숙소는 필요하면 언제든 확장할 수 있는 아더월드 황궁의 거처보다는 훨씬 작았지만, 여러 개의 층에 욕실이 달린 침실이 여섯 개나 되었다.

친구들은 순순히 따랐고, 칼은 슬그머니 입맞춤을 하고는 싱긋 웃으면서 지나갔다. 그때였다. 사절단을 이끌고 그르룰이 돔에 불쑥 나타났다. 그르룰이 타라의 마법으로 몇 분 동안 마비되었던 것 때문에 저리는 손을 흔들어대는 사이에 친구들은 재빠르게 다른 쪽 복도로 사라졌다.

타라는 그르룰에게 친구들이 왔는데 문제가 생겨서 마법을 사용할 수밖에 없었다고 차분하게 설명했다.

타라는 아무도 그 말을 믿지 않는다는 걸 잘 알고 있었다. 또 마법 조절에 실패한 후계자가 궁색한 변명을 늘어놓는 거라고 생각할 것이 분명했다. 타라는 그들을 설득할 수도 있지만 지금은 시간도 없고 낭비할 에너지도 없기 때문에 모른 척 넘어갔다. 타라를 잘 아는 고모와 그르룰만 의혹의 눈길을 보냈다. 그르룰은 임모빌리수스 주문을 아주 싫어하기 때문에 더욱 그랬다.

모두들 옷을 갈아입거나 휴식을 취하고 씻으러 방이나 사무실로 들어갔다. 악마들을 불러들이기 위한 약속은 한 시간 후였다.

타라는 숙소 앞에 도착해서야 알아차렸다. 맙소사, 여긴 아더월드가 아닌데! 살아 있는 문이 존재하지 않기 때문에 친구들이 방에 들어가지 못했을 텐데. 메인 컴퓨터가 통제하는 평범한 문이라서 친구들에게 열쇠를 건네야 했는데 바보같이 깜빡했던 것이다.

하지만 문 앞에서 발을 동동 구르고 있을 친구들이 아니었다.

그런데 뜻밖에도 만나고 싶지 않은 안젤리카가 서 있었다.

안젤리카가 모두를 배신하고 에드라킨족의 나라에서 유령퇴치 기계를 갖고 도망친 뒤로 정말 오랜만이었다. 아버지 브란다우드의 지시를 받고 안젤리카는 기계를 훔쳐갔었고, 야욕에 눈먼 브란다우드가 하인을 희생시켜서 기계를 작동한 덕분에 습격한 유령들을 섬멸했으니 결과적으로는 안젤리카가 타라의 목숨을 구해준 셈이었다.

그렇다고 배신이 정당화될 수는 없었다. 아무도 기계를 작동하는 방법을 모르고 있을 때였다. 갈색 머리 안젤리카가 '빛의 손'을 지닌 걸 알게 된 것이 그 모험에서였다. 빛의 손은 마법을 사용하지 않고도 모든 걸 박살 낼 정도로 가공할 만한 무기였기 때문에 유령퇴치 기계를 건드릴 수 있는 사람은 안젤리카밖에 없었다.

그래서 안젤리카를 쳐다보는 타라의 얼굴이 굳어 있었다.

안젤리카는 타라를 노려봤다. 마지막으로 봤을 때만 해도 안젤리카의 키가 더 컸는데 이제는 타라가 조금 더 컸다. 명색이 꺽다리인데. 흠칫 놀라는 듯한 안젤리카의 얼굴을 보면서 타라는 속으로 미소 지었다. 다음번에는 안젤리카가 하이힐을 신고 나타날 것이 분명했다. 이렇게 중력이 약한 곳에서 하이힐을 신는 건 아니라고 타라는 말리고 싶었다.

하긴 건방 떨다 발목을 삐끗하는 것도 괜찮지, 뭐. 안젤리카에게 딱 어울리는데.

타라는 그동안 안젤리카에게 예의를 지켜줬지만 더는 그럴 필요를 느끼지도, 그러고 싶지도 않았다.

"안젤리카, 무슨 일이야?" 타라가 느닷없이 내뱉는 말에 수행하던 타딕스족이 깜짝 놀랐다.

아더월드 사람들의 인사법이 거창하게 격식을 차리면서 주거니 받거니 오래 걸린다고 생각한 건 아니지만 그래도 친구끼리 간단한 인사조차 하지 않는 걸 보고 놀란 것이었다.

안젤리카는 기분 나쁜 미소를 흘리면서 목소리를 높였다.

"뭐? '안녕'이라든가 '내 목숨을 구해준 안젤리카, 만나서 반가워' 뭐, 이 정도의 인사말은 해야 하는 거 아냐?"

"너를 보는 게 나한테는 재수 없는 날이거든." 타라는 쏘아붙였다. "나를 구해주는 것보다 죽이려 들거나 해치려 한 게 더 많은 너를 보는 게 반갑겠니? 다시 묻겠는데 무슨 일이야?"

안젤리카는 주위의 구경꾼들을 가리켰다.

"뜬금없이 사람들이 관심도 갖지 않는 옛날 얘기를 하고 있어."

타라는 눈살을 찌푸렸다. 얘가 또 무슨 꿍꿍이지?

"난 아무것도 감출 게 없어." 타라는 태연하게 내뱉었다. "네가 무슨 할 말이 있어서 왔는지 모르겠지만 듣고 싶지도 않고. 얼마 후면 악마들과 맞서야 하는데 잔머리 굴리는 너랑 노닥거릴 때가 아니잖아?"

검은 눈이 분노의 빛으로 이글거렸다. 안젤리카는 집안의 권력을 내세우며 미모를 이용해 원하는 걸 얻는 데 실패한 적이 없었다.

그런데 타라는 예외였다. 안젤리카가 싫어하는 사람들 중에서도 타라가 단연 1위였다. 타라는 예쁜 데다 마법 능력이 훨씬 강력했고, 제국의 후계자면서 그건 별로 중요하지 않다는 듯, 권력을 좋아하지 않는 것처럼 행동했다. 그래서 얄밉고 가증스러웠다. 모든 면에서 자기와는 반대였다.

말문이 막힌 안젤리카는 한동안 타라를 노려보다가 한마디도 못한 채 둘러선 사람들을 헤치고 가버렸다.

타라는 안도의 한숨을 꾹 참았다.

"안 됩니다!" 타라는 타딕스 사람들이 숙소로 따라 들어가려고 하자 단호하게 말했다. "고맙지만 나의 구혼자가 도착하기 전에 할 일이 있어서요. 그리고 지금은 내 친구들과 있고 싶습니다. 그르룰?"

"네, 마마?"

"아무도 나를 방해하지 않게 해줘. 식이 시작되기 10분 전에 알려 주고. 그동안에 좀 쉬어야지 피곤해서 쓰러질 것 같아."

이렇게 몇 마디로 타라는 조용히 쉬게 해달라는 뜻을 분명히 했다.

모두 허리를 굽혔다. 그르룰 뒤에 정렬한 경호원들의 얼굴은 어둡고 심각했다. 그들 모두 자원했지만 몹시 긴장해 있었다. 타라도 긴장하기는 마찬가지인데 그들은 오죽할까.

미끄럼 장치를 한 문이 바닥 속으로 사라지고 멋진 거실이 드러났다.

타라는 거실로 들어가면서 문에게 아무도 들어오지 못하게 걸어 잠그라고 지시했다. 문은 차가운 금속성 소리를 내면서 지시에 복종했다.

칼 같은 천재 도둑에게 이런 문을 열고 들어가는 것은 몇 초도 걸리지 않는 어린애 장난이었을 게 틀림없었다.

그런데 거실이 텅 비어 있는 걸 보고 타라는 깜짝 놀랐다.

친구들이 없었다.

18

소용돌이
연인을 유혹하려면 멋지게 등장할 줄 알아야 하는데

*

가슴이 철렁 내려앉은 타라는 침실이 있는 이층으로 뛰어 올라갔다. 그러고는 첫 번째 방문을 벌컥 열었다. 지친 탓에 침대에 주저앉아 있던 칼과 무아노, 파브리스, 파프니르가 소스라쳤다.

"타라!" 칼이 침대에서 뛰어내리면서 외쳤다.

"아이, 깜짝이야! 문을 그렇게 열면 어떡해!" 파프니르가 호통쳤다. "겁먹었잖아! 아니, 무서운 건 아니고…… 하마터면 내 도끼가 날아갈 뻔했잖아!"

타라에게 다가선 칼이 기습적으로 키스하자 파브리스는 휘파람을 불었다. 타라는 칼의 넓은 가슴에 안긴 채 어찌할 바를 몰랐다.

칼이 잿빛 눈으로 타라를 응시했다.

"이제 아프지 않아?" 칼의 상처를 눌렀을까 봐 타라는 걱정이 되어 몸을 빼려고 하면서 물었다.

"응, 전혀." 칼은 타라를 꼭 끌어안으면서 대답했다.

타라는 정신이 나간 것 같았다. 칼에게서는 열정이 느껴졌다. 가슴은 뛰는데 이성을 잃을 정도는 아닌 것 같고, 아무튼 그냥 좋은 느낌이었다.

타라는 분명히 이건 사랑에 빠진 것이 아니라는 생각이 들었다.

슬루르크!

타라는 약간 뒤로 물러섰다. 칼은 잠시 혼란스러워하다 타라를 놓아주었다.

타라는 친구들에게 미소를 지어 보이고 하얀 방석에 쓰러지듯 주저앉았다. 온통 하얗게 도배한 방은 각진 것이라곤 없고 둥글거나 푹신해 보이는 것들뿐이었다. 하지만 사방이 온통 하얘서 그런지 속이 약간 메슥거렸다. 타딕스 측이 친절하게도 손님들이 너무 불편하지 않도록 방 안에 중력을 강화시켜놓았지만 그래도 약간은 거북하게 느껴졌다. 하얀 솜털 식물이 둥근 벽면을 장식하고, 공기 조절 장치에서 나오는 바람에 둥근 화분 속 키 큰 식물들이 흔들렸다. 모든 것이 보이지 않는 끈끈한 액체 속에서 아주 느리게 움직이고 있는 것 같아서 신경에 거슬렸다. 타라는 갑자기 전율이 일었다.

타딕스족이 정말 놀라울 정도로 미스터리하게 느껴졌다. 이 종족의 생각도 풍습도 이해할 수 없는 면이 많았다. 이 종족에게 회식 모임은 아더월드에서처럼 편안하게 즐기는 자리가 아니었다. 예식은 무겁고, 몸짓 하나하나에 의미가 있고, 인사는 행동 규칙에 따른 것이고, 술 마시는 것까지 시간이 제한되어 있었다. 아주 사소한 것이라도 놓쳐서 주의를 받으면 가차 없이 회식에서 제외되었다.

심각한 범죄를 저지른 경우는 사형에 처하는 것이 아니라 수백 년 동안 혈액순환 정지 상태로 만들어놓았다가 모든 기준이 달라지거나 사회가 바뀌었을 때 풀어주었다. 그래서 전과자들은 아는 사람이 아무도 없는 곳에 고립된 채 밑바닥부터 시작해야 했다. 그래서 타딕스 사회에서는 많은 사람들이 허무한 감정과 싸우느니 자살을 택한다는 소문이 돌고 있었다.

"타라, 이 방에 방음장치는 잘되어 있을까? 이렇게 말해도 괜찮은 거야?" 파브리스가 물었다. "사람들이 무슨 일이 있었냐고 많이 물었을 텐데……. 아무튼 나도 이해가 안 되는 게 있어서 너한테 질문할게. 우리가 여기 오는 걸 원치 않는 사람은 너 하나야. 여제도 개의치 않았어. 우리가 와 있는 것에 관심도 없었으니까. 아까는 네가 스트레스가 굉장히 심한 것 같아서 물어보지 않았는데 이젠 설명해봐. 우리가 오는 걸 왜 그렇게 막으려고 했는지? 우리가 폭탄에 대해 알고 있어서? 우리가 죽을까 봐?"

타라는 망설였다. 악마의 영혼들에 대해 말해줘야 할까? 친구들이 미쳤다면서 악마의 영혼들에게 장악되었다고 생각할까 봐 두려웠다. 하지만 다른 한편으로는 위성을 폭파하기 직전의 그 짧은 시간 동안 친구들의 죽음이 마음에 걸리지 않게 떠나게 하고 싶었다. 상반된 감정을 설명하기 힘든 타라는 한참을 고민하다 퉁명스럽게 말했다.

"너희들이 내 약점이니까."

친구들은 충격으로 얼어붙었고, 벨제부트는 비난하는 울음소리를 냈다.

"너희들은 검은 여왕에게 굴복하고 노예가 됐었어(타라는 손가락 꺾는 소리를 냈다). 검은 여왕은 나를 괴롭히기 위해 너희들을 이용한 거였지. 악마의 마법은 끔찍…… 가혹해(타라는 말을 멈추고 팔찌와 벨트를 쳐다봤다. 그리고 만년필을 생각하면서 금속 귀를 세우고 듣고 있을 영혼들의 기분이 상하지 않게 조심했다). 선택의 여지를 주지 않았어. 내가 사람들을 가까이 둔다는 건 인질을 데리고 다니는 것이나 다름없어. 지금까지 우리는 많은 적들과 싸웠고, 운이 따라주었지. 하지만 여기서는 그렇지 않아. 악마들을 상대하는 싸움에서는 너희들에게 행운이란 없어. 진화해서 완전히 변해버린 지금의 악마들과는 상대가 안 되니까. 나는 악마의 마법을 직접 경험했어. 그래서 두렵고, 그래서 너희들이 떠나길 바라는 거야. 악마들이 또 너희들을 이용하면 내가 불리해져. 그러니까 지금 떠나면 좋겠어."

하지만 타라는 다른 선택을 하고 싶은 마음도 있었다. 친구들이 없으면 뭔가가 빠진 것처럼 허전하고 심리적으로 안정이 안 될 텐데.

"이성적으로 생각해." 타라는 말을 이었다. "악마들이 도착하기 10분 전에 고모가 봉쇄하기로 되어 있으니까 그 전에 공간이동의 문을 이용해서 떠나."

타라는 마지막으로 다시 한 번 친구들에게 선택할 기회를 주었다.

"안 돼!" 칼이 팔짱을 끼면서 외쳤다. "그렇게는 못해. '악마들을 상대할 수 있는 사람은 나밖에 없어'라는 식의 연기는 집어치워! 너 이전에도 인간과 드래곤이 힘을 합해 악마들을 물리쳤는데 우리 마법사들의 능력을 깎아내리지 마. 우리는 수석 마법사들이고 머지않아 최고 마구스들이 될 거야. 우리는 수없이 싸웠고 위기에 처한 세계와 은하계를 구했어. 늘 그랬던 것처럼 우리는 함께 새로운 도전에 응할 거야. 우리가 검은 여왕의 노예가 되었다고 했지? 맞아, 그랬지. 하지만 결국에는 검은 여왕도 우리에게 졌어. 우리가 제압했으니까. 우리는 하나잖아, 타라. 모두 함께하는 거야.”

“그래. 우리는 어디로도 떠나지 않아.” 파프니르가 맞장구쳤다. “우리는 너에게 오려고 불구덩이 속에 타 죽을 뻔했어. 다시 돌아가려고 이곳에 목숨 걸고 온 줄 알아? 그리고 이건 수천 년 동안 온갖 문제를 일으켜 온 악마들을 상대하는 일이야. 오랫동안 싸우지 않았더니 나는 몸이 근질근질해서 죽겠어. 나는 무슨 일이 일어나는지 두 눈으로 봐야겠는데 너희들은 어때?”

난쟁이는 친구들에게 동의를 구했다.

파브리스는 미소를 지으면서 말했다.

“당연한 걸 뭘 물어? 이 문제는 이것으로 얘기 끝난 거지?”

타라는 주저앉았다. 고집불통들! 여러 가지 방법이 떠올랐다. 애들을 재워버려? 지금은 잔뜩 경계하고 있어서 마법을 작동하는 순간 대번에 알아챌 텐데. 타라는 친구들과 싸우고 싶지 않았다. 그냥 같이 있어? 그러다 악마의 사물들과 하려는 일을 알아차리면 친구들에게 내가 경계 대상이 될 텐데…….

“좋아.” 타라가 말했다. “내 일을 복잡하게 만들기로 작정했다니까 함께하자. 내가 이래서 너희들이 오지 않았으면 했던 건데.”

타라는 팔찌와 쇠사슬 벨트를 풀고 만년필을 꺼내놨다.

친구들은 타라를 미친 사람 보듯 쳐다봤다.

“이게 뭐?” 무아노가 물었다. “보석, 금빛 벨트, 검은 만년필이잖아.

우리를 오지 못하게 막은 것과 이것들이 무슨 상관이 있어?"

"창, 갑옷, 너희들의 본래 모습을 보여줘!" 타라가 말했다.

창이 점점 커지는 사이에 여러 조각으로 이어진 검은색 금속 갑옷이 나타났다.

칼과 파프니르, 무아노는 펄쩍 뒤로 물러서는 반면에 뭔지 모르는 파브리스는 멀뚱히 쳐다보고 있었다.

"오, 내 조상들의 수염이여!" 파프니르는 본능적으로 도끼를 움켜잡았다. "이건 악마의 사물들, 라오르의 창과 브롱스의 갑옷이잖아! 어디서 찾았어?"

타라가 어떻게 된 건지 설명하는 사이에 친구들은 물리면 즉사하는 전갈이라도 되는 듯 두 사물을 쳐다보고 있었다.

칼은 파랗게 질려 있었다. 악마의 사물들을 지니고 있는 타라와 입을 맞췄다는 생각에 섬뜩했던 것이다.

"그런데 이 사물들이 너를 장악하지 않았다고?" 칼은 불안한 어조로 물었다.

"아니, 나를 장악하려고 했지. 나를 찔러서 죽이려고도 했고. 하지만 성공하지 못했어. 내가 이겨냈거든. 그리고 우리는 의사소통을 하기에 이르렀어."

"하지만 너무 위험해." 무아노가 말했다. "악마의 사물들이 드래곤에게 어떻게 했는지 알잖아. 불구로 만들고……."

예상한 대로 반응하는 친구들을 보면서 짜증이 난 타라는 단호하게 대답했다.

"그렇지 않아. 영혼들이 방출한 에너지는 복수를 하기 위한 나름의 방어였어. 그게 악마든 드래곤이든 상관없이. 영혼들을 가둔 금속이 부패하면서 점점 고통이 심해지기 때문에 증오심이 커졌던 거야. 나는 그 아픔을 달래주려고 노력했어. 강압적인 요구도, 파괴하겠다는 위협도, 이용하려고도 하지 않았어. 이전에는 그 누구도 시도하지 않았던 걸 했을 뿐이야. 물론 지금처럼 절망적이지 않았으니까 그랬겠지만. 나는 사물들에게 도움을 청했어."

타라의 침착한 모습에 친구들도 차츰 긴장을 풀었다.

파프니르가 도끼 두 개를 다시 허리에 차면서 말했다.

"지금까지는 난쟁이들과 인간들의 용맹을 발라드나 샹송으로 찬양해왔어. 하지만 이번에 타라 네가 이룬 것에는 오페라를 바쳐야 마땅해."

친구들이 말릴 겨를도 없이 난쟁이는 입을 크게 벌리고 노래, 아니 돼지 멱따는 소리를 내지르기 시작했다.

용기로 무장한 타라~~~
저주받은 영혼들에게~~~
과감히 맞섰네~~~
친구들이 다칠까 봐 혼자~~~서
적들을 모조리 해치우기~~~ 위해
현명한 건지 모르겠~~~지만

천년이 지나~~~도
전 세계 방방곡곡에서 사람들은 노래~~~하리라

주문도 없이 마침내 악마들을 무찌른 타라~~~를

그리하여 시인들은…….

"제발, 그만해, 파프니르! 이러다…….” 칼이 두 손으로 귀를 틀어막으면서 소리를 질렀다.

아뿔싸, 너무 늦었다. 아래층에서 요란한 소리가 들렸다. 타라가 재빨리 불러낸 천으로 창과 갑옷을 덮어씌우기가 무섭게 그르룰이 이끄는 호위대가 무기를 들고 들이닥쳤다.

"무슨 일입니까? 무슨 일이에요?” 그르룰이 외쳤다. “이 방에서 강도 4의 폭발음이 센서에 감지됐어요. 모두 무사합니까? 공격받았습니까?”

"아무 일 없어, 그르룰.” 타라는 웃음을 참으면서 안심시켰다. “파프니르가 방금 나를 위한 시를 지었거든.”

"강도 4의 폭발음이라니요?” 난쟁이가 쏘아붙였다. “무슨 기계가 난쟁이의 노래와 폭발음도 구별할 줄 몰라요?”

"그게 노래였다고요?” 그르룰은 믿기지 않는 얼굴로 물었다.

"네!” 파프니르는 누구든 난쟁이의 예술적 재능을 의심하는 자는 따끔한 맛을 보여주겠다는 듯 양손으로 도끼를 잡았다. 아무리 덩치가 큰 초록 트롤이라도 키가 겨우 무릎에 닿는 난쟁이에게 큰코다칠 수 있다는 시위였다.

경호원들은 눈치를 보다가 사과하고 하나둘 방을 나갔다.

그르룰은 그제야 방에 있는 사람들이 누군지 알아차렸다.

“오, 매직갱!” 그르룰이 반가워했다. “마마께서 친구들이 왔다고 하셨는데…… 우리와 함께 죽으러 온 걸 환영해요!”

“고맙지만 피할 수만 있다면 잘 피해야죠.” 칼이 받아쳤다. “우리는 세상을 구하려고 왔거든요.”

칼이 친구들을 쳐다보자 모두 합창했다.

“또다시!”

트롤은 폭발음으로 들릴 정도로 강력한 소리를 낼 수 있는 난쟁이를 쓱 한 번 쳐다보면서 말했다.

“악마들에게 그렇게 노래를 불러주면 줄행랑치겠어요! 나는 이만 나가볼게요. 시간이 되면 알리겠습니다.”

트롤의 목소리에서 ‘만일을 대비해 귀를 틀어막을 만한 걸 찾아봐야겠다’는 뜻이 느껴졌다.

호위대와 트롤을 내보내고 문이 닫히자 파프니르가 내뱉었다.

“음, 교양 없기는! 어떻게 위대한 예술을 감상할 줄을 몰라!”

타라는 웃지 않을 수 없었다. 위험한 무기를 가져온 것 때문에 모두 흥분해서 난리를 치고 있었는데 파프니르가 노래로 순식간에 분위기를 바꿔버렸으니. 타라는 이따금 난쟁이가 보여주는 것보다 훨씬 영리하다는 생각이 들었다. 비록 지금은 초록빛 눈에서 격분밖에 읽을 수 없지만. 타라는 악마의 사물들을 씌웠던 천을 사라지게 했다. 사물들도 영악했다. 잠깐 사이에 팔찌와 벨트, 만년필로 모습을 바꾸었던 것이다. 무거운 침묵 속에 사물들을 집어 들던 타라가 갑자기 웃음을 터뜨렸다.

타라는 어리둥절해서 쳐다보는 친구들을 보며 미소를 지었다.

"악마의 사물들이 아까 그 소리가 적들과 싸울 때 전술로 사용하는 건지 궁금하대. 그 멋진 소리가 아주 효과적이라고 생각한다면서."

"아하! 드디어 뭘 좀 아는 친구들이 나타났군." 파프니르가 흡족한 얼굴로 말했다. "고맙다고 전해줘. 그리고 난쟁이들은 늘 노래를 부르면서 싸운다고."

"너한테 말을 해?" 무아노가 물으면서 또다시 질겁했다. "검은 여왕이나 크라에토비르의 반지처럼? (무아노는 침을 삼켰다) 우리에게 또 그러는 거 아냐?"

"아니야." 타라가 대답했다. "내 허락 없이는 내 정신을 침범하지 않아. 우리는 의사소통이 필요할 때 서로에게 물어보고 대화해. 그리고 서로에게 예의를 지켜. 서로를 파괴할 수 있다는 걸 아니까. 그렇게 될 경우 나는 비욘드월드로 가지만 자기들은 다시 악마들의 노예가 된다는 걸 알거든. 전혀 위험하지 않아, 지금은."

이 말에 칼이 의아해했다.

"하지만 악마들이잖아?"

"그렇지. 하지만 나는 이 영혼들의 얘기를 듣고 이해가 됐어. 사물 속에 갇히게 된 영혼들은 거의 대부분 농부나 노동자, 석공 같은 위험하지 않은 아주 평범한 악마들이었대. 어느 날 갑자기 쳐들어온 보울리미-레마족이 태양에 무슨 짓을 하고는 전부 학살했어. 악마의 사물들 속에 가두고 에너지를 이용하기 위해서였지. 기억하지? 악마들이 일곱 개의 행성 중 하나를 폭발시켰던 거? 지구나 아더월드와 마찬가지로 악마들도 여러 종족이 있어. 보울리미-레마족은, 엄청 강력해서 군사 협정만 맺고 있는 제7행성을 제외한 여섯 개의 행성을 정복하고 있었어. 그런데 제3행성의 에프리트들이 보울리미-레마족을 배신하고 아더월드와 손을 잡았지. 그 뒤로 우리 아더월드와 체결한 협정에서 보울리미-레마족은 제3행성을 파괴하거나 에프리트들에게 복수하지 않기로 했어. 협정 따위를 대수롭지 않게 여기는 보울리미-레마족이 에프리트들을 해치지 않는 것에 이 영혼들도 놀랐었대. 그래서 나는 보울리미-레마족이 에프리트들과 또 다른 협정을 맺었던 거라고 확신해. 살려주는 대가로 에프리트들을 스파이로 이용하는 게 틀림없어."

방 안에 침묵이 흘렀다.

"그러고 보니 에프리트들에게 아무도 주의를 기울이지 않았어." 생각에 잠긴 무아노가 지적했다. "교통정리, 보수작업 같은 일을 하고 있어서 어디서나 쉽게 에프리트들을 볼 수 있으니까 그런 점에서는 스파이로 손색이 없어. 하지만 에프리트들은 우리에게 해를 끼치는 행동을 전혀 하지 않잖아."

타라는 고개를 끄덕였다.

"지금까지는 그랬지. 그런데 말이야, 아르칸즈가 마지스터로부터 얻는 정보라고 하기에는 우리에 대해 너무 많은 걸 알고 있었어. 내가 림보에서 돌아온 뒤에 작성한 보고서에 그 사실을 적어놨었고, 고모도 그 뒤로 안보를 강화했지. 요컨대 보울리미-레마족이 괴물 같은 모습으로 변한 것은 제7행성에서 살던 종족에게서 영감을 받았던 거야. 촉수, 갈퀴발톱, 송곳니, 기형은 모두 제7행성 종족의 특성이거든. 그래서 내가 이 영혼들에게 지금 새로운 세대의 악마들은 인간의 모습을 하고 있다고 설명해줬더니 깜짝 놀랐어. 악마들이 추구하는 최고의 힘은 신체적 특징에서 나오는 거라면서.”

“그런데도 보울리미-레마족의 아르칸즈와 결혼하고 싶어?” 칼이 비난하듯 말했는데 실은 질투심 때문에 눈이 돌아가 있었다.

“지금 나는 수천 년 전에 일어난 일을 말하고 있는 거야. 우리를 납치하려고 했던 아르칸즈를 두둔하려는 것이 아니라고! 아르칸즈는 자기 아버지가 저지른 죄에 대한 책임이 없어. 내 아버지의 죄가 내 책임이 아니듯.” 타라가 반박했다. “하지만 네 말도 일부분 맞아. 보울리미-레마족이 검은 태양을 바꾸기 위해 또다시 종족을 몰살하는 극악무도한 짓을 다시 시작했으니까. 그것만으로도 용납할 수 없지. 무고한 영혼들을 희생시켜서 이용하는 진짜 악마의 마법이야. 바로 그래서 사물 속에 갇힌 이 영혼들이 나를 도와주기로 한 것이고. 보울리미-레마족에게 복수하기 위해서……..”

무아노는 고개를 설레설레 저었다.

“아니, 이제는 무고한 영혼이라고 할 수 없어.”

“뭐?”

“네가 지니고 있는 사물의 영혼들은 억압을 받고 갇혀 있었어. 하지만 수천 년 동안 악마들은 몹쓸 마법을 사용해서 파괴를 일삼았어. 악마의 영혼들도 그 책임에서 자유롭지 않아. 우리가 림보에서 본 것들을 생각하면 등골이 오싹해. 그 괴상망측한 궁전, 닥치는 대로 찢어발기면서 괴성을 지르는 악마들, 재판관, 인간 모습으로 형질 전환……. 아르칸즈가 악마의 사물들을 회수하려고 혈안이 된 것이 다 그래서야. 아주 오랜 옛날에 만든 악마의 사물들이 강력한 힘을 지니고 있을 뿐만 아니라 무고한 영혼들이었기 때문이지.”

"아무튼 나는 악마들이 왜 평화를 운운하는지 이해가 안 돼." 파브리스가 진지하게 말했다. "아더월드나 지구에도 감옥에 갇혀서 이용 당하는 무고한 영혼이 헤아릴 수 없이 많아. 이제 악마들은 우리를 잡아먹기 위해 침략할 필요가 없어. 인간으로 형질 전환이 되었으니 살과 피를 먹지 않아도 사는 데 아무 지장이 없으니까. 타라, 악마들이 갑자기 이렇게 나오는 이유가 뭘까? 너는 알아?"

타라는 한숨을 내쉬었다. 물론 알고 있었다.

"라오르의 창과 브롱스의 갑옷에 대해 너 정말 자신 있는 거지?" 파브리스는 미소를 지으면서 덧붙였다. "피에 굶주린 괴물로 변하지 않는 게 확실하다면 나는 찬성이야, 타라."

검은 눈의 금발 소년이 평온하게 말하자 다른 친구들도 타라가 악마의 사물들을 지니고 있는 것에 찬성했다. 친구들이 반대해도 달라지는 것은 없지만 타라는 아무 말도 하지 않았다.

타라는 문득, 제레미도 타딕스에 와 있는 것이 기억났다. 중요한 얘기를 하느라 잊고 있었다.

제레미＋무아노＋파브리스 늑대인간은 누가 봐도 악마들＋드래곤들＋안젤리카보다 불리한 조합이었다.

그러다 마지스터와 셀렌바도 타딕스에 와 있는 게 아닐까 하는 의문이 들었다. 그렇다면 문제의 절반을 한 방에 해결할 수 있는데. 하지만 지나친 기대였다. 용의주도한 마지스터는 아더월드 어딘가에 숨어 있을 것이 분명했다. 악마라기보다 너무 영악한 인간에 가까운 새 마왕이 마지스터의 마음에 들 리 없었다. 그리고 모두 죽게 되면 아르칸즈는 마지스터가 물리쳐야 할 가공할 적이었다. 마지스터는 바보가 아니었다. 리스베스가 뭔가 대책을 세워놨을 거라고 예상하고 있을 게 틀림없었다. 따라서 마지스터는 악마들과 싸워서 몰락한 세계에서 황제가 되거나 비열한 인간으로 낙인찍혀서 감옥에서 썩을 준비를 하고 있을 것이었다.

감옥……. 그 순간 로빈이 생각난 타라는 친구들에게 소식이 있는지 묻고는 함께 있으면 좋겠다고 말했다.

"로빈은 팅가푸르 황궁의 감옥을 탈출하는 데 성공했을 뿐만 아니라 아직까지 경찰이 찾지 못했어." 칼이 믿기지 않는다는 얼굴로 말했다. "솔직히 질투가 나. 나도 탈옥한 적이 있지만 파란 땅신령들이 도와준 덕분이었어. 도망치는 기술이 전혀 없는 로빈이 어떻게 탈옥했을까?"

"너 좀 지나치다." 무아노는 의리 있게 로빈을 대변했다. "로빈은 하프엘프야. 그리고 랑코비트 정보국장의 아들인데 아무려면 그런 때를 대비한 훈련을 안 시켰겠어?"

"아니, 불가능한 일이야." 칼은 단호하게 대꾸했다. "황궁의 감옥은 가장 경비가 삼엄한 10등급의 감옥이야. 외부의 지원 없이는 절대로 탈출이 불가능해."

"그러니까 네 말은 로빈의 아버지가 도와줬을 거란 뜻이야?"

타라가 물었다.

"그거야 모르지." 칼이 단호하게 대답했다. "그렇더라도 이상한 점이 있어. 그런 탈출이라면 사전 준비가 있어야 가능하니까. 그런데 비밀 통로의 지도는 어디로 사라졌는지 아직 찾지 못했단 말이야. 통로를 유일하게 아는 건축가들은 오래전에 죽었고, 공공의 적 1위인 마지스터 같은 미치광이야 체포될 경우를 대비해 탈출할 방법을 마련해놓겠지만……."

칼은 갑자기 말을 멈췄다. 친구들이 그런데 뭐? 하고 집요하게 물었지만 칼은 더 이상은 말해주지 않았다.

불현듯 머릿속에 스친 생각이 아주 이상해 확인하기 전에는 말할수 없었다. 그리고 지금으로서는 로빈이 도망친 건지, 아니면 납치된건지도 모르는 상황인데.

"악마의 사물에 대한 이야기로 돌아가자면 타라, 내가 키스할 때는 그것들을 빼면 안 될까? 보는 눈이 많다는 생각을 하고 싶지 않거든."

그 말에 타라는 웃음이 나왔다. 많이 걱정했는데 친구들이 생각보다 상황을 잘 받아들여주었다. 아직은 경계심이 느껴지지만 타라가칼의 손을 스치거나 팔찌로 건드렸을 때도 반응이 없었다. 타라는 칼의 눈빛에서 속이려는 것이 아니라 마음 편하게 해주려는 배려를 느낄 수 있었다.

친구들이 타딕스에 남기로 결정했기 때문에 타라는 작전에 대해설명해주었고, 타라가 나가야 할 시간까지 여제의 작전과 비교해서다른 점에 대해 논의했다. 타라는 일어났다. 체인지라인은 흰색 바탕에 은빛과 금빛 수를 놓은 아름다운 드레스를 입히고 틀어 올린 머리에 묵직한 왕관을 씌워주었다. 타라는 굽이 높은 구두를 거부하고 켈트릴로 보강한 부츠를 신었다. 그리고 허벅지에 단도 몇 개와 단검을찼다. '바늘'이라는 이름의 이 단검은 몇 년 전 릴란드릴의 활이 로빈을 새 주인으로 선택하는 것을 지켜보고 있던 한 난쟁이가 타라에게선물한 것이었다.

난쟁이들은 상대의 눈빛을 보고 범상치 않은 인물을 알아보는 직관력이 뛰어났다.

칼이 갑자기 타라의 드레스 자락을 들추고는 손으로 단검을 더듬었다. 깜짝 놀란 타라는 어찌할 바를 몰랐다. 얘가 지금 뭐 하는 거야?

칼이 단검에서 손을 떼고 파프니르에게 눈길을 던지면서 말했다.

"이건 살상 무기인데…… 뭐라고 하더라? 아, OS! 준비해왔구나?"

파프니르는 고개를 끄덕였다.

"응, 그런데 타라는 단검을 사용한 적이 없어. 그런 용도로는."

둘은 공모의 눈짓을 교환했다.

"너희 둘만 쑥덕거리면 어떡해?" 타라가 농담 반 진담 반으로 말했다. "무슨 말인지 우리 같은 풋내기들도 알아듣게 설명해줘야지."

"맞아." 파브리스도 맞장구쳤다. "근데 나한테는 풋내기가 뭔지도 설명해주라."

"풋내기란 규칙을 모르는 초보라는 뜻이지." 무아노가 또박또박 설명했다. "인터넷 용어로는 '누브'라고 하고."

"그리고 OS란 살상 무기라는 뜻이야." 칼이 설명을 이어나갔다. "심장을 맞고 죽기 직전에 할 수 있는 말이 오로지 '오, 슬루르크!'밖에 없다고 해서."

타라는 파프니르에게 의혹의 눈길을 던졌다.

"준비해왔다는 건 무슨 뜻이야? 시장에서 릴란드릴의 활이 로빈을 주인으로 선택하는 걸 지켜보고 있다가 나한테 단검을 선물한 난쟁이는 마력은 없고 휘어지지도 부러지지도 않는다고 했는데?"

파프니르의 얼굴이 약간 붉어졌다. 음지에서 활동하는 이들이라면

다 아는 무기지만 이렇게 대놓고 물어보면 난쟁이들은 난감해했다.

"우리 난쟁이들이 마법을 싫어하는 건 너도 알잖아."

"그거야 알지. 너만 해도 늘 '빌어먹을' 마법이라고 하는데."

"응, 그렇지. 난쟁이들은 마법 능력이 전혀 없는 이들도 사용할 수 있게 살상 무기를 만들어. 아직까지도 마법을 사용하는 난쟁이들은 추방당하니까. 똑같은 무기라도 엘프나 인간 같은 다른 종족이 만든 것보다 난쟁이들이 만드는 무기가 훨씬 강력하고 단단하고 튼튼해. 그래서 우리끼리는 특수 무기라고 하지. 음…… 나 아닌 다른 난쟁이가 만든 무기를 타라 네가 지니고 있는 게 싫었어. 그래서 내가 그 단검을 슬쩍하고 이 단검으로 바꿔놨어. 너는 그 바늘 단검을 뭔가를 자를 때만 쓰지 싸울 때는 한 번도 사용한 적이 없기 때문에 그 차이를 알아채지 못할 거야."

타라는 파프니르의 말이 전혀 이해가 되지 않았다.

"그러니까 이 단검은 특수 무기란 말이지?"

난쟁이는 몸을 비틀면서 잠자코 고개만 끄덕였다. 말해주고 싶지 않은 것이 역력했다. 난쟁이를 대신해서 칼이 나섰다.

"파프니르의 말은 난쟁이들이 자객이나 정부를 위한 무기를 만든다는 뜻이야. 하지만 많이 만들지는 않아. 하나 만드는 데 굉장히 힘들기 때문에. 파프니르가 너를 위해 만든 것은 아주 특별한 거야. 파프니르가 진작 말해줬어야 했는데. 아무튼 이런 무기는 그게 화살이든, 칼이든, 도끼든 절대로 표적을 빗나가지 않아. 누군가를 겨냥하고 이 단검을 던질 경우 곧장 날아가서 심장에 꽂히고, 심장이 여의찮으면 목에, 목이 가려져 있으면 눈에 꽂히는 식이야. 요컨대 단검이 어떻게 해서든 죽이는 방법을 찾는다는 거야. 공격 횟수가 얼마나 되지, 파프니르?"

"30회." 여전히 난감한 표정으로 난쟁이가 말했다.

칼은 휘파람을 불었다.

"30회? 브라보! 와, 정말 감동이다!"

하지만 이해를 못한 타라가 물었다.

"그건 또 무슨 뜻이야?"

칼은 웃음을 터뜨렸다.

"그러니까 눈앞에 여러 명의 적이 나타났을 때 네가 한 놈에게만 OS를 던져도 다른 놈들을 모조리 찔러 죽인다는 뜻이야."

아아! 정말 놀라운 단검이었다. 열네 살 생일에는 초강력 파괴력을 지닌 장갑을 선물로 주더니, 난쟁이 친구가 지금이야말로 타라에게 특별한 장비가 필요하다고 판단한 것이었다. 제대로 본 것이었다.

타라가 세심한 배려에 고마움을 표시하자 파프니르는 중얼거렸다.

"여러 명의 적에게 포위되었을 때만 사용해. 이 단검이 네 친구들 못지않게 한몫 톡톡히 해줄 거야."

당연하지, 이 단검의 용도를 알았는데.

친구들도 마법복을 갑옷으로 바꾸고 나갈 채비를 했다. 파프니르 역시 실버가 약혼 선물로 준 켈트릴 갑옷을 갖춰 입었다. 그런데 칼이 난쟁이의 키와 몸집이 같아서 갑옷 입은 모습이 고급 통조림통 같다고 놀렸다.

그 말에 파프니르가 달려들었다.

타라는 둘을 뜯어말리면서 어찌나 웃었는지 드레스 솔기가 뜯어질 뻔했다.

무례한 말이지만 아주 정확한 표현이었다. 위쪽이 약간 네모난 투구 때문에 더 그렇게 보였다.

파프니르는 아닌 게 아니라 통조림통 속에 들어앉은 기분이라고 투덜대면서도 가까이 있는 놈들을 모조리 때려잡아서 산 채로 저장하는 것이 목적이라고 응수했다.

웩! 칼은 즉시 사과하면서 난쟁이를 두둔하더니 이내 파프니르에게 사과를 받아들일 겨를도 주지 않고 덧붙였다.

"암, 그렇고 말고. 네 도끼는 성깔 있는 최고급 믹서인데!"

칼이 정말 죽도록 맞고 싶어서 파프니르를 저렇게 놀리는 거라면 하는 수 없지. 타라가 싸움에 끼어들지 않기로 마음먹는 순간 오른쪽 귓가를 쌩 지나간 도끼는 미친 듯이 웃으면서 방석 위로 펄쩍 뛰는 칼을 아슬아슬하게 빗나갔다. 난쟁이가 일부러 빗맞힌 걸 알기 때문에 그 대단한 솜씨에 타라는 탄복했다.

보다 못한 파브리스가 늑대인간으로 변신해서 성난 난쟁이를 붙잡았다.

그 순간 문을 두드리는 소리가 났다. 파브리스는 파프니르를 놓아주었다. 모두 아래층 거실로 내려갔고, 타라가 문에게 열어주라고 지시하자 문이 바닥 속으로 사라졌다. 타라는 적응이 되지 않았다.

그르룰이 서 있었다. 여성 트롤이 귀를 세우는 모습에 파프니르가 눈살을 찌푸리자 냄새를 맡아보고는 고개를 끄덕이고 나서 말했다.

"10분 후에 나가셔야 합니다, 마마."

타라는 가슴이 쿵쿵 뛰었고, 이번에는 악마의 사물들도 반응을 보였다. 사물들의 느린 진동이 느껴졌다. 초록 트롤이 뭔가를 감지한 듯 눈살을 찌푸렸지만 아무 말도 하지 않았다.

"고마워, 그르룰." 타라는 의젓하게 대답했다.

사실, 악마들은 20분 후에 도착 예정이지만 마법사들이 늑장을 부릴까 봐 리스베스 여제가 10분 일찍 소집한 것이었다.

타라는 늦게 나갈 마음을 먹고 있었다. 악마들이 도착하기 10분 전에 모든 공간이동의 문이 봉쇄될 예정이었다. 따라서 그때부터 스쿠프들이 보내는 영상은 공간이동의 문이 아니라 위성을 통해 전송되므로 뉴스 전파는 시차가 있게 된다. 타딕스는 지구의 달과 마찬가지로 궤도를 따라 도는 행성에서 아주 멀리 떨어져 있지 않기 때문에 시차는 크지 않았다. 거리는 평균 512627타트롤, 따라서 영상은 거의 2초, 음향은 2초보다 조금 더 늦게 전송되는 것이다.

10분 후, 그르룰이 문을 두드렸다. 타라가 환영식장으로 내려가야 할 시간이었다.

타라는 노크 소리를 모른 척하고 시간을 흘려보냈다. 그때 둔탁한 소리가 들렸다. 공간이동의 문들이 봉쇄된 것이다.

타라는 영악한 미소를 지었다. 극적인 등장으로 타라를 악마들과 드래곤들의 먹이로 던져준 이들을 애태울 생각이었다. 타라는 칼과 파브리스에게 각각 오른쪽과 왼쪽에 서게 했고, 칼의 여우 블롱딘과 갈랑, 친구들과 함께 숙소를 나갔다.

그르룰은 어안이 벙벙한 얼굴이었다. 그러다 타라의 의도를 알아차렸다는 듯 초록 트롤이 머리를 끄덕였다. 타라는 무조건 복종하는 인형이 아니라 자유의지를 가진 독자적 존재임을 사람들에게 보여주려는 것이었다.

그르룰은 차려 자세로 랑코비트의 공주 글로리아 다아빌, 일명 무아노와 난쟁이 파프니르 그리고 타라의 양팔을 잡고 으스대는 파브리스 드 브주아 지롱과 칼리반 달 살란에게 인사를 했다.

모두 전투복 차림이었다. 그르룰은 긴 드레스에 가려져 있지만 타라도 켈트릴로 보강한 부츠를 신고 있다는 걸 알아차렸다.

그르룰은 기뻐하고 있는 자신에게 깜짝 놀랐다. 후계자의 친구들이 와 있는 것에 마음이 놓여서일까? 트롤은 커다란 초록 머리를 흔들었다. 벌써 노망이 났나? 악마들이 공격하면 매직갱이라도 별수 없을 텐데.

타라는 두려웠다. 불청객들을 보고 완전히 무시해버릴 게 뻔한 고모 때문이 아니라(고모가 무아노와 파프니르를 달갑게 여기지 않는 것은 랑코비트와 히믈리아가 오무아의 주요 동맹국이기 때문임을 타라도 모르지 않았다) 몇 분 후에 아르칸즈를 만나야 하는데 왜 이렇게 초조한지 알 수가 없어서였다. 아마도 곧 일어날 긴박한 상황 때문이겠지? 정말 만나고 싶지 않은데…….

칼은 타라의 팔을 살짝 잡고 있는 데 반해 파브리스는 으스러뜨릴 듯 움켜잡고 있었다. 타라는 파브리스의 귀에 대고 곧 싸워야 할 텐데 팔 빠지겠다고 넌지시 속삭였다.

파브리스는 미안한 표정을 지으며 손에서 힘을 뺐다.

갑자기 칼이 걸음을 멈추고 돔 안 곳곳에 있는 샹들리에에서 시선을 떼지 못했다.

"오, 내 조상들의 피여! 대체 샹들리에를 뭘로 만든 거야?"

타라가 고개를 들고 쳐다봤다.

"조명이잖아? 환하게 잘 만들었는데 왜?"

칼이 숨막히는 시늉을 하자 파브리스가 등을 두드려주었다.

"미쳤어!"

"칼, 많은 사람들이 우리를 기다리고 있어. 뭐 때문에 그러는지 말을 해야 빨리 가든지 말든지 하지!" 무아노가 핀잔을 주었다.

칼은 무아노 쪽으로 고개를 돌리면서 말했다.

"네가 몰라서 그래! 저 샹들리에들은 크리스털로 만든 게 아냐. 다이아몬드야, 다이아몬드!"

깜짝 놀란 타라는 다시 고개를 들고 위를 쳐다봤다. 수없이 많은 샹들리에!

도둑의 얼굴은 창백해져 있었다.

"이건 내가 이제껏 본 것 중 최고의 과시야! 어쩜 이렇게 부를 과시하느냐고. 저 많은 다이아몬드를 시장에 내놓으면 가격이 폭삭할 텐데! 저렇게 완벽한 보석들이 다 어디서 난 걸까? 그런데 왜 소문이 안 났지?"

"인조 다이아몬드 아닐까?" 보석에 대해 전혀 모르는 파브리스가 물었다

"아냐, 틀림없이 진짜야. 저렇게 많이 만들려면 비용이 엄청나게 들었을 텐데! 여기가 싫어지려고 해. 저 많은 다이아몬드를 금고 안에 넣어둬야지 어떻게 샹들리에를 만드는 데 쓰냐고!"

실망하는 도둑을 보고 타라는 웃지 않을 수 없었다.

식장으로 가는 도중에 마주친 사람들이 수군거렸다. 두 남자의 '에

스코트'를 받으며 걷는 타라의 모습을 뒤늦게 알아본 것이었다.

좋았어! 이게 먹히는구나. 하지만 이 행복도 잠시뿐이었다. 타라는 한숨을 쉬면서 칼과 파브리스에게 팔을 놓게 했다. 친구들은 군말 없이 타라에게서 떨어졌다. 비록 수십 명의 사람들과 친위대, 초록 트롤에 에워싸여 있지만 혼자 맞서야 하는 시간이 다가오고 있었다. 타라는 어깨에 앉은 축소한 갈랑을 데리고 별 문양이 있는 돔을 향해 걸어갔다.

타라를 본 리스베스 여제가 쏘아붙이는 어조로 물었다.

"뜻밖의 손님들이 왔구나? 친구들은 알고 있는 거니?"

"네, 고모."

"음, 돌려보내기에는 너무 늦었어." 여제는 파프니르와 무아노를 향해 곱지 않은 시선을 던지면서 말했다. "뭐, 어쨌든 이 친구들의 마법도 도움이 되겠지. 모두 등록시켜라, 즉시."

여제의 명을 받은 담당자들이 와서 친구들을 세우고 홀로그램 촬영을 하고, 약간의 피를 뽑았다. 타라는 놀라서 쳐다보는 무아노에게 어깨를 으쓱해 보였다. 타라도 정확한 이유는 모르고 있었다.

절차가 끝나자 여제는 별 문양을 가리켰다.

"시작할까?"

타라는 순순히 따르면서 별 문양의 꼭지 중 하나에 자리를 잡았다. 셈 선생님과 여제가 차례로 들어섰다. 이어서 등장한 파란색 작업복 차림의 모우르무르는 별 주위에 초록색 왕방울 눈이 달린 이상한 기계들을 죽 늘어놓더니 하얀 대리석 바닥에 단단히 박았다. 지켜보던 타딕스족은 아름다운 바닥을 훼손하는 모습에 질겁했다. 그리고 마지막으로 타라와 거의 맞먹을 정도로 마법이 강력한 제레미가 꼭지에 들어섰다.

갑자기 뒤쪽에서 으르렁거리는 소리가 들렸다. 타라는 금방 알아차렸다. 파브리스가 제레미를 본 것이었다. 위협적인 소리로 보아 당장이라도 달려들 것 같았다. 이어서 들리는 퉁명스러운 목소리에 타라는 소스라치게 놀랐다.

"파브리스! 지금은 이럴 때가 아냐."

무아노가 개입한 것이다. 제레미도 지구 소년 파브리스가 와 있다는 걸 알아챘는지 눈빛이 불안했다. 창백해지는 제레미의 얼굴을 보면서 타라는 돌아볼 필요 없이 파브리스가 늑대로 변신했다는 걸 짐작할 수 있었다. 2미터가 넘는 키에 금속도 꿰뚫을 수 있는 갈퀴발톱과 송곳니의 늑대인간.

제레미는 심호흡을 했다. 그러고는 마지막 준비를 끝내고 있는 리스베스 여제에게 집중하려고 노력했다.

한편 아더월드에서는 악마들을 상대로 과감하게 맞서서 무찔렀던 최고 마구스 데미데루스가 깨어나 있었다. 아니, 정확하게 말하면 악마들이 또다시 침략해올 경우 조언할 수 있게, 혈액순환을 정지한 상태로 있던 잿빛 시간 속에서 나와 있었다. 데미데루스(5000년 전에 악마를 불러낸 모든 마법사들에게 수명이 단축되는 주문을 걸어놓았다)는 리스베스의 성화에 못 이겨(리스베스는 고래고래 소리를 질러댔었다) 악마를 불러낸 마법사들에게서 수명을 앗아가는 주문을 푸는 방법을 설명해주었다. 데미데루스는 마지못해서 알려주었고, 악마들이 세계를 침략하는 것이 목적이며 속임수를 쓸 경우에만 사용하라고 당부했다. 리스베스처럼 능란한 정치가라면 악마들을 상대로 운을 시험해볼 가치가 있다고 판단했던 것이다.

따라서 몇 분 후에 악마들을 불러들인다고 해서 그들 모두의 수명이 80퍼센트 줄어드는 건 아니었다. 하지만 악마들이 정말로 공격한다면 그들 목숨을 100퍼센트 잃는 것인데 수명이 줄어들든 말든 어차피 아무 소용없는 것이었다.

리스베스 여제는 에프리트가 거대한 공(gong, 타악기 일종)을 울리는 순간 주문을 읊기 시작했다. 타라는 이맛살을 찌푸렸다. 과학기술과 마법이 혁혁한 발전을 이룬 시대에 구태의연하게 공을 울리다니!

"강력한 정복자 아르칸즈 마왕은 우리에게 오라!" 여제가 읊조렸다. "우리는 평화로운 세계로 기꺼이 그대를 초대하노라. 전사들과 하인들, 외교관을 포함한 603명을 데리고 오라(그들은 합의하에 아르칸즈를 수행하는 악마의 수를 정했다. 타라는 간단하게 600명이 아니라 왜 603명인지 이유가 궁금했다). 아르칸즈 마왕은 우리에게 오라……."

타라는 집중하면서 여제의 주문을 반복했고 이내 파란빛에 휩싸였다. 사람들이 움찔하면서 물러서자 타라는 별 문양의 중심으로 마법의 빛을 투하했다. 둘러서 있던 수백 명의 마법사들이 어느 종족 할 것 없이 모두 마법을 보탰다. 이윽고 소용돌이가 희미하게 형체를 드러내기 시작했다.

쉽지 않았다. 그 많은 악마들이 한꺼번에 들어올 수 있는 통로를 만드는 것은 아주 복잡해서 시간이 오래 걸렸다. 애초에 데미데루스가 동시에 한 명 이상의 악마를 불러들일 수 없게 만들었기 때문이다. 유일하게 마지스터가 실루르의 옥좌가 지닌 악마의 마법을 이용하여 많은 악마들을 불러들이는 데 성공할 뻔했지만 타라가 옥좌를 파괴하면서 지각단층은 굳게 닫히고 말았었다.

에어컨이 가동되고 있는데도 얼굴에서 줄줄 흐르는 땀에 머리카락, 털, 깃털이 젖고 있었다. 소용돌이는 커지지 않았지만 속으로 들어간 마법이 기다리는 이들을 향해 보이지 않는 공간을 뚫고 있었다.

해본 적이 없는 일이라 시간이 얼마나 걸릴지는 아무도 예측할 수 없었다. 모우르무르도 그저 '오래 걸린다'는 말밖에 해줄 수 없었다. 그리고 맞는 말이었다. 벌써 두 시간이나 모두들 애쓰고 있지만 어떤 조짐도 느껴지지 않았다.

그때였다. 갑자기 '펑' 하는 소리가 나더니 지독하게 흉측한 괴물이 나타났다. 뭔가를 산 채로 잡아먹었는지 투명한 배 속에는 소화액으로 서서히 뭉그러지는 고통에 비명이라도 지르듯 아직도 꿈틀거리고 있었다.

모우르무르가 설치해놓은 기계들의 왕방울 눈이 모조리 빨간색으로 변했다. 사람들이 비명을 질렀다.

타라는 아니었다. 어안이 벙벙해서였다.

뭐야, 타라가 마지막으로 본 뒤로 아르칸즈가 또 모습을 바꿨나? 그런데 이런 꼴인데…… 결혼시키겠다고?

"텔플룩 그란딜로 반트리쿨라르 스페쿨?"

트라둑투스 주문이 걸려 있는데도 날카로운 휘파람 소리처럼 들리는 이 생소한 언어를 통역하지 못했다.

괴물이 여제를 뚫어져라 처다보더니 국적을 알았는지 완벽한 오무아어로 으르렁거렸다.

"오, 나의 내장이여! 내가 여기 왜 온 거야?"

리스베스는 당황하지 않고 외쳤다.

"당신은 마왕 아르칸즈가 아니잖소?"

불거져 나온 다섯 개의 눈 위로 털 빠진 눈썹이 활처럼 휘어졌다.

"나는 벤드룩이다. 그대는 누구인고?"

아연실색한 침묵이 흘렀다.

악마를 부르지 않고 악마 신을 불렀단 말인가? 최악의 상황이었다.

모두 공포에 질렸고 그중 절반쯤이 일제히 무릎 또는 무릎 역할을 하는 것을 꿇었다. 반면에 타라 쪽의 마법사들은 너무 놀라서 눈썹 하나 까딱할 수 없었다.

벤드룩은 과연 흉측하다고 할 만했다. 아니, 흉측하다는 말로는 부족할 정도로 혐오스러웠다. 산 채로 살가죽이 벗겨져 곪은 상처에서 흘러나오는 독한 고름 때문에 바닥이 오그라드는 것 같았다. 여러 개의 팔에서 촉수들이 꼬물거리고, 몸뚱이는 아이들이 노란색 진흙덩어리를 아무렇게나 덕지덕지 붙여서 만들어놓은 것 같았다. 네 개의 다리 중 두 개가 너무 짧아 삐딱하게 기울어진 모습을 재미있게 봐줄 수도 있지만, 커다란 입에서 삐죽 나온 송곳니들을 보면 오금이 저릴 정도로 무시무시했다.

리스베스는 침을 삼켰다. 금방이라도 토하거나 기절할 것 같은 제레미는 눈을 어디에 둘지 몰라 쩔쩔매고 있었다. 타라 역시 아무렇지도 않게 쳐다볼 수 있을 만큼 강심장이 아니었다.

"나는 아더월드 오무아 제국의 여제입니다." 리스베스가 대답했다.

"오무아, 내 짐작이 맞았군. 그대의 옷에 수놓인 맛있는 새44들을 보고 그럴 줄 알았다. 그런데 나를 부른 이유는?" 악마의 신이 물었다. "친구들과 저녁 식사 중이었는데. 그렇다고 그대를 만난 것이 기쁘지 않다는 게 아니라 나는 오늘 저녁 할 일이 아주 많다."

"유감스럽게도 실수가 있었나 봅니다." 리스베스가 말했다. "미안합니다, 벤드룩 신. 우리는……."

벤드룩이 촉수 하나를 내밀었다. 리스베스는 뒷걸음치지 않으려고 이를 악물고 고무 같은 촉수를 잡았다.

"잠깐, 방금 나를 뭐라고 불렀나?"

"벤드룩 신이라고 했는데요?"

벤드룩이 리스베스를 응시하다가 느닷없이 어찌나 우렁차게 웃는지 심장마비를 일으킬 뻔했다.

"으하하하, 으하하하하, 으하하하! 벤드룩 신! 멋지군, 멋져! 벤드룩 신! 아니, 너무 거창하군! 나를 믿는가?"

리스베스는 침착해졌다. 그 누구라도 면전에서 비웃는 걸 너무 싫어하는 여제였다.

"이렇게 나타난 분에게 말하기가 좀 난처하지만 믿지 않습니다. 벤드룩……."

"이 세계에도 나 같은 신이 있는가?"

"네, 아주 많죠." 리스베스는 냉정했다. "충치가 있는 젤리소르 그

<hr>

44. 벤드룩은 오무아의 상징인 100개의 금빛 눈을 가진 주홍빛 공작을 먹어봤는데 맛은 괜찮지만 속이 좀 거북한 게 문제라고 생각했다. 깃털을 다 뽑은 뒤에 먹어야 한다는 걸 아무도 알려주지 않았던 것이다.

리고……."

리스베스는 더는 말할 수 없었다. 벤드룩이 또다시 눈물까지 흘리며 미친 듯이 웃어댔다.

눈이 많다 보니 눈물을 닦는 데 시간이 좀 걸렸다. 벤드룩이 미소를 지어 보였다. 다정한 미소라고 보냈을지 모르지만 들쭉날쭉한 데다 많이 썩은 송곳니들을 보면 이빨 관리가 엉망인 상어와 맞닥뜨린 느낌이었다.

"우리는 신이 아니다, 인간아. 하지만 인간들이 우리가 한 일을 잊지 않았다니 그것은 기쁘구나. 우리를 불러낼 때는 맹세를 많이 해야 한다. 그리고 충고 하나 하겠는데 우리를 너무 귀찮게 하지 마라. 불쾌한 일을 당하지 않으려면."

"당신은 신이 아니라 악마다. 우리가 악마들을 물리쳤을 때 당신을 죽일 수도 있었다." 뒤쪽에서 냉랭한 목소리가 외쳤다.

벤드룩은 거대한 몸집치고는 아주 민첩하게 돌아봤고, 적대적인 표정으로 쳐다보는 셈 선생님과 시선이 마주쳤다.

"아, 드래곤! 우리는 제7행성에 살던 자보르족이다. 드래곤들과 전쟁이 일어났을 때 보울리미-레마족이 우리 자보르족에게 도움을 청했었다. 신 나는 일이라고 생각하고 도왔는데 당신 말대로 그 싸움에서 우리 자보르족이 많이 죽었지. 다들 알겠지만 우리 종족은 죽는 경우가 극히 드문데 말이야. 그래서 우리는 그 터무니없는 싸움에서 빠졌고, 그 뒤로는 보울리미-레마족이 우리를 귀찮게 하지 않았다. 모두를 위해 아무에게도 귀찮게 하지 말라고 충고하겠다."

그렇게 말하고는 벤드룩이 사라졌다. 펑! 꿈에서도 보지 못할 그

구역질 나는 고름만 바닥에 남겨놓고서.

기계의 왕방울 눈들이 다시 초록빛으로 돌아왔다.

리스베스 여제는 긴장을 풀기 위해 숨을 들이마셨다가 내쉬었다. 5000년 동안 사람들은 벤드룩, 젤리소르 같은 이름을 부르며 맹세하면서도 그들이 살아 있을 거라고 생각한 사람은 아무도 없었다. 여제의 보좌관 중 한 명이 걸레를 들고 와서 재빨리 고름을 닦았다. 별 문양을 다시 그릴 필요는 없었다. 하얀 대리석 바닥에 문양을 박아 넣은 것이기 때문이었다.

타딕스족이 인상을 썼다. 고름 때문에 아름다운 바닥에 시커먼 자국이 남았으니. 그렇지 않아도 모우르무르가 많은 기계를 박는 바람에 바닥이 약간 훼손됐는데.

리스베스 여제가 말했다.

"이번에 주문을 말할 때는 아르칸즈의 이미지를 보면서 집중하는 것이 좋겠다."

숱 많은 검은색 긴 머리에 초록빛 눈을 지닌 미남의 얼굴이 별 문양 중앙에 나타났다.

매직갱 말고는 아르칸즈를 실제로 본 사람이 아무도 없었는데, 무아노는 림보에 있을 때 크리스털 볼에 많은 영상을 담아왔었다. 그래서 아르칸즈의 궁전에서 마주쳤던 수많은 악마들의 사진을 확보하고 있었다. 림보에서 돌아온 뒤 매직갱은 여제에게 영상 자료와 함께 보고서를 올렸고, 리스베스는 잘생긴 아르칸즈의 모습에 깜짝 놀랐었다. 타라는 이를 악물었다. 아더월드 사람들은 미남, 미녀를 정말 좋아했다. 그런 점에서 악마들은 목적을 완벽하게 달성한 것이었다.

타라는 집중했다. 거의 검푸른 빛을 띠는 타라의 강력한 마법이 다른 마법사들의 마법에 섞였다. 이번에는 아르칸즈의 사진을 보면서 마왕이 수십억 광년 떨어진 거리를 통과할 수 있게 모두 힘을 합쳤다.

지구의 우주물리학자 스티븐 호킹은 빅뱅이 일어나는 순간 우주가 형성되었으며 우주는 11차원으로 이뤄져 있다는 가설을 제기했다. 타라는 스티븐 호킹이 이 자리에 함께 있다면 몹시 기뻐했을 거라고 생각했다. 그의 가설이 완벽하게 입증된 것이니[호킹 박사의 이론에 따르면 우리가 경험하는 4차원(공간의 3차원과 시간의 1차원)을 뺀 나머지 7차원은 너무 작아 우리가 느끼거나 알 수가 없는 형태로 말려 있다. 우리가 가진 질량으로는 광역 상태를 통과할 수 없다. 블랙홀이나 화이트홀, 웜홀 같은 무수한 터널들을 연결하는 통로를 만들어야 이동할 수 있기 때문이다. 이것은 곧 빛의 시공간 개념 운동을 돌파한 것이 된다. 그런데 여기서 악마들이 도착한다면 불가항력이라고 여겨지는 온갖 장애를 뚫고 시공간을 넘나드는 게 가능한 것으로 입증되기에 그걸 두고 하는 말이다—옮긴이].

엄청난 힘을 쏟으면서 모두 지쳐가고 있었다. 벤드룩을 불러들였다는 것은(물론 벤드룩은 불청객이었지만) 그들이 이미 구멍을 낸 것이었다. 이제는 수백 배나 많은 악마들을 유형화시켜야 했다.

마법이 가장 약한 켄타우로스들이 첫 번째로 기권했다. 이어서 켄타우로스와 마찬가지로 마법보다는 육탄전에 더 능한 유니콘들도 기권했다. 다음은 타트리스족, 엘프족, 셈을 제외한 드래곤들, 인간 마법사들도 빠졌다. 아예 참여하지 않은 난쟁이들은 마법사들을 지켜보면서 동족인 파프니르를 못마땅한 시선으로 쳐다보고 있었다.

타라의 친구들은 열심히 마법을 작동하고 있지만 마법의 빛이 하나둘 꺼지기 시작했다. 마법사들이 살아 있는 한 그들이 쏟아낸 마법 에너지는 별 문양이 만드는 일종의 장막 속에 계속 남는 것이다. 한계에 이른 리스베스가 멈췄고, 몇 분 후에는 셈이 포기했다.

이제 타라와 제레미만 남았다. 타라는 제레미와 경쟁하고 있는 게 아니었다. 칼에게 많은 피를 빼주었기 때문에 아직은 마법이 약한 이유도 있지만 한편으로는 마법 에너지를 아끼고 있었다. 마지막까지 남으려고 안간힘을 쓰며 얼굴이 일그러지는 제레미를 보면서 타라는 미소를 지었다.

그리고 포기했다. 타라는 마법을 멈췄다.

제레미가 타라에게 승리의 미소를 날렸다.

그것으로 충분했다. 타라가 포기한 것은 소용돌이 문이 열리는 걸 느꼈기 때문이었다. 판단은 맞았다. 〈스타 트렉〉 영화에서처럼 갑자기 눈부신 후광 속에 수백 명이 유형화되었다.

아르칸즈가 방금 도착한 것이다.

매력적인 모습의 악마들과 함께였다.

그 순간 이상한 일이 일어났다.

살아 있는 무기로 양성된 지각 없는 블랙 드래곤들이 공격 자세를 취한 것이다.

그러고는 마치 날개와 갈퀴발톱이 뽑혀 나가는 것처럼 괴성을 지르기 시작했다.

악마들은 춤이라도 추듯 일제히 꿇어앉는 자세를 취하더니 주둥이가 납작한 검은색 무기를 빼들었다.

모두 얼어붙었다.

두 가지 미션

꼭 훔쳐야 하는 것이 있어서
역사적인 만남을 놓쳐야 하다니

*

모든 스쿠프, 거의 전 세계가 타딕스에 주목하고 있었다. 전혀 모르고 있어서 행복하게 살고 있는 지구만 제외하고.

공간이동의 문들이 모두 닫히고 위성으로만 타딕스의 상황이 중계되자 모든 이들은 촉각을 곤두세우며 지켜보고 있었다.

마라 그리고 좀비만 예외였다.

마법사가 죽으면 비욘드월드로 가는 것이 정상인데 죽은 뒤에 좀비가 되는 경우가 있다. 왜 좀비가 되는지 그 이유는 전혀 알려진 바가 없었다. 아더월드에서 '소멸식'이 높이 평가되는 것은 그런 이유였다. 아니면 아더월드는 그야말로 '산송장'들이 우글거릴 것이기 때문이다. 하지만 몇몇 마법사들의 영혼은 비욘드월드로 가지 않고 죽은 뒤에도 육신에 남아 있는 경우가 있었다. 정말이지 부러워할 운

명이 아니었다. '병적 마법'에 걸려 계속 썩어 문드러지다 떨어져 나갔던 신체 부위들이 좀비가 된 본래의 육신으로 되돌아가게 된다. 그래서 나이가 많은 좀비일수록 부패한 육신을 끌고 다니는 것에 지칠 때마다 영혼을 자유롭게 놔주기 위해 소멸식을 바라는 경우가 있었다.

마라 앞에 있는 좀비는 아주 나이가 많지만 나이치고는 놀라울 정도로 유지가 잘되어 있었다. 좀비에게서 나오는 얼음장 같은 냉기가 느껴질 정도로 마라는 가까이 다가갔다. 아, 이 좀비는 냉각 주문으로 부패를 늦추는 방법을 찾은 것이 틀림없었다.

"최고 마구스 반두르, 도와주겠다고 하셔서 고맙습니다." 마라는 조심스럽게 경의를 표했다.

데미데루스가 소녀의 뺨에 난 흉한 무사마귀처럼 다시 나타난 좀비를 봤다면 경악했을 것이다. 최초에 5인의 최고 마구스가 있었고, 그중 잿빛 시간 속에 갇힌 데미데루스를 제외하고 모두 사망했다. 그런데 최고 마구스 반두르는 완전히 죽지 않았던 것이다.

5000살 먹은 좀비는 어깨가 떨어져나가지 않게 아주 조심스럽게 으쓱 올렸다.

"나는 여제가 멍청한 짓을 해서 도와주는 것뿐이다. 데미데루스를 포함한 우리 5인의 최고 마구스들이 그 몹쓸 악마들이 돌아오지 못하게 모든 조치를 취해놨더니 뭐, 놈들과 교역을 하겠다? 여제는 산 채로 잡아먹힐 거야."

"하지만 최고 마구스 데미데루스께서는 허락했을 뿐만 아니라 그 작전에 도움을 주셨습니다."

"혈액순환이 정지된 채로 잿빛 시간 속에서 오래 기다리다 노망이 난 게지." 좀비는 큰 소리로 내뱉다가 하마터면 혀가 빠질 뻔했다. 좀비는 혀가 떨어지려는 순간 가까스로 잡았다.

마라는 불편했다. 죄책감 때문도 속이 울렁거리기 때문도 아니었다. 좀비의 끔찍한 모습과는 아무 상관 없었다.

마라가 저지른 짓을 뭐라고 표현해야 할까? 악독한 짓, 아니면 비열한 짓? 위험한 짓? '아주 위험한 짓'이라는 표현이 적당했다.

악마의 마법에 감염되었던 자르와 마라는 몸속에 남아 있는 것까지 완전히 살균되었지만, 이 쌍둥이 남매가 마지스터와 연락할 수 있다는 걸 아무도 모르고 있었다. 둘은 생각만 깊이 하면 머릿속에 새겨진 크리스털 번호를 기억해낼 수 있었다. 마라는 마지스터가 어떤 주문을 사용하여 번호를 머릿속에 심어놨는지 몰랐다. 그 주문 때문에 상그라브들의 보스가 어디에 있는지 알 수 없지만 연락하는 것은 가능했다. 그리고 마지스터와 연락이 가능하다는 말을 외부에 언급할 수 없는 것도 주문 때문이었다.

마라는 자르가 이 번호를 사용한 적이 있다는 걸 알고 있었다. 적어도 한 번은. 마지스터가 어머니 셀레나의 시신을 강탈해갔을 때였다. 마지스터와 자르가 무슨 얘기를 나눴는지 모르지만 동생의 얼굴이 파랗게 질려서 몹시 기분 나빠했다. 통화한 뒤로 며칠 동안은 몹시 괴로워하는 눈치였다. 그러다 어머니가 정말로 사망해서 비욘드 월드로 떠났다는 걸 알았을 때 안도했었다. 타라에게서 아버지와 어머니가 어떻게 지내는지 들었고, 그 뒤로 자르는 마음이 진정된 것 같았다. 마라는 마지스터가 어떤 도움을 청했기에 동생이 그토록 혼란스러워했는지 궁금했다.

칼과 타라가 사귄다는 걸 알고 마라는 격분했다.

너무 화가 나서 마라도 마지스터에게 연락했다.

복수하고 싶어서였다. 타라는 모르고 있었다. 늑대가 몇 달 착한 양들과 지냈다고 달라지지 않는다는 것을. 마지스터의 교육을 받고 자란 마라는 누가 아프게 하면 물어뜯으라고 배운 아이였다.

마라는 오랜 세월 아버지 행세를 한 남자와 통화하면서 부들부들 떨렸지만 내색하지 않았다. 마지스터를 좋아하지 않았다. 아무리 작은 잘못이라도 채찍을 휘둘렀다. 잔혹하고 난폭한 보스였다. 하지만 그로 인해 얻은 것도 있다는 건 부정할 수 없었다. 다른 교육을 받고 자랐다면 지금처럼 강인하지 못했을 것이다. 도둑 대학의 선생님들이 마라의 집중력과 고통을 참아내는 인내력에 혀를 내두를 정도였다.

마라는 원하는 것을 얻으려면 감정을 섞지 말고 냉정하게 그리고 명확하게 설명해야 했다.

하지만 상황은 마라의 예상대로 되지 않았다. 마지스터는 사람들이 원하는 것이 아니라 자기가 원하는 것을 하게 만드는 희한한 능력이 있었다.

마지스터는 타라 덩컨을 죽이는 걸 거부했다.

마라는 협약 조건을 분명히 말했다. 타라의 완전한 죽음을 원한다고.

마지스터는 이상할 정도로 슬프게 대답했다. 타라는 어차피 죽음을 면할 수 없다고. 악마도 드래곤도 전혀 믿지 않는 마지스터의 눈에는 둘 다 적이었다. 따라서 마지스터가 그까짓 복수 따위는 집어치우고 행성의 생존 여부에나 신경을 쓰라고 매몰차게 잘라버렸을 때

마라는 주먹을 꽉 쥐었다.

"너는 산도르 황제가 권력을 잡지 못하게 막아야 해." 마지스터가 말했다. "새 여제가 될 사람은 너야, 그 시시한 전사가 아니라. 산도르는 명민하지 못해서 행성을 파멸로 이끌 사람이니 내가 너를 반드시 여제로 만들 거다. 그 어떤 놈도 끽소리 못하게 모조리 죽일 거니까."

마라는 반박했다. 타라와 여제가 죽는다면 차기 후계자가 여제가 되는 것은 당연한 수순인데 왜 마지스터를 도와야 하는지 잘 모르겠다고. 그리고 만약 타라나 여제가 궁지에서 벗어나 살아 돌아오면 마지스터를 도와준 것이 헛수고가 되는 거라고.

그러자 마지스터는 마라가 왜 도와야 하는지 이유를 설명했다.

칼도 타딕스에 있으니 타라와 함께 죽을 것이기 때문이라고. 마지스터가 개입해서 강제로 칼을 아더월드로 돌아오게 하지 않는 한.

마라는 칼이 타딕스에 있다는 말을 듣고 심장이 얼어붙는 것 같았다. 부상에서 아직 회복이 안 돼서 떠나지 못할 거라고 생각했는데. 마라는 마지스터에게 그걸 어떻게 아냐고 묻지 않았다. 칼이 마라가 있는 아더월드가 아니라 타딕스에서 타라와 함께 죽는 쪽을 택했다는 걸 알자 뒤통수를 맞았다는 분노와 슬픔이 한꺼번에 몰려왔다.

"몇 시간 후에는 공간이동의 문이 모두 닫히는데…… 그럼 칼이 죽잖아요!" 마라는 마지스터의 금빛 마스크에 대고 소리를 질렀다.

마지스터의 마스크가 흡족해하는 파란색으로 변했다.

"아니, 내가 비상구를 마련해놨다. 작은 우주선이 비밀리에 타딕스로 이륙할 채비를 마치고 대기하고 있어. 필요하면 네가 타고 갈 수도 있다. 일단 이륙한 뒤에는 보이지 않는 장막의 보호를 받으며 궤도에 머물러 있을 거야. 타딕스에 있는 내 정보원들이 개입하라는 내 지시가 내려지기를 기다리고 있지."

마라는 이해가 되지 않았다.

"개입이요?"

"하긴 아무 소용 없을지도 모르지. 그래도 나는 타라와 여제를 구하려고 노력할 거다. 내가 정보원들에게 가능하다면 위성을 폭파하기 직전에 그 둘을 우주선에 태우라는 지시를 내렸거든. 악마들과 싸우려면 우리에게 타라가 필요해. 리스베스가 모든 걸 폭파하면 그 아이가 희생되는 건데 어디서 그런 멍청한 짓을! 그런 건 다른 사람들에게 맡겨야지."

마지스터가 몸을 앞으로 숙이는데 마라는 그 이미지가 몸에 닿을 것처럼 느껴질 정도였다.

"그 둘과 함께 네가 그토록 사랑하는 아이가 탈 자리는 있어. 그러면 칼리반 달 살란은 살 수 있다. 네가 내 말에 복종한다면."

그러면서 마지스터는 마라가 해야 할 일을 설명했다.

여제의 집무실에 들어가서 오래된 문서를 훔쳐오라는 것.

그리고 셀렌바를 죽이라는 것이었다.

이 마지막 지령에 마라는 소스라치게 놀랐다. 다른 사람들과 마찬가지로 마라도 마지스터가 미션을 위해 셀렌바를 보낸 거라고 생각하고 있었다. 하지만 정상적인 뱀파이어로 돌아가겠다며 자수해온 셀렌바가 26시간 철통같은 감시를 받고 있는데 어떻게 마지스터를 도울 수 있는지 그건 의문이었다. 그런데 마지스터가 셀렌바를 죽이라는 것은 뱀파이어가 보스를 떠난 것이 사실이라는 방증이었다. 셀렌바가 이렇게 죽어야 하다니 유감이었다.

마라는 마지스터가 임무를 도와줄 거라며 보낸 좀비에 대해 곰곰이 생각했다. 마라는 차기 후계자로서 마음대로 여제의 집무실에 들어갈 수 있었다. 타라와 마찬가지로 황실 교육도 받았다. 집무실에 들어가서 리스베스 여제가 장관들이나 대사들에게 하는 말을 유심히 들은 적도 여러 번이고 많은 걸 배웠다. 마라는 도둑 대학에서 수업을 받고 있어서 타라가 받는 교육보다는 강도가 약했다. 하지만 여제의 집무실 경비보안 시스템은 칼처럼 10급 수준이라면 몰라도 3급 수준의 마라가 감당할 수 있는 곳이 아니었다. 마라가 타고난 재능을 지녔다고는 하지만 몇 년은 더 수련이 필요했다. 그래서 늘 그렇듯 마지스터가 문제를 해결해준 것이었다. 보초를 서는 친위대원들은 5000살 먹은 노인 좀비를 집무실로 들여보냈다.

그렇게 순순히 들여보내줄 만한 이유가 있었던 것이다.

좀비가 어찌나 영악한 수법을 썼는지 마라는 다음에 장기적인 계획을 세울 때 써먹어야겠다고 마음먹었다. 마라는 대화를 다시 시작했다.

"그런데 왜 살아 있다는 걸 한 번도 말씀하지 않으셨어요?"

좀비의 냉소적인 눈빛을 보면서 마라는 표현을 바꿨다.

"제 말은 왜 아직 이 세상에 계시냐고요?"

좀비가 입을 열려고 하는데 치아 하나가 떨어졌다. 뼈마디 우지끈

거리는 소리를 내며 몸을 숙이고 치아를 다시 끼워 넣는데 뼈 부딪치는 소리에 마라는 소름이 끼쳤다.

"나는 악마들에게 살해되어 좀비가 되었어. 어떻게 된 건지 알기까지는 아주 오래 걸렸지. 그래서 복수를 하려면 여러 나라의 연구소에서 개발하는 무기들을 지켜보는 것이 유일한 방법이라는 걸 깨달았다. 그러기 위해 나는 수백 개의 무기 회사를 사들였어. 특히 600년 전쯤에 금고를 만드는 회사 엥카드나수스 Inc를 설립했는데 나의 과학기술과 마법 덕분에 현재 아주 막강한 회사로 알려져 있지. 덕분에 세계 모든 궁전을 드나들 수 있었다. 내 회사의 금고는 아주 완벽하고, 내가 아주 정직하기 때문에 모두 나를 신뢰하게 되었지. 내가 잘라윈 경이라는 좀비로 신분을 세탁했거든. 잘라윈은 나만큼 분해가 된 상태였는데 우리는 협약을 맺었지. 내가 그를 고통 없이 소멸시켜주는 대가로 그의 자리를 차지하기로. 잘라윈은 몇 달 동안 자기에 관한 모든 걸 나에게 알려주었고 약속한 대로 떠났어."

마라는 좀비를 소멸시키는 것이 그리 어렵지 않다는 걸 알고 있었다. 머리를 베어버리거나 부숴버리면 되었다. 머리가 분리되는 즉시 육신이 빠르게 썩기 때문이었다. 궁전의 도서관에서 피살된 좀비처럼 육신이 곧바로 분해되지 않는 경우도 있고, 쓰러지면서 가루가 되는 경우도 있었다. 어떤 공격을 받느냐에 따라 다른 것 같았다.

마라는 도둑 대학뿐만 아니라 암살단 길드에서도 강의를 듣고 있었다. 마라는 오무아 여제의 예리한 눈을 피하기 힘들기 때문에 고모가 이 사실을 알고 있다고 생각했다. 하지만 마라가 함정에 빠지지 않으려고 호신술로 배우고 있다고 생각하는지 지금까지는 신경을 쓰지 않는 눈치였다.

리스베스가 잘못 생각한 것이었다. 마라가 배우고 있는 것은 모두 쓸모가 있어서였다. 한번은 마라가 몰래 많은 궁인들에게 독을 먹여서 급성 위장염45을 일으키게 하는 데 성공했었다. 하지만 리스베스 여제나 장관들은 방어가 철저해서 배가 아프지 않아 아주 유감스러웠다. 하지만 궁전의 방어력이 어느 정도인지 시험해볼 수 있었다는 것만으로도 흡족했었다.

좀비의 날카로운 시선을 느낀 마라는 공상에서 돌아왔다.

"네 보스가 연락해서 초강력 무기를 줄 테니 어떤 문서를 빼내올 수 있게 도와달라고 제안했을 때 솔직히 나는 깜짝 놀랐다. 내 존재를 어떻게 알았으며, 나에 대한 정보를 어떻게 알아냈을까? 그리고 악마들을 섬멸할 수 있는 무기가 있다고 하면 내가 뭐든 해준다는 걸 어떻게 알았을까? 나한테 말한 NA 스피어라는 것이 뭐지? 그 무기에 대해서는 어디서도 들어본 적이 없는데. 그래서 조사를 좀 했지. 실제로 사고로 사망한 과학자가 있었어. 하지만 당시 특별한 주목을 받지 않았다는 것에 의문이 생겨서 그 사건을 더 깊이 파헤쳐봤다. 여제가 몸소 왔다 간 직후 연구실이 폭발했고 그 과학자가 만든 것이 모조리 파괴됐어. 그래서 그 과학자가 무슨 연구를 했는지 조사하다 네 보스의 말이 거짓이 아니라는 걸 알았다. 아주 무시무시한 무기를 만들었더군. 그 무기라면 악마들을 섬멸할 수가 있어. 황실의 비밀인 것 같은데 네 보스가 그걸 어떻게 알았는지 정말 궁금하구나."

- - - - - - - - - - - - - - - -

45. 따뜻한 물로 샤워하면서 통증이 가라앉길 기다리는 방법밖에 없다.

마라는 구불구불한 갈색 머리를 흔들었다.

"다른 사람들이 모르는 것들을 알고 있는 것, 그게 마지스터의 힘이죠. 어떻게 아는지는 나도 몰라요. 다만 그런 정보에 관해서는 한 번도 틀린 적이 없다는 건 알아요. 나는 보스에게 필요한 고문서 때문에 온 거고, 최고 마구스께서는 스피어 때문에 온 거예요. 준비되셨어요?"

마라는 좀비의 미소를 보면서 잘될 거라는 예감이 들었다. 좀비가 칸막이벽을 톡톡 치자 스르륵 열리면서 최신형 엥카드나수스 금고가 보였다.

좀비가 다가가자 엥카드나수스에서 광선이 번쩍했다. 즉시 그들은 초록빛 광선에 휩싸였다. 그러자 인식 능력이 있는 금고가 암호를 요구했다.

"열려라!" 좀비가 대답했다.

엥카드나수스 금고가 순순히 열렸다.

"'열려라'가 암호예요?" 마라는 믿기지 않는다는 얼굴로 외쳤다.

"외우기 쉽잖아. 모든 엥카드나수스는 나를 알아보는 즉시 작동을 하지. 나한테서는 DNA와 Co 같은 건 채취할 필요가 없어." 좀비는 금빛 새장 안에서 금빛 스피어를 발견하고 말했다. "아하, 내가 찾는 게 이거로구나. 이걸 꺼낼 때 특별히 주의할 게 있니?"

"살아 있지만 죽은 분이잖아요." 마라가 대답했다. "내가 들은 정보에 따르면 새장을 잡으려면 특수 장갑을 껴야 해요. 생명체의 열기가 닿으면 무기가 작동하기 때문에. 그러니까 위험을 무릅쓸 필요는 없다고 봐요."

좀비는 흡족한 얼굴로 몸을 숙이고 장갑을 집었다. 하지만 장갑을 끼느라고 뒤에서 마라가 두 손에 칼을 쥐고 있는 걸 보지 못했다.

좀비는 머리가 떨어져나가는 걸 느끼지 못했다. 뇌가 분해되려면 시간이 좀 걸리기 때문에 아직은 의식이 남아 있었다. 좀비는 머리를 목에 붙이기 위해 육신에 계속 지시를 내렸지만 아무 소용이 없었다.

마라가 머리와 몸을 분리시키는 것으로 그친 것이 아니었기 때문이다. 호주머니에서 작은 상자를 꺼내 바닥에 내려놓았는데 좀비의 머리가 들어갈 만한 크기였다. 좀비는 눈을 부라리면서 소리를 지르려고 했지만 폐에 공기가 없어서 아무 말도 할 수 없었다. 좀비는 상자 안에 갇혔고 상자가 빛을 번쩍이기 시작했다. 상자가 좀비를 분해하고 있었다. 좀비의 영혼이 비욘드월드를 향해 날아갔다. 이윽고 마법을 잃은 육신도 완전히 분해되면서 가루가 되었고, 공기정화장치에 빨려들었다. 그래서 마라는 굳이 창문을 열 필요도 없었다.

따라서 좀비가 분해되는 과정은 머리가 어떻게 없어지느냐에 달려 있는 것이었다. 마라는 복수의 칼을 갈며 5000년을 벼른 좀비의 기회를 날려버렸다는 생각에 이맛살을 찌푸리면서 금빛 대형 거울에 비친 제 모습을 쳐다봤다. 사랑하는 칼의 목숨을 구하기 위해서였다. 마라는 긴 머리를 가다듬고 거만한 표정으로 내뱉었다.

"어리석은 잘못을 저지른 좀비를 여제의 명으로 처단하였노라."

마라는 고문서를 집어 들고서 도둑의 검은 작업복 위에 걸친 마법복 호주머니에 집어넣었다. 그러고는 금빛 스피어를 쳐다봤다. 아주 예쁘고 마음을 끄는 스피어였다.

마지스터는 스피어에 가까이 가지 말라고 했었다. 아주 위험하다면서.

마라는 위험한 것들에 훨씬 마음이 끌렸다.

마라는 호주머니에서 궤 하나를 꺼냈다. 라듐을 집어넣어도 새어 나가지 않을 정도로 완벽한 궤였다. 마라는 장갑을 끼고, 마지스터가 좀비에게 충고한 대로 조심스럽게 금빛 새장을 궤에 넣은 다음 호주머니에 집어넣었다.

오케이. 마라는 마지스터와 어쩌면 아더월드를 협박할 무기를 쥐고 있는 것이었다.

마라는 엥카드나수스 금고를 닫았다. 금고가 열어줄 때는 신원을 확인하지만 닫을 때는 아니었다. 마지스터는 좀비를 제거한 뒤에 얌전히 돌아오라고 지시했지만 마라는 흔들렸다. 금고 안에 든 보물들을 뒤로하고 금고 문이 닫히는 걸 보면서 마라는 아쉬운 한숨을 내쉬었다. 좀 더 뒤져보고 싶지만 서류를 가지러 왔다고 말하고 들어왔는데 너무 늦으면 친위대원들이 이상하게 생각할 우려가 있었다.

마라는 칸막이벽을 닫고 흔적을 남기지 않았는지 확인한 뒤에 집무실을 나갔다. 여제와 타라가 살아서 돌아오면 당연히 마라가 의심을 받게 되어 있었다. 여제가 없을 때 집무실을 들어갈 수 있는 사람은 극소수에 불과하기 때문이다. 하지만 마라는 결백한 체하는 연기를 잘할 자신이 있었다. 그리고 모든 정황상 범인이 분명해도 순진한 연기만 잘하면 착한 양들이 믿으려고 한다는 것도 잘 알고 있었다.

착한 양들은 재미있었다. 마라는 이 도시가 점점 마음에 들었다.

마라는 태연하게 집무실을 나갔다. 좀비를 제거하는 것이 썩 내키지는 않았지만 재미있었다. 하지만 이제부터 해야 할 일은 그렇지 않았다. 어린 시절 셀렌바와 오래 살았는데도 좀비보다는 뱀파이어가 훨씬 싫었다.

첫 번째 미션을 완수했으니 이제 셀렌바를 제거해야 되는데 어떻게 죽일지 방법을 깊이 생각해야 했다. 뱀파이어가 많이 약해진 상태라고는 해도 만만히 볼 상대는 아니었다. 마라는 입술을 삐죽거렸다.

'실패하면 오히려 내가 죽는데.'

따라서 작전을 잘 짜야 했다. 독을 사용할까? 뱀파이어들의 신진대사는 저항력이 뛰어나서 맹독이 필요했다. 하지만 아무도 치료할 수 없게 뱀파이어를 즉사시킬 수 있는 독은 거의 존재하지 않았다. 화살은? 마라는 활 쏘는 데 재능이 있지만 급소를 명중시켜야 하는 부담이 있었다. 쇠뇌도 마찬가지였다. 셀렌바를 공격했던 대원들은 박살기를 갖고 있었는데도 뱀파이어에게 살해되었다.

음, 쉽지 않았다. 마라는 생각에 잠겼다.

그러다가 문득 떠올랐다. '아, 암살단 길드에서 배우고 있는 것. 그래, 그걸 적용하면 되겠어.'

먼저 상대를 연구하는 것이었다.

마라를 포함한 모든 사람이 셀렌바가 왜 자수를 하고 정상적인 뱀파이어로 돌아가려고 하는지 의문을 갖고 있었다. 그래서 마라는 뱀파이어의 약점을 찾기로 했다. 그러면 죽일 수가 있었다. 하지만 의심을 사지 않는 것이 가장 중요했다. 살인을 저지르면 차기 후계자라도 감옥행을 면할 수 없었다.

일단 임무를 완수하고 나면 마라도 마지스터가 늘 하던 식으로 할 것이다. 마지스터는 자기가 원하는 것을 빼앗았다.

마라도 원하는 것을 빼앗을 것이다.

칼을 빼앗을 것이다.

셀렌바가 있는 곳까지 가는 데는 그리 오래 걸리지 않았다. 뱀파이어는 여전히 26시간 감시를 받고 있지만, 자기가 알고 있는 마지스터의 많은 비밀을 대부분 털어놓았기 때문에 이제는 특별 수감소에 있지 않았다. 물론 용감한 친위대원들이 문 앞을 지키고 있었다.

마라는 호위대의 항의에도 불구하고 혼자 셀렌바를 만나러 갔다. 호위대는 여전히 셀렌바를 두려워하지만, 마라는 셀렌바가 이제는 그 무시무시한 사냥꾼이 아니라 평범한 뱀파이어라고 설득했다. 마라는 셀렌바가 두렵지 않았다.

셀렌바는 비디오크리스털을 보고 있었다. 그런 셀렌바를 사피르가 지켜보고 있었다. 마라는 짜증스러운 한숨을 내쉬었다. 혼자 있길 바랐는데. 셀렌바는 평소의 빨간색 가죽옷 대신 안색을 더 창백해 보이게 하는 흰색 원피스를 입고 있었다. 패션에 관심이 많은 마라는 뭐라고 핀잔을 주려다가 입술을 깨물었다. 뱀파이어를 제거할 방법을 찾으러 온 거지 디자인이나 옷 색깔을 논하러 온 게 아니었다.

"안녕하세요, 드라고쉬 선생님." 마라는 낭랑한 목소리로 인사했다. "괜찮다면 셀렌바 브라비쉬와 얘기를 나누고 싶은데요."

두 뱀파이어는 마라를 쳐다보더니 얼른 일어나서 인사했다. 마라는 전율이 일었다. 대부분의 사람들과 달리 마라는 공손한 얼굴에 가려진 포식동물의 속성을 잘 알고 있었다. 셀렌바는 아직 다른 뱀파이어보다 훨씬 날카로운 송곳니를 감추고 살아온 지난 20년간의 타성에 젖어 있을 것이 틀림없었다.

"안녕, 마라. 만나서 반갑구나. 잘 지내지?"

셀렌바와 마라는 서로를 아주 잘 알고 있었다.

마라는 뱀파이어에게 여러 번 채찍으로 맞았다. 물론 마라가 복종하지 않고 반항하거나 보스의 마음에 들지 않는 짓을 할 때 마지스터의 지시를 받고 때린 것이었다. 하지만 마라는 그 상황을 셀렌바가 즐기고 있었다는 걸 느꼈다. 그렇지만 지금 마라의 얼굴에는 원한의 기색이라고는 보이지 않았고, 눈빛도 따뜻했다. 셀렌바가 오히려 약간 당황한 눈치였다.

차기 후계자가 무슨 일로 왔을까?

사피르는 이런 사소한 신경전에는 익숙하지 않았다. 흥미로운 듯 눈살을 찌푸리며 일어나 서둘러서 방을 나가려다 셀렌바를 향해 경고의 눈빛을 보냈다. '그 아이에게 아무 짓도 하지 마. 그랬다간 내가 가만있지 않을 테니까.' 셀렌바는 천사 같은 얼굴로 응수했다. '누가, 내가?'

사피르는 믿는 건 아니지만 방을 나갔다. 셀렌바가 마라를 쳐다보면서 물었다.

"무슨 일로 왔니?"

마라는 의자에 앉아서 셀렌바를 뚫어져라 쳐다봤다.

"방금 마지스터에게 필요한 것을 훔쳐갖고 오는 길이에요. 그런데 당신이 여기 와 있는 이유를 말해주지 않았어요. 더 정확하게 말하면 당신에 대해서는 언급도 하지 않았어요.”

뱀파이어들은 사냥감의 박동 소리를 들을 수 있기 때문에 마라는 어조를 차분하게 유지하면서 호흡도 가라앉혔는데 그만 거짓말이 튀어나가고 말았다.

그런데 셀렌바의 반응에 마라는 깜짝 놀랐다. 뱀파이어가 소파에 앉더니 추운 것처럼 몸을 웅크렸다. 그러고는 트라둑의 털 담요를 끌어다 몸을 감쌌다. 마라는 눈살을 찌푸렸다. 뱀파이어가 추위를 탈 수 있나? 마라가 알아본 바로는 뱀파이어들이 체온 조절이 가능한 것으로 아는데. 눈치 빠른 셀렌바가 마라의 표정을 읽고 설명했다.

“정상적인 뱀파이어로 돌아온 뒤로는 내 몸에 적응이 안 돼. 자꾸 너무 춥거나 너무 더워서 보통 괴로운 게 아냐. (셀렌바는 마라를 향해 분홍빛 눈을 들고 덧붙였다) 마지스터가 나에 대해 말하지 않았다니 이상하구나. 사피르한테는 나와 함께 죽은 목숨이라고 했다는데. 나를 제거하라는 미션을 받았니, 마라? 그래서 나를 만나러 온 거야? 내 약점을 알아내려고?”

마라는 쿵쿵 뛰는 심장과 호흡을 간신히 억눌렀다. 슬루르크! 마라는 뱀파이어의 능력을 과소평가한 것이다. 셀렌바가 슬픈 미소를 지었다.

“마라, 내 육신만 변한 거지 뇌는 아냐. 그래도 두려워하지는 마. 너에게 복수하지 않을 거니까. 그래도 생각처럼 미션을 성공하기는 그리 쉽지 않을 거야. 나를 죽이는 대가로 뭘 약속했는데? 꽤 큰 거겠지. 내가 비록 예전만큼 강하지는 않아도 나에게 맞서는 것이 그렇게 녹록하지 않을 테니까.”

잘난 척이 아니라 확인하는 차원의 말인데 어떤 점에서는 이게 더 무서웠다.

"타딕스에 있는 칼의 목숨을 구해주겠다고 약속했어요. 마지스터의 우주선이 현장에서 대기하고 있다가 상황이 나쁘게 돌아갈 경우 개입할 거예요. 그때 칼을 탈출시켜서 구해주기로."

뱀파이어는 웃음을 터뜨렸다.

"너한테 그런 약속을 했어? 그 말을 믿니, 마라? 마지스터와 내가 너를 이 정도 수준으로 키웠다고는 생각하지 않았는데!"

마라는 뱀파이어에게 달려들고 싶은 충동을 참고 또 참았다. 한편으로는 뱀파이어의 힘이 더 세기 때문이고, 다른 한편으로는 몹시 힘들지만 인내심을 갖고 마음을 다스려야 하기 때문이었다. 칼에게 보여주기 위해서였다. 배신한 걸 알았는데도, 위험한 상황에서도 끝까지 냉정을 유지할 수 있다는 걸 칼에게 보여주고 싶었다.

"교환하죠." 마라가 셀렌바에게 말했다.

"뭐?"

"당신이 여기 있는 이유와 칼을 구하기 위해 뭘 해줄 수 있는지 말해주면 나도 마지스터가 훔치라고 한 것이 뭔지 말할게요."

마라는 중요한 정보를 얻는 거라고 생각했다.

셀렌바는 손사래 쳤다.

"나는 교환할 필요를 못 느껴. 마지스터가 뭘 원하든 관심이 없거든. 그와는 다 끝났으니까. (이러면 마라가 곤란해지겠지) 내가 여기 있는 이유는 그에 대해 내가 아는 모든 걸 말해주는 대가로 정상적인 삶을 살고 싶어서야. 5분이 멀다하고 세상의 주인이 되고 싶어서 안달하지 않는 누군가와 새로운 삶을 살고 싶어서. 오랫동안 마지스터의 야심에 동조했지만, 이제는 다른 선택을 하고 싶어. 따라서 네가 갖고 있는 정보는 말하지 않아도 돼. 나에 대한 정보는 공짜니까. 목적을 위해 수단을 가리지 않는 식의 계획 같은 건 이제 나한테 없어. 나는 상상을 초월하는 음모를 꾸미기 위해 마지스터가 보낸 비밀공작원이 아니니까. 내가 원하는 것은 오직 사피르와 시간을 보내면서 내가 믿고 신뢰할 수 있는 존재, 도움이 되지 않는다는 이유로 나를 버리지 않는 존재를 위해 아드레날린을 남겨두고 싶어."

마지스터와 여제, 킬러들, 도둑들에게서 배운 많은 것들 중에는 상대가 거짓말을 하는지 알아보는 여러 가지 기술이 있었다. 마라는 방에 들어서는 순간부터 셀렌바가 하는 말과 몸짓을 유심히 살피면서 표정, 반사적 반응, 미세한 떨림, 안면근육 경련 같은 것이 있는지 뜯어봤다.

실망스럽게도 마라는 그 어떤 것도 감지하지 못했다. 셀렌바는 진실을 말하고 있었다. 마라가 진실로 느낄 정도로 완벽한 연기였다면 몰라도. 하지만 마라는 뱀파이어가 진지하다는 걸 분명히 느꼈다. 아무튼 마라의 눈에 보이는 셀렌바는 지칠 대로 지쳐서 다 포기하고 다른 걸 찾고 싶어 하는 여성 뱀파이어가 틀림없었다. 분노와 복수심에 불타는 상황인데 셀렌바를 앞에 두고 이렇게 흔들리는 것은 그간 다정하게 대해준 타라와 어머니 셀레나의 영향임을 깨닫고 마라는 경악했다. 아무리 칼을 구하기 위한 것일지라도 셀렌바를 죽일 수는 없었다.

마라는 아무 말 없이 일어났다.

"하지만 내 도움이 필요하면 말해, 마라. 기꺼이 도와줄게. 설령 내가 여기 갇혀 있다고 해도."

뱀파이어의 시선이 마라가 들어올 때 소리를 죽여놨던 크리스털 전광판으로 향했는데 뭘 봤는지 딸꾹질을 했다. 셀렌바를 당황하게 한 장면에 시선을 준 마라도 가까스로 비명을 참았다.

아르칸즈를 맞이하는 장면을 중계하는 전광판에서 악마들이 꿇어앉은 자세로 무기를 겨누고 있었다.

마왕

어쩌면 약혼자가 될지도 모르는 예비 후보가
연쇄살인범인지 어떻게 알아낼까

*

이 순간에 누구든 조금이라도 움직였다면 대학살이 일어났을 것이다. 하지만 아르칸즈는 오무아어로 아무도 움직이지 말라고 명했다.

그 명령에 긴장된 침묵이 흘렀다. 아르칸즈는 어리석은 짓을 저지르는 자가 없는지 확인하기 위해 잠시 기다렸다가 아더월드의 병사들과 마찬가지로 부하들이 조용한 것을 보고 천천히 일어났다. 그러고는 드래곤들에게 말했다.

"사과합니다. 드래곤들이 보이는 반응에 놀라서 그런 거니까요. 드래곤들은 주의해주시오. 지금은 이런 식의 서프라이즈를 일으킬 때가 아닙니다."

드래곤들은 아르칸즈와 악마들이 공격하지 않는 것에 약간 실망한 눈치였다. 셈 선생님이 나서서 무슨 말인가 하자 드래곤 사절단이 블랙 드래곤들을 강제로 꿇어 엎드리게 했다. 아르칸즈가 명을 내리자 악마들의 무기가 일사불란하게 사라졌다. 마치 군사 훈련을 하는 것 같았다.

타라는 아무 말도 하지 않았지만 드래곤들의 작전에 감탄했다. 악마들을 떠보려고 덫을 놓은 것이었다. 타라는 드래곤들이 악마들의 행동 방식에 대해 많은 정보를 입수한 거라고 확신했다.

양쪽 다 서로 방어 태세로 명령을 기다리고 있는 것이 전문적인 군대의 성격을 띠고 있었다.

악마들은 긴장을 풀고 기다리는 군중에게 인사했다.

공포 분위기가 지나가자 손에 무기가 아니라 선물을 든 악마들의 멋진 모습에 탄성이 흘러나왔다. 타라는 눈으로 훑어봤다. 아, 정말 영악한 아르칸즈! 인간 모습의 악마들만 데리고 오는 것으로 괴물 모습의 악마를 상기시키지 않으려는 노력이 엿보였다.

윤기 흐르는 머리털, 하얀 치아, 부드러운 입술, 두드러진 광대뼈, 노출시킨 몸, 완벽한 복근, 돋보이는 가슴, 모두 멋진 몸매를 갖고 있었다.

게다가 악마들은 최신 유행하는 옷차림이었다. 디자인이며 색깔, 고급 원단…… 뭐 하나 나무랄 데가 없었다. 여성들은 화려한 색깔의 짧은 원피스나 트임을 준 긴 원피스, 과감하게 가슴을 드러내거나 얌전한 옷차림이고, 남성들은 멋진 디자인의 바지나 꼭 끼는 청바지 같은 사복 차림이었다.

아르칸즈만 회색과 빨간색의 아주 세련된 정복을 입고 있는데 타라에게는 지구의 만화책 『캡틴 알바토르』에 나오는 알바토르 선장

의 복장을 연상시켰다(일본 애니메이션의 고전 〈캡틴 하록〉은 〈은하철도
999〉로 우리에게 잘 알려진 마쓰모토 레이지의 작품이다. 한국에서는 〈우
주해적 하록 선장〉이라는 제목으로 방영되었고, 프랑스에서는 만화 『캡틴
알바토르』라는 제목으로 출간되었다—옮긴이).

이렇게 처음부터 좋은 인상을 주는 악마들을 보면서 타라는 혹시
이것도 다 계획한 것이 아닌지 의문이 들었다. 사람들은 상대의 모습
이 우스꽝스러우면 진지하게 받아들이지 않는 습성이 있지 않은가.

눈에 띄는 무기도 없었다. 몸에 딱 맞거나 노출시키는 옷차림을 봐
도 무기를 지니지 않은 건 분명했다. 물론 마법복처럼 모든 걸 넣을
수 있는 호주머니를 갖고 있다면 그 안에 탱크나 전함 같은 걸 감추
고 있을지도 모를 일이었다. 그런 의심을 하기에는 옷이 주름 하나
보이지 않을 정도로 깨끗했다.

그리고 나이도 열여덟에서 스물다섯 살 사이의 젊은이들이었다.
인간 모습으로 바꾸는 프로그램은 오래전부터 시작된 것이 아니기
때문이었다. 정예 악마들이었다. 타라는 사람들이 뱀파이어들처럼
송곳니를 감춘 야수가 아니라 겉으로 드러난 아름다움만 보고 있다
고 생각했다.

이상하게도 그중 스무 명의 악마들이 날개 끝이 은빛인 검정 페가
수스를 타고 있었다.

그때 타라를 발견한 아르칸즈가 매력적인 미소를 보냈다.

"타라!" 아르칸즈가 부르는 소리에 타라의 가슴이 뛰었다. "만나서
기뻐, 보고 싶었는데!"

아르칸즈가 별 문양을 나오면서 리스베스 여제를 거들떠보지 않자

두 번째로 밀리는 것에 익숙하지 않은 여제는 입술을 깨물었다. 하지만 아르칸즈가 타라를 만나서 어찌나 행복해하는지 리스베스는 아무 내색도 하지 않았다. 아르칸즈는 부드러우면서 정중하게 금발 소녀의 두 손을 잡았다.

타라는 뒤에서 들리는 으르렁거리는 소리에 당황해서 우물쭈물 대답했다.

"네…… 나도요."

타라는 파브리스라고 생각했는데 이번에는 늑대인간이 아니었다.

칼이 낸 소리였다.

너무 뜻밖이라 타라는 하마터면 집중력을 잃을 뻔했다. 칼이 문제를 일으킬 거라고는 단 한순간도 생각하지 않았는데.

파프니르의 발에 밟힌 칼이 흠칫 놀라면서 난쟁이를 노려봤다. 난쟁이가 차갑게 눈을 치켜떴는데 이렇게 말하는 표정이었다. '뭐? 모든 걸 망칠 작정이야?'

당황한 칼이 입을 실룩거렸다. 사랑에 익숙해 있지 않았다. 아니, 정확하게 말하면 엘레아노라를 미친 듯이 사랑했지만 잃고 난 뒤에 예쁜 소녀들과 좀 사귀기는 했다. 그러나 그들에 비해 타라에 대한 사랑은 차원이 달랐다. 자기 자신도 놀랄 정도로 질투심에 사로잡힌 칼은 속으로 외쳤다. '저게 손이야? 겉만 손이지 더러운 발로 타라의 손을 잡다니!'

칼은 자신에게서 크로마뇽인의 영혼이 느껴졌다. 내 거야! 내 거라고! 타라를 낚아채서 동굴로 데려가고 싶은 충동이 일었다.

하지만 야속하게도 마왕의 겉모습에 완전히 홀린 타라는 마치 둘만 있는 것처럼 아르칸즈를 쳐다보고 있었다. 칼은 이게 영화의 한 장면이길 바랐다. 맙소사, 타라는 저놈이 겉만 인간이지 속은 완벽한 괴물이라는 걸 잊은 건가?

만약 칼이 타라의 생각을 읽었다면 훨씬 더 불안했을 것이다. 아르칸즈가 초록빛 눈으로 쪽빛 눈을 뚫어져라 쳐다봤을 때 타라는 이상한 느낌이 들었다. 마치 아르칸즈에게 빨려드는 것 같다고 할까. 로빈에게 홀딱 빠져 있었을 때 느꼈던 것과 약간 비슷했다.

하지만 타라는 로빈을 진심으로 사랑할 때 경계 같은 걸 하지 않았다. 반면 눈앞의 '비스무리 인간'은 비록 타라의 목숨을 구해준 적이 있다고 해도 적이었다. 그것도 아주 끔찍한 적이었다.

타라는 아르칸즈의 눈이 얼마나 아름다웠는지 잊고 있었다는 걸 깨달았다. 초록 계통의 다섯 가지 색조를 가진 눈. 초록 물빛과 에메랄드빛, 비취빛으로 이뤄진 눈자위, 봄에 움트는 새싹 같은 연둣빛 홍채, 신비스러운 짙은 초록빛 동공. 정말 사람을 홀리는 위험한 눈빛이었다.

타라는 무슨 말이든 해야겠는데 생각나는 말이 없었다.

"머리 잘랐어요?"

아르칸즈는 활짝 웃으면서 대답했다.

"알아봐 주다니 고맙군. 변화를 줘봤는데 마음에 들어?"

타라는 입술을 깨물었다. 바보 같은 질문을 왜 했을까? 결국 아르칸즈에게 흔들린 건가?

"네." 타라는 작은 소리로 대답했다. "뭐…… 마음에 들어요."

짧은 머리가 잘 어울린 탓일까, 아르칸즈는 더 잘생겨 보였다. 완벽한 얼굴의 윤곽이 드러나면서 에메랄드빛 눈이 훨씬 두드러져 보였다. 아르칸즈는 옷차림부터 매혹적인 미소까지, 그야말로 매력적인 왕자님의 진수를 보여주고 있었다.

아니지, 매력적인 악마 왕자님!

악마들의 절반이 리스베스 앞에서 삼각편대를 이루고, 나머지 절반은 타라 앞에서 삼각편대를 이루었다. 아르칸즈는 아쉬운 듯 타라를 놓아주고 두 삼각편대 사이에 서서 손뼉을 쳤다. 사람들이 겁먹지 않게 살살.

그 신호에 악마들이 호주머니에서 선물꾸러미를 꺼내기 시작했다. 아, 타라의 예상이 맞았다. 악마들도 호주머니에 무게와 양에 관계없이 온갖 물건을 집어넣을 수 있는 것이었다.

오무아에 대한 연구를 정말 많이 했다는 표시였다. 리스베스 여제가 좋아하는 것이 뭔지도 알고 있었다. 악마들은 자기들의 행성에서 캐낸 새로운 색깔의 보석, 금, 동물 가죽을 댄 직물 등 처음 보는 희귀한 것들을 잔뜩 선물로 가져왔다. 타라는 놀라지 않을 수 없었다. 악마들에게 이런 예술성이 있다고는 상상도 하지 않았는데. 악마들은 이렇게 외치고 있는 것 같았다. '잘 봐, 우리는 너희들하고 다르지 않아. 우리도 똑같은 걸 좋아하고 미적 감각이 있다고. 어때, 이 정도면 우방이 될 수 있겠지?'

믿기지 않을 정도로 교묘한 술책이었다. 게다가 모두들 긴장이 풀려 있는 모습이었으니.

리스베스 여제는 당당한 모습으로 모든 선물을 받아들이고 있었다. 마침내 선물의 물결이 끝나자 여제는 시종들에게 준비한 것을 아르칸즈 앞에 갖다 놓으라고 명했다.

여제는 타라와 오랜 상의 끝에 악마들에게 줄 선물로 다양한 것들을 선택했었다.

아더월드와 오무아가 새로운 행성들에 보낼 수 있는 품목의 범위를 보여주려는 것이었다. 병충해에 강한 밀을 비롯해 귀한 종자들, 과실수 묘목, 여러 동물의 배아 천 개, 공장과 과학자들이 개발한 신기한 기구들, 신발명품, 과학기술과 마법이 반반씩 섞인 기계들, 통신 시스템(여제는 수익성이 있는 이 새로운 시장에 홀로그래픽 메모리와 수천 개의 TMO[46] 메모리를 갖춘 최첨단 크리스털 폰을 다량으로 보급하겠다는 굳은 의지를 갖고 있었다), 의학적 지식, 자가 치료가 가능한 자동 레파루스 주문(마법사는 스스로 자기 자신을 치료할 수 없기 때문에), 아주 훌륭한 향수, 피부 통증을 완화하는 연고 등. 이렇게 다양한 선물을 내놓은 것은 교역 상대국에서 필요한 것을 선택할 수 있게 배려한 것이었다.

악마들 못지않게 영악한 계산이었다. 아르칸즈는 연신 고개를 끄덕이면서 감탄했다. 1대 1. 보석과 직물로 넘치는 상자들은 화려하지만 무의미해 보이는 반면, 여제가 내놓은 것들은 교역에 응하겠다는 의지를 보여줬으니 이 점에서는 오무아 쪽의 승리였다. 아르칸즈는 타라를 향해 시선을 돌렸다. 어린 인간을 과소평가하지 말아야 했는

. . . .

46. 테트라 매직 옥텟(tétra magic octet)에서 '테트라'는 유럽 개방형 디지털 방식의 주파수 공용 통신 시스템이며, '옥텟'은 바이트와 같은 의미를 갖는다. 마법사들의 긴 수명을 고려해 사진과 비디오를 수백 년 동안 저장할 수 있다. 기술자들이 최초로 개발한 기능이다.

데…….

　요컨대 아르칸즈는 타라를 이용하겠다는 굳은 의지 외에도 타라에게 끌리는 마음은 진심이었다. 주위의 미녀 악마들이 많기 때문에 타라가 아름다워서가 아니었다. 타라의 마법이 강력하기 때문도 아니었다. 아더월드에서 스파이 활동을 하는 에프리트들을 통해 전달되는 정보 덕분에 타라가 치열한 싸움 끝에 검은 여왕을 사라지게 했다는 걸 알고 있었다. 악마의 마법을 가진 존재 중 유일하게 아르칸즈보다 강력한 것이 검은 여왕인데.

　하지만 타라는 인간 중에서 가장 강력한 마법, 인성, 지성을 모두 갖추고 있었다.

　본의 아니게 새로운 세대의 악마 세계를 지배하게 된 아르칸즈는, 5000년 전에 악마들을 무찔렀던 희한한 인간 종족을 더 많이 알려면 타라가 반드시 필요했다. 보울리미-레마족이 패배하지 않았다면 악마의 행성들을 지구처럼 만들 필요도, '보울리미-레마 인간'이라는 새로운 종족을 창조하는 일도 없었을 것이 아닌가.

　아르칸즈는 예전의 모습이 좋았다. 인간 모습으로는 괴물 모습의 악마보다 힘이 약했다. 반면에 식탐의 노예가 되기보다는 머리를 훨씬 많이 사용하고 있었다.

　아르칸즈는 타라에게 미소를 지어 보였다. 타라는 모호한 미소를 보냈다. 아르칸즈는 타라가 당황하고 있음을 느꼈다.

　"우리의 옛 적들이여, 우리를 친절하게 맞아주셔서 고맙습니다." 아르칸즈는 흡족한 얼굴로 외쳤다. "앞으로도 아름다운 행성 아더월드를 자주 방문할 수 있기를 기대합니다."

여제는 무언의 비난에 대해 아무런 내색을 하지 않았다.

"다른 행성들도 방문할 기회가 있을 겁니다." 여제는 태연하게 응수했다. "이곳은 우리의 두 위성 중 하나입니다. 여러분을 편안하게 모시고 협약을 논의하기 위해 기분 전환이 가능한 이곳을 선택했지요."

아르칸즈는 정중하게 허리를 굽혔다.

"우리는 기꺼이 협상할 준비가 되어 있습니다. 이제 선물 교환이 끝났는데 다음 일정은 무엇입니까?"

아르칸즈는 매력적, 아니 매혹적이었다. 타라는 고모가 아르칸즈의 아름다운 미소를 견디기 힘들어하는 걸 느꼈다. 어떤 악마가 이렇게 잘생긴 남자로 만들었는지는 몰라도 실력이 대단했다.

아르칸즈는 약한 중력에도 불구하고 편안해 보였다. 고양이처럼 움직임이 가벼웠다. 물론 엘프나 뱀파이어들은 원래 중력의 영향을 받지 않는 편이지만, 많은 인간 마법사들은 불편함을 감수하고 있었다. 하지만 아르칸즈는 그것과는 다른 뭔가가 있는 것 같았다.

타라는 문득 의문이 들었다. 혹시 아르칸즈에게 균형 감각 유전자를 이식시킨 걸까? 아름다움도? 지성도? 타라는 잔혹성 유전자만은 빠뜨렸기를 바랐다.

환영 의식을 담당하는 타딕스 측 책임자가 다음 일정을 열거했다. 먼저 음식 맛을 보는 악마 감정가들이 식당으로 가서 그들에게 맞는 음식인지 확인해야 했다. 손님들에게 독을 탄 음식을 먹이는 멍청한 짓 따위는 하지 않겠지만, 악마들이 좋아하는 음식인지, 알레르기를 일으킬 우려는 없는지 확인해야 했다. 그다음 만찬회가 열리고, 여성 성악가 여러 명과 오케스트라 협연 콘서트가 예정되어 있었다. 회의는 그다음 날부터 협상이 될 때까지 계속될 예정이었다.

아니면 전쟁?

물론 책임자는 전쟁이란 말을 하지 않았다. 그리고 아르칸즈도 그런 생각을 하지 않는 것 같았다. 여지는 남아 있을지도 모르지만. 지금으로서는 악마들이 아더월드를 침략할 수 없었다. 지각단층이 닫혀 있고, 아직은 열 수 있는 능력도 없기 때문이었다. 아무튼 모두 그렇게 되길 바라고 있었다.

"고맙습니다." 아르칸즈가 대답했다. "전부 다 마음에 듭니다."

아르칸즈는 모두를 향해 정중하게 인사했다.

그런데 놀랍게도 이번에도 모든 악마들이 동시에, 일사불란하게 인사를 했다. 타라는 속이 뒤틀리는 것 같았다. 뭐지? 자기들끼리 정신적인 접촉이 가능한 건가? 빨리 알아내야 하는데. 악마 군단은 그렇지 않아도 대처하기가 힘든데. 매순간 정신적 교감이 일어난다면 무적의 군대나 다름없었다. 황제와 함께 또는 황제를 상대로 모의 전투를 치르면서 타라는 승리를 하는 데 의사소통이 얼마나 중요한지 잘 알고 있었다.

타딕스족이 초록빛 머리를 신경질적으로 흔드는 것으로 보아 같은 생각을 하고 있는 것이 분명했다. 그렇지만 악마 군대는 숙련이 잘되었는지 한 치의 흐트러짐이 없었다. 만찬 시간까지 모든 악마는 여러 돔으로 흩어져서 무조건 휴식을 취하거나 산책하기로 합의가 되어 있었다. 하지만 '산책하는 악마들'은 여간 신경이 쓰이는 것이 아니었다.

여제는 외교상 강대국들이 '공식적으로' 제안하기 껄끄러운 사안들을 통과시키기 위해 실무자들끼리 회의실 밖에서 협상한다는 걸 알고 있었다. 그런데 이런 대규모 집회에서 휴게 공간을 따로 마련하지 않은 것은 불찰이었다. 그래서 즉시 아더월드인 한 명이 악마 한 명씩을 인솔하는 것으로 결정이 났다. 반면 드래곤들은 악마들에게서 멀찍이 떨어져 있었다. 어떤 외교 마찰도 용납하지 않겠다는 여제의 입장이 단호했기 때문이다. 가령 고의든 실수든 딸꾹질로 악마에게 불을 뿜고는 "오, 미안해요, 마왕을 태워버렸네요. 정말 유감입니다!" 하는 식으로 어물쩍 넘어가려는 사고를 미연에 방지하기 위해서였다.

아르칸즈와 수행원들이 사라지자 타라는 친구들이 있는 쪽으로 돌아섰다. 타라를 뚫어져라 쳐다보는 칼의 눈빛에 수많은 감정이 억제되어 있었다.

"아르칸즈를 사랑하지 않아." 타라는 무언의 질문에 대답했다. "계속 경계하고 있으니까 걱정 마."

고개를 끄덕이는 칼의 얼굴은 무표정했다. 하지만 타라는 칼이 믿지 않는다는 걸 느꼈다.

"팔찌, 만년필, 벨트는 어때, 가만히 있어?" 칼이 물었다.

물론 타라는 잊지 않고 있었다. 사물들은 악마들이 도착했을 때 아무 반응도 하지 않았다. 악마들도 사물들을 감지하지 못한 것 같았지만 타라는 아르칸즈가 손을 잡았을 때 팔찌가 접촉을 피해 멀찍이 떨어지는 걸 느꼈다.

"괜찮아." 타라가 대답했다. "라오르의 창과 브롱스의 갑옷은 무슨 일이 일어나는지 지켜보고 있는 게 틀림없어. 우리 모두와 마찬가지로. 악마들이 이곳을 침략을 위한 전초기지로 만들려고 할 경우는 준비가 돼 있다고 했어."

악마들이 괴성을 지르며 달려들지 않은 것에 약간 실망한 파프니르가 도끼를 내리면서 물었다.

"이제 어떡할 건데?"

"새 손님들이 왔다는 걸 알고 숙소를 마련했습니다." 등 뒤에서 가냘픈 목소리가 말했다. "숙소가 마음에 들기 바랍니다."

파프니르가 빙그르르 돌아서 도끼를 휘두르자 방금 말한 타딕스족은 숨이 멎을 뻔했다.

켈트릴 강철 도끼와 맞닥뜨린 타딕스족은 얼굴이 사색이 되어 있었다.

파프니르는 인상을 쓰면서 도끼를 허리춤에 찼다.

"미안해요." 난쟁이가 사과했다. "깜짝 놀라서 그만……. 다친 건 아니죠?"

타딕스족은 하얗고 긴 손을 부들부들 떨면서 괜찮다는 표시를 했다. 팬츠를 착용한 늑대인간 모습의 파브리스—속옷 서랍장에서 비취빛 바다에서 뛰어오르는 돌고래 무늬가 있는 걸 골라서 입었는데 팬츠 차림이라 품위가 좀 떨어지긴 하지만—는 이렇게 연약한 종족을 물어뜯으면 피가 나긴 할까, 의문이 들었다. 피가 흰색일까? 아니면 투명할까? 한숨을 쉬면서 인간으로 변신한 파브리스는 또다시 강한 의문이 들었다. '왜 이런 생각을 하지? 배가 고파서? 배 속에서 꼬르륵 소리도 안 나는데. 혹시 물어뜯고 싶거나 쉽게 흥분하는 늑대인간의 본능 때문에? 만약 악마들에게서 새나오는 악마의 마법에 반응하는 것이라면?' 파브리스는 불길한 예감이 들었다. 아르칸즈와 그의 악마들에게서 굉장히 많은 양의 악마의 마법이 느껴질 거라고 생각했는데 아주 미미했다. 마지스터처럼 악마들도 마법을 숨기는 데 성공한 것 같았다.

매직갱에게서 멀찍이 떨어져 있는 제레미는 천천히 움직이는 군중을 헤치고 재빨리 빠져나갈 궁리를 하고 있었다. 파브리스에게서 가능한 한 멀리 있겠다는 생각밖에 없기 때문이었다. 미소를 짓고 있지만 늑대의 송곳니를 감추고 있는 파브리스였다. 파브리스가 계속 늑대인간으로 변신해 있던 것은 제레미에게 겁을 줘서 무아노에게 다가오지 못하게 하려는 의도였다. 파브리스는 여전히 무아노를 사랑하고 있었다.

그런데 무아노에게 다가온 것은 제레미가 아니었다. 파란 피부의 낯선 남자가 정중하게 인사하면서 허물없이 이야기를 나눴다. 서로 아는 사이가 분명했고, 무아노는 남자를 호의적으로 대했다. 파브리스는 한숨을 쉬었다. 무아노는 인간이자 야수라는 정체성이 괴로워서 자신이 얼마나 아름다운지 모르고 있었다. 무아노도 타라 못지않게 자석처럼 남자들을 끌어당기는 힘이 있는데.

무아노는 친구들에게 파란 땅신령 친구를 소개했다. 그는 〈아바타〉의 나비족이나 스머프보다 훨씬 더 파란색이었다. 키는 큰 편이었다. 그리고 재미있는 이름이었다. 글루블. 음식물이 기도로 들어가는 느낌이라고 할까. 남자는 실버처럼 혼혈이었다. 한 마법사가 산티보르족과 의사소통을 할 수 있는, 땅신령이 아닌 인간을 만들고 싶어서 인위적으로 만든 피조물이었다. 마법사는 인간을 밴 임신부들의 배 속에 땅신령의 여러 DNA를 섞어 넣은 다음 어떤 아기가 태어나는 지 기다렸다. 글루블의 형제자매들은 대부분 사망하거나 기형으로 태어났다. 문제의 마법사는 다행히 발각이 되어 감옥에 갇혔다. 글루블은 인간 부부에게 보내졌는데 아주 어릴 적부터 텔레파시 능력이 나타났다. 진실의 입이 지나가는 순간 어린 소년은 그가 하는 말을 알아들을 수 있었다.

따라서 그 마법사는 그토록 바라던 것을 성공한 것이었다. 진정한 텔레파시 능력자로서 진실의 입들과 대화할 수 있고 또 한시적으로 직접 진실의 입이 될 수 있는 새로운 인종, 정확하게 말하면 하프땅신령을 만들었으니.

깜짝 놀라는 주위 시선을 보면서 글루블은 그렇다고 사람들의 머릿속을 읽을 수 있는 건 아니고 진실의 입이 직접 머릿속으로 메시지를 보낼 때만 가능하다고 설명했다.

타라는 매력적이라고 생각했다. 하지만 낮에 너무 오랫동안 마법을 사용했기 때문에 친구들 모두 지쳐 있었고, 타라도 연신 하품이 나왔다. 만찬 시간까지 30분이라도 잠을 자두어야 했다. 아니면 정신을 집중해야 할 때 졸지 몰랐다. 만찬 자리에서 코라도 곤다면 외교적 실례일 뿐만 아니라 큰 망신이었다.

숙소로 향하던 타라 일행은 복도 입구에서 기다리는 모우르무르를 만났다.

"저것들은 용도가 뭐예요?" 파브리스는 별 문양 주위를 에워싸고 초록빛을 깜박이는 기계들을 가리키면서 물었다.

"여제는 악마들을 믿지 않아(그게 여제뿐이랴!). 어쩌면 마왕이 지금 여기 있는 수만큼의 다른 악마들을 들어오게 하려고 마법을 사용할지 모른다고 생각하고 있어. 내 보물들은 그걸 막기 위한 거야. 기계들이 별 문양의 에너지를 봉쇄하면 악마들은 마법을 사용할 수 없지. 만약 기계들의 방어를 통과할 경우는 즉시 경보가 요란하게 울리니까. 100타트롤 이내의 거리에서 소용돌이가 열리는 즉시 기계의 초록빛도 빨간빛으로 변하고. 내가 별 문양 안에 서 있었기 때문에 우리를 지키는 데 필요한 모든 조치를 할 수 있었지. 시간이 그렇게 오래 걸린 것도 너희들이 소용돌이를 향해 보내는 마법의 일부를 이용하여 호환성 있게 만들어야 했기 때문이야.”

노인 발명가는 아주 흡족한 표정이었다. 타라는 이제야 그들 중 마법이 가장 약한 모우르무르가 왜 별 문양에 한 자리를 차지했는지, 그리고 악마들을 불러들이는 것이 왜 그렇게 복잡하고 시간이 오래 걸렸는지 이해가 되었다.

“물론 그 흉측한 벤드룩이 올 줄은 예상 못 했어.” 모우르무르는 헝클어진 백발을 비벼대면서 말했다. “진짜 끔찍한 괴물이야!”

모두 고개를 끄덕였다.

그 순간 타라의 시야에 잘 아는 여자의 실루엣이 들어왔다.

안젤리카.

가증스러운 안젤리카가 악마와 무슨 얘기를 나누는데 악마가 열심히 듣고 있는 모습이었다. 타라는 이를 악물었다. 또 무슨 짓을 꾸미려고?

모우르무르가 방어를 위해 설치해놓은 것에 대해 계속 설명하는 사이에 안젤리카와 악마의 대화가 끝났다. 타라는 얇은 파란색 셔츠를 통해 드러나는 근육질 가슴에 손을 얹는 안젤리카를 보면서 기절할 뻔했다. 저런 건 아주 가까운 사이에서나 하는 행동인데……. 악마는 미소를 지었고, 둘은 함께 어디론가 걸어갔다.

"타라, 너 무슨 생각 하는 거야?" 칼이 물었다.

"응?" 한마디도 듣지 않고 있던 타라가 말했다.

"현재 스코어 5대 1." 칼이 이죽거렸다. "우린 네가 악마들을 겉으로 내보이는 것만큼 위험하지 않다고 생각하는지, 아니면 피에 굶주린 괴물들로 생각하는지 정말 궁금해. 우리들은 결론이 났어. 피에 굶주린 괴물이라는 쪽이 다섯, 하나는 악마들을 '귀엽다'고 생각하는 우리의 친구 파프니르."

"그게 뭐?" 난쟁이가 따졌다. "귀엽잖아! 특히 아르칸즈는 아주 귀여워. 타라, 아르칸즈가 너를 진짜 많이 사랑하는 것 같아."

"난 모르겠어." 타라는 진지하게 대답했다. "아르칸즈와 본의 아니게 얼마 동안 지냈다고 사람들이 나를 악마 전문가라고 생각하는 것 같아. 함께 지냈던 너희들까지도. 하지만 나는 악마들이 뭘 원하는지, 뭘 하려는 건지 전혀 모르겠어. 나한테는 그저 타 종족일 뿐이야!"

칼은 어깨를 으쓱했다.

"어쨌든 빨리 어디로 들어가든 말든 결정하자. 그리고 타라 네 생각에는 안젤리카가 악마에게 뭘 원한 거 같아?"

괜히 면허 받은 도둑이 아니네! 눈치 빠른 칼이 무엇 하나 놓치는 게 없다는 생각을 해야 했는데. 타라는 한숨을 쉬었다.

"전혀 모르겠어. 안젤리카나 그 악마의 머릿속에 들어갔다 나온다면 모를까. 그래도 이해는 안 되겠지만."

하지만 칼과 타라는 눈길을 주고받았다. 이미 여러 번 그들을 죽이려고 했던 갈색 머리 계집애를 가까이에서 감시해야겠다는 무언의 눈짓이었다. 빛의 손이라는 강력한 힘을 지닌 안젤리카는 이제 무시하지 못할 존재였기 때문이다.

모우르무르는 컴폰이 울렸을 때 소스라쳤다. 타딕스족과 어디선가 만나기로 약속했는데 늦은 모양이었다. 타라는 어떻게 되는지 보려고 버튼을 누르고 싶어서 안달하는 발명가가 불안했다. 누군가가 제발 모우르무르더러 위성 폭파를 지시하는 버튼에 대해서는 외부에 입도 벙긋하지 말라고 귀띔해주면 좋을 텐데.

타라가 친구들에게 숙소에 다 함께 들어가서 눈을 붙이자고 제안하려는 순간 타딕스족 책임자가 급히 와서 정중하게 말했다. 리스베스 여제의 지시로 친구들의 숙소는 타라의 방에서 멀리 떨어진 곳에 마련했다고.

칼은 이맛살을 찌푸렸지만, 타라는 현명한 결정이라고 생각했다. 아르칸즈가 도착했으니 이제는 칼과 단둘이 시간을 보낼 수 없었다.

그래서 타라는 혼자 숙소로 들어갔고 경직된 어깨를 풀기 위해 샤워를 했다. 약해 보이는 철제 다리의 의자들이 타라가 지나가게 비켜주었는데 마법으로 움직이는 것이 아니라 생명력을 불어넣은 로봇이었다. 처음으로 로봇 의자에 앉은 타라는 체중 때문에 넘어지거나 부서질까 봐 겁이 났지만 생각보다 튼튼했다. 이윽고 금속성 목소리가 2톤의 무게를 견딜 수 있도록 만들어진 것이니 체중이 실리지 않게 발꿈치를 들고 있을 필요 없다고 말했다. 너무 영리한 로봇 의자가 못마땅해서 타라는 인상을 찌푸렸다. 아더월드의 편안한 안락의자가 그리웠다. 그래도 걔들은 말은 안 하는데.

체인지라인이 부드러우면서 하늘거리는 파자마를 입혀주었는데 방이 약간 서늘해서 타라는 커다란 침대에 갈랑을 데리고 누웠다. 그리고 사물들을 탁자에 풀어놓자 자는 사이에 둥둥 떠오르지 않게 침대의 안전벨트가 채워졌다. 타라가 깊은 잠에 빠져드는 사이 페가수스는 솜털 같은 날개로 포근히 감싸주었다.

한 시간 후, 침대가 타라를 깨우는 동안 침대 양쪽 끝으로 안전벨트가 쏙 들어갔다. 은은한 불빛에 방이 서서히 훤해지기 시작했다.

타라는 눈을 뜨면서 깜짝 놀랐다가 미소를 지었다. 납치되지 않으면 누군가 침입하는 등 이상한 일이 일어나기 일쑤였는데 아무 일도 없었다. 마치 정말 심각한 일이 시작되기 전에 잠시 휴식을 주는 것처럼. 타라는 기지개를 켜면서 몸을 일으켰다.

그러다 귀에 익은 목소리가 부드럽게 속삭였을 때 타라는 얼어붙었다.

"타라?"

미스터 X

오이가 이렇게 진가를 발휘하다니

*

잠이 덜 깬 상태에서 본능적으로 마법을 작동한 타라는 방이 완전히 밝아졌을 때 눈이 휘둥그레졌다. 갈랑은 언제든 개입할 기세로 타라의 어깨 위쪽으로 날아올랐다.

타라는 방에 슬그머니 들어와 있는 침입자를 향해 얼굴을 들었다. 아직은 뇌가 덜 깨어 있지만 두 개의 신경이 작동하면서 눈앞에 보이는 잘생긴 얼굴에 대한 정보를 전달해주었다. 타라의 혀끝에서 이름이 맴돌았다.

"로빈?"

하프엘프는 미소를 지어 보이지 않았다. 피곤하고 불안해 보였다.

"너는 위험을 무릅쓰고 있어. 알려줘야 할 게 있어서……."

침대에서 뛰어내린 타라는 두려움에 떠는 로빈의 품으로 달려가서

136

힘껏 끌어안았다.

타라는 마법을 끄는 걸 잊었기 때문에 하마터면 로빈을 태워 죽일 뻔했다.

로빈이 타라를 짧게 안아주고는 물러섰다. 타라는 정신이 번쩍나며 머릿속에서 여러 가지 의문이 교차했다.

"로빈! 얼마나 걱정했는지 몰라. 수배 중인데…… 여길 어떻게 온 거야?"

목숨을 구해주려고 해도 말을 안 듣고 쫓아오질 않나, 아무 때나 불쑥불쑥 드나들질 않나, 친구들 때문에 짜증이 났는데 이번에는 정말 기뻤다. 타라는 안도의 한숨을 내쉬었다.

"내가 여길 어떻게 왔는지 지금 그게 중요한 게 아니야." 로빈이 대꾸했다. "그래, 알아. 칼에게 아무 짓도 하지 않았는데도 내가 여전히 수배 중이라는 거. 내 말 잘 들어, 훨씬 중요한 건…….."

팅가푸르의 감옥을 어떻게 탈출했고, 지금 은하계에서 가장 이목이 집중된 타딕스에는 또 어떻게 왔는지 알고 싶은 타라가 말을 잘랐다.

"우리는 네가 걱정돼서 미칠 뻔했단 말이야. 다시 묻겠는데 어떻게 탈옥했어? 여기까지 어떻게 왔고? 살아 있다는 소식이라도 보내줬어야지? 너 혹시 미션 중이야? 고모가 너를 의도적으로 탈출시킨 거야? 일종의 음모야? 아니면 랑코비트와 오무아의 합동 작전이야?"

타라가 쏟아내는 질문에 로빈은 머리를 세차게 흔들었다.

"랑코비트나 오무아의 합동 작전은 아냐. 음모라고 할 수 있겠네. 아주 끔찍한 소문을 들었어. 우리 둘 다 죽이려는 음모가 있다는 소문이야." 하프엘프는 심각하게 말했다. "아르칸즈와 네가 결혼하기 직전에 고용된 킬러가 너를 죽일 거야."

타라는 침대 가장자리에 털썩 주저앉았다. 갈랑이 바로 옆에 내려앉았다. 타라는 고모의 충고에 따라 타딕스족과 악마들에게 강한 인상을 주기 위해 페가수스를 평소처럼 많이 축소하지는 않았다. 그래서 갈랑은 타라의 어깨에 앉을 수 없었다. 하지만 무슨 일이 있다는 걸 느끼고 불안해하면서 타라에게 감정을 전했다. 킬러? 암살단 길드에서 보낸 킬러? 불길한데…….

타라도 전적으로 같은 생각이었다. 암살단 길드에 대해 자세히 알아본 적이 있는 타라는 고모가 왜 그런 집단을 내버려두는지 이해할 수가 없었다. 타라가 사람들을 죽이는 범죄 집단이 아니냐고 물을 때마다 고모는 킬러들도 쓸모가 있다고 대답했었다. 타라는 오무아 사람들의 도덕성에 대해서는 정말 회의를 느꼈다.

그런데 킬러들이 노리고 있다면 살아남을 가능성이 거의 없었다. 하지만 타라는 이해가 되지 않았다. 아더월드에서 타라는 악마들을 물리치려면 꼭 있어야 하는 '인간 무기'인데…….

타라는 창백해졌다.

"로빈, 우리가 너무 위험하기 때문에 제거하려고 악마가 킬러를 고용했을까?"

"우리? 난 아니지, 너라면 몰라도. 다른 방법이 없겠지. 악마들과 싸울 때 너는 우리의 가장 가공할 만한 무기니까. 악마들도 그걸 잘 알고 있어. 게다가 그들은 지구에 있는 악마의 사물들에 접근할 수 없어서 예상보다 훨씬 약할지도 몰라. 체스에서는 여왕이 가장 강력한 말이야. 너는 검은 여왕이니까……."

"아니, 나는 하야니까 하얀 여왕이야." 타라는 약간 몸서리치면서 말했다.

"그래, 하얀 여왕. 너를 제거하면 그건 곧 승리를 의미해."

"그래서 나는 악마들뿐만 아니라 킬러도 경계해야 돼. 하여튼 내 인생은 이렇게 복잡하지 않으면 안 되는 건가 봐."

로빈은 하얀 안락의자에 앉으면서 피곤한 듯 한숨을 내쉬었다.

"나는 해결할 일이 아주 많아. 정말 지친다."

하지만 타라는 오무아 궁전의 감옥에 갇혀 있던 하프엘프가 어떻게 이런 음모에 대해 들었는지 알고 싶었다. 감옥에 갇히기 전에 알았다면 말했을 텐데. 그래서 타라는 질문했다.

"감옥에 있을 때 바로 옆 감방에 킬러가 있었어." 로빈이 은빛 머리를 가다듬으면서 대답했다. "모우르무르 덩컨을 암살하기 위해 고용된 킬러라는데(아, 타라는 누군지 알고 있었다) 엄청 말이 많았지. 나는 누가 칼을 공격하고 나를 함정에 빠뜨렸는지 조용히 생각하고 싶었는데 그자가 넋두리를 늘어놓다가 어떤 소문에 대해 떠벌렸어. 엄청난 금액을 제시받은 청부 살해에 대한 말을 하다 내가 감옥에 갇혀서 운 좋은 줄 알라는 거야. 아니었으면 나는 죽었을 거라면서. 그자가 말하는 청부 살해가 너와 나에게 관련된 일이라는 걸 깨닫는 데 시간이 좀 걸렸어. 황궁의 공원을 산책하는 시간에 나는 시비를 거는 척하면서 그자를 붙잡았지. 간수들은 가벼운 말다툼이라고 생각했지만 나는 그 암살에 대해 자세히 말해주지 않으면 목을 부러뜨리겠다고 협박했어. 그자는 제국의 후계자와 그 애인에 대한 청부라고 자백했어. 하지만 의뢰인이 우리 둘을 엮어서 죽이라고 했다는 건 우리가 헤어진 걸 모르고 있다는 거지."

타라는 이맛살을 찌푸렸다. 보이지 않게 극중 사건과 인물들을 마음대로 조종하는 '데우스엑스마키나('신의 기계적 출현'을 뜻하는 라틴어. 초자연적인 힘을 이용하여 위급하고 복잡한 사건을 해결하는 수법—옮긴이)'의 출현도 아니고 이게 무슨 시추에이션? 타라는 강한 의문이 들었다. '왜 죽이려는 걸까'보다는 '나를 죽이는 것으로 이득을 보는 사람이 누구지?'라는 의문이 들었다. 갑자기 애거사 크리스티의 탐정 영화 속에 들어와 있는 것 같았다. 그런데 유감스럽게도 이 작가의 추리소설들을 읽으면서 타라는 한 번도 범인을 찾은 적이 없었다.

타라는 고개를 갸웃하면서 물었다.

"소우르브는 어디 있어?"

로빈은 타라가 갑자기 경계 태세를 갖추고 있다는 걸 알아채지 못했다.

"문 앞에 보초를 세웠어. 누가 오면 정신적으로 알려달라고. 왜?"

타라는 긴장을 풀었다. 분명히 로빈이었다. 패밀리어만 영혼의 동반자와 정신적으로 접속되기 때문에 아르칸즈나 다른 누군가가 보낸 스파이는 아니었다.

"그냥 물어본 거야."

자세히 살펴보니 하프엘프는 평소보다 멋져 보이지 않았다. 옷차림이 영 추레한 것이 로빈에게 어울리지도 않았다. 납치한 자들이 로빈의 체격에 맞는 옷을 찾지 못했나? 아무튼 이상했다.

갑자기 로빈이 애인(물론 타라는 이제 애인으로 생각하지 않지만)과 단둘이 한 방에 있는 걸 깨달은 것처럼 이상한 미소를 흘렸다.

타라가 반응할 겨를도 없이 로빈이 늑대처럼 달려들어서 입술을 포갰다.

그런데 마치 탐색하는 것 같은 이상한 키스였다. 부드러우면서 달콤했다. 그러고는 이번에도 타라가 정신을 차릴 사이도 없이 재빨리 끝내고 물러섰다.

타라는 보조개가 팰 정도로 환한 미소를 지으면서 말했다.

"네가 키스할 때는 나는 오이를 말하지 않아도 되는 거였지?"

그 순간 하프엘프의 크리스털 눈에 당황하는 빛이 역력했다.

"오이가 뭐……." 깜짝 놀란 로빈이 말을 잇지 못했다.

눈앞에 타라가 버티고 서 있었던 것이다. 체인지라인은 순식간에 타라에게 금빛과 빨간빛의 갑옷을 입히고 머리를 땋아서 틀어 올렸다. 타라의 두 손에서 시퍼런 빛이 번쩍거렸다. 하프엘프는 미처 피할 겨를도 없이 강력한 마법에 밀려서 벽 쪽으로 뒷걸음쳤다.

"딱 걸렸어!" 타라는 냉랭한 목소리로 외쳤다. "누구야, 당신?"

하프엘프는 말하려고 했지만 마법이 가슴을 짓누르고 있어서 아무 말도 할 수 없었다. 타라가 압박을 약간 풀어줬지만, 손을 움직일 수 없는 하프엘프는 벽에 붙어서 옴짝달싹하지 못했다.

"타라! 왜 이래? 나야, 로빈!"

"아니, 당신은 로빈이 아냐! 로빈은 당신처럼 키스하지 않거든. 그리고 우리의 암호도 모르잖아. 내가 그렇게 멍청한지 알아? 나는 바보 취급 받는 걸 아주 싫어한다. 그리고 경고하는데 나를 바보 취급하는 놈들은 한 놈도 빠짐없이 죽거나 감옥에 들어갔지. 자, 다시 질문하겠다. 누구냐?"

발이 바닥에 닿지 않는 높이의 벽에 붙은 로빈은 발버둥치면서 타라에게 믿어달라고 애원했다. 하지만 타라는 단호했다.

"나는 이 마법을 언제까지고 유지할 수 있다." 타라는 태연하게 말했다. "그래도 난 전혀 힘들지 않아. 계속해서 더 압박할 수도 있어."

타라가 마법으로 점점 더 압박하자 로빈의 흉곽에서 으드득 소리가 났다. 하프엘프는 타라의 시선과 마주쳤다. 확신을 갖고 밀어붙이는 타라를 속이거나 분노를 누그러뜨릴 방법이 전혀 없었다. 로빈은 자포자기한 얼굴이 되었다. 상황이 좋지 않게 흘러가고 있었다.

"그만해! 좋아, 항복!"

"미안하지만 항복할 필요 없어. 당신은 이미 내 포로니까, 아무개 씨!"

"미스터 X!" 로빈이 신경질적인 어조로 내뱉었다. "그 마법 좀 약하게 해줘. 뼈가 다 부러지기 전에. 빌어먹을, 계집애 손에서 나오는 마법이 왜 이렇게 센 거야!"

타라는 대꾸도 않고 마법의 강도를 약간 줄였다. 여자인 데다 어리기까지 하면 강력한 마법 능력을 지니는 것에 큰 '핸디캡'이라도 되는 것처럼 말하는 걸 처음 듣는 것도 아닌데.

타라는 진짜 한심한 사람들이라고 생각했다.

로빈의 얼굴이 양초 녹듯 흘러내리더니 어디서나 볼 법한 아주 흔한 얼굴로 바뀌었다.

"뇨르크가 뭐지?" 타라는 방금 본 끔찍한 이미지를 떨쳐내기 위해

뜬금없이 물었다.

벽에 달라붙은 정체불명의 남자는 어찌나 놀랐는지 몇 초 동안 아무 말도 못 했다. 이윽고 믿기지 않는다는 목소리로 대답했다.

"그건 생식기를 뜻하는 말이다. 오, 트로이쿠47가 나를 파멸시키는구나! 우리 종족의 욕설인데 그걸 어디서 들었어?"

"팅가푸르의 감옥 취조실에서 내가 심문했을 때 당신이 내뱉은 말이다. 그때부터 엘프어에 대한 자료를 조회했지만 그런 단어는 없었어. 그때부터 의문을 가지면서 머릿속에 넣어뒀다. 로빈은 한 번도 그 말을 사용한 적이 없었거든. 그리고 방금 당신이 키스했을 때도 로빈이 아니라는 걸 알았어. 너무 달랐거든(타라는 암호 '오이'에 대해서는 설명하지 않았다. 칼의 예상대로 오이는 연인들의 대화에 나올 가능성이 없는 단어이기 때문에 위장한 가짜인지 확인하는 암호로 아주 편리했다. 칼에게 고맙다는 말을 해야겠다고 머릿속에 새겨두었다). 하지만 당신은 성공할 수도 있었어. 소우르브를 문 앞에 세워두었다고 말했을 때까지만 해도 의심하지 않았으니까. 자, 두 번째 질문, 왜 키스를 했지?"

미스터 X는 아주 엉뚱한 답변을 했다.

"너를 모르겠으니까. 너와 접촉하면 머릿속을 읽을 수 있을 거라고 생각했는데 장벽에 막혔어. 유일하게 한 소년만 읽을 수 없었는데. 빌어먹을! 우리에 대한 면역력이라도 개발한 건가?"

---

47. 불쾌할 정도로 많은 송곳니와 다양한 갈퀴발톱을 가진 여신인데, 자기 마음에 들지 않는 사람들의 생각을 완전히 바꿔버리는 짓궂은 버릇이 있다. 아무튼 누구나 자기가 좋아하는 놀이는 있기 마련이다.

타라는 그 '소년'이 제레미라고 확신했다. 그 미친 드래곤 왕이 타라와 제레미의 유전자를 조작하면서 누구도 머릿속을 침투할 수 없도록 뭔가를 집어넣은 것이 틀림없었다. 텔레파시 능력이 있는 진실의 입들은 타고난 것이었다. 그럼 악마들은……? 타라는 아더월드 사회를 철저히 연구한 악마들이 진실의 입들에 대해서 알고 아무도 악마들의 머릿속을 뒤지지 못하게 일종의 정신적 장벽을 갖추고 있는 거라고 생각했다.

방금 들은 말을 타라가 제대로 이해한 거라면 결론적으로 눈앞의 남자는 텔레파시 능력자였다. 타라는 경계하지 않았던 자신을 저주했다. 취조실에서 로빈을 만났을 때도 '너를 모르겠다'는 말을 했었다. 타라는 그 말이 로빈의 감정을 표현한 거라고 생각했는데 그게 아니었던 것이다.

"텔레파시 능력이 있는 건가?"

미스터 X는 고개를 끄덕였다.

"웬만큼은. 우리가 복제하는 사람이 하지 않았을 행동이나 말을 하면 사람들은 대개 무의식적으로 경계하는데 우리는 그때 아주 중요한 것들을 알아낼 수 있지. 그게 우리의 능력이야."

"그건 속임수야!" 타라가 소리쳤다. "진짜 로빈은 어디 있어? 왜 칼을 공격했어? 나한테서 원하는 게 뭐야?"

미스터 X는 타라를 쳐다보다가 돌연 태도를 바꾸고 존대했다.

"모든 질문에 대답하겠으니 제발 나를 내려주십시오. 다리가 아파서 죽을 지경입니다. 아무 짓도 안 하겠습니다. 내 가면을 벗기다니 몇 년 동안 한 번도 들킨 적이 없었는데. 예리한 관찰력에 경의를 표합니다. 브라보!"

"당신을 안락의자에 앉게 해주겠지만 내 마법은 당신 주위에서 작동하고 있다는 거 명심해. 무슨 짓을 해도 소용없다."

"약속하겠습니다." 미스터 X가 대답했다.

잠시 후, 바닥에 내려선 남자는 안도의 숨을 내쉬면서 얌전히 의자에 앉았다. 그러고는 주위를 에워싸는 마법의 파란빛을 애써 모른 체했다. 타라 역시 남자가 약속을 지키든 말든 전혀 개의치 않았다. 어차피 믿지도 않았고, 허튼짓을 하게 두지도 않을 거니까.

미스터 X가 또 엉뚱한 말을 했다.

"괜찮으시면 먼저 마지막 질문에 대답하겠습니다. 그게 납니다."

타라는 눈살을 치켜떴다.

"그게 나라니?"

"아까 말한 사람이요."

"좀 더 구체적으로 말해! 아까 말한 사람이라니?" 타라는 버럭 화를 냈다.

미스터 X는 재빨리 대답했다.

"킬러, 청부 살해, 나는 당신을 살해하러 온 겁니다."

타라는 눈썹 하나 까딱하지 않았다. 어쨌든 겉으로 보기에는 그랬다. 타라를 죽이려고 했다면 잠들어 있을 때 기회를 노렸을 것이다. 타라의 강력한 마법은 자는 동안이라도 타라를 건드리는 것은 누구를 막론하고 새까맣게 태워 죽이는 경향이 있는데, 이자는 타라의 마법에 대해 알고 있었다는 건가? 아무튼 이자는 타라를 죽이려고 한 건 아닌 것 같았다. 타라는 이야기를 좀 더 들어보기 위해 인내심을 갖고 잠자코 기다렸다.

미스터 X는 자신의 말에 아무런 반응이 없는 것에 약간 실망한 듯했으나 이내 어떻게 의뢰를 받았고 돈을 얼마나 받았는지 줄줄이 실토했다. 하지만 의뢰인의 신원에 대해서는 전혀 아는 바가 없으며, 실행 날짜와 몇 가지 조건은 메시지로 전달받았다고 밝혔다. 로빈을 납치할 것, 로빈 행세를 할 것, 칼을 공격해서 중상을 입힐 것, 그다음 타라를 따라 타딕스로 갈 것, 아르칸즈와 결혼할 때 타라를 죽일 것.

타라는 뻣뻣해졌다. 그중에서도 '로빈을 납치했다'는 말이 귀에 꽂혔다. 갑자기 마법의 장막이 점점 죄어오면서 미스터 X는 숨이 막혔다.

"로빈을 어떻게 했어?" 타라는 격분했다. "어디 있는지 당장 말해! 아니면 당신을 아주 짓이겨버릴 테니까."

타라가 힘을 약간 빼자 미스터 X의 얼굴이 빨개졌다가 땀에 젖었다. 이어서 요란하게 딸꾹질을 여러 번 한 뒤에 겨우 숨을 돌렸다.

"이럴 필요 없어요. 그는 아더월드에 있다고 말하려던 참인데." 미스터 X는 마침내 말했다. "나만 아는 곳에 가둬놨습니다. 내 부하 두 명이 지키고 있는데 그들에게 문제가 생길 경우를 대비해 사흘 후에 자동으로 폭발하는 장치를 설치해놔서 내가 가지 않으면 그는 죽어요."

타라는 파랗게 질렸다. 영악한 놈! 사실이든 아니든 타라는 이제 미스터 X를 죽일 수 없었다. 물론 필요한 경우에는 살육을 서슴지 않는 아더월드 사람들과는 달리 타라는 아무도 죽이지 않았다. 살기 위한 정당방위로 어쩔 수 없었던 경우를 제외하고는.

타라는 마지스터식으로 압박하는 수밖에 달리 방법이 없었다. 타라는 마법의 장막을 더 죄었고 미스터 X는 완전히 겁에 질렸다.

"당신을 죽이지는 않아도 고통을 줄 수는 있지." 부드러워서 더 무서운 목소리로 타라가 말했다. "너무 고통스러워서 로빈이 있는 장소와 구출하는 방법을 말해줄 테니 제발 살려달라고 사정하게 될 거다. 이 장막은 당신의 살가죽을 아주 천천히 벗길 수 있지. 그리고 난 뜨겁게 할 수도 있어."

그렇게 말하면서 타라가 즉시 장막의 온도를 높이자 미스터 X의 얼굴이 공포로 손을 조금만 움직여도 손바닥이 쩍쩍 갈라질 정도였다.

"나는 적이 아닙니다, 타라 덩컨." 미스터 X가 다급하게 말했다. "로빈을 풀어줄 방법이 있습니다. 도와주려고 온 거니까 나를 고문하지 마세요. 당신의 목숨을 구하려고 온 거라고요. 그리고 가능한 한 아더월드도!"

타라가 장막에 가하는 힘을 약간 늦추자 미스터 X가 정상으로 돌아왔다. 미스터 X는 뚫어져라 쳐다보는 타라의 시퍼런 눈빛에서 필요하면 1초의 망설임도 없이 다시 시작할 거란 의지를 읽었다. 손에서 피가 나고 있지만 미스터 X는 털어놓기 시작했다.

"처음에는 의뢰인이 아더월드 사람이라고 생각했습니다. 당신은 많은 사람들의 계획을 방해했고, 당신의 강력한 마법을 두려워하는 사람도 많으니까요. 하지만 의뢰인이 원하는 것을 자세히 들을수록 내가 잘못 생각한 게 아닌지 의문이 들기 시작했습니다. 단순한 암

살이라고 하기에는 모든 것이 너무 지나친 면이 있어서 덜컥 겁이 나
거절할 생각도 했어요. 하지만 아더월드에 킬러가 나만 있는 것도 아
니고……. 의뢰인이 다른 킬러를 고용할 텐데 그럴 바에는 내가 도전
해보기로 했습니다. 그래서 계약을 받아들인 겁니다.”

“그래서 로빈을 납치했다?”

“그게 첫 번째 조건이었습니다.”

타라는 이를 악물었다.

“그다음은?”

“로빈의 모습으로 변신했어요.”

“그 모습은 일루전이 아니었다. 그랬으면 당신은 절대 문을 통과할
수 없었어. 내 방의 문을 어떻게 속였지? DNA를 채취하기 때문에 절
대로 속일 수 없는데. DNA를 조작하는 주문이 있다면 몰라도. 그런
일이 어떻게 가능한지 도저히 이해가 안 된다.”

미스터 X는 어쩔 수 없다는 듯 고개를 설레설레 저었다.

“내 종족의 이름을 밝히면 이해가 될 겁니다. 다만 뱀파이어들에게
는 절대로 말하지 않겠다고 약속해야 합니다.”

“나는 어떤 약속도 하지 않는다. 정당한 이유가 있다면 하겠지만
아직 아무것도 모르는 것에 약속할 순 없지. 시간을 끌어볼 수작이라
면 집어치우고 전부 다 말해!”

미스터 X는 항변하려고 했지만 타라의 얼굴에서 인내심이 한계에
달해 있다는 걸 보았다. 이러다 타 죽으면 약속 따위가 무슨 소용 있
단 말인가.

“나는 샹즐랭이에요.” 미스터 X는 절대로 말해서는 안 될 극비를

알리는 것처럼 말했다.

"그래서?" 타라가 응수했다.

미스터 X는 황당한 얼굴로 타라를 쳐다봤다.

"뱀파이어들이 아더월드를 정복하려고 했을 때 우리가 막았다는 이유로 우리 종족을 몰살했어요. 뱀파이어들은 결코 용서하지 않았습니다. 지금도 샹즐랭을 발견하는 즉시 죽여버리니까요."

"미안하지만 당신은 킬러야." 타라는 신랄하게 말했다. "나는 뱀파이어들이 킬러를 살해하는 걸 이해할 수 있다. 아무튼 샹즐랭이라 문을 속일 수 있었다는 당신의 말을 어떻게 믿지?"

샹즐랭이 약간의 동정이라도 기대했다면 큰 오산이었다. 로빈을 납치하고 협박했다는 사실만으로도 이미 타라의 마음을 얻을 수 없는데. 타라는 당장이라도 하프엘프를 구하러 달려가고 싶었다. 공간 이동의 문이 모두 봉쇄되었기 때문에 지금은 아무것도 할 수 없지만.

"우리 종족은 완벽하게 복제할 수 있으니까요." 샹즐랭이 대답했다. "육체적으로는 구별하는 것이 불가능합니다. 머리카락 한 올, 털 한 올, 피부 한 조각만 먹으면 복제할 수 있습니다. (미스터 X는 잠시 말을 멈췄다) 단 상처가 있는 부위는 안 됩니다. 그 영향으로 우리도 아플 수 있기 때문에. 레파루스와 마법의 미용 크림 덕분에 아더월드 사람들이 상처를 지니고 있는 경우가 거의 없어서 다행이지만……."

타라가 몸을 숙였는데 꽉 쥔 주먹에서 위험한 마법의 빛이 번쩍거렸다.

"그럼 키스를 하는 것으로도 복제가 가능한가?"

"네." 샹즐랭은 대답했다. "하지만 아까 내가 했던 것보다는 더 강

한 키스여야 해요. 그리고 그 키스는 정신적인 장벽을 통과할 수 있는
지 알고 싶었던 거지 복제하려는 것이 아니었습니다. 내가 당신을 복
제할 생각이었다면 머리카락 하나를 훔치는 것으로 충분하니까요.”
　“그럼 그 모습을 얼마나 오랫동안 유지할 수 있나?”
　“우리가 원하면 영원히 유지할 수 있습니다.” 샹즐랭이 대답했다.
“하지만 삼가려고 합니다. 가능한 한 우리의 진짜 모습을 찾고 싶어
하니까요.”
　타라는 샹즐랭의 몸을 가리켰다.
　“지금 그 얼굴이 당신의 진짜 모습인가?”
　샹즐랭은 음험한 미소를 흘렸다.
　“아닙니다. 우리는 가족들과 있을 때를 제외하면 절대 진짜 모습을
드러내지 않습니다. 내 아내와 아기는 내가 어떻게 생겼는지 알아요.”
　타라는 샹즐랭을 유심히 쳐다봤다. 어떤 의도가 있어서 한 말이 아니
라 충동적으로 고백한 것이었다. 미스터 X는 다른 얘기로 넘어갔다.
　“그래서 우리는 스파이나 킬러 같은 직업을 훌륭하게 해냅니다. 하
지만 우리 종족은 살아남은 수가 적고, 뱀파이어들은 도처에 있기 때
문에 우리는 모습을 드러낼 수가 없습니다. 뱀파이어들이 거의 없는
지구로 이주한 샹즐랭도 몇 명 있습니다. 나 역시 지구에서 교육을
받은 다음 아더월드에 와서 스크립트 길드 학교를 다녔지요.”
　타라는 깜짝 놀랐다. 스크립트?
　“그런데 내가 돈도 좋아하지만 스릴, 추격 같은 것에 쾌감을 느끼
는 걸 깨닫고 스크립트 연수를 접고 암살단 길드에 들어갔지요. 스크
립트 교육을 위해 나에게 들인 돈을 학교 측에 상환해야 했고요. 최

고가 되기 위해 열심히 노력했고, 오늘에 이른 겁니다. 하지만 내가 계약을 깨고 표적의 목숨을 살려주기는 이번이 처음입니다.”

미스터 X의 표정으로 보아 자기 자신도 믿기지 않는 것 같았다.

“거기까지는 그렇다 치고 칼을 반쯤 죽인 이유는?”

“그것도 계약 조건이었어요. 길드에서는 조건이 도저히 이해가 되지 않을 경우 계약을 꺼리지만 제시한 금액이 워낙 엄청나서 버릴 수가 없었지요. 나도 당신의 피를 빼게 해서 힘을 잃게 만들라는 것이 쉽게 납득이 가지 않았습니다. 그러다 갑자기 그 이유를 알아차렸지요. 뭔가를 해야 되는데 당신의 힘이 절정인 상태에서는 도저히 할 수 없기 때문에 당신의 힘을 약하게 하려는 속셈이라는 것을. 그런 다음에 당신을 제거하려는 것이었어요.”

“하지만 왜 힘이 약해져 있을 때 바로 나를 죽이지 않았지?” 타라가 반박했다.

“나도 그 점이 이상했어요. 이해되지는 않았지만 계약대로 칼에게 중상을 입혔는데 당신이 칼에게 수혈을 해주었죠. 여기까지는 작전대로 됐지요. 당신은 내가 칼을 공격했다는 걸 전혀 믿지 않는 눈치였기 때문에 당연히 나를 지켜주기 위해서라도 타딕스로 데려갈 거라고 생각했어요. 그런데 나를 지켜주기는커녕 감옥에 보냈어요.”

“로빈을 보호해주고 싶었으니까!” 로빈으로 변신한 당신일 줄은 꿈에도 몰랐지. 타라가 소리쳤다. “그런데 어떻게 황궁의 감옥을 탈출했지?”

“아주 간단하죠.” 샹즐랭이 거만하게 대답했다. “우리는 벼룩부터 드래코-티라노사우루스에 이르기까지 마법을 사용하지 않고 마음대로 변신할 수 있으니까요. 하지만 나는 훨씬 쉬웠죠. 파리로 변신해서 철창을 나와 감시카메라들까지 날아간 다음 손이 필요하기 때문에 다시 브리앙트로 변신해서 카메라들을 차단해놓고 철창으로 돌아가서 얼굴을 바꿨지요. 그러고는 완벽한 알리바이를 만들기 위해 자해한 겁니다. 그런데 내가 인간의 모습을 하고 있을 때 친위대원들이 뱀파이어 셀렌바를 데려온 거예요.”

미스터 X는 침을 삼키면서 갑자기 공포에 질린 얼굴이 되었다.

“뱀파이어와 한 공간에 있을 수는 없었어요. 나는 재빨리 다시 파리로 변신해서 차단된 감시카메라 위로 날아갔죠. 셀렌바가 알아챌까 봐 조마조마해서요. 그때 이상한 일이 일어났어요. 벽 아래쪽에서 통로 같은 것이 열리고 마스크를 쓴 괴한이 튀어나오더니 철창을 열고 들어갔죠. 괴한은 우격다짐으로 셀렌바를 기절시키고는 들쳐 업고 통로로 사라져버렸어요.”

타라는 입을 멍하니 벌렸다. 상그라브? 마지스터가 셀렌바를 데려가려고 상그라브를 보낸 건가? 셀렌바는 마지스터와 무슨 일이 있었는지에 대해서는 입을 다물고 있었다. 마지스터에게 불복한 게 사실인가? 상황이 많이 달라지고 있었다. 드라고쉬 선생님에게 알려줘야 하는데…….

“그래서 나는 감시카메라에서 다시 철창 안으로 날아갔고 재빨리 변신하고는 반쯤 기절한 상태로 바닥에 누워 있었어요. 그런데 갑자기 들이닥친 뱀파이어 사피르가 귀신같이 셀렌바의 냄새를 맡고는 미친 듯이 벽을 뚫고 사라졌죠. 그러고는 잠시 후, 상그라브가 셀렌바를 버리고 갔는지 사피르가 셀렌바를 안고 돌아왔어요.”

"근데 왜 셀렌바가 거짓말을 했을까?" 생각에 잠긴 타라가 중얼거렸다. "셀렌바는 자기를 때린 사람을 보지 못했다고 했는데. 왜 사실대로 말하지 않았는지 이해가 안 되네."

샹즐랭은 타라의 말을 못 들은 체했다. 셀렌바가 왜 거짓말을 했는지 모를 뿐만 아니라 상관하고 싶지도 않았다.

"수사관들은 나에 대한 신원 조사를 한 뒤에 풀어줬어요. 사실 내가 명의를 도용한 상인은 마침 한 달 전부터 안개 대양 부근의 아르카디아에서 휴가를 보내고 있었기 때문에 운이 좋았던 거죠. 수사관들은 아무것도 찾지 못했고, 내가 멀쩡해졌기 때문에 그냥 감옥에서 내보내주었어요. 그래서 나는 궁전으로 다시 돌아와 타딕스로 가기로 된 꼬마도깨비 중 한 명을 가둬놓고 이번에는 그의 명의를 도용했죠. 그러고는 당신이 혼자 있는 때를 기다렸던 겁니다. 내 생각에 의뢰인은 타라 덩컨, 당신이 아르칸즈의 아내가 되는 걸 원치 않는 또 다른 악마입니다!"

타라는 고개를 끄덕였다. 미스터 X의 말을 들으면서 타라는 깊은 생각에 잠겨 있었다. 악마들의 세계에 여러 파벌이 있다는 건 이미 알고 있었다. 특히 검은 태양의 불을 양식으로 삼았던 악마들 본래의 모습을 되찾으려다 살해된 디아블로의 '블루파'와 행성을 지구처럼 만들고 악마들을 변형시키는 것에 혈안이 된 아르칸즈의 '옐로파'가 대표적이었다. 타라가 본 바에 따르면 두 파벌은 격렬하게 대립하고 있었다. 정통을 고집하는 블루파에게 인간들과 동맹을 맺고 인간과 결혼하는 것은 본래의 모습으로 돌아가지 못한다는 의미였다.

타라는 '비스무리 인간 악마들'이 다른 파벌의 악마들에게 얼마나 건방지게 구는지 똑똑히 봤었다. 나이가 어리면 적어도 연장자들에게 머리를 숙이고 예의를 갖추는 것이 도리이거늘.

타라는 고모를 만나서 얘기해야 했다. 아르칸즈에게도 알려줘야 했다. 악마 종족 중 누군가가 이런 암살을 계획했다면 아르칸즈가 당하는 거야 불 보듯 뻔하기 때문이었다. 그리고 리스베스의 눈앞에서 타라가 살해된다면 여제는 아마 즉석에서 버튼을 누를 것이고, 그러면 모두 비욘드월드로 떠나는 것이었다.

타라는 잠자리에 들면서 풀어놓았던 악마의 사물들이 부르르 떨고 있음을 느꼈다. 폭발이 일어나면 자기들도 파괴될 텐데 그렇게 해방되면 또다시 갇히게 될까 두려워하는 것이었다. 타라는 팔찌와 발찌, 벨트를 차고 만년필을 집어넣으면서 사물들을 이젠 적이 아니라 친구로 대하고 있는 자신에게 놀랐다.

타라가 컴폰을 작동하자 샹즐랭이 깜짝 놀랐다. 타딕스족이나 정체불명의 스파이들이 들어도 무슨 말인지 알아듣지 못하게 리스베스와 타라는 암호를 사용하고 있었다. 실물 크기의 여제 모습이 눈앞에 나타났다. 여제는 장관들과 궁인들을 대동하고 나가려는 중이었다. 타라는 나중에는 말할 기회가 없기 때문에 지금밖에 시간이 없었다.

"코드 바이올렛." 타라가 말했다.

여제는 갑옷 차림의 타라가 살해 위협을 받고 있음을 알리는 암호를 전하자 바짝 긴장했다. 여제는 수행원들을 모두 물러가라고 명했다.

"코드 바이올렛?" 여제는 혼자 있게 되자 컴폰을 가까이 들고 속삭였다. "아르칸즈가 공격했어? 버튼을 작동해야 되는 거니?"

"아니, 아니에요! 버튼은 건드리지 마세요. 다른 문제가 생겼어요.

아주 심각한 문제요.”

타라는 짤막하게 상황을 설명하면서 문제의 인물에 대해 최소한의 언질만 주면서 어떤 종족인지는 언급하지 않았다. 많이 초췌해진 리스베스는 유심히 들으면서 간간이 구체적인 질문을 했다.

“그래, 네 말에 일리가 있어. 아르칸즈와 얘기를 해야겠다. 마왕의 목숨을 살려준 거니까 고마워하겠지. 우리의 희망 사항인지 모르겠지만. 이제 곧 만찬과 콘서트가 시작되니까 빨리 만나자, 타라(리스베스는 타라 뒤쪽으로 보이는 미스터 X를 응시했다). 도망치지 않을까? 지키고 있을 사람이 필요하지 않겠니?”

하지만 타라는 미스터 X에 대해 나름대로 계획이 있었다.

“우리 편이라고 생각해요. 우리 주변에서 무슨 일이 일어나는지 감시하라는 미션을 주고 풀어줄 거예요. 군중 속에 섞여서 눈에 띄지 않는 것이 특기니까 멀리서 지켜볼 수 있을 거예요.”

여제는 내키지 않는 표정을 짓고 있다가 타라에게 일임했다.

“좋아, 그건 네가 알아서 해.”

여제와 타라의 통화가 끝났다. 샹즐랭이 희망이 가득한 얼굴로 말했다.

“정말 나를 풀어줄 겁니까?”

“내가 방금 한 말 들었나?” 타라는 놀란 척하면서 물었다(귀머거리도 아닌데 무슨 소리?).

“여제에게는 그렇게 말해놓고 나를 죽일 수도 있겠군요…….”

타라는 한숨을 내쉬었다. 아더월드 사람들의 고질적인 강박증을 잊고 있었다. 타라는 주문을 읊지 않고 머릿속으로 마법의 장막을 없애는 것으로 샹즐랭을 놀라게 한 다음 레파루스를 날렸다. 피가 흐르던 손이 낫자 샹즐랭의 눈이 동그래졌다. 샹즐랭의 얼굴로 보아 타라가 데스트룩투스 주문으로 죽일 거라고 생각한 모양이었다.

"당신이 일을 잘하고 있는지 확인하기 위해서라도 아마 의뢰인이 접촉을 시도할 것이다. 배후에 있는 악마가 누구인지 아는 것이 무엇보다 중요하다. 협정이 체결되면 첫 번째 결혼식은 타딕스에서 열릴 것이고, 두 번째 결혼식은 신부 측의 행성에서, 세 번째 결혼식은 신랑 측의 행성에서 열기로 합의되어 있다. 따라서 의뢰인은 당신이 여기서 일을 벌일 것으로 알고 분명히 나타날 거다. 그러니까 당신의 임무는 의뢰인을 찾아서 정체를 밝혀내는 것이다."

"네, 나를 믿으세요." 샹즐랭이 진지하게 약속했다.

"그들 중 하나로 변신할 수 있겠지?" 갑자기 묘안이 떠오른 타라가 물었다.

"네, 할 수야 있지요. 그런데 악마들은 침투할 수가 없어서 내 정체가 이내 발각될 위험이 있습니다. 검은 마법을 사용하기 때문에 내가 정신을 건드려볼 때마다 장벽에 막혔거든요. 그들이 마법을 사용해서 악마를 복제했다고 내게 다그칠 텐데 샹즐랭이라는 게 밝혀지는 날에는…… 그건 못 할 것 같습니다."

"아, 내가 그들 중 하나라고 말한 건 두 발 동물이 아니다. 장밋빛, 애처롭게 보이는 큰 눈망울, 보드라운 털을 가진 네 발 동물을 생각한 건데."

샹즐랭의 눈이 동그래졌다.

"악마 세계의 고양이를 생각한 겁니까?"

"물론. 벨제부트는 파프니르와 의사소통을 하지만 악마들은 패밀리어가 없고, 텔레파시 능력도 없어서 당신은 발각되지 않을 텐데……."

샹즐랭이 빙긋이 미소를 지었다.

"정말 묘안입니다."

타라는 한숨이 나오는 걸 참으면서 속으로 말했다. '왜 사람들은 내 머리가 나쁘다고 생각하지? 어이가 없어서.'

타라의 목소리와 표정이 굳어졌다. 마지막으로 꺼내기 껄끄러운 문제를 짚고 넘어가야 하기 때문이었다.

"이제 마지막 질문이다. 이 일은 사흘 안에 이뤄질 가능성이 거의 없다. 그리고 혹시 상황이 여의찮아서 당신이 잘못돼도 나에게는 책임이 없다. 하지만 나는 로빈을 무사히 찾아야 해. 이건 협상이 아니다."

"내 아지트와 위성으로 통화를 하고 있어요." 샹즐랭이 진지하게 말했다. "로빈을 지키고 있는 내 부하들과 날마다 정해진 시간에 연락하고 있습니다. 내가 연락하는 한 로빈에게 음식을 줍니다. 내가 제시간에 연락하지 않으면 그때부터 사흘 후 자동으로 폭발하게 됩니다. 부하들이 있든 없든 폭발을 막을 수 없습니다."

타라는 이를 악물었다.

"죽지 않는 게 좋을 거다." 타라가 내뱉었다. "네가 죽으면 비욘드 월드를 샅샅이 뒤져서 영원히 지옥으로 보내줄 테니까! 내가 거기서 한 달 동안 지내다 와서 잘 알거든."

샹즐랭은 약간 불안한 표정으로 조심스럽게 일어나다 얼굴을 찌푸렸다. 레파루스 치료로 손의 통증은 사라졌지만 짓이겨질 뻔했던 몸은 아직 후유증이 있었다.

"소우르브를 데리고 온 건 맞아?" 타라가 물었다.

샹즐랭은 머뭇거렸다.

"아닙니다. 로빈과 어찌나 단단히 결속되어 있는지 히드라가 꿈쩍도 하지 않아서 못 데리고……."

타라는 볼 때마다 로빈의 목을 감고 일곱 개의 머리로 요란을 떨던 히드라가 왜 문밖에서 조용히 있는 건지 이제야 이해가 되었다.

타라는 체인지라인에게 예복으로 갈아입히라고 지시했다. 체인지라인은 갑옷을 사라지게 하고 검은색과 흰색의 아름다운 드레스를 입혀주었다. 드러낸 등과 어깨, 쏙 들어간 배, 예쁜 엉덩이, 몸을 조각상처럼 보정해주는 드레스였다. 눈이 휘둥그레진 샹즐랭은 휘파람으로 타라의 미모에 경의를 표한 다음 변신했다. 잠시 후, 그는 키가 아주 작은 초록색 꼬마도깨비로 변해 있었다.

미스터 X는 조심스럽게 방을 나갔고, 타라가 다른 데로 경호원들의 관심을 돌리게 도와줄 때 그들의 가랑이 사이로 빠져나갔다.

타라는 한숨을 푹 내쉬고 나서 시간을 봤다. 만찬을 겸한 콘서트가 시작되고 있었다.

타라의 '쇼'가 시작되는 시간이기도 했다.

22

마라

어떻게 하면 우주선을 히치하이크할 수 있을까

*

마라는 단검을 닦았다. 쓰러진 셀렌바의 시신에서 흐른 피가 흥건했다.

마라는 마지스터의 시커먼 홀로그램 실루엣을 향해 고개를 들었다. 마지스터가 잠자코 쳐다보고 있었다.

마라는 긴장이 풀렸다. 마지스터가 원하는 대로 했다. 마라는 자신이 칼로 찔러서 쓰러뜨린 뱀파이어를 가리키면서 당돌하게 물었다.

"머리를 베서 드릴까요? 더럽겠지만 나는 괜찮아요."

마지스터가 흠칫 놀라는 것 같았다.

"어떻게 죽었니?"

마지스터가 물기 어린 부드러운 목소리로 물었다.

"셀렌바는 이제 정상적인 뱀파이어가 되었기 때문에 예전의 강력한 사냥꾼이 아니었어요."마라는 부러져서 늘어진 자신의 팔과 깊이 찔려서 피로 얼룩진 배를 드러내면서 말했다. "정상적인 삶을 살고 싶다며 이런저런 말을 늘어놓기 시작했죠. 나를 차기 후계자로만 봤지 자기를 죽이려고 온 암살범이라고는 생각 못 했기 때문에. 그래서 내가 보스를 위해 뭔가를 훔치고, 셀렌바를 죽이면 그 대가로 보스가 칼을 구해주기로 약속했다고 말했어요. 그리고 방심한 틈을 타서 공격했죠."

마지스터가 뻣뻣해졌다.

"셀렌바에게 그걸 말했다고?"

마라는 팔이 부러진 걸 잊고 어깨를 으쓱했다가 이내 후회했다.

"뱀파이어들은 거짓말을 금방 알아내기 때문에 내가 자기편이라고 믿게 해야 쉽게 해치울 수 있으니까요. 셀렌바는 타딕스로 가고 싶으면 우주선을 빌리면 되니까 보스의 도움은 필요 없다고 했어요. 하지만 악마들이 와 있기 때문에 지금은 모든 우주선 운행이 금지되어 아무도 타딕스에 접근하지 않을 것이며, 설사 타딕스에 간다고 해도 칼을 우주선에 태우려면 중개인이 있어야 한다고 말했어요. 나는 그 말에 동조하는 체했어요. 그래서 셀렌바는 내가 공격하리라고는 전혀 예상하지 못했죠. 그 대단하던 뱀파이어가 그렇게 힘이 약해졌을 줄이야! 물론 나한테는 다행이었지만. 필사적으로 방어하는 셀렌바와 몸싸움을 하다 내가 먼저 심장에 칼을 꽂았으니까요. 아니면 내가 당했을 거예요."

마라는 통증 때문에 인상을 쓰면서 약간 비틀거렸다. 마지스터는 마라가 기절하기 직전이라는 걸 알았다.

"아주 잘했다, 마라 덩컨." 마지스터는 형식적으로 말했다. "너는 계약을 완수했다. 네가 훔친 것을 이 주소로 가져오면 우주선을 타고 떠나도 돼. 내 정보원들은 네 지시에 따라 움직일 것이다."

마지스터는 통신을 끊었다. 마라는 잠시 시신을 쳐다보다 트랜스미투스를 작동했다. 사피르가 셀렌바의 시신을 발견하기 전에 사라지고 싶었다.

마라가 공간이동의 문을 향해 가고 있을 때 경보가 울리기 시작했다. 거처의 문 앞에 세워둔 호위대가, 차기 후계자는 사라지고 뱀파이어가 죽었다는 걸 알고 얼마나 공포에 떨지 상상이 갔다.

공간이동의 문에 도착한 마라는 마지스터가 알려준 주소를 입력했다. 두 번째 문은 자동으로 다른 공간이동의 문으로 데려갔는데 어딘지 전혀 모르는 곳이었다. 마라를 기다리고 있는 상그라브는 체격으로 보아 마지스터는 아니었다. 상그라브는 한마디도 하지 않고 손을 내밀었고, 마라는 고문서를 넘겨주었다. 상그라브가 레파루스 주문으로 마라를 치료한 다음 다른 주소를 입력했다. 이윽고 마라는 우주선 대합실에 와 있었다.

눈빛이 차가운 여자가 마중 나와 있다가 우주선 선실을 가리켰는데, 회색 방이었다. 낮은 침대와 램프 하나가 덩그러니 놓여 있고 욕실이 딸린 작은 방이었다. 그러고는 몇 분 후에 이륙할 거라고 알려주었다.

마라는 고개를 끄덕이면서 여자를 따라 조종실로 들어갔다. 타라와 파브리스가 봤다면 영화 〈2001 스페이스 오디세이〉에 나오는 우주선이라고 했을 법한—검은색이 아니라 회색이라는 것만 빼고—네

모난 덩어리 모양의 우주선이 아더월드의 하늘로 날아갔다. 기껏해
야 두 시간 후에는 궤도에 진입할 것이다. 마라는 비디오크리스털을
켰다. 스쿠프들이 콘서트에 가는 타라의 모습을 촬영하고 있었다. 마
라는 미소를 지었다. 그리고 상황을 지켜보기 위해 편안하게 앉았다.

콘서트

음악 예술은 해석에 따라 의미가 달라지는데
어떻게 해야 오해를 사지 않을까

*

타라와 호위대는 스쿠프들의 추격을 받으면서 매직갱을 데리러 갔다. 친구들 모두 예복 차림이었다. 심지어 파프니르까지 하얀 가죽 원피스 차림인데 광산보다 지상에서 보내는 시간이 더 많아서인지 구릿빛으로 탄 피부와 빨간 머리가 도드라져 보였다.

하지만 환하게 웃던 칼은 타라가 로빈이 억류되어 있다는 소식을 속삭였을 때 미소를 잃었다. 타라가 자세하게 말해주지 않았는데도 칼의 잿빛 눈에 불안한 빛이 역력했다.

타라는 여제를 향해 가면서 마지못해 친구들과 헤어졌다. 연주회장의 중력은 타딕스족에게는 정상이지만 아더월드 사람들에게는 너무 약해서 적응하기가 힘들었다. 타딕스족은 아픈 사람이 없도록 많은 약을 나누어줬지만 효과가 금방 나타나는 게 아닌지 얼굴이 시퍼런 사람들이 몇몇 있었다. 타라는 튼튼한 체질이라는 것에 다시 한 번 감사했다.

악마들이 등장하면서 장내가 술렁거렸다. 여제는 질서를 위해 검은색과 흰색, 금색 표시로 좌석을 배정했다. 악마들은 아더월드 사람들 못지않게 세련된 차림이었다. 대부분 아더월드에서 한창 유행하는 턱시도를 입고 있었다. 악마들은 타딕스족 안내원이 가리키는 좌석 번호를 찾아 자리를 잡았다. 중력이 약하기 때문에 마법을 사용하지 않아도 의자며 테이블, 타딕스족이 붕붕 날아다니면서 손님들에게 아페리티프를 대접하기 시작했다.

커다란 연주회장은 별빛이 무대를 방해하지 않도록 불투명한 회색이었다. 좌석은 푹신했고, 마법으로 모두가 정면에서 무대를 볼 수 있게 만든 아주 이상적인 연주회장이었다. 확대 주문이 걸려 있는 덕분에 타라는 제레미와 시무룩한 조던, 글루블, 산티보르족 '화분 식물' 대사, 안젤리카를 볼 수 있었다. 그런데 안젤리카는 이번에도 흰색과 보라색이 섞인 머리의 악마와 이야기를 하고 있었다. 타라는 깜짝 놀랐다. 가증스러운 계집애가 이어서 옆에 있는 아르칸즈와도 대화를 나누고 있었다. 늘씬하게 빠진 갈색 머리 꺽다리는 몸에 딱 맞춘 검은색 레이스 드레스를 입고 있었다.

아르칸즈가 대화를 끝내자 안젤리카는 뾰로통한 얼굴로 갈색 머리를 쓸어 넘겼다. 아르칸즈는 뒤쪽에 검정 새틴 장식 끈이 달린 검은색 턱시도에 흰색 나비넥타이, 흰색 벨트를 차고 있었다. 아르칸즈가 타라를 향해 미소를 지어 보이며 양탄자를 타고 왔다. 아르칸즈의 좌석은 타라의 왼쪽이었다.

아르칸즈가 옷차림에 찬사를 보내자 타라는 초연하게 물었다.

"안젤리카가 무슨 말을 해요?"

아르칸즈는 지겨웠다는 투로 대답했다.

"무슨 말을 하는 건지 잘 모르겠어. 그 어린 인간이 뭐라고 하는데 이해하기가 힘들어서……."

타라는 숨이 멎을 뻔했다. 안젤리카가 무슨 짓을 꾸미고 있는 거지? 꺽다리는 자기 아버지처럼 권력에 욕심이 많았다. 아르칸즈의 권력이 대단한 것은 누구나 다 아는 사실인데. 곧 이어서 오른쪽 빈 좌석에 셈 선생님이 와서 앉았는데 모습이 훨씬 나아져 있었다. 특히 동공에 신경을 많이 쓴 모양이었다. 이제는 드래곤도 악마 못지않게 근사했다. 타라는 아무 표정도 짓지 않고 속으로 한숨을 쉬었다.

둘이 경쟁을 하고 있어서 타라는 검은 비누칠을 한 말뚝 꼭대기에 걸어놓은 상품이 된 느낌이었다.

셈 선생님은 다정하게 인사했다. 드래곤은 마왕을 대화에서 따돌리려고 타라와 친한 사이라는 걸 이용했다. 외할머니, 가족, 친구들의 안부를 물으며 재미있는 일화를 꺼냈다. 살해 위협을 받고 있는 상황이 아니었다면 능숙한 유머를 발휘하는 드래곤에게 타라가 높은 점수를 줬을 텐데. 첫 번째 요리가 나오자 여제는 술잔을 들고 일어섰다. 재미있는 정보를 입수한 여제의 재치였다. 인간으로 변환하기 이전의 악마들은 바닷물에 취했지만 현재의 악마들은 아쿠알릭이 아니었다. 그 사실을 모르는 타딕스 측이 큰돈을 써서 지구에서 특별히 수입한 바닷물을 내놓았는데, 이것을 알고 여제는 기왕에 준비한 바닷물을 술인 양 건배를 들었던 것이다. 악마들이 술이 아니라면서 정중하게 잔을 내려놓자 한바탕 웃음이 터져 나왔다. 여제 덕분에 딱딱한 분위기가 한층 화기애애해졌다. 악마들이 대부분의 음식에는 만족감을 표시했다. 물론 문화적 차이로 인한 거부감(이상하게도 악마들은 무슨 맛이든 관계없이 녹색 채소를 잘 삼키지 못했다)이나 끔찍한 경험으로(아더월드의 몇몇 향신료를 꺼려하는 악마들이 있는데 그중에는 심각하게 탈이 난 적도 있었다) 못 먹는 악마들도 있었다. 그래서 악마들에게 위험한 음식과 먹어도 되는 음식에 대한 목록을 작성해야 했다. 리스베스 여제는 결국 아더월드 사람들이 아주 좋아하는 금빛 탄산음료 불라즈 한 컵을 들고 다시 일어섰다.

모두의 시선이, 연주회장을 굽어볼 수 있도록 약간 높은 데에 자리한 여제에게 향했다. 금빛 수를 놓은 실크 드레스에 블랙 다이아몬드가 박힌 금빛 왕관을 쓴 여제가 말했다.

"여러분, 영원한 평화와 교역을 위해 우리 모두 축배를 듭시다. 보울리미-레마족을 환영합니다!"

타라를 포함한 모든 이들이 축배를 들었지만, 셈 선생님만 이를 악물었다. 아르칸즈는 고개를 숙이고 불라즈를 마신 뒤 목소리를 확대하는 주문으로 화답했다.

"아더월드와 이 세계의 국민들이여, 고맙습니다. 여러분을 실망시키지 않도록 노력하겠습니다. 축배를 듭시다."

아르칸즈는 드래곤들이 축배를 들지 않는 걸 알아채지 못한 척했지만 타라는 마왕의 초록빛 눈이 약간 찡그려지는 걸 봤다.

"그리고 우리 종족의 이름에 대해 말씀드리고자 합니다. 여러분이 확인하시는 바와 같이 모습이 달라졌기에 이름도 바꾸기로 했습니

다. 우리 종족의 이름 보울리미-레마는 '검은 태양의 종족'이라는 뜻
입니다. 하지만 우리의 태양 역시 바뀌었기 때문에 '친구'를 뜻하는
'크랑크족'으로 개명하였습니다. 여러분의 친구이자 동맹국이 되는
것이 목적이기 때문입니다. (아르칸즈가 타라를 향해 고개를 돌리고
다정하게 쳐다보면서 덧붙였다) 그리고 그대와의 결합!"

아르칸즈의 말이 끝나자 우레 같은 박수가 터져 나왔다. 타라는 예
의상 불라즈를 마시는 시늉만 하고 한 방울도 삼키지 않았다. 불라즈
를 마시고 취해서 무아노가 곤경에 처한 걸 아는데 똑같은 실수를 저
지를 수는 없었다.

아르칸즈가 자리에 앉고 모든 좌석이 무대 쪽으로 향하는 동안 불
빛이 약해졌다. 요리가 나오기 시작할 때 오케스트라와 함께 여성 성
악가들이 등장했다.

무대 배경은 기계로 조종되지만, 이번에는 아더월드 사람들도 공
연 기획에 참여했다. 10만 석 규모의 원형극장(50만 석 규모의 극장
도 있기 때문에 가장 큰 것은 아니었다)에 안개가 피어오르는 사이에
장중한 북소리가 울리기 시작했다. 쿵 쿵 쿵 쿵. 긴장이 고조되기 시
작하고, 원형극장의 절반을 차지하는 무대에 엄청나게 큰 바위들이
굴러 나왔다. 마법사들은 거리의 제약을 받지 않기 때문에 배우들과
무용수들, 여성 성악가들을 마치 눈앞에 있는 것처럼 볼 수 있었다.
지구의 대양을 상징하는 호수를 만들어놓고 물 속에 잠긴 아틀란티
스를 그대로 재현한 무대였다.

타라는 자이언트 거미들이 연기를 잘한다는 걸 알고 있었다. 아더
월드에서 활동하는 유명한 록 그룹들 중에는 자이언트 거미 그룹도

여럿 있었다. 하지만 아직까지는 아더월드의 대다수 주민이 인간이고, 거미들을 본능적으로 싫어하기 때문에 (거미 중에서도 특히 전갈 꼬리를 가진 영리한 자이언트 거미들은 숲에서 만나는 이들이 문자 수수께끼를 알아맞히지 못할 경우 잡아먹는 괴벽이 있어서 혐오한다) 거미 가수는 인간이나 엘프, 뱀파이어 가수들에게 밀리기 일쑤였다.

그런데 이번에는 놀랍게도 자이언트 거미 가수가 무대에 올라와 있었다. 악마들이 깊은 인상을 받았는지 자이언트 거미에게 집중했다. 거미들이 지각단층 전쟁에 참여했었는데 악마들이 모를 리 없었다. 고문서에서 이미지로 보는 것과 지성으로 반짝이는 여덟 개의 초록 눈빛과 독이 가득한 주둥이를 가진 자이언트 거미를 직접 눈으로 보는 것은 차원이 달랐다.

분위기를 달구기 위해 자이언트 거미 가수는 음역을 높이기 시작했다. 숨을 가다듬지도 않고 높은 음역대로 올라갈수록 장내에 침묵이 흘렀고, 폭발적인 고음으로 끝났을 때 관객들은 기립 박수를 치며 환호성을 질렀다. 아더월드 사람들의 반응에 약간 놀란 악마들도 덩달아 박수를 칠 때였다. 한 여성 악마가 관객들을 향해서, 자이언트 거미와 마찬가지로 낮은 음부터 시작하여 음역을 높여갔다. 타라는 음역대가 5옥타브까지 가능한 인간이 있다는 말은 들었지만, 90퍼센트는 2옥타브에 그친다는 걸 알고 있었다.

음악을 전혀 배우지 않은 여성 악마의 청아한 목소리가 자이언트 거미와 마찬가지로 도저히 불가능한 고음으로 올라가고 있었다. 그 순간 또 하나의 음이 여성 악마의 고음에 섞였다. 두 음이 선의의 경쟁을 하면서 끝없이, 도저히 믿기지 않는 고음으로 올라가는 동안 관객들은 숨을 죽였다. 마침내 두 음이 정확하게 같은 순간에 끝났다.

환상적인 퍼포먼스에 한동안 정적이 흘렀다. 이윽고 관객들의 감정이 폭발하면서 자이언트 거미와 여성 악마를 열렬히 환호했다. 음치에 가깝기 때문에 더욱 감동한 타라도 떠나갈 듯 갈채를 보냈다. 흥분이 차츰 가라앉자 자이언트 거미와 여성 악마는 관객들을 향해 우아하게 인사했다.

타라는 아르칸즈의 영리함에 탄복했다. 한순간에 악마들을 무시무시한 적에서 음악 애호가로 바꿔놓다니! 이어서 인간 여성 성악가들이 무대에 올랐는데 아주 침통한 표정을 짓고 있었다. 방금 일어난 퍼포먼스에 도저히 경쟁이 되지 않는다는 걸 깨달은 것이었다.

그것이 동기부여가 되었는지 오케스트라의 지휘자(칼리 부인처럼 팔이 여섯 달린 티그족)가 네 개의 지휘봉을 들자 관악기와 현악기, 호른의 폭발적인 하모니로 〈지각단층 전쟁을 위한 오페라〉 연주가 시작되었다. 무대에 올라 있던 인간 여성 성악가들이 오케스트라 연주에 맞춰 노래를 부르는 사이 무대 연출을 위한 빛이 효과음까지 내면서 관객들 쪽으로 분출했다.

모두가 잘 아는 오페라였다. 물론 악마들만 빼고.

악마들은 음악 때문이라기보다는 아마도 마법사들의 파괴 주문과 흡사한 빛이었기 때문에 공격이라고 믿은 모양이었다.

용수철 튕기듯 일제히 일어난 악마들이 무기를 꺼내 들고 무대를 향해 쏘아대기 시작했다.

이러면 대량 학살인데……

숨어 있는 파벌

악마라서 문제가 생겼다는 걸 어떻게 이해시키나

*

오케스트라 연주가 시작되었을 때 아연실색한 얼굴로 귀를 틀어막던 아르칸즈가 고함을 질렀다. 수차례 레이저 광선을 맞고 쓰러지던 자이언트 거미의 수많은 발이 엉키면서 오케스트라 단원들 일부를 깔아뭉갰다. 다행히 카흠보움들과 달리 타츠보움(촉수들과 빨간 눈만 달려 있지 않으면 타라의 눈에는 그저 원뿔 모양의 버터 덩어리처럼 보였다)들은 극도로 긴장한 상태에서도 폭발하지 않았다. 아니었으면 오케스트라 단원들 대부분이 '쇼크사'했을 것이다. 폭발은 안 해도 타츠보움들은 움직임이 느려서 표적이 되기 십상이었다.

하지만 악마들은 사격을 멈추지 않았다.

타츠보움들이 여기저기 인공 호수나 물구덩이에 나뒹굴고 있었다.

악사들과 성악가들이 광선을 피하기 위해 사방으로 달아나는 모습을 보면서 친위대가 악마 사수들을 향해 즉각 응수했다. 사방에서 레이저 광선이 빗발치는 가운데 이번에는 관객들이 비명을 질렀다. 악마들의 반격에 관객들이 광선을 맞은 것이었다.

타라는 아르칸즈가 악마의 마법을 작동하는 걸 느꼈다. 몸에 지니고 있는 사물들이 반응을 보였지만 악마들이 알아챌 정도는 아니었다. 마왕의 마법에 악마들이 마비가 되었지만, 타라는 이미 대비하고 있었기 때문에 친위대원들은 무사했다.

악마들의 반격이 멈추자 친위대가 천천히 일어났다. 주위에 수십 명이 널브러져 있었다. 익사하게 생긴 오케스트라 단원들을 구출하러 모두 달려갔다.

얼굴이 하얘진 아르칸즈는 악마들을 마비시킨 마법을 사라지게 한 다음 리스베스 여제를 향해 돌아섰다. 최고 마구스들이 여제를 보호 장막으로 에워싸고 있었다.

"정말 죄송합니다, 오무아의 폐하. 내 신하들이 놀라서 그런 것이니 부디 제 사과를 받아주시기 바랍니다."

타라는 아르칸즈가 악마들을 제압하는 방법에 놀랐다. 600명 모두 무기를 뽑아 든 건 아니었다. 많은 악마들이 탁자나 의자 뒤에 숨었지만 적어도 300명에 이르는 악마들을 한꺼번에 마비시키더니 아주 간단하게 풀어주었다. 정말 놀라운 솜씨였다. 여제와 최고 마구스들의 얼굴로 보아 그들도 많이 놀란 것 같았다.

리스베스 여제는 최고 마구스들에게 보호 장막을 없애라는 손짓을 했다.

"그대가 사과를 했다고 죽은 이들이 살아나지는 않아요." 여제는 차갑게 응수했다.

아르칸즈가 놀란 표정으로 타라를 쳐다봤다. 타라는 속으로 말했다. '그런데 놀리는 것 같은 저 표정은 뭐지? 실성했나?'

"죽여요?" 아르칸즈가 답변했다. "우리는 아무도 죽이지 않았습니다!"

리스베스 여제는 눈살을 찌푸리면서 무대 위에 널브러진 시신들을 가리켰다.

"저게 왜요?" 아르칸즈는 태연하게 반응했다.

그 순간 황급히 달려와서 부상자들을 살피던 샤먼들이 고개를 들었는데 몹시 황당한 얼굴이었다.

"죽지 않았습니다!" 한 샤먼이 외쳤다. "그냥 잠들어 있습니다!"

리스베스 여제가 쳐다보자 아르칸즈는 싱긋 웃었다.

"우리는 이제 여러분이 알고 있던 그 호전적인 종족이 아닙니다." 아르칸즈는 차분하게 설명했다. "나는 신하들에게 절대로 치명적인 무기로 대응하지 말라는 명을 내렸습니다. 우리는 친구가 되고 싶은 이들을 죽이지 않습니다. 우리의 무기는 기절시키는 것이라서 모두 잠들어 있는 거지 죽은 게 아닙니다. 그리고 부상을 입히는 사고를 방지하기 위해 마법도 금지시켰습니다."

샤먼들이 모두 잠들어 있다고 확인해주었을 때 타라는 안도의 숨을 내쉬었다. 그렇지만 시시각각 사건이 벌어지는 아더월드를 통치해야 한다는 것이 참담하다는 생각을 했다.

악마들이 광선을 맞고 움직이지 않는 동지 셋을 살피는 동안 아르칸즈가 말했다.

"반면에 여러분은 내 신하들을 죽였습니다."

리스베스 여제는 냉소를 지었다.

"우리 친위대원들에게도 똑같은 명령을 내렸는데 그거 참 희한합니다. 아더월드에서는 무기를 거의 사용하지 않습니다. 그보다는 주문이 더 정확하다고 평가하니까요. 우리 대원들이 날린 것은 데스트룩투스나 카르보니수스가 아닙니다. 단순한 파랄리수스로 마비를 시킨 것이니 우리가 같은 생각을 했군요."

실제로 쓰러졌던 악마들이 움직이기 시작하더니 정신이 없는지 머리를 흔들었다.

우발적 사건에 대한 책임을 물어 리스베스를 압박하려다 실패한 아르칸즈는 입술을 깨물었다. 호전적으로 나올 거라고 예상하고 함정에 빠뜨린 건데 또다시 인간들을 과소평가한 것이었다. 하지만 아르칸즈는 불운에 굴하지 않고 속으로 말했다. '하는 수 없지, 첫 번째 테스트에 불과한데.' 아르칸즈는 여제를 함정에 빠뜨릴 기회는 또 있을 거라고 확신했다.

그사이 여성 성악가들은 모두 무대를 떠났다. 악마들은 너무 요란한 음악을 자제해달라는 요청을 하면서 다시 좌석에 앉았고, 장내가 정리되자 공연이 시작되었다.

오케스트라의 환상적인 하모니, 약한 중력을 이용하여 관객들의 머리 위로 붕붕 날아다니는 배우들의 과장된 몸짓, 장중한 음악과 노래에 맞춰 무용수들이 보여주는 묘기에 가까운 춤사위……. 멋진 공연이었지만 타라는 너무 긴장해서 제대로 감상할 수 없었다. 그때 어떻게든 바짝 다가앉으려고 온갖 궁리를 하던 아르칸즈의 뜨거운 체온이 느껴졌다. 듣는 귀가 너무 많아서 타라는 선수를 치기로 했다.

체인지라인에게 만들어달라고 부탁한 부채를 흔드는 척하면서 아르칸즈의 귀에 대고 속삭였다.

"좀 덥네요. 시원한 곳으로 잠깐 나갈까요?"

많은 이들이 타라가 뭘 하는지 보려고 그로시수스 주문으로 확대해서 지켜보고 있었다. 타라가 일어나자 그르룰이 이끄는 호위대가 따라나섰다. 아르칸즈는 따돌림을 받게 되어 자존심이 상한 셈을 향해 승리의 미소를 날리면서 타라와 함께 나갔다.

타라는 연주회장 옆의 공원으로 그들을 이끌었다. 타라가 트롤과 호위대에게 멀리 물러나 있으라고 손짓하자 아르칸즈도 수행원들을 물러나 있게 했다. 공원에 홀쭉한 나무들이 울창했고, 나무만큼 키가 큰 각양각색의 꽃들이 만발해 있었다. 가장 신기한 것은 꽃송이 위에서도 꽃이 피고, 그 안에서도 꽃이 피고 있었다. 타라는 그게 숙주의 양분을 흡수하는 기생식물이라는 걸 모르고 있었다.

조명을 낮춰 어둡게 만들었는데도 반짝이는 새들이 지저귀면서 이 나무에서 저 나무로 이동하는데 날개를 파닥이며 날아가기보다는 날개 끝을 더 많이 사용하는 것 같았다. 어둠 속에서 바람 소리도 들렸다. 금빛 돔이 거의 투명해서 별들과 우주를 회전하는 아더월드가 보였다. 새소리와 바람 소리 말고는 아무 소리도 나지 않았다. 타라는 조화롭고 평온한 분위기를 연출하기 위해 인위적으로 심은 울창한 나무며 꽃들이 어찌나 아름답고 자연스러운지 저절로 형성된 자연

공원 같다고 생각했다.

중력이 약한 곳에 익숙하지 않은 타라와 아르칸즈는 조심하면서 걷고 있었다. 갑자기 아르칸즈가 발을 차면서 붕 날아오르는 바람에 타라는 깜짝 놀랐다. 아르칸즈가 아름다운 꽃 한 송이를 손에 쥐고 내려왔는데 향기가 아주 좋았다. 그는 타라 앞에서 몸을 숙이고 꽃을 바쳤다. 타라는 고맙다고 말했다. 그리고 시들어가는 꽃을 보는 것보다 꺾지 말고 살아 있게 두는 걸 더 좋아한다고 말하고 싶은 걸 참았다. 타라는 얼굴을 숙이고 향기를 맡았다.

그때 로맨틱한 음악이 흘러나왔다. 잠깐, 갑자기 웬 음악?

타라는 미심쩍은 표정으로 눈살을 찌푸렸다. 로맨틱한 감상에 젖어들게 하는 이 음악은 어디서 나는 거지? 타라는 방금 설치한 음향 장치를 감추려고 꽃나무 뒤에 숨어 있는 실루엣 둘을 발견했다.

타라는 어이없는 얼굴로 하늘을 쳐다보며 속으로 외쳤다. '그래도 고모, 이건 좀 아니죠!' 타라는 아르칸즈를 힐끔 봤지만 생각에 잠긴 마왕은 알아채지 못했다.

둘은 하얀 흔들의자 앞에서 멈춰 섰다. 습기와 구경꾼들을 피할 수 있도록 닫집이 씌워져 있었다.

타라는 이것도 고모의 목수들이 조금 전에 부리나케 설치한 것이 틀림없다고 생각했다.

아르칸즈는 타라 옆에 앉아서 초록빛 눈으로 쪽빛 눈을 응시했다.

"타라, 걱정이 있는 것 같은데 무슨 일이야?" 아르칸즈가 타라의 손을 잡으면서 부드럽게 물었다.

"누군가가 나를 죽이려고 킬러를 고용했어요!" 타라는 손을 빼면서 속삭였다. "그런데 당신 쪽의 누군가인 것 같은데……."

아르칸즈가 흠칫 놀라더니 쓸쓸한 미소를 지었다.

"나는 왜 네가 나와 단둘이 로맨틱한 시간을 갖고 싶어 한다고 생각했을까? 멍청하기는!"

이번에는 타라가 흠칫했다. 아르칸즈와 함께 나가는 타라를 보면서 상처받은 칼의 눈빛이 떠올랐던 것이다.

"로맨틱한 시간을 갖기 위해서가 아니었어요. 나는 당신을 잘 몰라요. 아니, 당신에 대해 전혀 모른다는 표현이 맞을 거예요. 지난번에 나를 억류하려고 했던 거 설마 잊은 건 아니죠?"

"그렇게 말하면 섭섭하지. 그다음에 만났을 때는 크라에토비르의 반지를 파괴하는 것으로 네 목숨을 구해줬는데……. 타라, 정말 사랑해. 우리도 이제는 인간이라서 사랑을 알아. 내 경우는 절대로 나를 사랑하지 않을 여성에게 빠진 것 같지만."

아르칸즈는 잠시 타라의 반응을 기다렸다.

아무 말도 하지 않자 마왕은 체념한 듯 말을 이었다.

"타라, 내가 여기 왜 왔다고 생각해?"

"아주 좋은 질문이에요." 타라가 대꾸했다. "여기 왜 왔어요, 아르칸즈? 나를 사랑하기 때문에 왔다는 말은 설득력이 전혀 없어요. 당신과 같은 종족의 아름다운 여성이 주위에 수없이 많은데…… 난 그 말을 믿지 않아요."

"잘못 생각한 거야." 아르칸즈는 자신 있게 말했다. "너는 내가 여기 와 있는 첫 번째 이유인데."

"그럼 두 번째 이유는?"

"평화로운 교역으로 쓸데없는 대립을 종식시키자는 것이 우리 국민의 뜻이야. 선입견을 갖고 넘겨짚으려고 하지 마. 우리는 평화롭게 왔다가 평화롭게 떠날 거야."

"평화에 대해 모두 당신과 같은 생각은 아닐 거예요. 정체불명의 의뢰인이 고용한 킬러의 미션은 로빈을 죽이고, 당신과 결혼하기 직전에 나를 살해하는 거예요. 로빈을 죽이는 건 이해가 안 돼요. 나와 헤어진 지 좀 됐는데……."

마왕의 초록빛 눈이 흔들렸다.

"그걸 어떻게 알았지? 그리고 왜 그 일이 우리와 관련이 있다고 생각하지?"

타라는 사실을 말하려다 참았다.

"훌륭한 정보국이 있으니까요. 특히 청부 살인과 관련된 불법 자금의 흐름은 우리 정보국의 감시망을 피할 수 없죠. 내가 표적이라는 소문이 돌기 때문에 더욱더 그랬죠. 여러 정보를 종합하여 조목조목 진위를 확인한 결과예요. 킬러는 돌려놨어요."

아르칸즈는 혐오하는 눈빛으로 타라를 쳐다봤다.

"돌려놓다니 고문이라도 한 건가? 우리를 야만족으로 취급하더니!"

"아니, 우리가 흔히 쓰는 표현이 그래요." 타라가 외쳤다. "킬러를 설득해서 정체불명의 의뢰인이 아니라 우리를 위해 일하게 했다는 뜻이라고요!"

아르칸즈는 얼굴이 빨개져서 사과했다.

"아, 미안해. 나는 머리를 꺾어……."

타라는 손을 들어서 아르칸즈의 말을 막았다.

“괜찮아요. 그래서 곰곰이 생각하다가 이 일의 배후에 블루파가 있는 게 아닐까 의문이 생겼어요.”

아르칸즈는 깜짝 놀랐다.

“블루파……”

아르칸즈는 말을 맺지 못하고 골똘히 생각하다 한숨을 쉬었다.

“오, 흉측한 벤드룩이여! 그 추측이 맞는다면 차라리 좋겠는데…… 최근에 블루파가 많은 문제를 일으켰기 때문에…….”

타라는 아르칸즈의 반응이 이해가 되지 않았다. 골칫거리인 블루파의 소행이면 좋겠다는 건가? 블루파를 제거할 기회로 삼기 위해서?

“블루파는 악마의 마법으로 우리 모습을 바꾸기 이전, 수천 년 전의 옛 모습으로 돌아가고, 검은 태양으로 복원시키길 바라지. 이제는 돌이킬 수 없는 일이라는 걸 깨닫지 못하고. 수세기 동안 다양한 실험을 거쳤고, 불안정한 별들을 지금의 상태로 유지하기 위해 얼마나 힘을 쏟고 얼마나 많은 마법을 소모했는데.”

아르칸즈가 갑자기 뭔가에 홀린 듯한 눈빛으로 타라를 쳐다봤다.

“나는 우리의 시스템이 완전히 구축되길 원해. 만약 우리 시스템이 통제 불가능하게 되면 대재앙이 일어날 거야.”

타라는 아르칸즈의 고민을 들으면서 배신이 문제가 될 수도 있겠다고 생각했다.

불장난은 자기가 하고서 지금 불이 났다고 놀라는 건가? 어느 세상이든 어쩌면 다들 이렇게 똑같은지!

“아니, 블루파의 소행은 아니라고 봐.” 아르칸즈가 말했다. “블루파는 이렇게 복잡한 음모를 꾸미기에는 물적 자원이나 인적 자원이 너무 없어. 그리고 블루파에 대처하는 방법은 아는데 유감스럽게도 나의 진짜 적에 대해서는 절망적이라서……."

타라는 한숨을 쉬었다. 아르칸즈가 두려워하는 반대파가 또 있는 건가?

타라는 마음도 정신도 지쳐 있었다. 이런 건 열여덟 살 나이에 경험하지 않으면 좋았을 텐데. 타라는 솔직해지기로 했다.

"아르칸즈, 정치와 국민의 관계, 이런 거 다 떠나서 솔직해져요. 우리는 당신과 평화로운 교역을 이루고 싶어요. 교역할 행성이 여섯 개나 되는데 우리에게 손해날 일은 아니죠. 전쟁도 원하지 않아요. 하지만 전쟁에 대한 기억은 당신들만큼이나 우리의 머릿속에서도 지워지지 않았어요. 그리고 나는 이제 열여덟 살이에요, 아르칸즈. 나는 누구하고도 결혼하고 싶지 않아요. 내가 원하는 인생을 살고 싶어요. 내가 무엇을 하기 위해 태어난 사람인지 내가 직접 찾고 싶어요. 나를 위해 준비된 틀 속에 갇혀 복종하면서 사는 삶이 아니라요. 마왕으로서 수많은 국민을 책임지고 있는 당신이 이해할지 모르겠지만. 어쩌면 철천지원수일지도 모르는 사람에게 이렇게 솔직히 털어놓는 나를 순수하다고 생각한다면, 지금이야말로 우리가 서로를 이해하고 평화롭게 살 수 있는 방법을 나에게 말해줄 때라고 생각해요."

아르칸즈의 눈이 커졌다. 타라가 이렇게 솔직하게 말할 거라곤 전혀 예상하지 못한 눈치였다.

"나와 결혼을 원치 않니?"

"네."

"그럼 왜 이 만남을 받아들였지? 블루 드래곤, 또 다른 구혼자들도 만나고 있으면서?"

"고모의 명이니까요. 고모이자 여제의 명인데 복종해야죠. 그리고 아까 말한 대로 우리는 평화로운 교역을 원해요. 나는 셈 선생님을 포함한 모든 구혼자들에게 청혼을 거절한다고 대답했어요."

아르칸즈는 괴로운 표정을 지었다.

"타라, 너는 혼자가 아니야. 나도 그렇고."

"당신도?"

아르칸즈는 타라를 뚫어져라 쳐다보다 갑자기 긴장을 풀었다. 검정 턱시도 차림의 아르칸즈가 긴 다리를 쭉 폈다.

"나도 자유롭지 않아. 나도 복종해야 하니까. 아더월드에 '트라둑 똥 밭에서 뒹굴다'라는 표현 있지?"

타라는 웃지 않을 수 없었다.

"'트라둑 똥 밭에 빠졌다'라고 하는데 그건 깊은 우울증에 빠져 있다는 뜻이에요."

"아 그렇군. 타라, 나는 정말 너를 사랑해. 너의 모든 것에 매료되었어. 하지만 나도 너와 꼭 결혼하겠다는 마음은 없어. 나는 젊고, 내 인생이 이제 막 시작되었는데 많은 여성을 만나고 싶고, 내가 사는 세상 못지않게 너의 세상은 어떻게 돌아가는지 알고 싶어. 그런데 내가 아버지와의 내기에서 이겼다는 게 문제야. 이기고 싶지 않은 아버지와의 내기였지. 실은 내가 마왕이 되게 아버지가 교묘하게 조작한 거였으니까. 마왕이라는 것은 군사령관이라고 보면 돼."

타라는 뻣뻣해졌다.

"전쟁하려고요?"

"네가 솔직하게 나왔기 때문에 나도 솔직하게 말하는 거야, 타라. 우리 세계에 블루파와 옐로파만 있는 게 아니야. 'O파'라고 불리는 파벌이 있는데 나이 든 군인들로 구성되어 있고, 음지에서 활동하면서 우리 종족을 단련시켜 침략 준비를 하고 있지. 그 유명한 우생학 프로그램도 그들의 업적이야. 우리 행성을 지구처럼 만든 배후에는 그들이 있어. 그래서 아버지는 나를 왕으로 만들기 위해 의도적으로 나와의 내기에서 졌던 거야. 가면을 벗고 자유롭게 전쟁 준비를 하면서 작전을 짜기 위해서. 그런데 네가 방금 알려준 얘기를 듣고 그들이 마침내 행동 개시를 했다는 걸 알았어. 그들은 내 아버지보다 나를 덜 두려워하지. 인간들을 경멸하고, 우리를 경멸하는 자들이야."

아르칸즈의 얼굴이 굳어졌다.

"그들은 잘못 생각한 거야."

타라는 슬그머니 컴폰을 봤다. 시간이 너무 빨리 흘러서 연주회장으로 돌아가야 했다.

"알려줘서 고마워." 아르칸즈가 따뜻한 손으로 타라의 뺨을 만지면서 말했다. "내 수행원 속에서 너를 제거하려는 자를 찾아 의뢰인의 정체까지 밝혀볼게."

"나이 든 군인들이라면서 누군지 몰라요?" 타라는 의아해했다.

"우리와 말하는 자들, 어떤 식으로든 정치를 지배하는 자들만 알아. 그리고 우리와 함께 움직이는 자들 중에도 여러 명이 실은 O파에 속해 있는데 누군지는 몰라. 지난번 우리 행성에 왔을 때 너는 아더월드의 국민 대다수가 지구와 아더월드에서 전쟁한 경험이 있다고 말했어. 우리 국민도 비슷해. 하지만 우리는 단결이 되지 않아. 인간 마법사들이 승리를 거두자 우리를 배신하고 아더월드와 결탁했던 에프리트족이 그 증거야.”

“그럼 O파가 최고 마구스들의 후손들을 제거한 거예요?”

“그래, 맞아.”아르칸즈가 대답했다.“그들이 우리에게 많은 잘못을 저지르게 했어. 최고 마구스들과 그 후손들에게 복수하는 것은 정말 어리석은 짓인데.”

타라는 동의했다.

“그러다 존재조차 모르던 타라 네가 나타나자 O파는 우리에게 꼭 필요한 마법을 회수하기 위해 마지스터를 이용하여 네가 악마의 사물들을 파괴하게 만들었어. 마지스터는 우리를 방문할 때마다 자기도 모르는 사이에 O파의 영향을 받았던 거야.”

타라는 부르르 떨었다. 이번에는 추워서가 아닌데 체인지라인이 즉각 폭신한 검정 캐시미어 숄로 어깨를 감싸주었다.

“네가 우리 세계를 찾아오면서 나는 마침내 너를 만날 수 있었어. 너는 내 마음과 영혼을 빼앗았어. 크라에토비르의 반지 시제품이 너를 농락하다 죽이려고 했을 때 도와줄 수 있어서 정말 기뻤어. 그런데 그때 너는 악마의 사물들이 파괴되면 마법이 우리에게 돌아온다는 걸 알아차렸지. 네가 그루이그의 검과 크라에토비르의 반지를 아무도 찾을 수 없는 우주 공간으로 보내버린 것은 정말 천재적인 발상이었어. O파는 아주 싫어했지…….”

타라는 한숨을 내쉬었다. 모든 일이 또 내 잘못 때문에 비롯된 것인가.

“그러던 중 네 고모가 후계자의 공개 구혼을 선언했고, O파는 나를 구혼자 후보로 결정했지."

"하지만 그들이 당신과 나를 결혼시키려는 이유가 뭐죠?" 타라는 야무지게 의문을 제기했다. "확실한 킬러를 고용하면 나를 간단하게 제거할 수 있잖아요? 당신도 제거할 수 있고요?"

아르칸즈는 타라의 논리에 소스라치듯 놀랐다.

"그건 쿠데타지. 또 그럴 수는 없을 거야."

타라는 잠자코 다음 말을 기다렸다. 이따금 속내를 털어놓게 자극하는 것으로 침묵보다 좋은 건 없으니까.

갑자기 일어난 아르칸즈가 타라가 일어나게 손을 잡아주었다. 타라는 무슨 말을 할 거라고 기대했지만 아르칸즈는 묵묵히 연주회장으로 발길을 옮겼다. 슬루르크, 침묵의 효과가 없었다. 타라는 아르칸즈가 꺾어준 꽃을 들고 따라갔다.

어둠 속에서 기다리던 양측 수행원들이 합류하는 순간 타라는 물었다.

"또 그럴 수 없다니요?"

음향 장치가 '삐익' 소리를 내며 그쳐서 타라가 미소를 짓는 사이 그들은 공원을 나와 하얀 돌을 놓은 오솔길로 접어들었다.

"쿠데타가 일어난 적이 있었어." 아르칸즈는 신중하게 대답했다. "아버지의 옥좌를 차지하려다 실패한 무리가 있었거든. 하지만 그 무리의 쿠데타도 아버지가 물러난 이유 중 하나였어. 그 쿠데타로 아버지의 입지가 약해졌으니까. 국민들은 약한 왕을 원하지 않아."

"흠, 힘의 논리로군요. 악마 세계와 마지스터가 잘 통하는 이유가 이제야 좀 이해되네요."

아르칸즈는 피식 미소를 지었다.

"들어가기 전에 마지막으로 하나만 더 물어볼게요. 킬러는 우리가 결혼식을 올릴 때 행동할 생각이에요. 그런데 우리가 결혼할 생각이 없다고 밝히면 어떻게 될까요?"

"문제는 바로 그 점이야." 아르칸즈는 아무도 듣지 못하게 하려고 뜨거운 포옹으로 타라를 안으면서 대답했다. "의뢰인을 함정에 빠뜨리려면 우리의 결혼을 선언하고 킬러에게 접선하길 기다리는 게 좋을 것 같은데 어떻게 생각해?"

일단 타라는 신중하게 결정하기로 했다. 경험으로 터득한 결론이었다.

"그 문제는 고모와 상의해볼게요. 내일 저녁 교역 협상이 끝난 뒤에 다시 얘기하기로 하죠."

"그래, 좋아. 솔직하게 말해줘서 고마워, 타라. 너는 방금 쓸데없는 유혈 전쟁으로부터 우리 두 세계를 구한 거야."

아르칸즈는 타라의 손에 입을 맞추고 나서 팔을 잡았고, 둘은 발을 맞추며 연주회장으로 들어갔다. 스쿠프들이 벌떼처럼 몰려와서 잘생긴 마왕과 오무아의 후계자를 촬영했다. 아르칸즈는 한창 공연 중인 무대에 아랑곳 않고 일제히 돌아보는 관객들을 가리키면서 타라에게 속삭였다.

"저렇게들 우리만 계속 쳐다보고 있으면 멋진 장면을 놓칠 텐데. 이럴 바에야 우리가 무대에 올라가서 공원에서의 환상적인 모습을 연기해주는 건 어때?"

어쩔 수 없이 타라는 웃음을 터뜨렸다. 아르칸즈는 유머 감각이 있었다.

둘은 자리에 가서 앉았다. 리스베스 여제가 눈짓을 보냈지만 타라
는 약속된 신호에 따라 컴폰을 두 번 톡톡 치는 것으로 나중에 얘기
하겠다는 표시를 했다.

연주회가 끝난 뒤 악마들과 아더월드 사람들은 모두 자리를 떠났
고, 타딕스 측은 다음 날 있을 첫 번째 회담 준비로 분주했다. 타라와
매직갱, 그르룰은 타라의 숙소로 향했다. 야광 화살표가 나타나서 길
을 알려주었다. 공간이동의 문 부근에 있던 야광 화살표는 도망치듯
사라졌다. 출입 금지 구역이었기 때문이다. 그들은 순순히 빙 돌아가
는 길로 접어들었다. 타딕스족은 돔 안에 탑과 모퉁이로 이뤄진 아주
복잡한 건물들을 지어놓았고, 흰색 일색의 복도들은 모두 비슷비슷
했다. 야광 화살표들이 더없이 고마울 따름이었다.

면허 받은 도둑의 검은색 정장으로 차려입은 칼은 타라에게 바짝
붙어서 불만 섞인 어조로 말했다.

"나는 질투하지 않아."

"오, 그러셔?" 파브리스가 어이없다는 투로 말했다. "이상하네, 근
데 왜 네 얼굴이 푸르뎅뎅했을까!"

칼이 째려보자 파브리스는 킥킥거렸다.

파브리스는 뻔뻔한 도둑을 골려먹는 게 즐거웠다.

"내 말은……." 칼이 거만한 표정을 지으며 대꾸했다. "타라가 신

분상 도리를 지켜야 한다는 걸 이해한다는 뜻이야. 그리고 사실 나는 질투할 권리도 없고."

사실은 파브리스가 제대로 본 것이었다. 칼은 질투심에 사로잡혀서 얼굴이 일그러져 있었다. 타라와 아르칸즈가 나가는 걸 보면서 너무 괴로워서 공연을 보는 둥 마는 둥했다. 게다가 둘이 돌아왔을 때는 보기 불쾌할 정도로 친해 보였다. 그리고 아르칸즈가 속삭이는 말에 타라는 웃음까지 터뜨리지 않았던가.

칼은 그 모습이 너무 싫었다.

그래서 타라와 조용히 얘기할 수 있기를 바랐지만, 타라의 숙소 앞에서 기다리는 주홍빛 정복 차림의 친위대원들을 보면서 때가 아니라는 걸 알았다.

실제로 리스베스 여제가 기다리고 있었다. 아직 옷을 갈아입지 않은 여제는 검은색 실크 드레스 차림인데 원래는 100개의 금빛 눈을 가진 주홍빛 공작이지만 이번만은 온통 금빛으로만 수를 놓아서 검은빛과 금빛의 대조가 두드러져 보였다.

타라는 보고했다. 고모는 이미 알고 있지만, 친구들은 로빈에게 일어난 일을 알고 경악했다. 그리고 아르칸즈가 해준 말에는 모두 당황했다.

"우리가 멍청했어." 여제가 중얼거렸다.

"네, 그런데 타라는 결혼 선언에 찬성인 것 같아요." 타라와 단둘이 있지 못해서 언짢은 칼이 나지막한 소리로 구시렁거렸다.

"악마의 세계에도 여러 정파가 있다는 걸 생각하지 못했구나. 아더월드도 그렇고, 드래곤들의 세계도 예외가 아니었어. 권력 다툼 때문에 우리와 전쟁이 일어날 뻔했는데 악마들의 세계라고 다르겠어? 우리 세계처럼 그들에게도 마지스터 같은 작자가 있을 수 있겠지!"

그들의 머리 위로 마지스터의 그림자가 드리워졌다.

"하지만 아르칸즈가 마지스터 같은 악마라면 어쩌려고요?" 칼이 로빈에 대한 걱정 때문에 신경질적으로 일어나면서 말했다. "아르칸즈는 아버지와 내기를 한 것이며, 자기는 악마가 아니라 인간이라며 타라의 편이라고 믿게 했어요. 아르칸즈가 타라를 속이려는 수작인 게 뻔해요. 그리고 타라, 자기 국민들 사이에 내분이 있다는 말을 어떻게 사실이라고 믿을 수 있어?"

"내가 킬러에 대해 말하지 않았다면 아르칸즈는 고백하지 않았을 거야." 타라는 로봇 의자에 앉으면서 말했다.

리스베스 여제는 흥미로운 시선을 던졌다.

"네가 어떻게 그런 고백을 이끌어냈는지 궁금하구나. 아르칸즈가 범인인지, 아니면 그 사실을 알고 동조했는지 어떻게 알고? 킬러의 목숨을 그의 손에 넘겨준 셈인데 결국 그건 로빈의 목숨이잖아?"

타라는 망설였다. 직감이었다는 걸 어떻게 설명하지? 직감이란 설명하기가 아주 복잡한데. 타라는 아르칸즈가 도와주고 싶다면서 국민들에게 문제가 있다고 말했을 때 진심이라고 느꼈다.

"킬러는…… 킬러예요." 타라는 어깨를 으쓱하면서 말했다. "오래 살고 싶었다면 그 직업을 선택하지 않았겠죠. 킬러는 위험을 알면서 받아들인 거예요. 나는 아르칸즈의 도움을 받고 싶어요. 그래서 우리가 악마들과의 전쟁을 피할 수 있고, 정체불명의 O파에게 살해되는 걸 피할 수만 있다면 나는 위험을 무릅쓸 각오가 되어 있어요."

리스베스 여제는 고개를 끄덕이며 속으로 말했다. '그래, 나라도 이렇게 할 거야.'

여제가 일어났다.

"그래, 알았다. 이 모든 것이 끔찍한 음모가 아니길 우리의 신들에게 빌어보자. 모두 일어나, 타라는 쉬어야 해. 내일 아침에 타라가 아르칸즈와 결혼하는 게 아니라도 내 후계자에 대한 평판은 지켜주고 싶다. 아르칸즈의 말이 맞아. 의뢰인을 잡으려면 마왕과 네 결혼을 발표해야 될 것 같다."

여제는 단호하게 말하면서 칼을 쳐다봤는데 안중에도 없는 눈빛이었다. 칼은 이해했다. 기분은 좋지 않지만 이해했다. 칼은 타라를 다정하게 포옹한 다음 소스라치게 놀라는 여제의 시선에 아랑곳없이 방을 나갔다. 파프니르와 무아노, 파브리스도 타라에게 인사했다.

아르칸즈와의 결혼을 공식적으로 발표한다고? 타라는 방문이 닫히자 이맛살을 찌푸렸다.

밤새도록 악몽에 시달릴 텐데. 타라는 함정에 빠진 느낌이 들었다.

아르칸즈가 모두를 농락하고 자기가 원하는 쪽으로 유도하려는 수작일지도 모른다는 의문이 들었기 때문이다.

악마의 마법을 지닌 아르칸즈가 더 강했다. 하지만 타라에게는 그 못지않게 강력해지기 위해 동맹을 맺은 악마의 사물들이 있었다. 많이 긴장하면 야수로 변신하는 무아노처럼 타라도 강력하게 변신할 수 있었다. 아직은 검은 여왕으로 변신하지 않을 생각이었다.

무아노와 변신을 생각하던 타라는 문득 랑코비트의 공주에 대해 뭔가를 깨닫고 골똘히 생각하다 잠이 들었다.

머릿속이 그토록 복잡한데 평온한 밤이 될 리 없었다. 온종일 너무 많은 사건이 있어서였을까. 자기 배 속에서 어떻게 분해되는지 친구들에게 보여주겠다며 타라를 잡아먹으려고 달려드는 흉측한 벤드룩에게 밤새 쫓기는 악몽에 시달렸다.

그래서 침대가 벨소리로 깨웠을 때 고마웠다.

어찌나 시달렸던지 샤워를 하고 간단하게 아침을 먹은 뒤에야 정신을 차렸다. 체인지라인이 흰색 블라우스에 파란색 정장을 입혀주었다. 타딕스족이 실내 온도를 약간 서늘하게 유지해놓기 때문이었다. 그리고 타라의 긴 머리를 목덜미까지 틀어 올렸고, 엷은 화장으로 얼굴의 윤곽과 쪽빛 눈이 드러나게 했다. 크리스찬 루부탱 디자인의 파란색 구두와 빨간색 립스틱이 잘 어울렸다. 타라는 이제 준비가 끝났다.

타라는 이번만은 갈랑을 본래의 크기로 바꿔주기로 했다. 방이나 복도가 아주 넓어서 드래곤들이 본래의 크기로 다니는데 하물며 페가수스가 무슨 문제가 될까. 페가수스는 너무 좋아서 고맙다는 소리를 냈다. 어제 도착한 날개 끝이 은빛인 검정 페가수스들은 암컷이었다. 갈랑은 압도적인 크기로 깊은 인상을 줄 수 있어서 기뻤다.

"바람둥이." 타라가 놀렸다.

갈랑이 훌쩍이는 소리를 냈다. 그리고 타라에게 한 이미지를 보냈다. 이번에는 타라가 훌쩍일 차례였다. 바람둥이 페가수스가 보내는 이미지가 어찌나 민망한지 타라가 둘을 결합하는 끈을 황급히 끊어버린 게 한두 번이 아니었다.

그렇게 준비를 끝냈을 때 파프니르가 와서 문을 두드렸다. 난쟁이는 친구와 얘기를 하고 싶었다. 난쟁이도 파란색 가죽옷 차림인데 춥거나 더운 것에 별로 영향을 받지 않기 때문에 근육질 팔을 드러내놓고 있었다. 어깨에 올라앉은 벨제부트가 야옹거리자 파프니르가 바닥에 내려놨다. 고양이는 여기저기 냄새를 맡다가 타라 앞에서 멈췄다. 타라는 기계적으로 고양이를 안고 쓰다듬어주었다.

"타라, 너에게 부탁할 게 있어." 파프니르는 몸을 약간 비비 꼬면서 말했다.

"당연히 들어줘야지, 뭔데?"

"이 위성을 폭파해도 너만은 틀림없이 살아남을 거야. 나는 죽겠지만 몸이 완전히 없어지지는 않겠지. 그러면 내 머리 타래를 잘라서 우리 엄마에게 전해줄래? 우리 가족에게는 내 유품이 될 거니까. 그러면 내 몸의 일부는 우리 조상들 곁에서 쉬게 될 거야."

타라는 울컥하면서 목이 꽉 막혔다. 타라가 쓰다듬어주던 손길을 멈추자 고양이는 다시 해달라는 듯 머리를 들이댔다.

"알았어, 하지만……."

"고마워." 감정에 휘둘리고 싶지 않은 파프니르가 말을 끊었다. "아참, 실버가 전해달라는 말이 있어. 네가 누구를 선택할지 궁금하다면서 악마와 드래곤 중에서는 그래도 드래곤이 낫대."

난쟁이는 타라 쪽으로 몸을 숙이고 속삭였다.

"우리끼리니까 하는 말인데 난 드래곤을 좋아하지 않아. 물론 실버는 빼고. 그래서 나는 네가 악마를 선택해도 괜찮아. 엄청 귀엽게 생겼잖아."

타라는 웃음을 터뜨렸다.

"실버만 없으면 아르칸즈를 너한테 넘길 수 있는데. 그러면 나는 걱정거리를 덜게 돼서 좋고!"

파프니르는 활짝 웃으면서 의자에 앉아 손에 들고 있던 마법복 호주머니에서 갑옷을 꺼냈다(난쟁이는 싸움이 일어나길 바라고 있었다. 전날은 아르칸즈가 모두를 마비시키는 바람에 아무것도 할 수 없어서 얼마나 실망했던지!). 250살인 파프니르가 처음으로 하는 연애였다(난쟁이족은 아직 소녀로 여기는 나이지만). 그렇지만 파프니르의 생각에 실버는 앞으로 여자를 만날 기회가 많을 거 같았다. 타라가 농담으로 던진 말이지만 파프니르는 왠지 아르칸즈에게 관심이 갔다.

친구들이 하나둘 도착했다. 타라는 난쟁이 친구에게 고양이를 돌려주었다. 먼저 와 있는 걸 보고 놀란 칼이 이유를 묻자 파프니르는 타라에게 부탁한 것을 애기했다. 감동한 칼이 고개를 끄덕였다. 그러자 무아노와 파브리스도 비장한 얼굴로 타라에게 파프니르와 같은 부탁을 했다. 잠시 후, 타라는 졸지에 친구들의 머리카락을 잘라서 아더월드로 가져가겠다는 약속을 하기에 이르렀다.

분위기가 어찌나 무거운지 타라는 정말 우스꽝스러운 짓이라고 말할 엄두가 나지 않았다.

게다가 리스베스 여제가 폭탄을 터뜨리면 그들 중 한 사람은 꼭 살아남을 거라고 굳게 믿다니 정말 낙관적인 친구들이었다.

그 순간 칼이 갑자기 숨이 막힐 정도로 타라에게 키스를 하자 민망한 친구들은 고개를 돌려버렸다. 하지만 파프니르는 두 눈 부릅뜨고 지켜보다가 실버는 키스를 잘하는데 이건 어린애들의 뽀뽀라고 놀렸다.

얼굴이 빨개진 타라가 난쟁이를 두들겨 패줄지, 아니면 칼과 다시 제대로 보여줄지 망설이고 있을 때 다행히 자동문의 벨소리가 울렸다. 타딕스족이 회의실로 안내하겠다고 알렸다.

많은 이들이 이미 도착해 있었고, 협상이 어떻게 진행될지 궁금한 모습들이었다. 각국 대표들이 모두 참석했는데, 리스베스 여제만 협상에 나서지 않고 있다가 제안이 너무 한 국가의 이익에 치중될 때는 중재할 권한이 있었다.

타라 일행도 자리를 잡고 앉았다. 좌석은 벽을 따라 층을 이루고 있고, 드래곤들과 켄타우로스, 유니콘들을 위한 양탄자가 깔려 있었다. 돈을 몽땅 잃고 타딕스족의 '자원봉사자'들로 나온 불쌍한 도박꾼들이 채권자들에게 갚을 돈을 벌기 위해 음료수와 음식을 나르고 있었다.

악마들은 검정 페가수스를 데리고 왔다. 타라는 악마 세계의 고양이를 데리고 나타났다면 이해가 되겠는데 왜 페가수스를 데리고 왔는지 의문이 들었다.

조련이 잘된 페가수스들이 마치 반쯤 잠든 것처럼 가만히 있었다. 그런데 희한하게도 하나같이 꼬리는 땋아 늘이고 갈기는 모조리 깎인 상태였다. 어디서 봤더라? 타라는 생각이 날 듯 말 듯하면서 정확하게 기억나지 않았다.

검정 페가수스들보다 자기가 훨씬 크다는 걸 확인하고 기뻐서 난리가 난 갈랑 때문에 타라는 정신이 하나도 없었다. 갈랑이 울음소리를 트럼펫처럼 울리자 암컷 페가수스들이 흥분하는 반면에 수컷 페가수스들은 거칠게 콧숨을 내뿜었다.

드래곤들은 블랙 드래곤들과 함께 와 있었다. 살상 무기나 다름없는 블랙 드래곤들이 짧고 날카로운 울음소리로 악마의 마법을 싫어한다는 표시를 했다. 자칫 심각한 상황이 벌어질 수도 있다고 판단한 리스베스 여제가 블랙 드래곤들을 모조리 내보내라고 명하자 드래곤들이 몹시 불쾌해했다. 아르칸즈는 잠자코 있지만 즐거워하는 것이 역력했다. 현재까지는 공격적으로 행동하는 드래곤들보다 악마들이 처신을 잘하고 있었다. 오랜 숙적인 드래곤들이 일부러 자극하고 있다는 걸 완전히 간파한 아르칸즈는 이를 악물고 예의를 지키고 있는 것이었다.

셈 선생님도 점잖게 예의를 지켰다. 다른 드래곤들이 격렬히 항의했지만 그저 조용히 지켜볼 뿐이었다. 샤름이 블루 드래곤을 빼앗지 않은 걸 고맙게 생각한다는 메시지를 타라에게 보냈는데도 셈은 아직 공식적으로 청혼을 철회하지 않고 있었다.

가구들이며 바닥이 온통 흰색인데 이날은 돔마저 하얗게 불투명해져 있었다. 타라는 사방이 하얀색이라 지겹기 시작했는데 다양한 색깔의 드래곤들과 양탄자가 있어서 그나마 다행이라고 생각했다.

파란색 정장을 세련되게 차려입은 아르칸즈는 타라의 의상과 잘 어울렸다.

사절단들이 앞에 놓인 컴퓨터를 클릭하며 준비가 되었다는 표시를 하자 조명이 약해지면서 회의실 중앙에 첫 번째 제안에 대한 숫자와 도표들이 홀로그램으로 나타났다.

흥미진진한 하루였지만 파브리스는 무아노와 달리 몹시 지루했다. 그래서 이따금 재미삼아 제레미를 노려봤다. 늑대인간의 시선과 마주칠 때마다 흠칫흠칫 놀라는 제레미를 골려먹는 게 재미있었다.

악마들은 준비가 되지 않은 것처럼 행동했다. 교역을 원한다면서도 협상이 수월하지 않게 이런저런 조건을 제시했다. 타라는 아르칸즈가 정정당당하게 일을 처리하고 있다는 느낌이 확고해졌다. 아더월드를 정복하려고 온 거라면 아더월드 사람들이 제안하는 것에 모두 찬성하면 될 터인데. 하지만 아르칸즈를 비롯한 외교관들이나 장관들은 치열하게 협상에 임하고 있었다. 리스베스 여제도 타라와 같은 이유로 흐뭇하게 지켜보고 있었다.

얼마 후, 타라는 아르칸즈의 측근 중에서 흰색과 보라색 머리의 잘생긴 젊은 남자를 집중적으로 관찰하기 시작했다. 전날 안젤리카와 얘기하던 남자였는데 타라는 대번에 알아보지는 못했다. 어떤 제안을 두고 아주 영리하게 협상을 지연시키는 것이 그 남자였다. 그러면서 너무 반대하는 모습으로 보이는 걸 피하기 위해서인지 사사건건 간섭하지 않는 교활함도 보였다. 하지만 타라는 유심히 지켜보다 그가 행동하는 방식을 알게 되었다. 정말 교묘했다. 그 남자를 제대로 이해하려면 객관적으로 바라볼 필요가 있었다.

처음에 타라는 아르칸즈가 유리한 조건을 얻기 위해 그에게 모든 걸 일임했다고 생각했다. 하지만 마왕이 그 남자에게 못마땅한 듯 눈살을 찌푸리는 걸 보면서 그게 아님을 알아차렸다. 남자는 해결책을

찾기보다 문제를 일으키는 것으로 악마 쪽이나 아더월드 쪽을 곤혹
스럽게 만들고 있었다.

어느 순간에는 남자가 갑자기 쳐다봐서 숨이 멎을 뻔했다. 눈가와
눈꼬리에 금빛이 도는 보랏빛 눈. 아름다운 눈빛이었다. 하지만 타
라의 시선을 느끼자 재빨리 피하는 보랏빛 눈에서 적대감을 읽을 수
있었다. 타라는 속으로 미소를 지었다. 첫 실마리를 잡은 것이었다.
타라는 슬그머니 타딕스족 공무원에게 남자의 이름을 물었다. 공무
원이 컴폰을 클릭해서 악마들의 명단을 살펴보고 나서 대답했다.

가브리엘.

타라는 왜 악마들이 지구 이름을 선택했는지 의문이 들었다. 예전
의 악마를 완전히 지우고 정말 인간이 되고 싶은 건가?

푸짐한 식사가 나왔지만 그들은 협상을 멈추지 않았다. 모든 행성
이 스쿠프들의 중개를 통해 진행 상황을 지켜보고 있었고, 참석자들
의 컴폰에는 수많은 미디어의 반응이 전달되고 있었다. 모두 행복에
들떠 있었다. 까다로운 이들은 경계를 늦추지 않았지만(특히 군대는
신중했다), 대다수는 감격스러운 역사적 순간이라고 평가했다.

타라는 세상이 황폐화되고 친지들이 잡아먹히는 위협을 직접 경험
한 적이 없었다. 사람들이 안도하는 모습에서 수세기가 흐른 지금까
지도 여전히 기억 속에 남아 있는 걸 보면 인간들을 비롯한 많은 종
족이 그 위협에 얼마나 고통스럽게 살아왔는지 헤아려볼 수 있었다.

저녁이 되자 타딕스 측은 온종일 협상하느라 지친 이들을 위해 축하
행사로 카지노 파티를 준비했다. 게이머들은 마음대로 사용 가능한
칩을 제공받았다. 악마들과 인간들이 칩을 수북이 쌓아놓고 있었다.

타라는 재빨리 샤워를 하고 옷을 갈아입고 돌아와서 게이머들 틈에 끼었다. '왕싸가지'(타라는 보랏빛 눈의 가브리엘이 너무 버릇이 없어서 별명을 붙였다) 가브리엘은 특히 도박을 좋아하는 것 같았다. 타딕스족은 가브리엘을 만족시킬 수만 있다면 더 이상 바랄 게 없었다.

카지노에는 마법 방지 감지기가 곳곳에 설치되어 있어서 마법을 사용하면 대번에 발각되었다. 인간들만큼이나 잃는 것보다 따는 걸 좋아하는지 악마들은 마법을 사용할 수 없다는 것에 몹시 실망하는 눈치였다. 한 악마가 룰렛 회전판에 마법을 행사하려는 순간 도처에서 경보가 울렸다. 아르칸즈는 즉시 그자를 퇴장시키는 것으로 모두에게 본보기를 보여주었다.

가브리엘은 어떤 시스템으로 작동하는지 완전히 파악하고 있는 것 같았다. 천천히 시작하던 가브리엘이 주사위 게임에 이어 블랙잭 게임, 절단기 게임**48**까지 연달아 따내자 타딕스족 딜러의 낯빛이 어두워졌다. 하지만 가브리엘은 딜러가 속임수를 쓴다는 말을 하지 못하게 적당한 때에 한 번씩 잃어주는 치밀함도 보였다. 타라는 왕싸가지가 카드를 조작하는 거라고 확신했다. 어떻게 하는지는 전혀 모르겠지만.

타라는 도박을 좋아하지 않았다. 이미 목숨을 걸고 도박을 하고 있지 않은가. 물론 종류가 다른 도박이지만. 곁을 떠나지 않는 아르칸즈와 딜러보다 열심히 칩을 쓰고 있는 모우르무르를 발견하고 흥미롭게 지켜봤다.

---

48. 테이블에서 불쑥 나온 절단기에 카드가 싹둑싹둑 잘리면 지는 아더월드의 게임이다.

모우르무르 발명가는 하루 종일 악마의 마법이 작동하는지 알기 위해 도구를 들고 다녔다. 악마의 사물들을 지니고 있는 타라는 도구를 들이댈까 봐 조마조마했다. 악마의 사물들도 무슨 일이 일어나는지 흥미롭게 지켜보고 있었다. 촉수 하나가 타라에게 질문을 했었다. 창과 갑옷은 악마들의 모습이 달라진 것에 깜짝 놀랐다. 그들이 살던 시대의 악마들은 닥치는 대로 유린하고 모조리 잡아먹는 야만족이었다. 그런데 타딕스에서 본 아르칸즈와 수행원들은 예의 바르고, 세련되고 상냥하여 사물들은 어리둥절할 뿐이었다. 하지만 악마들이 마법을 사용하는 걸 느낄 때는 몹시 고통스러워했다. 아르칸즈가 그렇게 신신당부했는데도 몇몇 악마들이 머리 손질이나 옷을 매만질 때, 음료수를 시원하게 하거나 필요한 것이 있을 때 무심코 마법을 사용했다. 그때마다 악마의 사물들은 격분했다. 타라는 정신적인 힘을 사용하여, 호주머니 안에서 커지려고 하는 창을 막아야 했다. 숙소에 두고 나온 보석을 나타나게 하려고 영혼의 힘을 사용한 여성 악마를 찔러 죽이려고 했던 것이다.

타라는 호기심이 가득한 눈으로 쳐다보는 사람들의 시선을 느끼고 황급히 화장실 쪽으로 빠져나갔다. 그들은 타라가 왜 호주머니를 향해 속삭이는지 궁금했던 게 틀림없었다. 타라는 창에게 이성적으로 돌아올 때까지 방에다 두겠다며 협박하는 것으로 진정시키는 데 거의 10분이 걸렸다.

"타라, 괜찮아?" 칼의 목소리였다. 금방 돌아오지 않아 걱정이 되어 화장실까지 찾아온 모양이었다.

타라는 숨어 있던 칸에서 나왔다. 하얀색 넓은 화장실 곳곳에 소독

기구가 설치되어 있고, 머리 위로 다이아몬드 샹들리에들이 환하게 비추고 있었다.

"칼, 여긴 여자 화장실이야."

"그게 뭐?"

"너는 여자가 아니……."

갑자기 칼이 키스로 타라의 입을 막아버리고는 속삭였다. 아르칸즈가 타라를 놓아주지 않고 따라다녀서 미칠 뻔했다는 말이었다. 타라는 잠시 모든 걸 잊었다. 칼이 키스할 때 정말 좋았다. 로빈의 키스도 좋았는데.

두 남자를 동시에 사랑하다니 미친 건가, 아니면 비정상인가?

타라는 대리석 바닥에 울리는 뾰족구두 소리에 마지못해 칼에게서 떨어졌다. 칼은 피식 웃으며 여우와 함께 보이지 않는 장막으로 몸을 숨겼다. 잠시 후, 화장실 문을 열고 들어온 안젤리카가 타라를 뚫어져라 쳐다봤다.

"네가 하도 급히 뛰쳐나가서 아픈 줄 알았는데."

안젤리카의 목소리에서 '네가 병이 나서 사경을 헤매고 있길 바랐는데' 하는 뜻이 느껴졌다.

"아니." 타라는 대꾸하면서 소독기구 밑에 두 손을 댔다. 그러자 기구가 파란빛으로 깨끗이 씻어주고는 삑, 소리를 냈다.

안젤리카는 늘씬한 몸매가 드러나게 딱 맞는 정장에 타라의 예상대로 굽이 14센티미터나 되는 하이힐을 신고 있었다.

"가브리엘과는 무슨 사이야?" 타라가 물었다.

타라는 거울에 비친 갈색 머리 껑다리를 뚫어져라 쳐다봤다. 당황하는 얼굴이었다.

안젤리카는 얼른 고개를 돌리면서 건성으로 대답했다.

"네 멍청한 난쟁이 친구의 말대로 그 악마가 귀엽게 생겼잖아."

타라는 벽에 기대고 서서 만일을 대비해 두 손에 마법을 작동할 준비를 했다.

"귀엽기만 해? 잘생겼지. 아주 친한 것 같던데."

"가브리엘을 우습게 보지 않는 게 좋을 거야." 안젤리카는 짜증스러운 얼굴로 한마디하고는 이죽거렸다. "우리가 호의적인 사이는 아니라도 공통된 욕망은 있지."

O파의 플랜 B인가?

안젤리카는 혀끝으로 입술을 훑으면서 공통된 욕망이 뭔지를 알려주었다.

"하기야 얼음 성녀인 네가 그걸 어떻게 알겠냐?"

타라의 눈이 동그래졌다.

안젤리카는 타라의 반응을 놓치지 않았다.

"몰랐어? 네 별명인데. 네가 하프엘프와 선을 넘지 않았다는 걸 알 만한 사람은 다 아는 사실이야. 하프엘프가 아더월드의 술집을 다니며 한탄을 쏟아냈거든. 그래서 네 침대에 제일 먼저 들어가는 남자를 알아맞히는 내기도 벌어지고 있는데……."

타라는 안젤리카를 좋아하지 않지만 이젠 정말 정나미가 뚝 떨어졌다. 무엇보다도 칼이 보이지만 않을 뿐 옆에서 다 듣고 있는데. 타라는 진정하기 위해 호흡을 가다듬었다.

"그러니까 아더월드에서 내 성생활에 관심이 있다는 거네?" 타라는 문 쪽으로 향하면서 내뱉었다. 그러고는 돌아서서 빙긋이 웃으며 덧붙였는데 말속에 가시가 있었다. "그런데 어쩌냐, 너에 대해서는 아무도 관심이 없어서."

타라는 그렇게 한마디 날리고 당당하게 화장실을 나왔지만 손이 부들부들 떨렸다. 로빈이 타딕스에 없는 건 정말 운 좋은 거라고 생각했다. 당장 하프엘프를 태워 죽였을 텐데!

바로 옆에서 웃음소리가 나면서 칼이 나타났는데 뛰어왔는지 숨을 헐떡였다. 칼은 희희낙락했다.

"휴, 네 말이 마음에 안 들었나 봐. 꺽다리가 화장실을 다 때려 부수는 줄 알았어. 근데 있잖아, 그 계집애가 들어오는 걸 보고 내가 몰래 두루마리 휴지를 싹 없애버렸는데…… 큭큭큭."

타라는 놀리는 거라고 생각했는데 칼은 안젤리카에게 친 장난을 말해주면서 정말 환하게 웃고 있었다. 휴지야 꺽다리가 마법으로 불러내면 되는 거지만 그래도 고소했다.

"안젤리카가 말한 거 사실이야?" 타라는 감정을 추스르면서 물었다. "내 별명?"

"그뿐만 아닌데." 칼이 대답했다. "걸어 다니는 재앙, 구원자, 초신성, 피해야 할 소녀, 트러블메이커, 폭군 킬러, 구세주(너를 좋아하는 늑대인간들이 지칭하는 말), 둔갑 제조기(네가 팅가푸르 사람들을 개구리로 둔갑시켰을 때 생긴 별명), 검은 여왕(한동안 그 모습으로 아더월드에 깊은 인상을 남겼잖아), 그리고 얼음 성녀. 하지만 너를 얼음 성녀라고 부르는 이들은 그리 많지 않아."

타라는 입을 멍하니 벌리고 칼을 쳐다봤다. 타라는 전혀 모르고 있었다. 잡지를 읽을 시간도 없거니와 정보국에서 궁정에 관련된 것을 검열하기 때문에 타라에게 안 좋은 소식은 전달되지 않았다.

"그래서 내가 로빈에게 그렇게 술 마시고 다니는 건 좋은 생각이 아니라고 여러 번 말렸어." 칼이 설명했다. "너희가 헤어졌을 때였어. 화가 난 로빈은 제정신이 아니었지. 너에게 많은 실수를 저질렀다는 건 아는데 어떻게 회복해야 하는지 몰랐어. 그래서 술에 화풀이를 했지. 술에 잔뜩 취한 로빈이 갑자기 탁자 위로 올라가서 걸어가다……."

타라는 웃음을 터뜨렸다.

"떨어졌어?"

"그 아래가 강물이라면 멋진 다이빙이었을 텐데…… 하필이면 난쟁이들에게 떨어진 거야. 물론 떨어질 때의 충격은 덜했지만 난쟁이들이 발끈했지. 그래서 파프니르가 좋아하는 싸움이 적어도 20분쯤 벌어졌어. 난쟁이들도 로빈만큼 취해 있었기에 다행이지 큰일 날 뻔했어."

방금 전까지만 해도 자존심이 상하고 우울하던 타라는 칼의 입담에 단박에 다 잊고 웃을 수 있었다. 타라는 칼에게 고마워하는 미소를 보내면서 덧붙였다.

"말한다는 걸 잊었는데 정장 차림의 네 모습, 아주 멋있어."

"내가 옷걸이가 좀 좋지." 칼이 폼을 잡았다.

타라는 또다시 웃지 않을 수 없었다. 타라는 활짝 웃어 보이고는 카지노로 들어갔다.

이윽고 이날 일정이 끝나고 모두 숙소로 돌아갔다. 타라는 평온한 밤을 보낼 수 있었다. 어찌나 평온한지 이번만은 킬러가 와서 의뢰인의 이름이나 얼굴에 대해 보고해주길 바랄 정도였다.

다음 날도 협상은 큰 진전이 없었다. 토론, 확인 그리고 아르칸즈가 뭔가를 승인할 때마다 점점 신경질적으로 반응하는 왕싸가지. 회의가 끝났을 때 문제점으로 지적된 것들은 대체로 매듭을 지었다. 이제까지 나온 제안들은 법률가들이 밤새도록 살펴볼 것이고, 협상은 다음 날 계속될 예정이지만 쉽게 끝나지 않을 것 같았다.

타라는 킬러가 부하들에게 로빈을 살려두라는 연락을 보내고 있음을 알고 있었다. 둘째 날 저녁, 리스베스와 아르칸즈는 두 세계에 산적한 모든 문제를 끝내려면 적어도 열흘은 더 걸릴 거라고 선언했다. 타라는 깨닫지 못했지만, 그들은 아더월드가 수세기 동안 체결한 경제적·정치적 교역과 거의 맞먹을 정도의 성과를 며칠 사이에 이뤄낸 것이었다. 범인 인도, 정치적 망명, 관광, 법률 준수, 상품 애프터서비스까지 거론된다면 협상 목록은 끝이 없을 것 같았다.

이날 회의를 마치려는 순간 왕싸가지 가브리엘의 발언에 모두 깜짝 놀랐다.

"우리 세계에서 나는 천상의 폴로 선수입니다. 팀을 구성해서 아더월드 선수들과 시합을 하고 싶습니다."

"네, 좋습니다." 리스베스 여제가 흔쾌히 답변했다. "지금부터 몇 달 후 승인 절차가 모두 끝난 뒤에 합시다."

가브리엘은 여제를 신발 안에서 발견한 해로운 벌레라도 되는 것처럼 쳐다봤다.

"몇 달 후에는 안 됩니다. 지금부터 경기를 준비합시다!"

천상의 폴로 경기

자기 미래가 걸린 문제인데
정말로 협상에 나서는 것이 나을까

*

　방금 희한한 제안을 던진, 흰색과 보라색 머리에 매혹적인 보랏빛 눈의 별난 악마에게 스쿠프들이 몰려갔다. 가브리엘은 뱀파이어보다 더 차갑고 하얀 얼굴이었다. 아름다운 보랏빛 눈이지만 생기라든가 기쁨 같은 것이 느껴지지 않았다.

　타라는 검정 페가수스들이 왜 낯이 익었는지 방금 깨달았다. '맬릿'이라는 스틱에 걸리지 않도록 갈기를 깎고 꼬리를 땋은 것이었다. 악마 세계의 페가수스들은 폴로 경기를 위한 동물이었다.

　아르칸즈가 일어났는데 잘생긴 얼굴이 약간 일그러져 있었다. 그런데 이상하게도 가브리엘 옆에 있으면 아르칸즈가 덜 잘생기고 덜 완벽해 보였다.

　"왜 그렇게 폴로팀과 페가수스들을 데려가겠다고 하는지 궁금했는데 시합을 하고 싶어서였습니까?" 아르칸즈는 한숨을 쉬면서 물었다.

스쿠프들이 즉시 전날 카지노에서 도박을 즐기던 가브리엘을 녹화한 모습들을 실물 크기로 보여주었다. 주변의 악마들이 들뜬 눈빛으로 손에 금빛 불라즈 컵을 들고 있었다.

가브리엘이 웃음을 터뜨렸다.

"하늘을 날아다니는 폴로 경기는 아주 재미있어요. 여기서는 감시를 받지 않고서는 아무것도 할 수가 없으니(가브리엘의 얼굴에서 미소가 사라졌다). 그리고 나는 도전을 아주 좋아해요. 내기가 아니라 친선경기를 하자는 겁니다. 그저 즐기기 위해서. 이 지겨운 곳에서 적어도 열흘을 더 지내야 하는데 기분 전환을 우습게 생각할 일은 아닌 것 같은데. 어제저녁에도 식사만 해서 얼마나 따분하던지……."

이건 아르칸즈에 대한 공개적인 도전이었다. 아르칸즈도 그렇게 느낀 것 같았다. 하지만 마왕은 침착함을 잃지 않았다. 아르칸즈는 잠자코 미소를 지은 채 가브리엘의 보랏빛 눈에 불안한 기색이 돌 때까지 응시하고 있었다. 아르칸즈를 잘 아는 가브리엘은 자신의 경기 제안을 단칼에 거절할 것이라고 생각했다. 그래서 아르칸즈가 리스베스 여제를 향해 돌아서서 말할 때 가브리엘은 깜짝 놀랐다.

"폐하, 응하시겠습니까?"

당황한 타딕스 측 대표가 입을 열려는 여제의 말을 재빨리 가로막고 나섰다.

"우리는 아직……."

이번에는 가브리엘이 말을 끊고 들어왔는데 목소리가 약간 강경했다.

"수명이 짧아지는 대가를 치르면서 우리를 불러낸 마법사들을 통해 폴로 경기 비디오크리스털을 여러 개 얻을 수 있었습니다. 그중에는 중력이 약한 타딕스에서 열린 경기도 있었지요. 따라서 여기도 폴로 경기장이 있다는 거 알고 있습니다."

아, 가브리엘은 타딕스 측 대표에게 거짓말할 기회를 주지 않았다. 타딕스족은 흥정과 토론을 좋아해서 궤변에 걸려들면 위와 아래, 파랑과 빨강을 구분할 수 없게 된다는 말이 있을 정도였다. 그런데 정말 타딕스 측 대표가 아무 말도 못 하고 있었다. 가브리엘은 그런 핑계에 걸려들 얼간이가 아니라 발톱을 세우고 찢어발길 준비가 되어 있는 맹수나 다름없었다.

"물론 여러분이 우리와 대결하길 꺼린다는 걸 이해할 수 있습니다. 우리가 신체적으로 우세하니까요. 하지만 이런 장점이 약한 중력에서는 약점이 될 테니 우리는 대등한 경기를 펼칠 겁니다."

타라는 고모가 속으로 얼굴을 찌푸리고 있음을 느꼈다.

타라와 여제는 위험한 상황이라는 걸 직감했다. 아더월드로 가는 공간이동의 문을 다시 열어야 하는 상황이 발생할 수 있었다. 그렇게 되면 폭파에 동의하지 않는 이들을 불러들이는 사태로 악화될 수도 있었다.

타라는 고모에게 텔레파시를 보내려고 애를 썼다. '거절, 거절, 거절, 고모를 이용하려는 거예요, 거절해요!'

하지만 리스베스 여제는 호기심이 많았다. 함정이라는 걸 뻔히 알면서도 빠져주는 것이 오히려 문제를 쉽게 해결할 수도 있었다.

여제의 선택은 함정에 빠져주는 것이었다.

타딕스 측 대표가 '경기장이 침수되었다' '시설이 너무 낡아서 경기장을 보수 중이다' '자이언트 벌레가 지난주에 잔디를 갉아먹었다'는 등의 거짓말을 둘러대기 전에 여제가 대답했다.

"좋습니다. 경기를 치를 준비가 된 팀에게 알리면 내일 아더월드에서 이동할 수 있을 테니 경기는 모레 합시다. 그러면 모두 약한 중력에서 훈련해볼 기회가 있을 겁니다."

타라는 태연한 척했지만 이맛살을 찌푸렸다. 폴로는 오무아 사람들이 좋아하는 스포츠 중 하나라서 많은 경기를 관람했었다. 타라가 직접 경기를 뛰어본 적도 여러 번 있는데 아주 재미있었다. 반칙을 범했다고 타라가 제명될 때까지는. 문제가 된 부분은 갈랑 덕분에 타라의 경기력이 너무 유리해 불공평하다는 것이었다. 페가수스는 지구의 침팬지와 동등한 지능을 가진 것으로 평가된다. 그런데 갈랑은 다른 페가수스들보다 훨씬 영리해 타라가 이끌어주지 않아도 전술은 물론이고 공격의 각도에 대한 예측력이 뛰어나 눈 깜짝할 사이에 전진할 수 있었다. 게다가 타라 역시 무술과 검술 훈련 덕분에 눈과 손이 빨라서 쉽게 득점할 수 있었다.

운동신경과 공간 감각이 좋으면 127센티미터의 맬릿으로 8.5센티미터의 공을 치는 것이 그다지 어렵지 않았다. 그리고 패밀리어와의 환상적인 호흡 때문에 다른 선수들보다 유리했다.

타라는 후계자라는 것에 개의치 않고 다른 선수들과 똑같이 대해주는 것이 좋았기 때문에 경기를 뛰지 못하는 것이 못내 아쉬웠다. 경기가 끝나고 나올 때마다 멍투성이가 되었지만 '오무아 공작' 팀을 사랑했다. 오무아 공작 팀은 타라가 팀에서 빠지자 피나는 훈련을 했지만 현저히 떨어진 경기력 때문에 공식 경기에 나갈 수 없었다. 팀 코치 파투롱 선생님은 에이스 타라가 빠진 것이 아쉬울 수밖에 없었다. 그 전에 랑코비트의 샹프렝 선생님이 그랬던 것처럼.

또 한 가지 문제는 지구의 폴로 경기와 마찬가지로 7분 30초 동안 진행되는 피리어드마다 선수들은 페가수스를 교체해야 하는데(아더월드나 타딕스는 1분이 지구보다 길다) 페가수스의 능력에 따라 승패가 좌우되기 때문에 아주 중요했다. 하지만 갈랑 이외의 다른 페가수스에 오른다는 생각은 한순간도 해본 적이 없는 타라는 거부했었다. 아무리 힘이 좋은 갈랑이라도 어느 순간에는 지칠 것이기 때문에 폴로 연맹은 동물 보호 차원이라는 명분으로 고집을 꺾지 않는 타라를 제명 처분했다.

파투롱 선생님이 타라를 팀에 잔류시키기 위해 이의 신청을 했지만 폴로 연맹은 거부했다. 타라는 고모가 개입했을 거란 의심이 들었다. 많은 사람들 앞에서 후계자가 구경거리가 되는 것이 싫을 뿐만 아니라 경기에서 패하거나 목이 부러지는 부상을 당할까 봐 불안했을 게 분명했다.

가브리엘이 앞에 와서 허리를 굽히는 바람에 타라는 생각을 멈췄다. 은빛 술이 달린 빨간 안장과 굴레가 뚜렷이 드러나는 검정 페가수스가 옆에 얌전히 있었다. 역시 조련이 잘되어 있었다. 갈랑이 코를 벌름거리면서 관심을 끌자 검정 페가수스는 귀를 젖혔다. 갈랑보다 훨씬 덩치가 작았다.

타라는 갈랑의 하얀 머리를 쓰다듬어주었다.

"마마, 폴로 경기를 좋아하는 걸로 알고 있습니다만." 가브리엘이 억지 미소를 지었다. "우리 함께 경기할 수 있을까요? 나와 함께 체력 소모를 좀 하는 게 어떻겠습니까?"

타라는 눈살을 찌푸렸다. 뭐? 같이 경기를 하자고? 뭔가 꿍꿍이가 있는 게 틀림없었다. 마지막 말속에 함축된 음흉한 의도도 마음에 들지 않았다.

타라는 태연하게 대답했다.

"내가 완전히 초보는 아니지만 국가 대표로 나설 실력은 아닙니다. 그리고 내 페가수스는 패밀리어라서 아무래도 유리하기 때문에 폴로 연맹에서는 형평성을 이유로 나를 제명시켰죠. 따라서 나는 진정한 시합을 하기에 적합하지 않습니다."

가브리엘은 고개를 저었다.

"내가 알기에 바로 마마는 훌륭한 선수예요. 에이, 그러지 말고 같이 합시다!"

타라는 어이가 없었다. 인간을 잡아먹는 끔찍한 악마가 아니라 여자친구에게 떼쓰는 소년 같은 말투였다. 장난스러운 젊은 남자의 모습을 하고 있지만 뒤에서 조종하는 실체는 분명히 악마였다. 폴로 경기 제안을 받아들인 것 자체가 어떤 함정에 빠진 것이기 때문에 타라는 철저히 파헤쳐보고 싶은 마음이 생겼다. 그러려면 그 속에 뛰어들 필요가 있었다. 타라는 경기를 하기로 마음먹었다. 가브리엘이 마음에 들지 않지만 어떻게 나올지 궁금해 한 가지 제안을 했다.

"친선경기겠죠? 내가 속하는 팀은(타라는 팀의 중립성을 강조했다) 나 때문에 승리할 확률이 적기 때문에 나는 에이스가 되지 않을 겁니다."

"당연히 친선경기입니다. 누가 이기든 개의치 않습니다. 중요한 건 함께 경기하는 거니까요. 스포츠를 통해 서로를 잘 아는 기회를 가져 보자는 취지입니다. 원하시면 우리 팀에 들어와도 됩니다. 우리 선수 한 명을 그쪽으로 보내면 되니까요."

가브리엘이 제안을 덥석 물었다. 오, 예, 타라는 마지못해 받아들이는 것처럼 말했다.

"좋아요. 그 팀에 들어가서 경기를 하죠. 그쪽 선수들에게 방해가 될 게 틀림없지만 한번 해볼게요. 나 때문에 지더라도 당신의 행성에서 나를 원망하는 일은 없길 바랍니다."

타라는 스쿠프들 앞에서 당당히 말했다.

아르칸즈는 고개를 설레설레 저었다. 아르칸즈의 몸이 타라 쪽으로 기울어지는 것은 거부하라고 외치는 몸짓이었다. 하지만 가브리엘과 다른 악마들이 뚫어져라 응시하고 있어서 아르칸즈는 선택의 여지가 없었다. 그도 어쩔 수 없이 받아들여야 했다.

"좋아요." 아르칸즈는 퉁명스럽게 말했다. "이렇게 중요한 협상을 하는 와중에서도 즐거운 시간을 가질 필요를 느꼈다니까 기분 전환을 합시다. 피곤하면 안 될 테니 저녁 파티에 참석하지 말고 팀을 데리고 가서 훈련을 시키세요. 그리고 경기와 관련된 이들은 단 한 명도 협상에 참석하지 말고 경기에 집중하기 바랍니다. 아더월드 최고의 선수들을 만나게 되는데 특히 부상당하지 않으려면 훈련이 필요할 테니까요. 어서 가보세요!"

가브리엘이 입술을 실룩거렸는데 그 잘생긴 얼굴이 일순간에 험악한 인상으로 변했다. 아르칸즈는 가브리엘을 자신이 판 함정에 스스로 빠지게 하면서 교묘하게 협상에서 제외시켰다.

"그럼 타라는? 우리와 함께 훈련을 해야 하는데……."

'타라'라니? 언제부터 친한 사이라고? 아르칸즈는 그냥 넘기지 않았다.

"마마라는 호칭을 써야지요! 그리고 후계자가 제안한 경기가 아니니까 결과에 대한 책임을 전가하지 마세요. 경기에서 패하더라도 다른 사람 탓을 하면 안 된다는 거 명심하시고요!"

가브리엘은 아르칸즈의 말이 불쾌하다는 듯 못마땅한 시선으로 쳐다보다가 굴복했다. 그의 측근들을 비롯해 폴로 경기 관련자들이 모두 퇴장했다. 아르칸즈는 무표정했지만, 타라는 화가 나 있는 걸 느꼈다. 아르칸즈는 여제를 향해 고개를 돌렸다. 몸에 딱 맞는 검정 투피스에 금발을 땋아 올린 여제는 멋진 몸매와 아름다운 얼굴이었다.

"고맙습니다, 폐하." 많은 행성에서 지켜보고 있다는 걸 의식한 아르칸즈는 스쿠프들과 여제를 번갈아 보면서 말했다. "함께 경기를 할 수 있게 허락해주신 것은 멋진 선물입니다. 모쪼록 이 친선경기를 계기로 우리 국민과 가까워지길 기대합니다."

리스베스 여제는 고개를 끄덕였다.

"나도 같은 생각입니다. 하지만 우리 두 세계의 평화와 번영을 이루기 위한 협정에 조인하는 것이 가장 중요한 일이니 너무 많은 시간을 빼앗아서는 안 될 것입니다. 솔직히 말하면 위험하기 때문에 내 후계자가 경기에 나서는 것이 내키지 않습니다."

아르칸즈는 전적으로 동의한다는 뜻으로 고개를 끄덕였다. 하지만 장관들과 보좌관들이 이날 결정된 것들을 의논하기 위해 기다리고 있기 때문에 아르칸즈는 타라와 얘기를 나누고 싶어도 그만 일어서야 했다. 아르칸즈는 자유롭지 않았다.

저녁 식사 전에 샤워를 하기 위해 모두 헤어졌다. 밀폐된 공간에 여러 종족이 북적이다 보니 돔의 곳곳에 환풍기가 설치되어 있는데도 냄새 때문에 죽을 지경이었다.

아르칸즈와 수행원들이 복도로 사라지자 타라는 칼과 친구들을 향해 돌아섰다.

아더월드에서 폴로 리그 1의 팀들 중 하나인 랑코비트 천사 팀의 열렬한 팬인 파브리스가 놀란 얼굴로 물었다. "폴로 경기를 하겠다고? 그것도 전혀 모르는 팀에 들어가서? 다들 정신 나간 거 아냐?"

"가브리엘이 자기 팀으로 들어오라고 제안하지 않았다면 아마 내가 그쪽 팀으로 가겠다고 말했을 거야." 타라가 설명했다. "내 생각에 가브리엘의 팀은 아더월드 팀을 완패시키려고 고도의 훈련을 받은 선수들이 틀림없어. 전쟁에서는 패했었지만 폴로 실력이 어느 정도로 훌륭한지 보여줄 속셈이겠지. 수천 년 동안 이를 갈았을 악마들이 우리에게 첫 번째 참패를 안겨줄 만한 것으로 이 폴로 경기보다 더 좋은 게 뭐가 있겠어? 근데 우리를 완패시키는 것이 목적이라면 그가 왜 나를 자기 팀에 넣으려는 건지 이유를 모르겠어."

"혹시 그렇게 뛰어난 선수들이 아닌가?" 파브리스가 말했다. "네가 없으면 자기들이 이길 수 없다고 생각하는 건지도 모르고."

"실력이 어느 정도인지 당장 확인할 방법이 있어." 늘 대뜸 핵심을 찌르는 파프니르가 말했다. "가서 훈련하는 걸 보면 돼!"

친구들이 일제히 파프니르를 쳐다봤다.

"그게 왜?" 난쟁이는 어깨를 으쓱했다.

"기막힌 생각이다, 파프니르!" 칼이 외쳤는데 난쟁이의 둔한 머리에서 어떻게 그런 생각이 나왔는지 믿기지 않는다는 얼굴이었다.

파프니르는 칼을 째려봤다. 도끼 휘두르는 걸 좋아한다고 해서 멍청한 건 아니기 때문이었다. 파프니르는 좋은 생각을 할 때마다 이 정도로 똑똑한 애가 아닌데 하는 얼굴로 쳐다보는 친구들에게 짜증이 났다.

매직갱은 컴폰에서 지도를 조회한 다음 훈련장이 그리 멀지 않은 곳에 있다는 걸 확인했다. 그들은 돔과 돔 사이를 연결하는 지하철을 탔고, 두 개의 돔을 지나 몇 분 후에 도착했다. 이 돔은 아더월드의 하늘처럼 청보랏빛이었다. 그들이 체류하는 중앙 돔보다 크지만 주민은 없고 화려한 식물이 눈에 띄었다. 도처에 보이는 수영장, 약한 중력 때문에 느리게 떨어지는 인공폭포 외에는 모두 운동장이었다. 지구나 아더월드에서는 상상도 할 수 없는 대규모 스포츠 단지였다.

중앙에 있는 운동장이 폴로 경기장이었다. 파란 잔디, 공중과 지상에 각각 여덟 개씩으로 이루어진 열여섯 개의 골대, 면적이 두 배 이상 넓은 것은 달리는 말보다 페가수스들이 훨씬 빠르게 날아다니기 때문이었다. 따라서 경기장의 세로 길이는 지구의 275미터가 아니라 600미터, 가로 길이는 145미터 대신 400미터였다. 경기의 재미를 더하기 위해 선수들은 포인트를 얻어서 경기를 유리하게 풀어갈 수 있다. '케르'라고 불리는 이 포인트는 바로 득점이 되는 것이 아니라 보너스를 받는 것이었다. 케르는 다섯 개까지 받을 수 있었다. 1) 경기 중 페가수스와 기수를 한 번 교체, 2) 벌칙 취소, 3) 케르를 갖고 있는

쪽에 유리하게 5분 휴식, 4) 4분간 연장 경기, 5) 상대 골대 앞에서 슛. 가령 케르를 다섯 개 얻으면 골대 앞에서 슛을 쏠 수 있고, 벌칙이 취소되고, 5분간 휴식할 수 있으니 케르를 잘 이용할 줄 알아야 우세한 경기를 할 수 있었다.

　순수성을 고집한 선수들은 케르를 얻으려 하지 않고 골문으로 공을 넣어서 득점하는 걸 더 좋아했다. 각 팀에서 가장 실력이 떨어지는 선수가 공 가로채기를 전담하여 성공하면 케르를 얻을 수 있다.

　타라는 그 역할을 하게 될 거라고 생각했다.

　나머지 규칙은 지구의 폴로 경기와 같았다. 한 게임은 4피리어드에서 8피리어드로 구성되며, 여기서 피리어드는 '처커'라고 한다. '엄파이어'라고 하는 심판이 지구처럼 두 명이 아니라 네 명인 것은 잔디가 아니라 공중에서 진행되기 때문이었다. 잔디에서나 공중에서 상대편 골문으로 공을 쳐서 넣으면 점수를 얻는 것이었다. 공이 10미터 높이에 이르면 마치 보이지 않는 지표에 있는 것처럼 자동으로 굴러가기 때문에 선수들은 붕붕 날아다니면서 마치 잔디에 놓인 공처럼 정확하게 몰고 갈 수 있었다. 반칙 행위는 지구와 다르지 않았다. 공이나 다른 페가수스의 진로를 방해하는 것은 충돌 위험이 있기 때문에 반칙이다. 반면에 자신의 맬릿으로 상대편의 맬릿 또는 공을 막거나 어깨로 부딪쳐서 막는 행위는 허용된다.

　악마들이 훈련하고 있었다. 타라와 친구들은 경기장이 내려다보이는 편안한 의자에 앉았다. 그들이 앉자마자 팝콘, 핫도그, 샌드위치, 음료수가 눈앞에 나타났다. 타딕스족이 관중석에 음식을 준비해놓은 모양이었다. 배가 그리 고프지 않은데도 그들은 맛있게 먹었다.

타라는 국가 대표팀과 훈련한 경험이 있어서 친구들보다는 악마들의 수준을 제대로 평가할 수 있었다. 잠시 지켜보던 타라는 나직하게 휘파람을 불었다.

지상도 아니고 동물을 타고 날아다니며 하는 경기에 전혀 흥미가 없는 파프니르가 물었다.

"쟤들이 그렇게 잘하는 거야?"

"아주 뛰어나." 타라는 선수들의 실력을 보면서 정신이 멍해졌다.

슬루르크! 악마들은 수준급 선수들이었다. 여성 넷과 남성 넷이 혼성팀을 이루어 대결하는데 그중 한 팀을 가브리엘이 이끌고 있었다. 누가 가장 실력이 뛰어난지 말하기 어렵지만 타라가 확인한 것은 아더월드의 세계적인 선수들의 수준을 뛰어넘는 것 같았다.

"우리가 완패하는 거 아냐?" 파브리스는 얼굴에 흘러내린 금발을 넘기면서 못마땅한 표정으로 물었다.

"모레도 저렇게 한다면 틀림없이." 타라가 대답했다. "하지만 내가 저들과 함께 경기하면 내 실력이 형편없으니까 아더월드 팀이 이길 거야."

공이 날아가자 날개를 파닥이던 검정 페가수스들의 근육이 팽팽해졌다. 중력이 약해서 공이 정상적인 행성보다 훨씬 높은 10여 미터까지 올라가기 때문에 공중에서 그다음 동작을 하기가 그만큼 수월했다.

공중에서 하는 경기는 의자에 편안히 앉아서 관람하기도 좋았다.

훈련이 아주 잘된 페가수스들이었다. 처음에는 그 유연성에도 불구하고 약한 중력에 적응하는 것이 그리 쉽지 않아 보였다. 페가수스는 날아오르려면 힘차게 날갯짓하는 습성이 있어서 여러 번 돔의 벽면에 부딪치는 아찔한 상황이 발생했다. 그때마다 선수들은 머리를 부딪치지 않으려고 안간힘을 써야 했다. 선수들이 헬멧을 착용하고 있어서 다행이지만, 공중 곡예를 하는 듯한 모습에 타라와 친구들은 깔깔대고 웃었다.

하지만 이내, 페가수스들은 움직임을 줄이면서 새로운 환경에 적응했다. 타라는 수많은 스쿠프들이 촬영하는 것을 보며 매직갱만 악마들의 훈련을 염탐하는 것이 아니라는 걸 알았다.

스쿠프들이 찍은 영상은 지금쯤 리스베스 여제가 선별한 아더월드 팀의 코치에게 전해지고 있을 것이 틀림없었다. 차츰 관중이 늘어나더니 어느새 빈 좌석이 거의 보이지 않았다.

"좀 찜찜한 작전이긴 한데……." 파브리스가 말했다. "네가 의도적으로 지면 안 될까?"

타라는 한숨을 내쉬었다. 파브리스가 이해를 못 하고 있었다.

"안 돼. 어떻게든 내가 속한 팀이 이기게 해야지. 그게 악마의 팀이든 아니든. 이건 스포츠고 경기니까. 스포츠에서 속임수를 쓰면 아마 죽을 때까지 나쁜 평판이 따라다닐 거야. 보울리미-레마족(타라는 새 이름이 기억나지 않았다)은 그걸 아주 잘 알고 있어. 우리에 대한 연구를 많이 한 것 같아. 지금은 내 평판을 떨어뜨리는 게 가브리엘의 목적이야. 나를 죽이려는 게 아니라."

"너를 죽여?" 파브리스는 깜짝 놀랐다.

"응. 어쩌면 킬러를 사주한 의뢰인이 가브리엘일지도 몰라. 아더월드와 지구를 침략하는 데 가장 방해가 되는 사람이 나라고 생각하는 게 분명해. 킬러에게 내 힘을 약하게 하라고 시킨 걸 보면. 내 생각에 가브리엘은 내일 무슨 짓을 할 거야. 내 피를 분석한 결과 피가 빠져나가면 그 양에 따라 이틀에서 나흘이 지나야 재생이 돼. 그런데 이번에 칼에게 많은 피를 빼줬어. 실험할 때보다 훨씬 많이. 내일은 아직 힘이 완전히 돌아오지 않아. 경기는 모레니까 그때는 내가 완전히 회복될 수 있어. 그래서 내일 나는 협상에 참석하지 않고 악마들과 훈련할 생각이야."

잠자코 듣고만 있던 무아노가 드디어 입을 열었다.

"하지만 그건 가브리엘에게 너를 죽일 기회를 주는 거야. 타라! 너 또 혼자서 문제를 해결하려는 그 병이 도졌구나! 너를 내버려둔다는 건 말도 안 돼! 악마들과 함께 저렇게 격렬한 훈련을 하겠다고? 우리는 폴로 경기를 많이 봤어. 선수들도 페가수스와 마찬가지로 충돌을 피하려고 최선을 다하지만 사고가 일어나! 작년에 페가수스가 골대와 충돌하면서 뱃대끈이 끊어지는 바람에 선수가 죽었던 일 기억 안 나? 페가수스는 죽고, 선수는 목이 꺾이고 등이 부서졌는데 레파루스로 목숨을 살리지 못했어. 그런데 훈련을 하겠단 말이야? 네가 우리의 가장 확실한 병기라는 거 잊었어? 그리고 넌 나의 절친이고, 친자매 이상으로 사랑하는데?"

무아노는 어찌나 흥분했는지 얼굴에 털이 나오고 손이 길어지더니 갈퀴손톱이 나타났다.

"워워, 진정해." 타라가 말했다. "한 가지 잊은 게 있어, 무아노. 갈랑은 저 악마 세계의 페가수스들보다 훨씬 영리해. 나는 저들이 두렵지 않아. 내가 추락하면 체인지라인이 지켜줄 거야. 그리고 저들은 나에게 악마의 마법을 사용할 수 없어. 허튼수작을 부리면 사물들도 나를 지켜줄 거고, 내 마법도 그 정도는 방어할 수 있어. 나를 믿어, 멍은 좀 들겠지만 큰 위험은 없을 거야. 그리고 가브리엘과 아르칸즈의 관계를 알아야 해. 연막을 치는 건지, 아니면 정말로 가브리엘이 아르칸즈와 대립하는 사이인지. 후자라면 둘의 관계를 어떻게 이용할지 방법을 알아내야지."

무아노는 타라의 말을 곰곰이 생각하면서 차츰 진정되었다. 타라는 깊이 생각하고 내린 결정이었다. 그저 손놓고 있었던 게 아니었다.

"미안해." 원래의 모습으로 돌아온 무아노는 후회했다. "너무 걱정돼 내가 예민하게 반응했어."

타라는 일어나서 심호흡을 하고 무아노와 파브리스를 향해 고개를 돌렸다.

"그리고 너희 둘 사이가 왜 그렇게 됐는지 이제 좀 알 것 같아."

뜬금없는 말에 무아노와 파브리스는 무슨 말인지 모르겠다는 얼굴로 타라를 쳐다봤다.

타라는 손가락으로 무아노를 가리키면서 말했다.

"아르칸즈와 얘기하다가 깨달았어."

무아노의 눈썹이 치커 올라갔다. 악마와 무슨 관계가 있다는 거지?

"평소의 너는 굉장히 상냥해." 타라가 설명했다. "근데 야수의 거친 성향이 우세해지면 너는 변신하지 않아도 겉모습만 무아노지 훨씬 덜 상냥하고 공격적으로 변해버려. 요컨대 겉모습은 네가 분명한데 표현 방식은 야수란 말이야. 그런데 파브리스는 쉽게 속기 때문에 네가 공격적으로 나올 때마다 맞대응을 해. 그러다 너에게 다정하지 않았다는 생각에 자책하지만 어떻게 행동해야 할지 몰라 혼자서

끙끙 앓다가 어리석은 결정을 내리지. 너는 또 그것 때문에 흥분해서 파브리스를 공격하고. 그래서 너희 둘은 계속 아웅다웅했지만 사실은 아주 잘 어울리는 커플이야. 내 생각에 너희 둘은 여전히 서로 사랑하고 있어. 파브리스가 강력한 마법 능력을 갖기 위해 마법서 연구를 했든, 마지스터를 따라갔든 그건 다 무아노 너보다 힘이 더 세고 싶어서였어. 오직 너를 지키겠다는 생각에서. 그러다 늑대인간이 되면 너와 힘이 동등해진다는 걸 깨달았어. 파브리스는 늘 두려움, 마법 능력, 혼란에 대해 말했지만 실은 무아노 너, 오직 너 때문에 그런 거였어. 파브리스가 그토록 싫어하던 아더월드에 와 있는 건 너를 잃고 싶지 않은 거지. 다른 남자의 품에 안기는 너를 상상도 하기 싫은 거지. 네가 지구에 오길 바랐던 건 네 가족과 헤어지게 하려는 것이 아니라 지구에서는 네 마법이 약해지니까 자기의 마법과 비슷한 수준이 될 거라고 생각했던 거야. 파브리스는 마법 능력이 너희들보다 많이 떨어진다고 생각했기 때문에 늘 그게 콤플렉스였어. 파브리스는 마법과 상관이 없는 지구에서 자랐으니까. 나도 지구에서 자랐지만 파브리스와 나는 경우가 다르잖아.”

말이 길어져서 타라는 호흡을 가다듬어야 했다. 그 틈에 무아노가 말했다.

“나도 알아!”

훈련 중인 악마들을 배경으로 관중석을 왔다갔다 걸으면서 말하던 타라가 걸음을 멈췄다.

“안다고, 언제부터?”

“파브리스가 왜 그렇게 나에게 서툰지 오래전에 깨달았어. 내가 말해봤는데 파브리스가 트라둑[49]처럼 고집이 보통 세야 말이지. 엄마 말씀으로는 잘못을 저지른 사람에게 나무라기보다는 스스로 깨닫고 교훈을 얻게 내버려두는 것이 오히려 쉽게 해결된대. 경험보다 나은 건 없으니까. 그래서 지구로 따라가지 않겠다고 하고 헤어진 거였어. 파브리스가 잘못했다는 걸 스스로 깨닫게 하려고. 그리고 만약 깨닫지 못하면 나와는 어울리지 않는다는 거니까 서로 잘 헤어진 것이고.”

무아노의 말을 듣고 있던 파브리스가 눈살을 찌푸리면서 고개를 돌렸다가 표정이 밝아졌다.

“잠깐, 그 말은 나를 용서해주고 우리가 다시 시작할 수도 있다는 뜻이야?”

무아노는 약간 뜸을 들이는 것으로 파브리스를 애태우다 활짝 웃으면서 말했다.

“물론이지, 이 바보야!”

파브리스는 당장 무아노를 열렬하게 포옹했다. 기다려도, 기다려도 계속되는 포옹에 타라는 얼굴을 찌푸렸다. 자신이 로빈이나 칼의 품에 안겨 있을 때도 저렇게 바보같이 보였을 것 같아 왠지 쓸쓸했다.

칼은 타라와 의자 하나를 사이에 두고 앉아서 말없이 지켜보고 있다가 윙크를 보냈다. 칼도 무아노와 파브리스의 재결합이 기뻤다. 그리고 마음의 상처는 한순간에도 치유가 될 수 있기 때문에 이번에는

----

49. 트라둑은 악취가 나는 것 외에도 고집이 세기로 유명하다. 트라둑이 원치 않을 때 움직이게 하려면 기중기나 도르래 같은 걸 이용하거나 욕을 퍼부어야 할 정도로 꿈쩍도 하지 않는다. 특히 움직이는 것에 불만이 있을 때는 사람들을 향해 똥을 갈긴다. 그러면 똥 벼락을 맞은 이들은 모두 역한 냄새가 진동하기 때문에 악취에 있어서는 피장파장이 된다.

잘되길 바랐다.

그들이 악마들의 경기를 보는 사이에 무아노와 파브리스는 재결합을 자축하기 위해 손을 잡고 일어나다 멈춰 섰다.

제레미와 조던이 훈련을 지켜보는 것이 아닌가. 타라는 형제가 왜 악마들의 훈련을 보러 왔는지 이유가 궁금했다. 악마들을 불러들이기 위해 소용돌이를 열 때는 여유가 없었기 때문에 이 기회에 타라는 제레미를 유심히 살폈다. 갈색 머리에 검은 눈의 제레미는 전보다 키도 크고 체격도 좋아진 모습인데 살이 많이 쪄서 뱃살이 불룩했다. 불라즈를 좀 덜 마시는 것으로 체중 조절을 할 필요가 있어 보였다.

제레미가 손을 흔들면서 다가오더니 파브리스를 본 척도 않고 무아노에게 말했다.

"안녕, 내 사랑스러운 피앙세. 요즘은 자주 못 보네!"

제레미가 입맞춤을 하자 무아노는 뻣뻣해졌다. 파브리스가 입술을 실룩거렸다. 제레미는 무슨 벌레 보듯 파브리스를 쳐다봤다.

"어이, 늑대! 너 한번만 더 짜증 나게 굴어봐. 경고하는데 조던 형의 무기 중 절반이 은이라는 걸 명심해. 까불면 우리 형이 가차 없이 네 목을 베어버릴 거니까."

감히 위협하는 제레미 때문에 어이가 없는 파브리스는 순간 얼어붙었다. 무슨 말을 하려던 무아노가 갑자기 온몸을 부들부들 떨고 있었다.

"슬루르크!" 파브리스는 야수의 이빨과 갈퀴발톱이 나오지 못하게 안간힘을 쓰면서 말했다. "타라, 무아노의 약 갖고 있어?"

무아노는 점점 더 몸을 떨면서 입에 거품까지 물고 있었다. 그래도 이건 좀 너무 심한데…….

"아니." 타라는 질겁한 표정을 지었다. "너희들이 늘 갖고 다녔잖아!"

"혀를 삼키지 않게 무아노를 붙잡아야 돼!"

파프니르는 한 술 더 떴다.

타라는 난쟁이에게 눈을 흘겼다. 난쟁이도 과장이 심했다.

떨림이 경련으로 바뀌는데 어찌나 격렬한지 무아노의 등이 부서질 것 같았다. 타라와 칼, 파브리스는 무아노를 꽉 붙잡고서 진정시키려고 애를 썼다. 그들의 노력에도 불구하고 쉽지 않았다. 무아노가 변신하지 않았기에 망정이지 야수였다면 꼼짝 못하게 붙잡고 있지 못했을 것이다. 충격을 받은 제레미가 샤먼을 불렀을 때 무아노의 발작이 차츰 수그러들기 시작했다. 잠시 후, 무아노는 멍한 눈을 떴고, 주위의 친구들을 보고 한숨을 내쉬면서 마비된 근육을 풀었다.

"슬루르크, 내가 또 발작을 일으켰어?" 무아노가 힘없이 물었다.

"응." 타라는 재빨리 말을 지어냈다. "여기 도착한 뒤로 벌써 세 번째야, 무아노."

제레미가 그들을 멀뚱히 쳐다보고 있는 사이에 샤먼이 황급히 달려왔다. 샤먼은 무아노를 진찰하고 나서 심한 스트레스로 인한 발작이라는 것 말고는 특별한 점을 찾지 못했다고 말했다. 물론 저주받은 조상으로 인해 흥분하면 야수로 변하는 것도 이 발작의 원인일 수 있겠지만 정확하게 아는 사람이 아무도 없다고 덧붙였다. 제레미는 거의 정신을 잃을 정도로 심한 경련을 일으키는 무아노를 보고 충격을 받은 듯했다. 결혼할 여자가 랑코비트 왕실의 공주라고만 생각했는데 살점을 뜯어 먹고 뼈다귀로 이를 쑤시는 야수이기도 하다는 걸 실감하고는 덜컥 겁이 났다.

"이 저주가 자식들에게도 유전됩니까?" 제레미가 물었다.

샤먼은 고개를 끄덕였다.

"틀림없이. 아버지에게서 아들에게로, 어머니에게서 딸에게로 유전되니까요." 샤먼이 무아노를 힐끔 쳐다보면서 대답했다.

"이런 발작이 일어난 지 오래됐어?" 제레미가 어두운 얼굴로 물었다. "나랑 있을 때는 한 번도 이런 적 없었잖아!"

"약을 먹었으니까." 무아노가 고백했다. "약만 먹으면 꽤 오래 견딜 수 있어. 하지만 이따금 특히 오랫동안 야수로 변신하지 않을 때는 몸이 발작하게 내버려둬야 해."

이렇게 영악할 수가! 그토록 정직한 무아노가 너무나 천연덕스럽게 거짓말을 하자 타라는 친구를 다시 봤다.

샤먼이 난처한 표정으로 말했다.

"이 저주의 증상에 대해 자세히 아는 게 없어서 내가 해줄 수 있는 치료가 없어요. 레파루스로는 더 악화시킬 수 있으니 휴식을 취하고 마음을 편안하게 가져야지 흥분은 금물이에요. 경기장 분위기는 도움이 안 되니까 조용한 데로 가서 푹 쉬어요. 내일 폴로 팀이 들어오게 공간이동의 문을 열 예정이니 아더월드로 떠나는 것이 좋겠어요."

"안 돼요." 무아노가 말했다. "난 여기 있어야 해요. 타라에게는 내가 필요해요. 하지만 오늘은 푹 쉴게요. 파브리스, 늑대인간이니까 나를 안아서 숙소로 데려다 줄래?"

제레미는 이맛살을 찌푸렸지만 잠자코 파브리스의 품에 안겨서 멀어져가는 무아노의 모습을 물끄러미 쳐다봤다.

제레미가 조던을 향해 몸을 숙였다.

"무아노와 결혼 못 할 것 같아. 피가 좋지 않아. 부모님이 잘못 생각한 거야! 이 결혼은 안 돼!"

제레미가 큰 소리로 말한 게 아니지만 타라와 칼은 귀가 아주 밝았다. 둘은 재미있어하는 시선을 주고받았다. 하지만 제레미가 고개를 돌렸을 때 타라는 재빨리 표정을 바꾸고 심각한 얼굴로 쳐다봤다.

"글로리아 다아빌과의 결혼 약속은 없었던 걸로 할게." 제레미는 마치 가족의 장례라도 치르는 것처럼 침통한 얼굴로 타라에게 말했다. "배반자 드래곤이 악마들을 물리치기 위해 타라 너와 나를 강력한 무기로 만들었기 때문에 나는 이 유산을 물려줄 수 있는 여자와 결혼해야 돼. 그런데 무아노에게 병이 있다면 많이 사랑하지만 위험을 무릅쓸 수 없어. 네가 전해줄래? 결혼할 수는 없지만 친구 사이로 남자고. 부탁해, 무아노가 충격을 많이 받을 거야. 나와 결혼을 약속해서 몹시 기뻐했는데!"

타라는 웃지 않으려고 입술을 깨물었다. 그러고는 무아노를 위로하겠다고 진지하게 약속했다.

지금쯤 무아노는 파브리스와 재결합을 자축하고 있을 텐데. 타라는 둘의 행복을 진심으로 빌었다.

갑자기 돔을 둘러싼 전광판들에 불이 들어오자 깜짝 놀란 선수들이 하마터면 충돌할 뻔했다. 두 팀 선수들이 탄 페가수스들이 내려앉았고 모두 올려다봤다. 전광판에 리스베스와 아르칸즈의 모습이 나타났다.

여제와 마왕이 미소를 짓고 있었다. 타라는 짜증이 밀려왔다. 악마들의 훈련을 지켜보고, 한순간의 실수로 결혼할 위기에 처한 친구를 구하는 사이에 고모와 아르칸즈가 또 무슨 짓을 꾸민 거지?

"오무아 정부에서 마왕의 청혼을 받아들였음을 알리게 되어 기쁩니다." 리스베스 여제가 성명을 발표했다. "내일, 공간이동의 문을 열기 전에 우리 두 세계의 결합을 조인하고 더욱 돈독해지기 위해 내 후계자 타라틸랑넴 덩컨과 아르칸즈의 결혼을 축하합시다."

물론 타라는 예상했던 일이지만 당사자와 한마디 상의도 없이……이럴 순 없었다. 칼이 벌레 씹은 얼굴로 타라를 돌아보면서 말했다.

"기분 참 더럽네……."

배신

불쑥 찾아온 불청객들을 어떻게 쫓아버리나

*

타라는 미친 듯이 고모의 숙소로 돌진했다. 화면에 비친 배경을 보고 아르칸즈와 함께 공동성명을 발표한 장소가 고모의 방이라는 걸 알았다.

"안 돼요!" 타라는 두 사람이 눈에 보이자마자 소리쳤다. "대체 어떻게 된 거예요? 그런 성명을 발표하다니!"

타라는 고모의 숙소까지 가는 데 시간이 좀 걸렸었다. 크리스털 볼과 컴폰이 계속 울려댔고, 속이 부글부글 끓는데도 마주치는 사람들로부터 축하를 받느라고 계속 멈춰 서야 했다. 타라의 눈이 완전히 새파래졌고, 두 손에서 마법이 지지직거리는 걸 보면서 축하 인사를 짧게 끝내고 피하는 이들도 있지만, 몹시 화가 나 있다는 걸 눈치채지 못한 이들은 뛰어오는 타라와 충돌할 뻔했다.

고모의 숙소까지 안내하는 화살표들이 빨간빛을 띠고 있어서 타라의 기분을 대변해주는 것 같았다. 뒤따라온 칼과 파프니르는 가능한 한 눈에 띄지 않으려고 벽에 붙어 있었다.

여제의 얼굴에서 미소가 사라졌다.

"타라, 그렇게 무장을 하고 내 앞에 나타나면 안 되지!"

고모가 뭐라는 거야? 타라는 빈손…… 아니 파란빛을 보면서도 너무 흥분해 있어서 의식하지 못했다.

"무장이라니요? 나는 무장한 게 아니에요. 하지만 곧 그래야 할 것 같네요. 고모가 내 인생을 망가뜨리고 있으니까요. 고모 마음대로 하게 가만히 있지 않을 거예요!"

타라가 위험하다고 판단한 마법이 예고도 없이 시퍼런 빛을 발사했다.

리스베스와 아르칸즈가 제때에 몸을 숙였기에 망정이지 정통으로 맞을 뻔했다.

격분해 있던 타라는 그제야 고모의 말이 이해가 되었다. 어떤 점에서는 무장한 상태였다. 타라는 마지못해서 마법을 거두었다.

아르칸즈와 리스베스는 조심스럽게 허리를 폈다.

"우리끼리의 싸움은 전혀 도움이 안 되니까 진정해, 타라." 마왕이 등 뒤쪽 벽에 생긴 시커먼 자국을 보면서 말했다.

결혼 발표가 나자 타라만 달려온 게 아니었다. 바로 몇 분 전 블루드래곤도 들이닥쳐서 길길이 날뛰었다. 친위대원 둘이 나서서 셈 선생님을 붙잡고 있었다.

씩씩거리는 타라를 보자 기세가 오른 셈이 친위대원 둘을 뿌리치면서 고함쳤다.

"다 돌지 않고서야 어떻게 이럴 수 있어! 타라와 이 악마의 결혼을 발표하다니! 리스베스, 당신은 뚜쟁이지 여제 자격이 없소! 어린 소녀를 괴물에게 팔아넘기다니! 돈 때문에! 당신의 영혼은 악마들보다 훨씬 비열하오!"

모두 멍하니 있었다. 아무도 리스베스에게 이런 식으로 대놓고 퍼부은 적이 없었다. 첫 남편이 죽은 뒤로는 말이다. 타라는 셈 선생님이 이 정도로 험악하게 나올 줄은 상상도 하지 않았다.

리스베스의 눈이 가늘어지더니 마법이 시커먼 아우라로 몸을 에워쌌다.

"지금 뭐라고 했소, 드래곤?"

"당신의 행동이 늙은 뚜쟁이 같다고 했소. 왜요, 내 말이 틀렸습니까, 인간?"

드래곤의 말이 어찌나 악의에 차 있는지 리스베스는 뼛속까지 사무칠 것 같았다. 칼은 한마디도 놓치지 않고 있었다. 이 싸움을 잘 지켜볼 수 있는 자리에 앉아서 구경하고 싶었다. 그래서 칼은 슬그머니 앞으로 나가 타라를 싸움터에서 가능한 한 멀리 잡아끌었다. 타라의 날씬한 몸이 닿자 기분이 좋았다.

칼은 부르르 떠는 타라의 몸짓을 느꼈는데 추워서가 아니라 웃지 않으려고 참는 것이었다. 칼은 아르칸즈의 눈치를 보다 불쾌하게 만들지 않기 위해 마지못해 타라를 놓아주었다.

이때부터 상황이 악화되었다. 리스베스와 드래곤은 아르칸즈와 다른 사람들이 지켜보든 말든 차마 입에 담지 못할 욕설을 날리기 시작했다.

얼마 후, 더는 듣고 있을 필요가 없다고 판단한 타라가 슬그머니 빠져나가자 파프니르와 칼이 따라 나갔다. 아르칸즈는 죽을 맛이라는 표정으로 같이 나가고 싶은 눈길을 던졌지만 이를 악물고 싸움터에 남았다.

친구들은 눈이 동그래졌다.

"오, 내 조상들의 수염이여, 어찌나 속이 시원한지 내가 드래곤을 좋아하지 않지만 이번만은 안아주고 싶었어!" 파프니르는 충격에서 벗어나지 못한 얼굴로 말했다.

"모두 속으로만 생각하던 걸 대놓고 내뱉은 것뿐인데 뭐!" 칼이 말했다.

필시, 황궁의 검열 부서에서 타라에게 악마들을 불러들이는 것과 관련해 뭔가 숨기는 게 또 있는 것이었다. 타라는 이제부터라도 개인 정보팀을 조직하기로 결정했다.

"도대체 뭘까?" 뭘 숨기고 있는지 궁금한 타라가 말했다.

"네 고모가 말한 것과 달리, 악마들을 불러들이는 것이나 네가 아직 어린데도 마왕에게 청혼할 기회를 준 것에 대해 모든 사람이 동의한 건 아냐. 랑코비트 정부는 강력하게 항의했어. 타라 네가 지구의 달에서 많은 시간을 보냈기 때문에 너만 몰랐던 거지. 특히 티타니아 왕비는 리스베스 여제의 결정을 아주 못마땅하게 생각하셨어."

타라는 감동한 얼굴로 미소를 지었다. 티타니아 왕비는 모성애가 아주 강했다. 하지만 이번만은 고모를 변호해야 했다.

"고모는 오무아를 위해 최선을 다하고 있는 거야. 물론 나였다민 악마들을 불러들이는 선택을 하지 않았겠지만."

"오무아를 위해서인지, 아더월드를 위해서인지 글쎄 나는 잘 모르겠다." 칼이 강조했다. "아무튼 랑코비트 정부의 거부 움직임과는 반대로 가결되었고, 악마들은 아더월드의 위성에 들어왔어. 그런데 내 생각에 여제는 원하는 것을 이루기 위해 여러 나라 정부를 상대로 뭔가 드러내서는 안 될 정치적 약점을 이용한 것 같아. 지금 이렇게 일사천리로 진행되고 있는 걸 보면. 하지만 악마들이 우리를 공격하고 최악의 경우 침략한다면 여러 종족들이 여제에게 책임을 물을 거야. 어쩌면 목숨을 내놓으라고 할지도 모르겠어."

타라는 창백해졌다. 칼이 그냥 하는 말이 아닌 것 같았다. 타라는 같은 방식으로 행동하지 않겠지만 어떤 점에서는 고모를 이해했다. 한 나라를 통치한다는 것은 그리 쉬운 일이 아니었다. 과도한 책임감에 짓눌리는 데다 통치자의 업적은 결과가 중요하므로 일일이 도덕성을 고려한 정치는 사실상 할 수 없었다.

타라는 눈을 감았다. 늘 그렇듯 이러지도 저러지도 못하는 처지에 놓였다.

"때로는 어린 소녀로 돌아가고 싶어. 책임감, 테러, 딜레마 같은 걸로 고민하지 않게."

눈을 다시 뜨던 타라는 칼의 반짝이는 눈과 마주쳤다. 동의하지 않는 눈빛이었다.

"난 싫은데." 칼의 목소리에서 장난기가 느껴졌다. "아니다, 너와 인형 놀이를 하면 아주 재미있을 것 같다. 의사 놀이는 어때? 싫어? 재미없을까?"

타라는 웃지 않을 수 없었다. 칼이 또 타라의 불안한 마음을 풀어주었다. 정말 타고난 재능이었다.

"빌어먹을!" 파프니르가 발끈했다. "그런 얘기는 다른 방으로 가서 너희 둘이만 하든가! 내 머리털이 곤두서려고 하니까!"

머쓱해진 타라는 칼을 안아줄 수 없지만 눈빛으로 고마움을 표시했다.

칼이 미소를 지어 보였다. 이해했다는 표시였다.

결혼 발표가 났기 때문에 타라는 숙소에 틀어박혀 있는 것 말고는 할 일이 없었다. 타라는 모든 연락을 받지 않았고, 찾아오는 사람도 만나주지 않고 전기로 열고 닫히는 문까지 마법으로 완전히 걸어 잠갔다. 제레미의 마법이라면 모를까 누구도 문을 열 수 없었다. 심지어 아르칸즈도 타라가 원치 않으면 문턱을 넘을 수 없었다. 한 가지 아쉬운 점은 칼과 밤을 보낼 수 없다는 거였다. '얼음 성녀'라는 별명이 생각보다 자꾸 신경이 쓰였기 때문이다.

타라는 축하연에 참석하지 않았다. 이상할 정도로 잠을 푹 잤다. 아침을 먹고 샤워를 한 뒤 타라는 마침내 메시지를 읽거나 듣기로 했다.

와우, 메시지가 엄청나게 많이 와 있었다. 대부분 고모가 보낸 것이었다. 하지만 고모에게 맞설 생각이 없기 때문에 일단 피하기로 했다. 타라는 폴로 운동복으로 갈아입은 뒤에 트란스미투스를 이용하여 갈랑과 함께 사라졌다가 잠시 후 경기장에 도착했다. 칼과 파프니르, 무아노와 파브리스(재결합의 기쁨을 나누느라 정신이 없어서 소식을 모르던 둘은 칼과 파프니르를 통해 알았다)는 오지 말라는 타라의 당부가 있었지만 경기장으로 곧장 달려갔다.

악마들도 이미 와 있었다. 가브리엘이 밋밋한 미소로 타라를 맞아 주었다. 아침에 보는 왕싸가지는 전날보다 자신이 없는 것 같고 덜 공격적이었다. 타라는 생각하기도 끔찍하지만 결혼 발표 때문에 가브리엘이 조심하는 것이라고 생각했다.

가브리엘은 무표정한 얼굴로 말했다.

"마마, 선수들을 소개하겠습니다. 이쪽은 마마와 내가 속한 팀의 선수들인 우리엘, 아리엘이고, 저쪽은 상대팀 선수들인 에트리엘, 모리엘, 로리엘, 카비엘입니다."

아리엘과 에트리엘은 금발에 파란 눈, 모리엘은 빨간 머리에 초록빛 눈의 아름다운 여성 악마들이었다. 우리엘과 로리엘은 갈색 머리에 파란 눈, 카비엘은 밝은 밤색 머리에 갈색 눈빛의 잘생긴 남성 악마들이었다. 남녀 악마들이 공손하게 인사했다. 타라와 마찬가지로 그들은 승마용 바지와 부츠를 신고 있었다. 타라는 전날 악마들의 훈련을 지켜보는 사이에 누군가 숙소에 가져다 놓은 폴로 경기 장비를 갖추고 있었다.

가브리엘이 타라가 속한 팀의 주장이고, 상대팀 주장은 카비엘이었다. 그들은 타라가 폴로 경기 규칙을 잘 아는지 점검했다. 가브리엘은 타라가 중요한 규칙을 알고 있다는 걸 확인하고 나서 안심하는 눈치였다. 그다음 팀의 공격과 방어 전술을 보여주었다. 오무아 대표팀에서 하던 것과 크게 다르지 않기 때문에 타라가 잘 알아듣자 가브리엘은 만족스러운 표정을 지었다.

이어서 가브리엘은 타라가 페가수스를 탄 자세를 보기 위해 선수들에게 질주 회전과 비상 회전 기술을 실시하게 했다. 타라가 페가수스를 타는 기술은 아주 훌륭했다. 맬릿을 다루는 솜씨도 뛰어났다. 타라의 실력은 형편없기는커녕 수준이 높았다. 팀에 골칫거리가 될 폭탄이 아니라 에이스였다. 가브리엘은 타라가 페가수스의 갈기를 자르는 걸 원치 않자 맬릿이나 손에 걸리지 않게 땋아주고는 흡족한 듯 고개를 끄덕였다.

마침내 가브리엘은 타라를 경기에 뛰게 했다. 그리고 잠시 후, 폴로 연맹이 왜 타라를 제명했는지 이유를 알았다. 페가수스와 타라는 한 몸처럼 움직였다. 갈랑과 선수들의 페가수스는 상대가 되지 않았다. 타라는 위치 선정이 좋고, 상황 판단이 빠른 데다 페가수스에게 손이나 다리로 지시를 내릴 필요가 없었다. 페가수스는 타라와 동시에 반응하면서 정말 환상적인 호흡을 보여주었다.

가브리엘은 환한 미소를 지었다. 완벽했다. 스쿠프들이 몰려와서 악마들과 경기하는 후계자를 촬영하고 있었다.

경기장에 점점 많은 이들이 모여들고 있었다. 정오가 되자 협상을 잠시 쉬는 시간인 데다 아더월드의 폴로팀을 맞기 위해 공간이동의 문이 열리는 시간이라 너도나도 경기장으로 향했다. 여제와 친위대, 타딕스족, 드래곤들도 속속 도착했다. 페가수스들을 방해할 위험이 있는 블랙 드래곤들만 제외되었다.

타라는 몹시 즐거웠다. 타딕스에 온 목적, 정치, 친구들, 개인적인 문제들…… 모든 걸 잊었다. 공, 맬릿, 골대, 그게 전부였다. 이런 것들이 얼마나 그리웠는지 깨닫지 못하고 있던 타라는 경기에 완전히 취해 있었다. 다리로 전해지는 갈랑의 강한 힘, 두 다리와 오른팔을 따라 느껴지는 전율, 질주, 비상, 회전, 띠돌리기.

타라는 득점을 하는 골게터가 아니라 팀의 4번 선수였다. 그렇지만 공이 10미터 높이로 올라가는 순간 페가수스들이 황급히 이동하면서 타라에게 오픈 공격 찬스가 왔다. 갈랑도 알아채고 공중에 있는 골대를 향해 질주했다. 갈랑은 다른 페가수스들보다 회전 속도는 느려도 힘이 좋고 민첩해 직진으로 날아갈 때는 누구도 따라잡을 수 없었다. 눈 깜짝할 사이에 둘은 공중에 이르렀고, 타라는 맬릿으로 공을 힘껏 후려쳤다. 상대편 페가수스들이 날개를 한껏 펼치고 전속력으로 날아왔지만, 공은 이미 골문으로 날아갔다. 골인!

관중석에서 함성이 터졌다. 모두 기립해서 앞다투어 휘파람을 불고, 고함을 지르며 환호했다. 타라를 향해 전속력으로 질주해온 가브리엘이 손바닥을 마주쳐주었고, 우리엘과 아리엘도 함박미소를 지으며 하이파이브를 했다. 한순간에 악마들과 아더월드 사람들이 하나가 되어 행복에 젖었다.

그때 공간이동의 문이 열렸다.

그리고 폭발음이 울려 퍼졌다.

연쇄 폭발이 일어나면서 돔들이 흔들리고 사람들이 여기저기서 비명을 질러댔다. 악마들이 순식간에 새떼처럼 사라졌다. 동시에 모우르무르의 기계들이 이상한 소리를 내기 시작했고, 경보가 요란하게 울렸다. 타라는 사방을 둘러봤지만 악마들과 함께 사라졌는지 아르칸즈가 보이지 않았다.

타라는 칼과 친구들 옆에 착륙했다.

"무슨 일인지 알아?" 타라가 외쳤다.

"아니!" 칼도 소리쳤다. "폭발이 연쇄적으로 일어났어. 좀 떨어진 데서 소리가 났는데 공간이동의 문 부근인 것 같아. 그 돔에 문제가 없어야 할 텐데. 아니면 거기 있던 이들 모두 죽을 위험에 처해 있을 거야."

"모두 방독면을 써." 타라가 말했다.

친구들은 얼른 방독면을 불러내서 패밀리어들까지 씌워주었다.

사람들이 출구로 몰려가고 있지만 타라는 더 빨리 가는 쪽을 택했다. 즉시 트란스미투스 주문을 읊었다.

그리고 타라 일행은 공간이동의 문 대합실에서 유형화되었다.

그야말로 아수라장이었다.

악마들이 즉각 공격했다.

다행히 타라는 아주 견고한 방패를 불러냈고 두 악마의 광선은 팅겨나갔다.

타라는 본능적으로 대응했다. 타라의 마법은 악마들의 방패를 통과했고, 악마들이 픽픽 쓰러졌다.

사방에서 광선을 쏘아대고 있었다.

대합실에 남은 친위대원은 그리 많지 않았다. 연습 경기가 없었다면 아더월드의 폴로팀을 맞기 위해 여제와 함께 있었을 텐데. 적은 수의 대원들이 그럭저럭 방어하는 사이에 악마들은 무언가를 설치하면서 움직이는 것이면 무엇이든 광선을 쏘아대고 있었다.

가브리엘이 준비한 폴로 경기는 기분 전환일 뿐이라고 하더니 악마들에게 완전히 당한 것이었다.

타라는 친위대원의 몸에 난 구멍을 보면서 이번에는 악마들이 그저 마비시키는 광선을 쏜 것이 아니라는 걸 알았다.

악마들은 닥치는 대로 죽이기 위해 쏘아대고 있었다.

"브롤크 드 슬루르크, 불행하게도 내 예상이 맞았어." 타라가 중얼거렸다.

타라 일행은 창고 같은 곳에서 유형화되었고 악마들을 즉시 제압했기 때문에 다른 악마들은 그들에게 관심이 없었다. 악마들은 공간 이동의 문 중앙에 설치한 기계에 태피스트리들과 왕홀을 거무스름한 초록색 밧줄로 연결하느라고 정신없었다.

어제가 타고 왔던, 페가수스들이 끄는 옥좌가 보였다. 타라와 친구들은 재빨리 그 뒤에 숨어서 지켜봤다.

악마들이 설치하는 시커먼 기계에 에너지를 공급하는 엔진이 보이는데 타라는 악마의 마법이라는 걸 알아차렸다. 농축시킨 초강력 마법 같았다. 타라는 정신적으로 악마의 사물들과 접속했다.

'저 기계를 자세히 봐.' 타라는 창, 만년필을 꺼내고 소매를 걷어 올리면서 물었다. '저 기계에 대해 뭐 아는 거 있으면 말해줘.'

'악마의 마법을 사용하는 기계야.' 갑옷이 대답했다.

'아주 강력해.' 창이 덧붙였다.

'그래도 우리보다는 약하지.' 갑옷이 말했다.

타라는 눈을 굴리면서 이런 일이 있을 줄 이미 예상했다고 대꾸하려다 그만 두었다.

'내 말은 저 기계가 악마의 마법을 사용해 뭘 하려는 건지 물은 거야?'

'우리 시대보다 기술이 많이 발전했어.' 갑옷이 한숨지었다.

'그런데 저건…… 군대 수송 기계 같아.' 창이 말했다.

타라는 심장이 멎었다. 아니, 계속 뛰지만 박동이 한두 번 건너뛴 것 같았다.

'군대 수송?'

'응, 창의 말에 동의해. 보울리미-레마족은 에너지원 부근에 저런 기계들을 설치하고 훔친 에너지를 사용하여 군대를 불러들여. 우리 종족을 정복하고 몰살할 때도 저런 기계를 사용했어.'

타라는 호흡을 가다듬었다.

악마들이 정말로 침략하려는 것이었다.

타라가 있어야 할 곳은 여기가 아니었다. 친구들에게 알려줄 겨를이 없이 타라는 재빠르게 주문을 읊었다.

잠시 후, 그들은 별 문양이 있는 중앙 돔에 와 있었다.

500명은 될 듯한 악마들이 분주히 움직이고 있었다. 박살이 난 모우르무르의 기계들과 친위대원들이 사방에 널브러져 있었다.

타라가 방금 공간이동의 문 대합실에서 본 것들과 같은 기계들이 원을 에워싸고 있는데 밧줄로 연결되어 있었다.

악마들이 마법을 소모하면서 주문을 읊고 있었다. 하지만 그중 100여 명은 아더월드와 타딕스의 군대를 막기 위해 분산 배치되어 있었다.

타라 일행이 나타나자마자 악마들이 일제히 광선을 쏘아댔다. 다행히 타라가 방패를 거두지 않았기에 망정이지 아니었으면 그 자리에서 새까맣게 타 죽을 뻔했다.

236

"소용없다!" 악마들 중 한 명이 외쳤다. "이곳으로는 아무도 유형화될 수 없다. 우리가 모든 걸 봉쇄했다!"

그래서 방어군도 드래곤도 없이 악마들만 있는 것이었다!

그런데도 타라와 친구들이 유형화되었다는 것은 누군가의 실수가 있었다는 것이었다. 서로 책임을 전가하는지 장교와 부하의 얼굴이 붉으락푸르락했다.

타라는 어떻게 한 건지 모르지만 아무튼 성공해서 기뻤다. 어쨌든 지금은. 이러다 체포되거나 사살되면 성공한 걸 기뻐할 수는 없을 테니…….

타라 일행은 방패로 방어하면서 의자들, 조각상 같은 것들 뒤로 피신하기 위해 뒷걸음쳤다.

타라가 마법을 작동하자 갑자기 온몸이 별처럼 번쩍거리기 시작했다. 하지만 악마들은 주문을 중단하지 않고 계속 읊어댔다. 이상한 잿빛 덩어리가 별 문양의 한복판이 아니라 돔 위에서 유형화되고 있었다. 아르칸즈와 가브리엘에게 농락당했다는 것에 격분한 타라는 공중으로 붕 떠오르면서 기계들을 향해 마법을 발사했다.

그런데 타라의 마법이 튕겨 나왔다.

악마들이 반격했다. 타라와 친구들은 응수하면서 알아차렸다. 별 문양을 에워싼 악마들은 방어력이 우수한 반면에 머리 위쪽에서 쏘는 악마들은 공격을 피하는 데 급급하다는 사실을.

놈들이 타라와 칼, 무아노, 파브리스의 마법과 파프니르의 도끼가 가차 없이 해치운다는 걸 모르는 것이었다.

타라는 일단 드래코-티라노사우루스 형상의 거대한 대리석 뒤에 숨어 있다가 악마가 가까이 다가오지 못하게 이따금 마법의 빛을 흔들었다. 그러면서 동태를 살피며 악마들이 뭘 하는지 파악했다. 악마 병사들은 주문을 읊는 악마들을 공격하지 못하게 하려고 엄호하고 있었다. 타라의 마법은 강력해서 벌겋게 단 칼이 버터를 뚫듯 악마들의 방패를 뚫을 수 있어야 하는데 끄떡도 하지 않았다. 타라는 여러 번 시도했지만 별 문양을 에워싼 악마들을 건드리지도 못하고 있었다.

다른 방법을 써야 했다.

부글부글 끓어오르는 타라는 바닥에 대고 마법을 발사했다. 하지만 악마들도 그걸 예상했는지 바닥이 강화되어 있었다. 타라는 칼과 파브리스, 무아노, 이번에는 파프니르의 도움까지 받으며 계속 마법을 발사했지만 소용이 없었다. 악마의 마법이 그들보다 훨씬 강력했다. 타라는 이를 악물었다. 꺼내고 싶지 않은 카드였지만 이제는 선택의 여지가 없었다.

'창! 갑옷! 너희들이 필요해!'

'우리의 힘을 완전히 고갈시키지 않겠다는 약속 잊지 마.' 악마의 사물 둘이 말했다.

'약속했잖아. 꼭 지킬게.' 타라가 대답하며 큰 소리로 덧붙였다. "살아있는 돌?"

"아름다운 타라, 예쁜 타라." 살아있는 돌이 호주머니에서 나오면서 대답했다.

"악마들의 방패를 부수려면 네 힘이 필요해."

"힘을 원해? 힘을 줄게."

"그런데 나는 노출되어 있어야 해. 우리를 보호해줄 수 있지?"

"내가 보호할게. 걱정 말고 맘껏 예쁜 타라의 마법을 발사해."

"고마워, 살아있는 돌!"

살아있는 돌이 머리 위에 자리를 잡자 타라의 몸이 번쩍거리기 시작했고, 눈이 새파랗게 변했다.

타라의 마법에 악마의 검은 마법이 더해지면서 검푸른 빛이 되었다. 친구들은 타라가 뭘 하는지 알 수 없지만 무슨 일이 벌어지고 있음을 느꼈다.

타라는 악마들이 자기들의 마법에 당하는 사상 초유의 공격을 하려는 것이었다.

타라는 붕 떠올랐다. 즉시 위험을 느낀 악마 병사들이 광선을 쏘아댔지만 살아있는 돌이 멋지게 방어했다.

"살아있는 돌! 지금!" 타라가 두 주먹을 내밀면서 외쳤다.

타라의 두 손에서 강력한 마법이 마치 존재하지 않는 것처럼 악마들의 방패를 뚫고 나갔다. 여섯 명의 악마들이 완전히 분해되었다. 머리 위쪽의 잿빛 형체가 흔들렸다.

"야호!" 칼이 외쳤다. "타라, 놈들을 다 쓸어버려!"

광선이 빗발치듯 날아오자 타라는 대리석이 약한 걸 알고 조각상을 다이아몬드보다 훨씬 강한 돌로 보강시켜놓은 타딕스족이 고마웠다. 지금은 조각상이 친구들을 구해준 것이었다.

광선이 날아오는 동안 흐트러진 갑옷을 매만지면서 파프니르가 말했다.

"아무래도 네가 쟤들을 건드렸나 보다. 너는 쟤들의 방패나 박살 내버려. 그다음은 내가 끝내줄 테니까. 준비됐지?"

"파프니르, 자신 있어?" 하고 대꾸하면서 타라는 악마들의 공격을 격퇴하기 위해 이를 악물었다.

"농담해? 여기 온 뒤로 따분해서 죽을 뻔했는데. 칼과 너, 파브리스와 무아노, 너희들의 닭살 돋는 애정 공세 때문에 나의 실버가 얼마나 그리웠는지 알아? 드디어 나도 즐길 기회가 온 거야."

"쟤들은 500명이야!"

"쟤들한테는 안 됐지만 하는 수 없지."

타라는 고개를 흔들었다. 오, 못 말리는 파프니르. 그 옆에서 무아노와 파브리스의 실루엣이 뿌옇게 되더니 야수와 늑대인간의 모습으로 나타났다.

"우리 둘도 준비됐어!" 파브리스가 말했다.

"칼, 우선 네가 제일 취약하니까 내 옆에, 아니 내 아래쪽에 있어, 지금은."

칼은 마법을 작동하고 고개를 끄덕이면서 윙크를 보냈다.

"나 아래쪽에 있는 거 좋아해. 내가 살아있는 돌과 함께 너를 엄호할게!"

"셋 센다! 하나, 둘, 셋!"

칼과 살아있는 돌이 만드는 방패의 보호를 받으면서 타라는 악마의 사물들이 보내주는 마법과 함께 발사했고, 이번에는 악마들의 방패에 충격을 준 것 같았다. 타라의 검푸른 마법과 악마의 마법이 충돌을 일으키는 소리가 점점 커졌다. 뭔가가 굴복하고 있는 것이 틀림없었다. 타라 아니면 악마들의 방패. 타라는 잠시 쉬었다가 마법을 좀 더 강화했다. 마법이 마치 살아 있는 것처럼 포효하기 시작했다.

폭발 같은 것이 일어났고, 질겁한 악마들이 지켜보는 가운데 놈들의 방패가 굴복했다. 타라가 환호성을 지르는 사이에 야수와 늑대, 난쟁이가 펄쩍펄쩍 뛰었다.

다른 악마들은 하던 일을 끝내기 위해 주문을 계속 읊었고, 타라를 공격하던 악마들만 대항하고 있었다. 야수와 늑대, 난쟁이가 밀을 베듯 악마들을 쓰러뜨리는 반면에 타라는 광선을 쏘아대는 악마들을 향해 가차 없이 마법을 날렸다. 몇 분 사이에 스무 명이 널브러졌다. 하지만 악마들의 수가 압도적으로 많았다. 입구를 지키는 악마들이 무슨 신호를 보내는데 봉쇄된 출입구 너머에서 아더월드의 종족들이 들어오려고 한다는 신호인 것 같았다. 타라는 친구들과 마찬가지로 드래곤들일 거라고 생각했다. 문틈 사이로 이따금 불길이 보였기 때문이다.

그런데 맙소사! 타라와 친구들은 너무 늦게 깨달았다. 굉음과 함께 돔과 주위에 있는 모든 걸 박살 내면서 거대한 우주선이 유형화되었는데 바닥에 착륙하는 것이 아니라 그들의 머리 위에서 멈췄다. 이어서 수십 대의 우주선이 나타났다. 20대쯤 되는 우주선에서 철갑옷을 착용한 병사들이 끝없이 내려오면서 발포했다.

타라는 주문을 읊었다.

그들은 사라졌다.

가브리엘과 아르칸즈

특히 장전된 무기를 가진 쪽은
평화의 개념이 다른 법인데

*

잠시 후, 타라 일행은 폴로 경기장이 있는 돔에서 유형화되었다. 그들은 중앙 돔 주위에 집결하는 우주선들을 볼 수 있었다. 꽤 많이 몰려와 있었다.

"우리를 침략하려는 거야." 격분한 야수가 으르렁거렸다. "타라, 왜 이동했어? 원군을 요청하면 이길 수 있었는데."

하지만 크림색 털의 늑대 파브리스가 옆에서 털북숭이 머리를 흔들었다.

"우리의 갈퀴발톱과 송곳니로 방탄 갑옷을 상대할 수 있다고? 안 돼, 우리 모두 죽었을 거야. 타라의 판단이 옳았어."

파브리스는 옷을 입히라는 주문을 읊으면서 다시 변신했다. 못마땅한 야수는 계속 구시렁거리면서 변신했다.

모두 눈이 동그래졌고, 칼은 눈을 꼭 감았다.

"어이쿠, 너 지금 알몸인데……." 칼이 '친절하게' 알려주었다. "난 괜찮지만 파브리스가 내 눈을 뽑아버릴까 겁나니 얼른 가려줄래?"

무아노는 시선을 내리다 얼굴이 새빨개졌다. 이내 마법복이 몸을 가려주었다.

"아, 미치겠다." 무아노가 기어드는 목소리로 말했다. "야수에게 휘둘리다 보면 내가 원래 털가죽이 없다는 걸 자꾸 잊어. 미안해."

"걱정 마." 칼이 말했다. "이제 눈 떠도 돼?"

"응, 물론이지!"

타라는 고개를 쳐들고 우주선들의 동태를 지켜보다 고모에게 연락했다. 홀로그램으로 나타난 고모는 약간 얼이 빠진 얼굴이었다. 타라와 마찬가지로 고모도 검정 켈트릴 갑옷 차림인데 가슴에 100개의 금빛 눈을 가진 주홍빛 공작 문양이 있었다.

"아, 천만다행이다. 타라, 너 무사하구나! 너를 얼마나 찾아다녔는지 몰라! 컴폰을 왜 안 받아?"

타라는 컴폰이 울리는 걸 알아채지도 못했다.

"중앙 돔에서 악마 병사들과 싸우다 우주선들을 보고 일단 피신했어요. 고모는 어디 계세요?"

"나는 부근에 있는 한 돔에 있어. 우리는 공간이동의 문에 접근하려고 했지만 악마들이 장악하고 있어. 이런 짓을 꾸미고 있다는 걸 들키지 않으려고 그들이 돔 하나를 독차지하고 있었는데 우리가 눈치채지 못했던 거야. 전부 다 공간이동의 문을 열게 만들려는 계략이었어. 지금은 놈들이 타딕스를 지배하고 있어! 그리고 블랙 드래곤들이 있는 돔을 폭발시켜서 모조리 죽었어. 부상당한 블랙 드래곤들마저 벌레들에게 잡아먹혔고."

타라는 눈을 감았다. 공간이동의 문 주위를 에워싼 이상한 기계들을 봤을 때부터 왠지 예감이 좋지 않았다. 그런데 엎친 데 덮친 격으로 더 나쁜 소식이 있었다.

"놈들이 두 세계 사이의 소용돌이를 열었어. 우주선들을 들어오게 하려고 우리의 에너지까지 이용하고 있어."

10년은 더 늙어 보이는 고모가 약간 비틀거렸다.

"정말 믿고 싶었다." 고모가 중얼거리듯 말했다. "아르칸즈는 그렇게 보였는데…… 너무 잘생겨서…… 내가 의심했어야 했어. 하지만 너무 중요한 일이라서 시도할 필요가 있었어……."

"아르칸즈와 가브리엘이 어디 있는지 아세요?" 타라가 물었다.

"아니, 둘 다 못 봤어. 중앙 돔에 있지 않을까?"

"아니, 없었어요."

그때 질겁한 타딕스족이 리스베스 여제에게 메시지를 내밀었다.

"폐하, 악마들이 타딕스를 장악하고 있습니다."

"오래 못 가!" 성난 여제가 외쳤다. "아더월드의 우주선들이 지금쯤 이륙했을 거야. 스쿠프들이 이곳 상황을 전송했을 테니까. 길어야 두 시간 후에는 도착해."

"악마들이 우리 우주선들을 파괴하면 어떡하고요?"

"글쎄, 모르겠다." 여제는 불안한 얼굴로 대답했다. "놈들이 우주선들을 출동시킬 줄은 상상도 못 했어. 하지만 상황이 이렇게 됐으니, 타라, 우리가 할 일이 뭔지 알지? 세 시간만 기다리다 그때부터는

244

각자 상황에 따른 결정을 내리도록 하자.”

타라는 컴폰을 쳐다봤다. 빨간 해골이 반짝이고 있었다. 타라는 뭘 해야 할지 알고 있었다.

“알았어요.” 타라는 목멘 소리로 대답했다.

그때였다. 전광판들이 켜졌다.

가브리엘이었다.

그리고 그 옆에 안젤리카가 있었다.

가브리엘은 검은색과 회색 갑옷 차림인데 흰색과 보라색 머리와 아주 대조적이었다.

첫 마디부터 놀라웠다.

“우리는 평화 협상을 하러 왔소.”

타라는 어이가 없었다. 얘들이 평화가 뭔지 알긴 아는 거야?

“우리는 이제 수천 년 전에 당신들이 물리쳤던 괴물이 아닌데 당신들은 여전히 우리를 위험한 침략자로 여기고 있습니다.”

지금 도대체 뭐라는 거야, 저자가?

“우리의 전 왕 아르칸즈는…….”

잠깐, 잠깐…… 방금 ‘전 왕’이라고 했나?

“여러분을 동등한 입장에서 대하는 것이 아니라 구걸하는 수준으로 협상에 임했소. 우리는 그것이 부당하다고 판단했소. 따라서 여러분의 조건이 아니라 우리의 조건으로 협상을 재개하고 싶소. 우주선들을 출동시킨 것은 우리가 약자의 위치에 있는 게 아님을 보여주기 위해서요. 폐하가 중앙 돔으로 오겠다면 환영하겠소. 우리는 진심으로 협상이 재개되길 바라오.”

타라는 한 표현에 주목했다. ‘구걸’이라는 말이 귀에 꽂혔다. 하지만 구걸이라는 건 절망적인 상황에서 다른 선택의 여지가 없을 때 쓰는 표현이다. 악마들에게 구걸시킬 사람이 누가 있다고 저러지?

가브리엘은 자기를 촬영하는 스쿠프에게 빙긋이 웃어 보이고는 덧붙였다.

“우리 팀에서 폴로 경기를 훌륭하게 한 것에 경의를 표하는 타라와 함께 폐하를 기다리겠소. 아, 그리고 폐하의 우방인 드래곤들에게 우리 병사들에 대한 공격을 중단하라고 전해주시오. 계속 공격하면, 뭐라고 한다더라? 아, 드래곤들을 핸드백이나 벨트로 만들어버릴 테니까.”

가브리엘의 이미지가 사라졌다.

그러고는 이내 또다시 나타나서 모두 깜짝 놀랐다.

“아, 내 정신 좀 봐. 아더월드에 도움을 청할 생각이라면 뜻을 이루지 못할 것이오. 이것이 현재 스쿠프들이 보내는 영상이라서…….”

악마들이 편집한 영상을 보면서 모두 아연실색했다. 교활한 편집 때문에 타딕스에서 무슨 일이 일어났는지 아더월드에서는 아무도 알 수가 없었다. 이 영상을 보면 협상이 순조롭게 진행되고 있고, 사람들은 평온하게 맡은 바 일을 열심히 하고 있는 모습이었다.

악마들은 모든 걸 예상하고 철두철미하게 준비한 것이었다. 타라와 여제의 팔목에서 핏빛 눈처럼 깜박이는 빨간 해골만 빼고.

고모의 홀로그램이 타라를 향해 돌아섰다.

"나는 가서 항복할게." 여제는 후계자에게 말했다. "가브리엘이 진심이라면 이 실패를 만회할 기회가 있을지도 몰라. 어쨌든 놈들이 수적으로 우세해. 그리고 아더월드에 연락할 방법이 없어서 원군도 요청할 수 없게 됐으니 나를 잡는 건 시간문제야. 하지만 너는 모습을 드러내지 마. 알아들었니, 타라? 가능한 한 오래 숨어 있어. 그리고 아무도 믿지 말고. 사랑한다."

그렇게 말하고 고모는 컴폰을 껐다. 타라는 '사랑한다'는 작별 인사가 끔찍하게 싫었다. '사랑한다'는 말을 끝으로 어머니를 잃었다.

칼이 타라를 안아주면서 위로해주었다.

"괜찮을 거야. 유령들이 습격했을 때를 기억해봐. 그때도 해냈잖아? 악마들을 상대로도 우린 해낼 수 있어. 레지스탕스를 조직해서 놈들을 힘껏 걷어차 버리자."

"그러려면 도움이 필요할 거야!" 뒤쪽에서 누군가가 말했다.

타라와 친구들은 획 돌아보다 굳어버렸다. 잘 아는 젊은이가 서 있었다.

아르칸즈.

잘생긴 악마가 무기가 없다는 걸 보여주기 위해 두 손을 들었다. 악마의 마법을 지니고 있는데 무기가 없다는 것이 무슨 의미가 있을까. 아르칸즈는 옷이 갈기갈기 찢어지고 부상당한 상태였다.

"나는 방금 쿠데타의 희생양이 되었다." 아르칸즈는 힘없는 목소리로 말했다.

그렇게 말하고는 눈이 뒤집히면서 기절했다.

의식이 돌아온 아르칸즈의 눈에 들어온 것은 자신을 들여다보고 있는 타라의 아름다운 얼굴이었다.

"여기가…… 마법사들의 천국이라는 비욘드월드인가?"

"아마 지옥일 거예요." 타라는 눈살을 찌푸리면서 말했다. "작전이 뭔지 모르겠지만, 당신은 방금 기절했어요."

"나는 기절해본 적이 없어." 아르칸즈는 조심스럽게 말했다. "너에게 얼어맞고 충격을 받은 적은 있어도 의식을 잃은 적은 전혀 없어. 느낌이…… 아주 안 좋은데……."

"당연히 그렇겠죠. 하지만 이제 깨어났으니 저거에 대해 설명하는 게 좋을 겁니다."

아르칸즈는 타라가 손가락으로 가리키는 쪽을 올려다봤다. 중앙 돔 위로 거대한 우주선 10대가 보였다.

"군대 수송 우주선들이야." 아르칸즈가 순순히 말했다.

타라는 야무지게 말했다.

"고맙지만 그건 나도 알아요. 내 말은 이유를 설명하라는 거예요. 이게 무슨 일이죠? 모른다는 말은 하지 마요. 당신의 수행원 모두가 가담하고 있으니까!"

아르칸즈는 부인하지 않았다.

"내 충복들이 내가 믿는 것만큼 충성스럽지 않은 것 같아. 그들이…… 변절했어."

"전부 다?" 아르칸즈가 별로 좋아하지 않는 목소리가 비아냥거렸다. "미안하지만 그건 좀 믿기 힘든 말이다, 악마."

블루 드래곤의 거대한 머리가 타라의 머리 위에서 내려다보고 있었다. 노란 눈이 차갑게 쏘아보고 있었다.

"물론 다는 아니오." 아르칸즈가 대꾸했다. "내 근위대가 죽었으니 그들만은 나에게 충성했다는 뜻이니까요. 다른 희생자들도 있었는데 아더월드 측의 병사들이 죽인 게 아니라는 것도 압니다. 하지만 도망친 병사들도 있는 게 분명해요. 치밀하게 계산된 작전입니다."

아르칸즈의 목소리에서 괴로움과 분노가 느껴졌다.

"당신이 희생자라는 건 무슨 소리인가?" 블루 드래곤이 물었다. "당신도 공모했을 게 뻔한데 우리가 그 말을 어떻게 믿지?"

아르칸즈는 눈살을 찌푸렸다.

"내 동지들이 타딕스를 장악했소. 여러분은 아더월드에 이곳의 상황을 알릴 방법이 없어요. 스쿠프들이 보내는 영상은 조작된 것이고, 모든 통신은 감시받고 있으니까요. 모두 체포되는 건 이제 시간문제예요. 그리고 내가 그들과 공모해서 얻는 것이 뭔지 설명 좀 해주겠소? 가브리엘의 술수에 당한 겁니다. 모든 사람을 경기장으로 불러들이기 위해 폴로 경기를 제안한 거니까요. 그렇게 해서 공간이동의 문을 지켜야 할 방어선이 무너지자 가브리엘은 가장 위험한 블랙 드래곤들부터 제거한 겁니다. 그리고 원군이 오지 못하게 차단했고요. 이제는 여제가 늘 말하는 대로 아더월드의 종족들을 대표하는 오무아의 여제와 최고의 조건으로 협상하기 위한 모든 카드를 가브리엘이 쥐고 있어요. 나는 제외됐어요. 가브리엘이 새 마왕입니다. 따라서 이제 나는 가브리엘의 신하가 되었고요."

타라는 한숨을 쉬면서 이마를 문질렀다. 눈가에 다크서클이 지고 있었다. 아르칸즈가 알아보지 못했던 주근깨가 콧잔등에 있었다. 아르칸즈는 타라의 주근깨마저도 매력적이라고 생각했지만 아무 말도 하지 않았다.

바로 옆에 있던 칼이 물었다.

"그럼 이제 어떡하죠? 타딕스에 심각한 문제가 생겼다는 걸 아더월드에 알리기 위해 드래곤들과 합세해서 공간이동의 문을 탈환해야 되는 건가요?"

아르칸즈가 기절한 후에 그들은 멀리 떨어진 다른 돔으로 이동했고, 타딕스족이 건설 중인 새 건물 중 하나를 거처로 정했었다. 카지노 건물인데 구석구석 숨을 곳이 많았다. 그들은 타라의 살아있는 돌과 컴폰으로 시도해봤지만, 타딕스 내의 통신망만 가능하고 아더월드와는 통신이 불가능했다. 악마들이 행성 간의 통신을 완전히 두절시켜놓은 것이었다. 아더월드에 연락할 방법이 전혀 없었다.

좀 전에 공원을 지나오면서 꽃을 보다 타라는 갑자기 좋은 생각이 떠올랐다.

타라는 미소를 지었다. 그 미소가 어찌나 영악하고 묘한지 아르칸즈는 타라를 다시 보게 되었다. 타라는 무아노에게 달려가서 뭐라고 한참을 설명했다. 타라가 말할수록 공주의 얼굴이 회의적으로 변했다. 잠시 후, 무아노는 컴폰을 사용해서 누군가와 통화하더니 타라를 끌어안았다. 그리고는 야수로 변신해서 파브리스와 함께 전속력으로 달려갔다. 아르칸즈는 무아노가 어디로 그렇게 달려가는지 궁금했다.

이윽고 타라는 그들에게 이제 곧 싸워야 할 거라고 말했다.

그리고 가능한 한 오래 버텨야 한다고.

아르칸즈는 끝내 타라에게 어떻게 할 생각인지 묻지 못했지만 무슨 작전이 있는 거라고 짐작했다.

불행히도 싸우고 싶은 것과 싸울 기회가 있는 것은 엄연히 달랐다. 특히 서로 돔들을 차지하고 대치 상황에 있는 달에서는.

악마들은 레지스탕스가 조직되는 걸 원치 않기에 혈안이 되어 그들을 찾기 시작했다. 그래서 한 시간쯤 후부터 타라와 칼, 파프니르, 아르칸즈, 솀은 악마 병사들과 쫓기고 쫓는 고양이와 쥐 놀이를 시작해야 했다. 타딕스족은 왜소한 체형을 고려해서 문이며 가구 등을 작게 만드는 경향이 있는 데다 온통 하얗기 때문에 카지노 건물 밖에서는 숨는 것이 쉽지 않았다. 반면에 카지노 건물 안은 로코코풍으로 실내를 아기자기하고 화려하게 꾸며놓은 덕분에 구석구석 숨을 곳이 많았다. 큼직한 배관들이 설치된 지하실도 곳곳에 있었다.

그들은 가능한 한 금속 뒤에 숨었다. 악마들이 돌벽을 뚫고 내부를 살필 수 있는 '열 탐지기'를 갖고 있기 때문이었다.

이런 상황에서는 레지스탕스 투쟁이 유일한 방법이었다.

타라는 게릴라전에 대한 공부를 했었기 때문에 배후 공격을 받을 가능성이 없는 좁은 공간에서 적들을 제압해야 성공할 확률이 높다는 걸 알고 있었다. 그리고 다행히 그들만 침략자들과 싸우는 것이 아니라 여기저기서 산발적으로 전개되는 많은 전투 때문에 악마들은 그들을 체포하는 것이 쉽지 않았다.

셈 선생님은 드래곤의 모습을 유지하고 있지만 인간들과 함께 빠져나가기 좋게 몸을 가능한 한 작게 만들었다. 그래도 송곳니와 갈퀴 발톱은 위협적이었다.

셈 선생님은 위기에 처해 있을 게 뻔한 여제를 도와주러 가야겠다고 말했다. 타라와 친구들이 여제보다는 실전에 강하다고 판단한 것이었다. 셈 선생님은 말을 끝내자마자 그들과 헤어져 어둠 속으로 사라졌다.

타라는 칼과 함께 '인피뱀파'로 변신했다. 아르칸즈는 잠자코 있었지만 그의 눈빛은 이 새로운 모습의 타라가 매혹적이라고 말하고 있었다.

타라는 벨제부트도 변신시켰는데 뱀파이어 고양이가 아니라 몸길이가 2미터에 이르는 사나운 장밋빛 표범이었다. 파프니르는 빛깔만 빼면(파프니르는 장밋빛에 적응이 되지 않았다) 고양이의 새로운 변신이 난쟁이 전사와 딱 어울린다며 금빛으로 바꿔놓았다.

빛깔을 바꿔놓은 것에 화를 내며 으르렁거리던 벨제부트는 수염이 갈색이 되자 그제야 적응이 되는지 병사들과 '노는' 것이 아주 재미있다고 생각했다. 악마 세계의 고양이는 부상을 당해도 재생 능력이 있어서 죽는 것이 거의 불가능하기 때문이었다.

가브리엘의 병사 중 한 명은 아주 불쾌한 경험을 했다. 표범의 공격을 받고 쓰러진 병사는 숨이 끊어지는 순간 중얼거렸다. "어쩐지 낯이 익다 했더니 빌어먹을 고양이……."

벨제부트는 옛 주인들을 제거하는 것에 전혀 거리낌이 없어 보였다. 신이 난 파프니르와 벨제부트는 웃음을 터뜨리고 있었다. 타라가 '인피뱀파'로 변신시킨 칼이 자신의 몸을 대신하는 뱀파이어의 호전적 기세에 눌려 잔뜩 겁먹은 얼굴로 어찌할 바를 몰라했기 때문이다.

그래도 송곳니와 갈퀴손톱은 꽤 무시무시해 보이지만 장갑차와 맞닥뜨렸을 때보다는 덜 무서웠다.

타라의 체인지라인이 박살기와 굉음을 내는 여러 가지 무기를 제공했다. 로켓포 공격을 받은 악마 병사들이 장갑차 포탑에서 기침을 하면서 튀어나왔다.

악마 병사들은 아주 신중했다.

타라는 마법과 포탄, 갈퀴손톱을 모두 사용해서 공격을 퍼부었다. 뱀파이어 모습의 타라는 난폭하고 거칠었다. 가장 힘든 것은 악마들의 피를 빨아 먹고 싶은 충동을 억제하는 것이었다. 정말 냄새도 좋고, 아드레날린이 가득 찬 피는 따뜻하고 맛있을 것 같았다. 칼의 핏빛 눈에서도 같은 욕망이 느껴졌다.

타라와 칼은 동시에 갑옷 차림의 두 병사를 때려 눕혔다. 인피뱀파에 적응이 되자 도저히 욕망을 참을 수 없는 칼은 타라에게 입을 맞추고 나서 또 다른 병사에게 달려들었다. 흥분한 타라는 웃으면서 칼을 따라갔다. 몸속 뱀파이어의 눈에는 병사들이 침략자가 아니라 그저 사냥감으로 보였기 때문이다.

아르칸즈는 무기보다 훨씬 강력한 악마의 마법으로 대항하는 병사들을 마비시키고 있었다. 동족인데 죽일 수는 없었다.

타라는 잠시 숨을 돌리면서 컴폰을 봤다. 시간이 흐르면서 악마들에게 저항하는 조직이 차츰 줄어들고 있었다.

그리고 악마 병사들은 마법을 거의 사용하지 않고 오직 무기로 공격하고 있었다. 악마의 영혼들을 아끼기 위해서인가? 이상했다. 마불통 비마들은 큰 도움이 되지 않았다. 마비시키는 광선을 맞고 맥없이 픽픽 쓰러졌던 것이다.

고모가 오무아에서 출발하기 전에 설명해준 대로 타딕스에는 사람이 많지 않았다. 관광객과 타딕스 주민들을 소개했기 때문에 도박 빚을 탕감받는 대가로 봉사를 받아들인 노예들과 드래곤들을 비롯해 자원해서 타딕스에 들어온 3000여 명이 전부였다.

악마들이 아더월드와의 통신망만 차단했기 때문에 타딕스 내에서는 컴폰으로 통화할 수 있었다. 하지만 한 시간쯤 후 타라는 컴폰이 꺼져 있다는 걸 알았다.

악마들이 레지스탕스들 간의 내통을 막기 위해 국내 통신망까지 끊어버린 것이 틀림없었다.

그래서 무아노도 타라에게 연락할 수가 없었다. 타라는 예상만 할 뿐 확인할 길이 없어 무아노가 어떻게 됐는지 궁금했다.

지하 통로에 숨어서 동태를 살피던 타라 일행은, 악마 병사들에게 체포되어 머리 위로 손, 발, 촉수 들을 들고 있는 무리를 보았다.

다시 조심스럽게 이동하려는데 어디에 숨어 있었는지 갑자기 악마 병사들이 달려들었다. 매복이었다.

앞장서서 전진하던 타라가 붙잡히는 사이에 친구들은 재빨리 달아났다.

너무 지친 타라는 깊이 생각할 겨를이 없었다. 무기로 위협하는 악마에게 잡히지 않은 손으로 단검을 뽑아 놈의 허벅지를 찔렀다.

그런데 너무 정신이 없어서 타라는 한 가지 잊은 것이 있었다.

평범한 단검이 아니라 OS를 뽑아 든 것이었다. 신바람이 난 단검이 비명을 질러대는 악마 병사의 허벅지를 빠져나와 목을 벤 다음 다른 병사들을 향해 날아갔다. 악마 병사들은 무슨 일이 일어나는지도 모르는 사이에 단검이 갑옷을 뚫고 들어갔다. 눈 깜짝할 사이에 악마들이 모두 널브러졌다. 친구들은 단검이 아직 숨이 끊어지지 않은 병사들까지 깔끔하게 제압한 다음 타라의 허벅지에 묶인 칼집으로 돌아오길 조용히 기다렸다.

타라는 허벅지를 보면서 가슴이 철렁했다.

"이런, 깜빡했어(타라는 파프니르와 시선이 마주쳤다). 파프니르, 이 단검, 네가 왜 특수 무기라면서 그렇게 자신했는지 이제 확실히 알겠어. 정말 내가 겁이 날 정도로 무시무시하다!"

파프니르는 살육 현장을 흡족하게 쳐다봤다.

"음, 아주 잘했어. 저 악마들이 이제는 난쟁이의 솜씨가 얼마나 대단한지 알겠지."

칼은 시체들을 감추기 위해 잡아끌면서 말했다.

"글쎄, 한 놈이라도 살았어야 소문을 내든지 말든지 할 텐데 다 죽어버렸으니 어쩌나……."

또다시 복병이 나타날까 봐 그들은 더 천천히 전진했다.

얼마 후, 타라 일행은 온갖 무리가 한 장소에 집결되어 있는 걸 보았다. 많은 이들을 거대한 광장에 몰아놓고 기계와 병사들이 포위하고 있었다. 전투를 벌인 것이 분명한 성악가들이 수갑을 차고 있었다. 자이언트 거미 가수도 옴짝달싹 못하게 포박되어 있었다.

모두 악마들에게 저항하다 잡혀온 것 같았다. 꽁꽁 묶여 있는 것으로 보아 거미 가수는 용감하게 대항한 모양이었다. 온몸이 불에 타거나 찔린 상처투성이였다. 살아남은 샤먼들이 바쁘게 뛰어다녔고, 마법사들은 레파루스 주문을 읊고 있었다. 타라가 우주선에서 내려오는 걸 보았던 덩치 큰 악마 병사들은 철갑옷 차림으로 침묵을 지키고 있었다.

가면을 쓴 악마 병사들을 보면서 타라는 문득 영화 〈스타워즈〉 속에 있는 느낌이 들었다. 갑자기 눈앞에 다스 베이더가 나타날 것만 같았다.

타라 일행은 좀 더 자세히 상황 판단을 하기 위해 재빨리 나가서 드래코-티라노사우루스 조각상 뒤에 숨었다. 그리고 소리가 나지 않게 그로시수스 주문을 읊었다. 체포되어 수갑을 찬 모우르무르의 파란 작업복이 누더기가 되어 있었다. 그을음을 뒤집어쓴 것으로 보아 악마 병사들에게 폭발물을 던지면서 결사적으로 대항한 것 같았다. 조던과 제레미도 붙잡혀 있었다. 제레미는 중상을 입은 조던을 내려다보면서 뜨거운 눈물을 흘리고 있었다. 조던은 마불통이라서 마법으로 치료할 수 없었다.

"왜 한 곳에 몰아놨을까?" 파프니르가 속삭였다. "동시에 감시하는 게 힘들어서 그러나?"

"함정일 거야." 칼도 나직한 소리로 대답했다. "우리를 잡으려고 공격하길 기다리는 건지 몰라. 그럼 어떡해야 되지, 타라?"

하지만 타라는 다른 데 관심이 있었다. 가슴을 졸이며 무사하길 바랐는데 파브리스와 무아노도 체포되어 있었다.

인간 모습의 두 친구가 거미줄에 걸린 먹이처럼 꽁꽁 감겨 있었다.

갑자기 고개를 들던 타라는 깜짝 놀랐다. 아까 아르칸즈에게 우주선들을 가리켰을 때도 뭔가 이상했는데 너무 정신이 없어서 그냥 넘어간 것이 있었다. 지금 다시 보면서 타라는 파랗게 질렸다.

"칼, 저기 우주선이 몇 대야?" 타라가 작은 소리로 물었다

"아홉 대." 칼이 대답했다. "내 생각에 두 대는 순항 우주선이고, 나머지는 군대 수송 우주선인 것 같은데 왜?"

"도착했을 때는 몇 대였지?"

"적어도 스무 대쯤……."

칼이 다시 한 번 하늘을 쳐다보다 욕설을 내뱉었다.

"맞아. 적어도 열 대가 안 보여. 놈들이 지금 무슨 짓을 하고 있는 걸까? 아더월드를 공격하고 있는 거 아냐?"

"열한 대의 우주선으로?" 칼이 말했다. "아니, 그건 승산이 없어. 한곳을 정하고 착륙해서 파괴하거나 함락한 다음 다시 이륙해야 될 텐데 그사이 우리의 최고 마구스들은 가만히 구경만 하겠어? 박살을 내버리지!"

타라가 긴 머리를 젖히자 칼이 빨간 눈으로 뚫어져라 쳐다봤다.

"따라서 타딕스를 폭발시키는 건 아무 소용 없겠어."

뒤에 있던 아르칸즈가 깜짝 놀랐다.

"뭐라고?"

칼과 타라는 시선을 주고받았다. 아르칸즈가 같은 편이 아니라는

걸 까맣게 잊고 방심했던 것이다.

"네." 칼은 태연하게 어깨를 으쓱하면서 말했다. "그게 방법 중 하나였어요."

아르칸즈는 눈이 휘둥그레졌다.

"달을 폭발시켜? 아더월드의 두 달 중 하나를? 미친 거 아냐? 왜?"

"아아, 폭발이 아니라 폭파예요." 타라는 컴폰의 빨간 해골을 보여주면서 말했다. "여제도 같은 걸 갖고 계시죠. 그리고 당신들이 이런 행동을 하는데 우리가 달을 폭파한다는 게 미친 짓이에요? 그것이 악마들의 정복을 막을 수 있는 유일한 방법이라면 못할 것도 없죠!"

"아니, 정복은 우리의 목적이 아니야." 아르칸즈가 말했다. "그건 아니었어!"

칼이 우주선들을 가리켰다.

"미안하지만 난 이제 당신 말을 믿지 않아요."

아르칸즈는 피가 날 정도로 입술을 깨물었다. 타라가 갑자기 맛있는 사탕이라도 되는 듯 응시하자 아르칸즈는 주머니에서 손수건을 꺼내 얼른 피를 닦았다. 송곳니로 목을 깨물려는 타라가 두려워서가 아니었다. 뱀파이어 모습의 타라가 검은 여왕을 너무 많이 닮았기 때문이었다.

"상황이 이렇게 돼서……." 아르칸즈가 혼잣말처럼 중얼거렸다. "뭐라고 설명해도 믿지 않겠지만……."

아르칸즈는 더는 말할 수 없었다. 갑자기 울리는 비명소리에 모두 소스라치게 놀랐기 때문이다. 무아노가 잘 묶여 있는지 확인하던 병사가 무슨 일인지 따귀를 갈겼던 것이다. 그런데 무아노 혼자만의 몸이 아니라는 것이 문제였다. 몸속에는 야수도 살고 있었다. 게다가 야수는 예의가 없는 걸 아주 싫어했다. 야수로 변신한 무아노가 꽁꽁 묶인 줄을 끊어버리고 한 번의 발길질로 병사를 날려버렸다. 무아노가 따귀를 맞는 순간 늑대로 변신한 파브리스는 갈퀴발톱으로 거미줄을 끊어버리고 다른 병사들에게 달려들었다.

제압하려는 악마 병사들을 상대로 야수와 자이언트 거미, 닥치는 대로 죽이는 늑대가 싸움을 벌이자 포로들이 고함을 지르면서 들썩거렸다. 갈퀴발톱과 송곳니로 공격하는 진짜 동물들을 제압하는 것은 쉽지 않았다. 무아노와 파브리스가 첫 번째로 할 일은 쓰러진 병사들의 무기를 빼앗는 것이었다. 자이언트 거미는 장갑차 중 하나에서 떼어낸 포탑을 머리에 얹더니 허둥대는 악마 병사들에게 포탄을 발사했다.

이번에는 타라가 마법을 작동했다. 무아노의 등 뒤에서 공격하려던 악마 병사는 무슨 일이 일어났는지 모른 채 초록색 파리로 둔갑했다. 늘 그렇듯 타라의 마법이 빗나갔기 때문에 병사 주위에 있던 포로들까지도.

"후퇴!" 타라가 외쳤다. "지하로 놈들을 유인하자. 칼, 아르칸즈와 함께 포로들을 구해주고 자이언트 거미까지 모두 도망치게 해. 그러면 놈들이 다시 체포하러 뛰어다닐 테니까 그만큼 시간을 버는 거야!"

그때였다. 위장하고 있던 악마 병사들이 모습을 드러내고 바로 광선을 쏘아댔다. 가브리엘이 이끄는 병사들이었다.

배를 맞은 파프니르가 비명을 지르면서 쓰러졌다. 이어서 칼이 푹 고꾸라졌다. 친구들을 구해야 하지만 타라는 그럴 겨를이 없었다. 갈랑에게 칼과 파프니르를 보호하라고 지시한 다음 발을 차면서 붕 떠 올랐다. 타라는 마법으로 중력을 더 약하게 하면서 멋지게 날았다. 살아있는 돌과 악마의 사물들이 보내주는 힘을 받아 타라가 날린 마법이 빛의 물결을 이루었다.

그때 갑자기 머리 위에서 거대한 우주선이 나타났고, 아르칸즈가 고함을 질렀다.

타라는 사실 마법을 절제하면서 사용하고 있었다. 마법이 돔의 영역을 벗어날까 두려웠기 때문이다. 이제는 고모가 이 위성을 폭파시키지 않기를 바라면서 악마들을 제압해야 했다.

타라가 마법을 완전히 자유롭게 놓아주면 그 강력한 힘이 어느 정도일지 누구도 예측할 수 없었다. 이번에는 타라의 손에서 뱀파이어의 눈처럼 새빨간 빛이 발사되었다.

타라는 모두를 쓰러뜨렸다. 친구들, 포로들, 악마 병사들이 쓰러졌다. 가브리엘과 아르칸즈만 예외였다.

이 둘은 병사들보다 훨씬 강력한 악마의 마법이 보호해주었기 때문이다. 가브리엘이 타라처럼 붕 날아오르면서 마법을 발사했는데 검정 잉크빛이었다.

"네가 계획을 좌절시켜?" 가브리엘이 소리쳤다. "동생이란 놈이 어떻게 이럴 수 있니?"

타라는 너무 놀라 공중에서 떨어질 뻔했다. 높은 데 있어서 잘못 들은 건가? 동생? 아르칸즈가 어떻게 동생이야? 아르칸즈에게 형이 있었다고?

"그건 내가 할 말이에요!" 아르칸즈가 응수했는데 초록빛 눈이 분노로 이글거렸다. "내가 기다려달라고 했잖아요! 설득하겠다고! 시간이 필요했다고요!"

"하지만 우리는 시간이 없다! 나는 너를 계속 지켜봤어. 너는 거짓말을 했고, 비굴하게 굴복했어!"

"모든 걸 망치라고 한 사람이 도대체 누굽니까? O파의 사주를 받은 거예요?" 아르칸즈가 소리쳤다.

"우리 아버지!" 가브리엘이 웃었다. "아버지가 허락한 거야!"

엄청난 충격을 받은 아르칸즈의 얼굴이 파랗게 질렸다.

"뭐라고요? 거짓말!"

"동생, 아니 이복동생아, 거짓말이 아냐. 아버지를 만나면 물어봐. 지금 이 상황을 몹시 기뻐하고 계시니까."

타라는 아연실색했다. 도대체 이건 또 무슨 얘기야? 그렇지만 이복형제간의 싸움에 끼어들고 싶지 않았다(그래서 가브리엘과 아르칸즈가 전혀 닮은 데가 없었던 것이다). 타라가 꾸미는 작전에 아무런 도움이 안 되는데.

타라는 조금씩 하강하고 있었다. 이 돔에 있는 악마 병사들을 모조리 쓰러뜨렸지만 다른 돔에도 많은 악마들이 있었다. 그래도 공간이동의 문이 있는 이 돔에 있어야 도망쳐서 아더월드에 알릴 기회가 있었다.

그리고 부상당한 파프니르와 칼부터 치료해야 했다.

이미 5미터나 하강한 타라가 더 내려가는 순간 이름 부르는 소리가 들렸다. 슬루르크! 이복형제가 서로에 대한 비난을 멈추고 타라를 쳐다보고 있었다. 타라는 머쓱한 미소를 지었다.

"왜요?"

"슬그머니 사라지려는 건가?" 가브리엘이 보랏빛 눈을 반짝이면서 물었다.

"천만에!" 타라는 얼른 바닥에 내려서면서 받아쳤다. "두 사람 얘기가 길어지기에 너무 지루해서 좀 쉬고 있는데 뭐 잘못됐나요?"

가브리엘은 타라의 말을 믿는 척했다.

"뱀파이어로 변신하니까 아주 멋지군. 마음에 쏙 들어."

타라는 대응하지 않았다.

가브리엘 옆에 있는 아르칸즈는 기가 꺾이고 낙심한 얼굴이었다. 아르칸즈는 아버지가 자기를 지지해줄 것으로 믿었는데 사기가 완전히 떨어진 것이었다. 그때 갑자기 가브리엘 앞에 홀로그램이 나타났다. 싸움을 벌였는지 더럽혀진 갑옷 차림의 악마 병사였다. 타라는 병사가 서 있는 장소를 보면서 가슴이 철렁 내려앉았다.

아더월드였다. 더 구체적으로 말하면 리스베스 여제의 집무실. 엥카드나수스 금고에서 연기가 나고 있었다. 금고가 파괴된 것이었다. 곳곳에 널브러진 시신들은 팅가푸르 황궁과 엥카드나수스의 방어가 뚫렸다는 걸 알려주고 있었다.

타라는 악마들이 뭘 찾으러 갔는지 알고 있었다.

재앙이었다. 어떻게 알았지? 문득 고모가 해준 말이 떠올랐다. NA 스피어를 만든 과학자의 조수였던 에프리트! 모든 에프리트들과 마찬가지로 최고 입찰자에게 팔려온 용병이었다. 과학자가 죽을 때 에프리트는 분해된 것이 아니라 자기 나라로 돌아가서 NA 스피어에 대해 알려준 것이 틀림없었다.

　그래서 악마들은 기분 전환을 핑계 삼아 폴로 경기로 관심을 돌려 놓고 한편으로는 NA를 훔쳐서 침략할 준비를 한 것이었다.

　전 세계가 악마들의 극악무도한 짓에 처절한 응징을 할 것이다.

　"보고하라!" 가브리엘은 만면에 미소를 지으면서 명했다.

　악마 병사가 마른 입술을 적시면서 뭐라고 중얼거렸다. 가브리엘이 호통쳤다.

　"더 크게! 무슨 말인지 모르겠다!"

　"찾지 못했습니다."

　가브리엘이 소스라치게 놀랐다.

　"뭐라고?"

　"있었던 건 분명한데 없습니다. 우리 감지기가 반응하는 걸 보면 아주 최근에 없어진 것 같습니다."

　"찾아라!" 가브리엘이 소리쳤다. "모든 것이 그것에 달려 있다!"

　병사가 경례를 하는데 이마에 땀이 흥건했다. 병사의 영상이 사라졌다.

　가브리엘이 인상을 쓰면서 타라 앞에 서더니 뚫어져라 쳐다봤다.

　"그걸 어쨌어?"

　타라는 무슨 말을 하는지 전혀 이해가 안 되는 얼굴을 했다. 반은 사실이었다. 고모가 아더월드를 출발하기 전에 스피어를 다른 데로 옮겨놨을까? 뭔가 잘못되고 있는데.

　"뭘 어쨌냐는 거예요?" 타라는 순진한 얼굴로 응수했다.

　타라는 가브리엘이 발끈할 거라고 예상하면서 그의 얼굴이 아니라 어깨를 쳐다봤다. 가브리엘이 충동적으로 나올 거라고 계산한 행동이었다. 가브리엘이 때리려고 손을 날렸지만 이미 대비한 타라는 살짝 피하면서 머리로 옆구리를 받아버렸다. 그 일격에 가브리엘이 허리를 구부리면서 휘청거렸다. 뱀파이어로 변신한 타라가 인간보다 훨씬 세고 민첩하다는 걸 가브리엘이 잊은 것이었다.

"망할 계집!" 가브리엘이 욕설을 내뱉었다. "기다려, 뜨거운 맛을 보여주겠다!"

가브리엘이 악마의 마법을 날렸지만, 타라는 준비가 되어 있었다. 타라는 살짝 피하면서 약한 중력을 이용해 아르칸즈가 꽃을 따러 오를 때처럼 붕 떠올랐다.

공중에서는 취약하기 때문에 타라는 그리 오래 머물지 않았다. 성난 가브리엘이 온갖 마법으로 공격했지만, 타라는 끄떡없이 방패로 충격을 막아냈다.

하지만 악마의 마법이 방패를 뚫고 들어오면 죽을 수 있었다. 그래서 타라는 그동안 훈련으로 몸이 잘 기억하고 있는 기술을 이용해서 펄쩍펄쩍 뛰거나 교묘히 따돌리는 것으로 공격을 피했다. 가브리엘도 빨랐지만 타라는 더 빨랐다. 갑자기 가브리엘이 멈춰 섰다. 그의 마법은 타라의 방패를 맞고 튕겨나갔지만, 타라의 공격은 두 번이나 성공했다. 멀쩡한 타라를 보면서 가브리엘은 자존심에 상처를 입었다.

자존심 때문에 어떤 결정을 내리면 대체로 원하는 결과를 얻지 못하는 법이거늘.

가브리엘은 아르칸즈를 향해 손을 내밀었다.

그리고 아르칸즈의 마법을 빼앗았다.

아르칸즈는 대응하지 않았다. 이복형이 힘을 빼앗아가게 가만히 있었다. 아버지의 배신에 충격을 받은 아르칸즈는 급격히 무너져버렸다. 타라가 정말 마음에 들었고, 사랑에 빠졌다는 걸 알고는 두 은하계의 서로 다른 종족 간 대립을 평화적으로 해결할 수 있다고 생각했다. 하지만 그의 형은 동생만큼 인내심이 없었다. 그래서 아르칸즈는 이번 방문에서 형을 림보에 있게 하려고 노력했다. 그런데 가브리엘이 아버지의 조종을 받고 있었다니…….

게다가 유감스럽게도 옛 보울리미-레마족의 기질을 고스란히 물려받은 가브리엘은 원하는 것은 어떻게든 빼앗아야 직성이 풀리는 성격이었다.

가브리엘이 작은 별처럼 번쩍거리더니 시커먼 마법이 살아 있는 연기처럼 그를 에워쌌다. 타라는 침을 삼켰다.

가브리엘이 음흉한 미소를 지으면서 손가락으로 타라를 가리켰다. 모두 의식을 잃었고, 타라 혼자였다.

타라는 가브리엘의 마법이 더 강력하다는 걸 알고 있었다. 포기할 수 없기 때문에 싸우려고 했지만 진다는 걸 알고 있었다.

타라는 졌다. 타라와 함께 아더월드도 패하는 것이다.

가브리엘이 드디어 마법을 날렸다.

그리고 머리 위로 보이는 우주선이 폭발했다.

글루블

전투에서는 알코올이 생각보다 훨씬 중요한 역할을 하는데

*

무아노와 파브리스는 타라의 지시를 받고 일행과 헤어질 때 야수와 늑대로 변신해 있었다.

둘은 그게 좋은 생각이 아니라는 걸 이내 깨달았다. 늑대인간과 야수가 위험하다는 걸 아는지 악마 병사들이 조직적으로 공격을 펼치면서 평범한 인간을 붙잡고 포박하는 것으로 만족하고 있었다. 세 번째 거리 끝에서 세 번째 공격을 받은 뒤에 무아노와 파브리스는 다시 인간의 모습으로 변신했다. 빨리 달리는 것이 오히려 의심을 사기 때문에 인간의 모습으로 천천히 다니기로 작전을 바꿨다.

"이게 낫겠어." 파브리스는 미소를 지으면서 말했다. "공격을 받으면 우리는 질주 본능이 있잖아!"

무아노가 깔깔대고 웃었다. 파브리스와 화해한 뒤로 기쁨과 행복을 되찾았다.

둘은 달콤한 밤을 보냈다. 부드럽고 환상적인 밤이었다. 무아노는 한 가지 바람밖에 없었다. 타라에게 빨리 얘기하고 싶은데 전쟁 중이라 할 수 없었다.

무아노는 파브리스의 입술에 뜨거운 입맞춤을 하고, 활짝 웃었다.

"사랑해, 내 강아지."

파브리스는 슬픈 표정으로 눈살을 찌푸렸다.

"저기…… 무아노?"

"응?"

"'내 강아지'라는 표현은 하지 말지? 그건 좀 아닌 것 같아."

무아노는 깔깔대고 웃다가 재빨리 손으로 입을 막았지만 초록빛 눈은 웃고 있었다. 옆에서 쉬바가 한숨지었다. 어제부터 무아노가 너무 느끼하다고 생각한 쉬바는 영혼의 동반자와 정신적 끈을 끊어버렸다. 표범의 세계에서는 '사랑 놀이'가 훨씬 간단했다. 마음에 드는 수컷이 있으면 새끼를 낳을 때까지 같이 지내다 수컷이 다른 데로 떠나도 새끼를 데리고 그냥 살아가면 되었다. 쉬바는 언제 또 헤어질지 모르지만 꽤 오랫동안 파브리스까지 봐주어야 할 거란 예감이 들었다.

갑자기 정신적인 끈을 연결한 쉬바가 동반자의 머리에 뒤덮인 장밋빛 구름을 뚫고 악취가 나는 병사들이 있다고 알렸다. 표범의 예민한 후각이 철갑옷들이 풍기는 시궁창 냄새를 맡았던 것이다.

놀란 무아노는 즉시 파브리스에게 손가락으로 5와 1을 표시했다. 파브리스는 말없이 고개를 끄덕였다. 함정. 파브리스는 준비가 되어 있었다.

둘은 인간의 모습으로 싸울 생각이 없었다. 천천히 두 손을 머리에 얹고 걸어나갔다.

악마 병사들이 총을 겨눴다. 무아노와 파브리스는 가능한 한 위험하지 않은 평범한 인간인 것처럼 행동했다. 둘은 림보의 행성들에 사진이 배포되어 얼굴이 알려져 있을 테니 악마들에게는 경계 대상일 게 틀림없었다.

그런데 다행히 악마 병사들은 너무 예민해져 있는 탓인지 둘의 얼굴에 주의하지 않았다. 병사들이 다가와서 수갑을 채웠다.

파브리스와 무아노가 겁먹은 것처럼 부들부들 떨자 악마 병사들은 경계를 늦췄다.

큰 실수.

엄청난 소리로 포효하면서 변신한 무아노와 파브리스는 수갑을 박살 내버리고 병사들에게 달려들었다. 악마 병사 여섯이 표범까지 합세한 셋에게 꼼짝없이 당했다.

파브리스와 무아노는 재빨리 시체들을 치우고 인간의 모습을 되찾았다.

둘은 윙크를 하면서 활짝 웃었다.

파브리스는 무아노보다 마법 능력이 약해서 아무런 도움이 되지 않을 거란 두려움을 극복한 뒤로 마음이 편안해져 여유롭게 말했다.

"이제는 좀 즐길까?"

무아노는 고개를 끄덕이면서 눈을 반짝였다.

"꿈만 같아서 무슨 말을 해야 할지 모르겠어." 무아노는 파브리스의 손을 잡으면서 말했다. "언제 죽을지 모르는 위험한 상황인데도 아주 즐거워. 고마워, 파브리스.”

“나도 고마워.”

파브리스는 무아노의 입술에 키스했다.

쉬바는 서두르라는 메시지를 보냈다. ‘에이, 애정 표현은 나중에 하지. 지금 미션 중이잖아.’

무아노가 표범의 생각을 전하자 파브리스는 웃음을 터뜨렸다.

“맞는 말이야. 고마워, 쉬바. 너도 키스해줄까?”

하얗게 질리는 표범의 얼굴을 생각하며 둘은 가면서도 웃음을 참을 수 없었다. 아무튼 쉬바 덕분에 둘은 미소 띤 얼굴로 수월하게 글루블을 만나러 갈 수 있었다. 악마 병사들이 사랑에 빠져서 손을 꼭 잡고 다니는 연인들을 경계하지 않았기 때문이다(사실 병사들은 도처에서 폭탄이 터지고 있는 이런 때에 데이트하는 멍청한 것들이라고 생각했다. 그러다 갑자기 달려드는 야수와 늑대에게 목숨이 끊어지는 순간에야 비로소 깨달았다. ‘아, 어쩐지 역겹더니!’).

글루블은 타딕스의 산업시설 단지가 있는 돔에 있었다. 타딕스에서 가장 큰 돔으로, 모든 것이 자동화되어 있었다. 감독하는 이들만 몇 명 있고, 모든 행성과 관광객들에게 공급하는 제품은 로봇이 만들고 있었다. 현재는 가브리엘의 병사들이 이 단지의 생산 작업을 중단시키지 않았기 때문에 신중한 진실의 입들이 이곳에 숨어 있었다. 진실의 입들은 방해가 많아서 집중력이 떨어지는 군중 속보다 여기서 악마들을 탐지하는 것이 훨씬 수월했다.

타라가 무아노에게 악마들이 컴폰을 도청할지도 모르니 글루블에게 당장 연락해 직접 만나라고 했을 당시는 아직 국내 통신망이 차단

되지 않았다. 무아노는 재빨리 글루블과 약속을 잡았다.

"이런, 맙소사!" 파란 광채가 나는 글루블이 깜짝 놀랐다. "괜찮아요? 다쳤어요? 피가 나잖아요!"

무아노와 파브리스는 악마 병사들을 제압할 때 피가 묻었지만 씻을 시간이 없었다.

"아, 이거요? 우리의 피가 아니에요." 무아노는 아무렇지도 않게 대답했다. "파브리스, 내가 대사님을 만나는 동안 망을 봐줄래?"

파브리스는 고개를 끄덕이면서 변신했다. 글루블이 놀라운 눈길을 던질 때 늑대는 조용히 어둠 속으로 질주했다.

"공주님을 유혹할 생각이었는데 단념해야 되겠군요." 글루블이 조심스럽게 말했다.

무아노가 깜짝 놀라서 쳐다보자 글루블이 싱긋이 웃었다.

"그렇게 말해줘서 고맙습니다만 파브리스는 내가 너무나 사랑하는 남자예요."

"긴 이빨과 대적할 자신이 없습니다. 이길 가능성이 없으니까요." 글루블은 한숨지었다. "세상에서 가장 행복하길 바랍니다."

"사실 내 행복은 대사님에게 달려 있습니다." 영리한 무아노가 말했다.

글루블은 마치 허공에 대고 말한 것처럼 경직되더니 이내 무아노를 쳐다봤다.

"금방 오실 거예요."

잠시 후, 둘이 숨어 있는 방에 알코올의 기쁨을 발견했던 산티보르의 '화분 식물' 대사가 불쑥 나타났다. 대사가 무아노에게 뭐라고 속삭이는데 무아노는 만나서 기쁘다고 말하는 느낌을 받았다. 글루블이 그 느낌을 이내 확인해주었다.

"대사께서 이렇게 위험한 때에 만나러 와줘서 기쁘다고 말씀하십니다. 현재 상황에 대해 자세히 설명해주길 바라십니다. 엄청난 혼란과 공포의 이미지들이 보이는데 악마들이 뭘 하고 있는 겁니까?"

"악마들이 하는 말을 듣지 못하시나요?" 무아노는 의아한 눈길로 물었다.

"네." 대사는 글루블을 통해 대답했다. "우리는 악마들의 말을 이해하지 못해요. 악마들이 텔레파시 침투를 차단하기 위해 유전자 코드를 바꿨기 때문이죠."

"그래서 대사님을 만나러 온 겁니다. 우리는 대사님의 도움이 필요합니다."

타라가 부탁한 말이었다. 타라는 진실의 입들이 다른 사람의 느낌을 공유하며, 행성 간 먼 거리에도 불구하고 동족끼리 의사소통이 가능하다는 걸 알았을 때 이 정보를 머릿속에 새겨두었다. 그러다 악마들이 아더월드 사람들에게 침략 사실을 알리지 못하게 타딕스 통신망을 차단했을 때 달의 심각한 사태를 어떻게 알릴까 고민하던 중 술과 화분 식물 대사가 기억났던 것이다. 무아노는 예의를 지켜서 술에 얽힌 일화는 상기시키지 않고 아더월드 사람들에게 이 소식을 알려줄 수 있는지 물었다.

화분 식물이 몸을 떨었다. 글루블의 컴폰이 작동하기 때문에 행성 간의 통화가 두절되었다는 걸 모르고 있었던 것이다. 그래서 상황을 지켜보기로 하고 다른 행성에 연락할 생각도 하지 않았던 것이다.

"아더월드에 있는 다른 진실의 입들에게 연락할 수 있습니까?" 무아노가 물었다. "우리가 지금 악마들과 전쟁을 하고 있다는 걸 아더월드 국민에게 알려야 해요."

화분 식물이 몸을 부르르 떨었다.

"대사님께서는 감정과 느낌을 공유하는 것은 쉽다고 하십니다." 글루블이 전했다. "하지만 'SOS, 침략당했으니 원조 바람!' 같은 메시지를 보내는 것은 어려울 수도 있습니다."

아무런 성과 없이 타라에게 돌아갈 수 없는 무아노가 간청하듯 물었다.

"그래도 시도는 해보시겠죠?"

글루블은 미소를 지었다.

"당연히 시도하실 겁니다. 아더월드를 구하는 일이라면 누구 못지않게 앞장설 분입니다. (글루블은 농담하듯 덧붙였다) 그리고 공주님은 산티보르의 아주 중요한 고객인데요!"

화분 식물이 몸을 숙였다. 무아노도 정중하게 허리를 숙였다. 이윽고 화분 식물이 한쪽 구석으로 이동해서 몸을 떨기 시작했다.

잠시 후, 무아노는 글루블에게 나직하게 물었다.

"왜 저러세요?"

글루블은 눈살을 치켜올렸다.

"글쎄요, 아주 힘들기 때문에 전달하는 동안에는 나에게 접속하지도 듣지도 말라고 당부했어요."

온몸을 떠는 것 말고는 식물에게서 별다른 징후는 없었다. 지켜보는 무아노는 침이 말랐다.

그렇게 두 시간이 훌쩍 넘어가는 사이에 악마들이 통신망을 완전히 차단했다. 무아노는 컴폰이 꺼졌을 때 알아차렸다. 글루블은 기다리는 동안 돌아가는 사태를 물었고 무아노는 상황을 설명했다. 글루블은 전날 악마 사절단과 타딕스 측 대표들과 함께 산업단지를 방문했던 대사의 의견에 따라 이 돔에 숨어 있게 되었다고 말했다.

그때 늑대가 전속력으로 달려왔다.

뒤쫓아온 수많은 악마 병사들이 광선을 쏘아대고 있었다.

글루블은 어둠 속으로 사라지는 반면에 화분 식물은 옴짝달싹하지 않았다.

악마 병사들이 화분 식물에게 인식 능력이 있다는 걸 알면 체포할 텐데. 그저 악마들이 모든 손님들의 신체적 특징을 모르길 바라는 수밖에 없었다.

무아노는 병사들을 교란하기 위해 공포에 질린 소녀 흉내를 내면서 달아났다. 그게 통했다. 병사들은 진짜 화초라고 생각했는지 진실의 입에게 눈길도 주지 않고 무아노를 뒤쫓았다. 몸이 가볍고 재빠른 무아노는 진실의 입에게 시간을 벌어주기 위해 병사들을 아주 멀리 유인했다. 무슨 수를 써서라도 진실의 입을 보호해야 했다.

병사들이 포위했다. 무아노는 미소를 감추고 얌전히 두 손을 내밀었다. 파브리스가 갑자기 달려드는 사이에 이번에는 무아노가 야수로 변신했다.

불행히도 이번에는 병사들의 수가 많았다.

게다가 공간이 협소해서 마비시키는 광선을 피해 도망칠 수가 없었다. 야수와 늑대는 어떻게든 버티려고 했지만 여러 번 광선을 맞았고 결국 꼼짝할 수가 없었다. 성난 병사들은 포로가 움직이면 수축되는 튼튼한 줄로 꽁꽁 묶었다. 무아노와 파브리스는 눈썹 하나 까딱할 수 없었다. 어차피 마비되었으니 크게 달라질 것도 없지만.

병사들은 둘을 한 광장으로 끌고 가서 거칠게 꿇어앉혔다. 더 강력한 포로들이 꽁꽁 묶여 있는데 연주회장에서 노래했던 자이언트 거미 가수도 끼어 있었다.

야수의 갈퀴발톱에 상처가 난 병사는 무아노가 잘 묶여 있는지 확인하러 왔다. 마침 그때 마비가 풀리자 무아노는 포박한 줄이 어떤지 시험해보려고 몸을 움직였다. 맙소사, 줄이 수축되면서 무아노는 인간의 모습으로 바뀌었다.

그러자 병사가 비열하게 무아노의 몸을 더듬었다. 극도로 예민해진 무아노가 냉소적으로 쏘아보자 병사가 갑자기 따귀를 날렸다. 아주 거칠게 두 번씩이나.

따귀를 맞고 화가 치민 무아노가 반격하려는 순간 격분한 파브리스가 그토록 질긴 줄을 끊어버렸다. 파브리스가 성공했다는 건 무아노도 하면 된다는 것이었다. 잠시 후, 포효하면서 달려든 야수는 병사를 침대에 눕지도 못하게 묵사발을 만들어버렸다.

야수와 늑대는 수적 열세에도 불구하고 격렬하게 싸웠다. 파브리스가 자이언트 거미를 풀어주는 사이에 무아노는 단검에 등을 찔릴 뻔했다. 하지만 단검으로 찌르려던 병사가 검푸른 마법을 맞고 푹 쓰러지자 무아노는 타라가 근처에 와 있는 걸 알아차렸다. 무아노는 마법이 날아온 방향으로 미소를 보낸 다음 다른 악마들에게 달려들었다. 타라가 있다면 걱정할 필요가 없었다.

그때 뭔지 모르는 것에 충격을 받고 무아노는 쓰러졌다. 잠시 후, 눈을 뜨고 주위를 둘러보니 모두 쓰러져 있었다. 공중에 세 사람이 떠다니고 있었다. 아르칸즈와 가브리엘, 타라.

그들의 머리 위로 무시무시한 회색 우주선 한 대가 돔을 향해 대포를 겨누고 있었다.

타라는 바닥으로 내려섰다. 가브리엘은 타라를 향해 마법을 날리려고 했다. 뭔가 시커먼 것이 가브리엘을 에워싸더니 손가락으로 타라를 가리켰다.

그리고 우주선이 폭발했다.

마라가 타고 있는 소형 우주선 선장이 욕설을 내뱉었다. 위성의 궤도에 진입했을 때 달 주위를 에워싸고 있는 초대형 회색 우주선들을 발견했다.

"브롤크 드 슬루르크! 저게 뭐지?"

마라는 눈이 동그래져서 선장에게 뛰어갔다.

"악마들이 타딕스를 침략하고 있어요!" 마라는 공포에 질렸다.

선장이 또 한번 욕설을 뱉었다.

"여길 도망쳐야 합니다! 명령에 복종하고 싶지만 악마의 우주선들이 있다는 말은 듣지 못했어요!"

"우리가 보일까요?"

"아니, 우리를 찾으려고 우주 공간을 촬영하지 않는 한 볼 수 없어요. 그리고 우리가 있다는 걸 아무도 모르는데 그럴 이유도 없지요.”

마라는 생각에 잠겼다.

“아더월드에 알려야 해요. 내가 침략자라면 제일 먼저 행성 간 통신망부터 끊었을 텐데.”

선장이 고개를 흔들었다.

“안 돼요. 우리가 메시지를 보내면 저 우주선들이 당장 알아챌 거예요. 나는 죽고 싶지 않아요!”

소형 우주선 안에는 마라 외에 세 명이 있었다. 선장, 부조종사, 여성 대포 사수. 마라를 우주선으로 안내했던 여성 사수는 우주선이 도착했을 때부터 조종석에서 꼼짝도 않은 채 너무 가까이 다가오는 것은 무엇이든 발포할 태세였다.

마라는 한 손으로 부조종사에게 파랄리수스를 날리고, 다른 손으로는 총부리가 납작한 권총을 꺼내 들고 선장을 겨누었다.

선장이 멍하니 마라를 쳐다보는 사이에 부조종사는 신음소리를 내면서 쓰러졌다.

“나는 명사수니까 허튼짓하지 마세요.” 마라는 목소리를 깔았다. “비록 내가 짝사랑을 하고 있지만 비겁하지는 않아요. 나는 아더월드를 정말 사랑하는 오무아 제국의 차기 후계자입니다. 따라서 아더월드를 구해야 합니다. 60만 타트롤의 거리를 최대 속력으로 달려와도 두 시간 내에 올 수 없어요. 따라서 아더월드의 우주선들이 여기까지 오는 데 두 시간이 필요해요. 메시지부터 보낸 다음에 철수합시다.”

소녀와 말이 안 통하자 선장은 두 손을 부들부들 떨었다.

“놈들에게 대번에 발각됩니다! 몇 초면 우리의 소형 우주선은 박살이 날 거예요. 지금 바로 아더월드로 돌아가서 알립시다."

"안 돼요." 마라는 굽히지 않았다. "우리는 지금 시간이 없어요. 사랑하는 사람이 저기 있고, 지금 위험에 처해 있어요. 도움이 필요하단 말입니다. 이 메시지를 보내요, 지금 당장!"

선장은 선택의 여지가 없었다. 그는 메시지를 보냈다. 거의 동시에 조종석에서 찌지직거리는 소리가 났다.

"무슨 소리죠?" 마라가 물었다.

"놈들이 전파를 방해하고 있어요. 놈들의 로봇이 우리의 신호를 포착하고 즉시 방해하는 겁니다."

"어쨌든 메시지는 간 거죠?"

선장의 얼굴이 일그러졌다.

"모르겠습니다. 이제는 우리가 살길을 찾아야겠어요. 부조종사도 저렇게 됐으니……."

그들의 소형 우주선 앞에서 적군의 초대형 우주선 두 대가 천천히 회전하더니 다가왔다. 그러고는 대포 한 방을 쐈고, 소형 우주선이 요동쳤다.

"명중시키지 못했어요." 선장이 하얗게 질려서 주저앉아 있는 마라에게 설명했다. "이제 우리만큼 빠른지 보자고요. 그러지 않길 기도하세요."

마라 쪽 사수가 대포로 응사했는데 악마들의 우주선 방패에 부딪쳐 산산조각이 났다.

악마들의 우주선은 멀쩡했다. 마라는 그 안에서 배꼽을 잡고 있을 악마들이 눈에 선했다.

이때부터 쫓고 쫓기는 긴 추격전이 시작되었다. 소형 우주선이 더 빨랐고, 날아오는 포탄을 용케 피했다. 때마침 깨어난 부조종사가 합세해서 초대형 우주선들과 싸웠다. 문제는 소형 우주선이 더 빠르긴 해도 아주 많이 빠르지는 않다는 점이었다. 바짝 추격해온 초대형 우주선 두 대가 대포를 발사했다. 약간의 실수라도 하면 죽는 것이었다.

집중 포화를 받은 지 두 시간쯤 지났을 때 뒤쪽 엔진 중 하나가 파손되면서 사수가 부상을 당했다. 더는 빠져나갈 방법이 없어서 항복해야 했다.

선장은 항복한다는 표시로 엔진을 껐다.

선장은 회전의자를 돌리고 마라를 쳐다봤다.

"끝났어요. 놈들을 너무 자극하지 말기 바랍니다."

초대형 우주선이 모든 걸 집어삼킬 기세로 점점 가까워졌다. 그런데 갑자기 믿기지 않는 일이 일어났다.

초대형 우주선이 폭발했다.

세계 전쟁

어떻게 해야 차원이 다른 여친에게 깊은 인상을 남길까

*

파괴 광선을 맞고 폭발하는 우주선을 멍하니 바라보던 타라는 시선을 내렸다. 가브리엘과 아르칸즈는 사라지고 없었다. 타라는 그들을 추적하지 않고 포로들을 향해 달려갔다. 깨어난 무아노를 발견하고 재빨리 일으켜주었다. 파브리스와 칼, 파프니르는 아직 의식이 없지만, 다른 포로들과 마찬가지로 조금씩 몸을 움직이고 있었다.

하늘에서는 치열한 전투가 벌어지고 있었다. 어디선가 갑자기 나타난 아더월드의 연합군 우주선들이 악마들의 우주선들을 공격하고 있었다. 악마 우주선 선장들은 수백 대의 우주선들을 상대할 수 없다는 걸 깨닫고 도주하기 시작했다. 아더월드 연합군 속에 드래곤 전투 비행중대도 있었다.

연합군 우주선들은 충분한 거리와 속도를 유지하면서 빛의 속도로 위성의 궤도에 도달하기까지 두 시간이 걸렸다.

그중 한 우주선이 돔 부근에 착륙했다. 금속 빛깔의 뭔가가 내려오더니 빨판처럼 반구형 지붕에 찰싹 달라붙었다. 잠시 후, 돔이 열리고 드래곤, 무장한 키마이라, 늑대 병사 수백 명이 아직 비틀거리는 악마 병사들을 덮쳤다.

늑대 병사들이 주변을 샅샅이 살피면서 정찰을 끝내자마자 거물들이 등장했다. 선두에 선 드래곤 여왕 샤르맘니쉬라쉬바가 타라에게 우아하게 인사했다. 전투군대를 이끌고 온 산도르 황제는 즉시 엘프 병사들에게 리스베스 여제를 찾으라고 지시했다. 상황을 모르는 여제가 혹시라도 위성을 폭발시킬까 봐 막으려는 것이었다.

타라는 산도르 황제 옆에 서 있는 반가운 얼굴을 보면서 왜 왔는지 의아했지만 무작정 달려가서 끌어안았다. 마라는 한순간 버둥거렸지만 결국은 마지못해서 가만히 있었다.

"제때에 도착해서 천만다행이구나." 산도르 황제는 미소를 지었다.

타라는 황제를 와락 안았다. 무뚝뚝한 황제는 약간 당황하다 미소를 지으며 타라의 포옹을 받아주었다.

"얼마나 끔찍했는지 삼촌은 상상도 못 하실 거예요." 타라는 기쁨의 눈물을 흘리면서 말했다. "무슨 사이코드라마를 찍는 것 같았어요. 배신, 음모, 상황 급변, 정신을 차릴 수 없을 정도로 온갖 일이 벌어졌어요! 결국 산티보르족 대사가 메시지를 보냈군요?"

"처음에는 파란 땅신령이 통역해주는 말을 정말 이해하지 못했어. 달에 중대 사태가 벌어졌다고 주장하는데 우리에게 전달되는 영상을 보면 협상이 아주 순조롭게 진행되고 있었거든. 그러던 중 마라가 보낸 메시지를 받았지. 적군 우주선 20대가 타딕스를 공격하고 있는데 악마들의 우주선이라는 거야. 그래서 즉시 우주선에 군대를 승선시키고 이륙했지. 산티보르족 대사는 우리와 함께 있는 진실의 입과 접속을 끊지 말라고 했어. 자신의 뇌를 양분하여 계속 정보를 보내겠다면서(아, 그래서 화분 식물이 두 시간 넘게 몸을 떨고 있었던 건가?). 한쪽으로는 마법사들의 말을 듣고 우리에게 정보를 보내고, 다른 한쪽으로는 동족들과 접속한 거야. 파란 땅신령은 그건 정말 대단한 공적이라며 감탄을 금치 못했지. 우리는 위성 궤도로 진입하면서 20대가 아니라 10대의 적군 우주선들이 타딕스를 에워싸고 있는 걸 발견했다. 그런데 보이지 않게 위장한 소형 우주선 한 대가 적군 우주선들과 숨바꼭질을 하고 있는 거야. 소형 우주선이 나포되기 직전에 우리가 구출했는데 그 안에서 발견한 사람을 보고 얼마나 놀랐는지……."

산도르 황제가 마라를 쳐다보면서 말했다.

"마라, 이제는 설명해야지? 어떻게 된 일인지 정말 듣고 싶구나."

마라는 뾰로통하게 입술을 내밀었다. 하지만 드래코-티라노사우루스 조각상 뒤에서 나오는 칼을 발견하자 얼굴이 밝아졌다. 재빨리 뛰어간 마라는 아직도 눈이 뱅글뱅글 도는 칼의 겨드랑이 사이로 머리를 집어넣고 부축해주었다. 칼이 걸음을 멈추고 반들거리는 빨간색 뭉치를 호주머니에 집어넣은 다음 레비투스 주문을 읊었다. 축 늘어진 파프니르가 칼 뒤에 나타났다. 칼이 업기에는 난쟁이가 너무 무거웠던 것이다. 칼이 이미 치료를 했지만 피를 많이 흘린 난쟁이는 깨어나지 못하고 있었다. 샤먼들이 달려와서 난쟁이를 맡았다. 칼은 마라의 부축을 받으며 다가와서 타라를 응시했다. 살아 있어서 기쁘다는 눈빛이었다.

타라는 칼과 함께 변신했다. 둘은 정상적인 인간으로 돌아오자 안도했다. 돔에 피 냄새가 진동해서 먹고 싶은 충동을 참기 힘들었기 때문이다.

파브리스와 무아노는 서로 도와주고 있었다. 셈 선생님이 여제와 함께 나타났는데 옆에서 그르룰이 부축하고 있었다. 부상당한 블루 드래곤을 보고 이번에는 샤름이 달려왔다.

"떠나야 해! 지금 당장!" 리스베스 여제가 외쳤다.

다급한 목소리에 모두 놀랐다. 타라는 한숨을 쉴 뻔했다. 아직 끝나지 않았단 말인가?

"떠나? 왜?" 산도르 황제가 돌격할 기세로 물었다.

"가브리엘! 그자가 나를 죽이려 할 때 아르칸즈가 내 컴폰에 타딕스를 폭발시킬 버튼이 있다고 말했어요. 가브리엘이 미친 듯이 웃어대더니 그걸 이용해서 우리의 연합군 우주선들을 폭파하겠다고 큰소리치고는 마법으로 내 컴폰을 뽑았어요(여제는 아직도 피가 나는 팔뚝을 가리켰다). 아무에게도 연락할 수 없게 나를 가둬놓고 당장 죽이지 않겠다고 했어요. 위성과 우주선들이 폭발할 때 같이 죽게 두겠다고. 하지만 아르칸즈가 떠나면서 문을 완전히 잠그지 않아서 도망칠 수 있었어요."

그때였다. 타라의 팔뚝에서 빨간 해골이 깜박거리기 시작했다.

"서둘러요!" 타라가 소리쳤다. "놈들이 폭탄을 작동했어요. 삼촌, 우리가 타고 갈 우주선이 어떤 거예요?"

산도르 황제는 돔 위에 있는 금빛 우주선을 가리켰는데 거리 때문인지 작아 보였다.

"저건데 왜?"

타라는 어떻게 할 건지 설명할 시간이 없었다. 재빨리 뱀파이어로 변신한 다음 마법으로 멀리 떨어진 돔들까지 감각의 영역을 확장하고 냄새를 맡았다. 수천 명의 살아 있는 존재들이 여기저기 있었다. 악마, 켄타우로스, 유니콘, 진실의 입, 인간, 엘프, 늑대, 장밋빛 고양이. 공원에 있는 동물들의 냄새도 났다. 새, 나비, 개구리……. 타라는 악마의 사물들과 살아있는 돌의 도움을 받아 그들 모두(행성의 벌레들만은 데려갈 수 없었다. 너무 위험해서)를 무형화했다.

잠시 후, 깜짝 놀란 우주선의 승무원들이 탄성을 질렀다. 비행 갑판 위에 전투용 왕복선들을 갖춘 거대한 군함이 나타났던 것이다. 3000명에 이르는 사절단들, 체포된 악마들, 첫 번째 우주선에서 내린 늑대 병사들, 완전히 겁먹은 수많은 동물들을 모두 수용할 수 있는 크기였다. 타라는 무형화시킨 이들을 모두 탑승시켰다.

산도르 황제는 컴폰에 대고 큰 소리로 엔진에게 즉시 위성에서 멀리 떨어지라고 지시했다.

군함이 천천히 선회했다. 돔 위에 있던 금빛 우주선이 이륙하려는 순간 타라 일행은 전속력으로 우주선과 연결된 승강기에 올랐다.

"우주선 후미에 방패!" 산도르 황제가 컴폰에 대고 명했다.

우주선 후미의 스쿠프들이 영상을 전달했다.

그 순간 위성이 폭발했다.

바깥으로 팽창되다 즉시 안쪽으로 향하는 이상한 폭발이었다.

그 덕분에 그들이 목숨을 구한 게 틀림없었다. 폭발하면서 튕겨 나온 파편들에 부딪친 우주선들이 크게 요동쳤다. 위성과 더 가까이 있던 군함 뒤쪽 일부가 파손되었기 때문이다. 금빛 우주선이 즉시 끌어당겼고, 다행히 인명 피해는 없었다.

폭발하는 과정을 지켜보면서 모두 환호성을 지르려고 할 때였다. 금빛 우주선마저 위성 쪽으로 끌려가고 있었다. 금빛 우주선과 우주선이 견인하는 군함만 위험에 처해 있었다. 연합군 우주선들은 적군 우주선들을 격파하기 위해 멀리 흩어진 상태라 위성이 끌어당기는 힘을 피할 수 있었다.

금빛 우주선이 속력을 내보지만 견인하는 군함이 계속 끌려가고 있었다. 사령관이 후방 추진력을 최고로 올리라고 지시했다. 우주선이 요란한 금속 소리를 내며 위성이 끌어당기는 힘에서 벗어나기를 시도했다. 아래쪽에서 군함이 뒷걸음치고 있었다.

"사령관!" 타라가 외쳤다. "내가 신호를 보내면 군함을 놔줘요!"

"하지만 그러면 탑승원들이 ……." 사령관이 반박했다.

"내가 책임집니다! 시키는 대로 하세요, 아니면 우리 모두 죽어요!"

타라는 정신을 집중했고, 온몸이 마법의 빛으로 번쩍거리자 모두 물러섰다. 칼만 움직이지 않았다.

칼은 타라 옆에 남았다. 무한한 사랑과 경탄과 평온이 가득한 칼의 잿빛 눈을 보면서 마라는 가슴이 먹먹했다. 그리고 이 순간 깨달았다. 죽더라도 곁에 있겠다고 마음먹을 정도로 칼이 타라를 사랑한다는 것을. 칼이 원하는 것은 타라와 함께 있는 것, 그게 전부였다. 마라는 질투에 사로잡혔던 자신이 얼마나 어리석고 못나고 한심한지 깨달았다. 눈물이 주르륵 흘러내렸다. 마라는 지금 칼이 타라를 쳐다보는 것처럼 자신을 사랑해주는 남자를 찾겠다고 다짐했다.

타라는 무형화한 수많은 이들을 비행 갑판 위 한쪽으로 이동시키고(너무 많기 때문에 이들을 유형화시킬 수 없었다) 군함만 분리했다.

"지금!" 타라가 외쳤다.

견인을 담당하는 승무원이 파손된 군함을 놓아주었다. 군함이 앞으로 펄쩍 튀어나가는 순간 상황 파악이 안 된 수많은 이들이 비명을 지르면서 이제 죽는 거라고 절망했다. 하지만 타라가 눈앞에 유형화되는 순간 안도의 숨을 내쉬다 기절하는 이들이 있는가 하면, 살아났다는 고마움에 마법의 빛으로 번쩍이는 타라에게 환호를 보내는 이들도 있는 것 같았다. 다들 무형화되어 있어서 보이지는 않지만.

하지만 아직은 위험 지역을 벗어난 게 아니었다. 파손된 군함이 위성 중앙에 형성된 끓어오르는 구멍 속으로 빨려 들어가서 으스러졌다.

두 번이나 엄청난 힘을 쏟으면서 녹초가 된 타라가 다시 인간의 모습으로 변신하면서 중얼거렸다.

"블랙홀이 만들어질 거라고 생각하지 않았는데."

"아니, 당연한 거야." 말은 이렇게 하면서도 너무 놀란 고모가 눈이 휘둥그레져서 말했다. "기도나 하는 수밖에."

기도? 아니, 타라는 이것으로 끝낼 생각이 아니었다.

"제레미!" 타라가 외쳤다. "제레미 델렝비르 발 드레구스!"

"타라?"

불안한 군중이 제레미가 지나가게 비켜주었다. 제레미의 두 손에

형의 피가 묻어 있었다.

"네 마법을 작동하고 내 손을 잡아." 타라가 말했다. "빨리!"

칼이 눈을 치켜떴지만 제레미는 순순히 시키는 대로 했다.

타라와 제레미가 손을 잡는 순간 스톤헨지에서처럼 마법이 결합되었다. 배반자 드래곤이 이런 힘을 얻기 위해 둘의 유전자를 조작한 것이었다. 둘의 마법을 결합시켜 세상에서 가장 강력한 힘을 만들기 위해서였다. 타라의 지시에 따라 제레미는 힘을 합했다. 잠시 후 둘이 우주선에서 무형화되었다.

그리고 블랙홀 속으로 뛰어들었다.

칼이 비명을 질렀다. 고막이 터질 것 같은 비명 소리에 마라는 귀를 틀어막았다.

블랙홀이 주춤거리는 것 같았다. 중심에서부터 부글부글 끓어오르면서 빠르게 돌던 블랙홀의 속도가 떨어졌다. 점점 더 느려지다 안정이 되었다. 이윽고 끌어당기는 힘이 약해졌다.

손을 잡은 타라와 제레미가 나타났는데 둥둥 떠 있었다. 둘은 눈을 감고 있었다.

그리고 미소를 짓고 있었다.

둘이 바닥에 내려섰고 눈을 떴다. 칼을 발견한 타라가 품에 안겼다. 타라가 죽은 줄 알고 불안에 떨던 칼은 그제야 안도했다.

"다시는 이런 짓 하지 마." 칼은 떨리는 목소리로 말했다. "이 나이에 벌써 심장마비 타령이나 하며 살고 싶지 않으니까.”

“위성은 블랙홀로 변하지 않았습니다.” 방사선 책임자가 침착하게 말했다. “안정이 되었습니다. 이제는 위험한 상황에서 벗어난 것 같습니다.”

모두 감격의 눈물을 흘렸다. 그리고 서로 얼싸안았다. 그중에서도 악마 포로들이 죽음을 면한 것을 가장 기뻐했다.

이것으로 적군 우주선들도 아더월드 연합군의 사정권을 벗어났기 때문에 산도르 황제는 아쉬운 얼굴을 했다. 실은 워낙 취약한 상황이라 제대로 공격할 수도 없었지만.

그들이 환호성을 지르고 있을 때 전광판이 켜졌다. 통신 장교가 보고했다.

“적군 측에서 홀로그래피 메시지를 보냈습니다, 황제 폐하.”

“대형 전광판에 띄워라.” 산도르 황제가 명했다.

리스베스 여제와 타라는 황제 옆으로 갔다.

화면에 홀로그래피 영상이 뜨고 아르칸즈의 잘생긴 얼굴, 그 뒤로 가브리엘의 얼굴이 나타났다. 하지만 무표정하게 정면을 응시하는 세 번째 얼굴이 보일 때 모두 경악했다.

안젤리카. 사실, 타라는 타딕스로부터 모든 이들을 무형화시킬 때 안젤리카가 보이지 않는다는 걸 알았다. 따라서 가브리엘 뒤에 있는 사람은 안젤리카가 분명했다.

그렇다면 의문은 하나였다. 인질인가, 공범인가?

아르칸즈가 말을 시작했기 때문에 타라는 질문할 겨를이 없었다.

“진심으로 사과를 드립니다. 이번에 우리 내부의 견해차가 심각한 수준이라는 걸 경험했습니다. 하지만 여러분이 내 이복형제의 음모를 아주 지혜롭게 좌절시켰기에 나는 아주 만족하고 있습니다. 정복하겠다는 명분으로 행성 전체를 소멸시키는 행위는 지탄받아 마땅하기 때문입니다. 따라서 나는 정권을 다시 장악했습니다.”

모두 아르칸즈가 무슨 말을 하는지 모르겠다는 표정으로 전광판을 쳐다보고 있었다. 타라는 아르칸즈가 하는 말을 조금은 이해할 수 있었다.

그때 가브리엘이 끼어들어서 말했다.

“어떻게 알았습니까? 내가 NA 스피어를 훔친다는 걸 어떻게 알고 우리 특수부대를 보내기 직전에 빼돌린 겁니까?”

가브리엘의 충격적인 말에 아연실색한 리스베스 여제는 깊이 생각도 하지 않고 대답했다.

“NA 스피어? 그건 내 집무실에 있다!”

가브리엘은 마치 세상에서 가장 재수 없는 머저리를 본다는 듯한 시선으로 여제를 쳐다봤다.

“과학자 밑에서 일하던 에프리트가 우리에게 알려줬지요. 에프리트는 NA 스피어가 있는 곳을 아주 구체적으로 알려주었죠. 게다가 NA 스피어는 아주 독특한 냄새가 나기 때문에 어디에 있는지 정확히 알 수 있어요. 우리 우주선 여섯 대가 팅가푸르에 착륙했고 수천의 병사를 잃으면서까지 그 스피어를 훔쳐오기 위해 궁전을 공략했는데…… 여제 집무실에는 없었단 말이오!”

“하지만…… 하지만 그게 어떻게 없을 수가…….” 리스베스 여제는 어물어물 말했다.

그러자 마라가 주뼛거리며 나섰다.

"음…… 찾는 게 이거예요?"

마라는 특수 장갑을 끼고 금빛 스피어가 들어 있는 새장을 궤에서 꺼냈다.

리스베스 여제와 산도르 황제, 타라는 뒷걸음쳤다. 산도르 황제는 부드러운 목소리로 말했다.

"마라, 알았으니까 그걸 당장 바닥에 내려놓고 멀리 떨어져. 생명체의 열기에 반응하니까. 직접 만지지 않아도 넌 너무 오래 지니고 있어서 위험해."

갑자기 공포를 느낀 마라는 순순히 복종했다. 황제는 강철로 보강한 특수 장갑을 끼고 스피어가 들어 있는 새장을 궤에 넣었다.

"그게 뭡니까? 수류탄이에요?" 파브리스가 물었다.

"15광년 이내에 있는 모든 생명체를 예외 없이 파괴하는 살상 무기야."

파브리스는 소리가 나게 침을 삼켰다. 그리고 창백해졌다. 죽음 같은 정적이 흘렀다. 사람들이 본능적으로 뒷걸음쳤다.

"네가 방금 우리 모두를 구했구나." 산도르 황제가 마라에게 말하면서 덧붙였다. "사령관?"

"네, 황제 폐하."

"사령관의 개인 엥카두나수스를 빌려야겠소, 지금 당장."

사령관이 벌떡 일어났고, 황제와 함께 나갔다.

가브리엘의 홀로그램이 그들을 향해 몸을 숙였는데 화가 나서 어쩔 줄 모르는 얼굴이었다.

"너는 어떻게…… 어떻게 알았니? 네가 타라 덩컨의 동생이구나.
동생이 감췄다? (가브리엘이 아르칸즈를 돌아보며 윽박질렀다) 네가
알려준 거지? 네가 우리 종족을 배신해, 아르칸즈?"

비난에 격분한 아르칸즈가 대꾸하려는 순간 마라가 말했다.

"아니, 당신들과는 상관없는 일이에요. 나는 칼이 이 달에서 죽을
위기에 처했기 때문에 굉장히 화가 났어요. 내가 칼을 사랑하기 때문
에……. 나는 칼을 구하고 싶었어요. 마지스터가 고모의 집무실에 있
는 고문서를 훔치고 셀렌바를 죽이면 우주선과 승무원들을 내주겠다
고 했어요(마라는 깜짝 놀라는 타라를 못 본 체했다). 그래서 그런 거
예요."

"네가 셀렌바를 죽였어?" 여제는 깜짝 놀랐다.

"아뇨. 마지스터를 믿게 하려고 죽인 척한 거예요. 연출이었죠. 셀
렌바는 우리에게 거짓으로 자수한 게 아니었어요. 잘 지내고 있을 거
예요. 지금쯤 아마 사피르 드라고쉬와 한창 아기를 갖기 위해 노력하
고 있을 거예요. 나는 엥카드나수스 금고 안에서 NA 스피어를 발견
하고 무기라는 걸 알기 때문에 가져온 것뿐이에요."

아연실색한 침묵이 흘렀다.

아르칸즈는 눈살을 찌푸렸다.

"그러니까 사랑스러운 꼬마아가씨가 이 세계를 정복하려는 내 이
복형의 무모한 작전을 좌절시킨 건가?"

마라는 인상을 쓰면서 고개를 끄덕였다.

아르칸즈가 껄껄대고 웃었다.

정말 재미있어하는 호탕한 웃음이었다. 그 웃음은 이내 포복절도

하는 웃음으로 바뀌었다. 어찌나 웃는지 얼굴이 빨개지고 눈물까지 흘렸다.

얼굴이 뻘게질 정도로 격분한 가브리엘의 이미지가 사라졌다. 안젤리카도 마지막으로 그들을 응시하다가 사라졌다.

어찌된 상황인지 차츰 알아차린 몇몇 사람들이 킥킥거리더니 아르칸즈와 함께 웃음을 터뜨리기 시작했다. 이윽고 우주선 안의 모든 이들이 배꼽을 잡고 웃었다. 타라는 어찌나 웃었는지 배가 아팠다. 산도르 황제와 리스베스 여제는 거의 울먹이는 수준이었다.

진정되기까지 오래 걸렸다. 마침내 아르칸즈가 호흡을 가다듬었다. 그는 손수건으로 눈과 얼굴을 닦고 물을 조금 마셨다.

"잘된 거야. 타라?"

타라가 쳐다봤다. 아르칸즈는 적이지만 신의라는 것이 있었다. 이상한 일이지만 타라는 어떤 점에서는 아르칸즈를 좋아하고 있었.

"네, 아르칸즈."

"정말 미안해. 일어나지 말아야 할 일들이었는데. 내 이복형의 어리석은 오만 때문에 서로를 이해할 수 있는 이 좋은 기회를 망쳐버렸어. 정말, 정말 애석한 일이야. 이제 우리는 우리 세계로 돌아가. 모든 일이 잘 해결되길 바랄게."

"잠깐, 알고 싶은 게 있어요." 타라가 말했다. "킬러를 고용한 사람, 당신과 결혼하기 직전 나를 죽이고, 로빈을 죽이려고 하던 의뢰인이 누군지 알아냈어요?"

아르칸즈는 미안한 표정으로 고개를 끄덕였다.

"나에게는 형제뿐만 아니라 누이들도 있어. 무슨 이유로 그런 건지 모르지만 누이들은 내가 타라 덩컨을 정복할 수 있게 도와주려고 그랬다는 걸 나도 얼마 전에야 알았어."

타라는 깜짝 놀랐다.

"그래서요?"

"누이들을 변호하자면 지구와 아더월드에서 인기가 많은 영화와 드라마들을 즐겨 보거든."

타라는 무슨 말을 하는 건지 이해가 되지 않았다.

아르칸즈가 계속했다.

"그 드라마들이나 영화에서 남자 주인공이 여자 주인공의 목숨을 구해주면 여자가 품에 안기잖아."

타라는 이제야 무슨 애긴지 알 것 같았다.

"잠깐, 누이들이 로빈과 칼을 제거하는 것으로 그다음에 노리는 사람이 나라는 걸 당신이 알게 하려고 킬러를 고용했단 말이에요? 결정적인 순간에 당신이 킬러를 죽이고 내 목숨을 구해주면 내가 당신 품에 안길 거란 생각에서요? 그 모든 것이 당신들이 오기 전에 내 힘을 약하게 하려는 음모가 아니라?"

"정말 미안해." 아르칸즈는 거듭 사과했다. "톡시는 그게 아주 로맨틱하다고 생각한 모양이야(아르칸즈 옆에 한 얼굴이 나타났는데 장밋빛 머리의 아름다운 여성 악마가 장난기 넘치는 표정으로 싱긋 웃고는 이내 사라졌다). 누이들은 결혼하기 직전에 나한테 말해줄 생각이었대. 내가 네 목숨을 구해주면 우리 둘이 잘될 거라고 믿었기 때문에. 그리고 집안이 아주 복잡하다는 사실은 따로 말하려고 했는데……."

타라는 재미있는 생각이 나서 미소를 지어 보였다.

"복잡한 집안이 어디 한둘인가요. 이해해요."

둘은 적이지만 서로의 가치를 인정해주는 용감한 적장들처럼 인사했다.

아르칸즈는 둘만 있는 것처럼 타라에게 말했다.

"미리 너에게 용서를 빌게. 하지만 나는 선택의 여지가 없었어."

이상한 인사였다. 타라가 다른 질문을 하려는 순간 아르칸즈가 전광판 화면에서 사라졌다. 하나둘, 우주선들마저 사라졌다. 악마들이 방금 이 세계를 떠난 것이었다.

갑자기 타라는 로빈을 까맣게 잊고 있었다는 걸 깨달았다. 빨리 서두르지 않으면 로빈을 잃는데.

타라는 군중을 향해 외쳤다.

"미스터 X? 어디 있어요? 당신 부하들에게 알려야 해요. 로빈을 죽이지 말라고!"

한 샤먼이 크리스털 볼을 들고 타라에게 다가왔다.

"한 악마 병사가 나를 찾아와서 미스터 X라는 자가 죽거나 마마가 미스터 X를 찾으면 이걸 전하라고 했습니다. 불행히도 그는 중상을 입었는데 내가 치료를 끝내려고 했을 때 사라졌습니다."

타라는 부들부들 떨면서 홀로그램을 봤다. 샹즐랭이었다.

"타라 덩컨, 이걸 본다는 것은 내가 죽었다는 것입니다. 따라서 로빈도 죽게 될 겁니다. 아더월드와 통신이 끊긴 지 이틀이 되었기 때문에 내 부하들은 로빈 망질을 죽이는 자동 폭발 장치의 타이머를 작동하고 그 집을 떠났을 겁니다. 나는 악마들을 염탐했습니다. 가브리엘이 가장 위험합니다. 나라면 그자를 죽이라는 킬러를 고용하겠습니다. 그리고 우리 길드에도 보고서와 함께 당신에 대한 메시지를 남겼으니 '오이'라고 말하면 받아볼 수 있을 겁니다(샹즐랭은 윙크를 보냈다). 요컨대 이것이 그 집으로 가는 지도입니다. 조심하세요. 그리고 내 아내와 아들에 대한 걱정은 하지 마세요. 내 가족은 안전한 곳으로 피했으니까요.”

샹즐랭은 자기를 촬영하는 스쿠프에게 미소를 보내고 나서 크리스털 볼을 껐다.

타라는 말할 필요가 없었다. 산도르 황제가 아더월드로 빨리 돌아가기 위해 속도를 최고로 올리라고 명했다.

“그런데 미스터 X가 무슨 말을 한 거니?” 여제가 물었다. “왜 ‘오이’라고 말하라는 건지 누가 설명 좀 해줄래? 다 아는데 나만 모르는 건가?”

로빈이 걱정되면서도 ‘오이’ 때문에 하마터면 웃음이 터질 뻔한 타라는 모든 걸 설명해야 했다. 그 옆에서 칼은 냉소적인 미소를 머금은 채 호주머니에 손을 넣고 계속 뭔가를 만지작거리고 있었다. 모두들 자신에게 일어났던 일을 얘기했고, 놀라운 수훈을 세운 산티보르족 대사에게 갈채를 보냈다. 그사이에 궁금해서 더는 참을 수 없는 타라가 마침내 칼에게 호주머니에 뭐가 있는지 물었다.

칼의 얼굴에서 미소가 사라졌다.

“엄청나게 바보 같은 짓을 한 것 같아.” 칼이 어찌할 바를 모르는 얼굴로 말했다.

그러고는 호주머니에서 빨간 머리 타래 두 개를 꺼냈다. 타라는 입을 벌린 채 멍하니 쳐다봤다. 그러다 손으로 입을 막고 쪽빛 눈만 깜박거렸다.

"너 설마 내가 생각하는 그건 아니겠지?"

"맞아." 칼이 한숨을 내쉬었다. "나는 머리와 다리를 맞았고, 파프니르는 배가 뚫린 채 쓰러졌어. 놈들이 위에서 쏘아대고 있더라고. 그래서 너를 봤는데 완전히 지는 분위기인 거야. 나는 파프니르가 죽었다고 생각했어. 나도 부상당했지만 죽을 정도는 아니라서 파프니르의 소원을 들어주고 싶었어. 그래서 파프니르의 어머니에게 가져가려고 머리 타래를 잘랐는데……."

타라는 목구멍에서 올라오는 웃음을 간신히 참고 있는데 무아노가 폭소를 터뜨리자 파브리스까지 덩달아 웃음이 터졌다. 타라도 더는 참을 수 없었다.

"맙소사, 파프니르의 머리를 잘랐단 말이야? 걔가 가장 자랑스러워하는 게 머린데! 250년을 기르고 일주일에 적어도 한 시간은 손질할 거야. 내가 무슨 말 하는 거야, 하루에 한 시간은 될 텐데! 너를 죽이려고 할 거야!"

5분 후, 걱정이 현실이 되었다. 머리를 잘린 것에 화가 나서 양손에 도끼를 들고 뛰어오던 파프니르는 머리 타래를 들고 있는 칼을 발견했다.

난쟁이가 내지르는 고함소리에 모두 돌아봤다. 칼은 머리 타래를 타라에게 던지고 로미네트보다 더 빠르게 줄행랑쳤다. 뒤쫓아가는 파프니르의 어깨에는 다시 작아진 벨제부트가 필사적으로 매달려 있었다.

파프니르가 두 도끼를 내려놓기까지는 많은 시간이 필요했다. 난쟁이는 칼을 선실에 몰아넣고 문을 걸어 잠그는 데 성공했다. 타라가 마법으로 머리를 다시 붙여주겠다는 약속을 하고 나서야 칼의 머리도 빡빡 밀어버리겠다고 펄펄 뛰는 파프니르를 간신히 말릴 수 있었다. 일단 참기는 했지만 난쟁이는 칼의 머리를 밀어버리겠다는 말을 취소할 생각이 없었다.

'머리 붙이기' 작업은 무아노의 감독하에 실시되었다. 마침내 파프니르의 머리는 원래의 상태로 돌아왔다. 약간 짧아졌지만.

그런데도 난쟁이는 불평이 많았다. 특히 머리에 윤기가 덜 나는 것 같다고 계속 투덜거렸다. 아더월드로 돌아가는 내내 칼은 몸을 움츠렸다.

우주선이 너무 커서 수도에 착륙할 수 없었다. 한시바삐 로빈을 구해야 하는 타라와 친구들은 조종사 두 명과 함께 소형 왕복선으로 갈아탔다.

여제는 그 지역에 소개령을 내렸고, 소형 우주선은 대공원에 착륙했다. 그 과정에서 애석하지만 작은 건물 두 채를 무너뜨렸다.

우주선에서 재빨리 뛰어내린 타라와 친구들은 중력이 약한 환경에서 지내다 며칠 만에 땅에 발을 디디며 다리가 무겁다는 걸 느꼈다. 타라는 샹즐랭이 보낸 지도를 보며 서둘렀다. 마침내 로빈이 갇혀 있는 노랗고 파란 집이 보였다. 타라가 메시지에 적힌 대로 자물쇠의 번호를 누르자 문이 열렸다. 그들은 거실을 지나 지하실로 곧장 내려가는 동안 아무도 마주치지 않았다.

샹즐랭으로부터 소식이 끊기자 부하들이 그 집을 떠난 것이었다.

집은 텅 비어 있었다. 타라는 메시지에 언급된 폭탄 세 개의 뇌관을 제거했다.

문제는 마지막 문장이었다. 샹즐랭은 이렇게 말했다. '미안하지만 마지막 함정에 로빈 망질의 목숨이 달려 있는데 거기에 설치한 폭탄은 뇌관을 제거할 수 없습니다. 마법으로는 로빈을 구할 수 없기 때문에 창조적인 노력이 필요할 겁니다. 마법을 취소하는 강력한 주문이 안팎으로 걸려 있는 데다 그 주문이 함정의 장치들을 작동하고 있습니다. 행운이 있기를.'

'함정의 장치들'? 여러 개의 함정이 있다는 말인가?

타라는 최악의 경우까지 생각하고 있었다. 그래서 타라는 팅가푸르에서 지뢰 제거 팀을 부르지 않았다. 무슨 일이 생겨서 매직갱 이외의 사람들까지 희생시키는 위험을 무릅쓰고 싶지 않았다.

타라는 절망하지 않았다.

칼이 탐지기를 문틈으로 밀어 넣어 불청객을 대비한 함정이 없는지 확인했다. 이어서 타라가 문을 조심조심 열었을 때 드러나는 광경은 충격적이었다.

핼쑥하게 야위고, 눈과 입이 막힌 로빈이 둥근 방 한가운데 의자에 앉아 있는데 쇠사슬에 묶여 있었다. 그리고 50개의 쇠뇌가 로빈을 에워싸고 있었다.

큰 화살의 날카로운 금속 침 50개가 로빈을 겨누고 있었다.

바닥 전체에 반짝이는 선이 설치되어 있어서 접근이 불가능했다. 천장을 쳐다보니 공중에도 선이 설치되어 있어서 누군가 건드리면 쇠뇌 화살이 날아오게 되어 있었다.

이 방에서 마법을 사용할 수는 없지만 센서 장치는 분명히 마법이었다.

그들은 뒷걸음치면서 지하실이 더 있는지 살펴보러 나왔다.

하지만 동일 평면이라 더 이상의 지하실은 없었다.

마법을 사용하면 센서들이 감지하고 화살이 일제히 날아갈 텐데……. 이렇게 짧은 거리에서는 막는 것이 불가능했다. 힘으로는 이 무시무시한 화살을 막아낼 수 없었다.

"슬루르크슬루르크슬루르크!" 타라는 혹시라도 센서가 소리에 반응할까 봐 나직한 소리로 말했다. "누구 좋은 생각 없어? 칼, 네가 한번 말해봐. 정말 아무 방법이 없을까?"

이런 상황에 처한 로빈을 구출하려면 이 분야의 전문가인 칼이 가장 적격이었다.

"로빈은 쇠뇌들에 둘러싸인 금고와 같아." 칼이 대답했다. "금고를 털 때는 대개 박살기로 부수거나 화살로 공격하거든. 그런데 말이야, 타라, 진짜 문제는 따로 있어."

파프니르가 친구들을 쳐다보면서 한숨을 쉬었다.

"나 있잖아? 내가 누구냐?"

뜬금없는 말에 친구들이 파프니르를 쳐다봤다.

"너? 너는 여자고 난쟁이지." 파브리스가 말했다. "아주 예쁜 난쟁이. 아름다운 빨간 머리를 가진 전사."

파프니르는 답답하다는 얼굴을 했다.

"그래, 난쟁이! 터널을 파고……."

칼이 입가에 환한 미소를 머금으면서 손가락을 튕겼다.

"땅속을 침투하는 너의 능력! 아, 내가 왜 그 생각을 못 했지? 마법을 사용하지 않아도 너라면 로빈을 빼내올 수 있겠다!"

"그래, 바로 그거야!" 파프니르는 자신 있게 말했다. "오케이, 기다려. 내가 하프엘프를 데리고 나올 테니까."

친구들은 가슴을 졸이며 바닥 속으로 사라지는 난쟁이를 쳐다봤다. 칼은 속이 울렁거렸다. 이유를 알 수 없지만 돌이나 땅속을 파고 들어가는 난쟁이를 보면 메슥거렸다. 타라는 무슨 일이 일어나는지 보려고 살그머니 문을 다시 열었다.

공기의 흐름을 느꼈는지 로빈이 의자에서 약간 움직였다. 그 순간 쇠뇌들이 찰칵하는 소리를 내자 로빈은 그대로 경직되었다.

그때였다. 갑자기 로빈이 바닥으로 꺼져들기 시작했다. 쇠사슬, 옷, 의자, 눈과 입을 막은 밴드까지 전부 다 사라졌다. 소스라치게 놀란 로빈이 공포의 비명을 질렀다. 납치범들이 다른 방법으로 죽이려는 거라고 확신한 것이었다.

비명소리 때문인지 벗어나려고 미친 듯이 버둥거리는 몸짓 때문인지 알 수 없지만 쇠뇌들이 작동했다.

50개의 화살이 하프엘프를 향해 빗발치듯 날아갔다.

이번에는 타라가 비명을 질렀다. 하지만 파프니르는 이미 로빈을 무형화시켰고, 화살들은 공기 속을 지나가듯 로빈의 몸을 통과했다. 몇 초 후, 로빈이 완전히 사라졌다. 그 모습이 어찌나 인상적인지 사막에서 모든 걸 휩쓸어버리는 움직이는 모래를 연상시켰다. 타라는 체인지라인에게 하프엘프에게 입힐 두건 달린 망토를 준비해달라고 부탁했다.

몇 분 후, 파프니르가 알몸의 로빈을 업고 바닥에서 나왔다. 둘이 완전히 나오자마자 타라는 달려갔다. 로빈이 아주 크게 숨을 쉬는데 얼굴이 창백했다.

타라가 망토를 입혀주자 로빈이 미소를 지어 보였다. 만약을 대비해 늑대인간으로 변신해 있던 파브리스가 로빈을 부축했다.

"친구들." 하프엘프가 숨을 몰아쉬면서 말했다. "며칠 동안 너희들을 얼마나 기다렸는데 왜 이렇게 늦게 왔어?"

"악마들과 전쟁이 일어났어." 칼이 쾌활하게 대답했다. "왜? 우리가 그리웠어?"

"말로는 표현할 수 없을 정도로." 로빈이 대답했다.

그러고는 눈길을 돌려 파브리스의 품에 안겼다. 타라가 주문을 읊자, 몇 초 후, 그들은 궁전에 도착했다. 이어서 궁전 안의 공간이동의 문을 이용해서 타라의 거처로 갔다. 다른 왕복선에 올랐던 마라는 이미 와 있었다. 마라는 칼의 시선을 피하고 있었다. 이래저래 꼬여버렸기 때문에 마라는 어떻게 해결할지 몰라 눈치만 보고 있었다. 칼은 반감이 없지만 약간 경계하면서 마라를 쳐다봤다. 칼이 용서하기 전까지는 마음고생을 좀 할 것 같았다. 로빈 때문에 정신이 없는 타라는 다정하게 마라의 뺨에 입을 맞췄다. 마라에 대해 원망하는 마음이 없었다. 인류 역사상 사랑 때문에 일어난 어리석은 일은 수없이 많았다.

친구들은 로빈을 소파에 눕혔다. 그들이 도착하는 즉시 연락을 받고 달려온 샤먼이 하프엘프를 진찰했다. 생명에는 지장이 없지만 탈수 증세가 심하고 많이 지쳐 있다고 진단했다. 샤먼은 영양을 보충해주는 주문을 읊은 다음 수액 링거를 꽂아주고 일어났다. 그러고는 상태를 보러 모레 다시 들르겠다고 말했는데 크게 걱정하는 기색이 없어서 타라는 안심했다.

갑자기 거실의 비디오크리스털들이 켜졌다. 매직갱은 고개를 들고 눈앞에 나타난 은하계 지도를 쳐다봤다.

겁에 질린 크리스털리스트들이 어찌나 빠르게 뉴스를 전하는지 처음에는 뭐라고 하는지 이해가 되지 않았다.

영상이 명확해졌을 때 한숨이 터져 나왔다.

"오, 내 조상들의 수염이여! 저게 뭐야?" 파프니르가 경악했다.

"악마들이잖아!" 칼이 외쳤다. "악마들이 돌아왔어!"

이번에는 아르칸즈 혼자가 아니었다. 공포에 사로잡힌 크리스털리스트의 보도와 우주 공간의 영상이 한 가지 사실을 알려주고 있었다.

타딕스를 포위하고 있다가 없어졌던 악마 우주선들이 우주 공간에서 뭘 하고 있었는지 이제야 알았다. 악마들이 여러 공간이동의 문에 올라타고 있는 영상이었다. 악마들은 이제 가고 싶은 세계는 어디든지 갈 수 있는 것이었다.

지금까지는 네 개의 행성이 아더월드의 두 태양 둘레를 돌고 있었는데 이제부터 림보의 행성 여섯 개가 더 늘어난 것이다.

아르칸즈가 이제껏 실현되지 않은 과학과 마법의 위업을 달성한 것이었다. 아르칸즈는 타라의 세계에서 인력을 수입했었다. 흉측한 벤드룩과 그 동지들의 행성에서도 수입했지만 만족스럽지 않았다.

"빌어먹을." 칼이 자신 없는 목소리로 중얼거렸다. "경주용 양탄자 대 우주선이 싸우는 격이니 나는 저자에게 상대가 안 되네……."

공포에 질린 타라는 슬그머니 칼의 손을 잡았다.

저런 미친 짓을 해결하는 길은 한 가지밖에 없었다.

세계 전쟁이었다…….

『타라 덩컨』 11권에서 계속……

아더월드의 용어 해설

아더월드_ 아더월드는 지구 표면적의 1.5배에 이르는 마법 행성으로 태양 주위를 공전하며, 하루 26시간, 1년 454일, 14개월로 이루어져 있다. 위성으로는 두 개의 달 마딕스와 타딕스가 아더월드의 주위를 돌고 있으며, 춘·추분에 조수간만의 차가 몹시 크다.

아더월드의 산들은 지구의 산보다 훨씬 더 높으며, 채굴되는 광물은 대체로 마법의 폭발성이 있어서 추출하는 것이 상당히 위험하다. 지구(육지 29%, 바다 71%)보다 바다가 차지하는 비율은 적으며(아더월드: 육지 45%, 바다 55%), 그중 두 개의 바다는 민물이다.

아더월드를 지배하는 마법은 동물상, 식물상과 마찬가지로 기후에도 영향을 미친다. 그로 인해 계절을 예측하기가 아주 힘들다(아더월드에서는 한여름에도 폭설이 내려 1미터나 되는 눈에 덮일 수 있다!).

타라 덩컨 303

아더월드의 7계절 분류: 계절 1 카일로스(지역에 따라 −30~−50℃까지 내려간다), 계절 2 보탄트(지구의 봄 날씨와 유사하다), 계절 3 트레보, 계절 4 파이초, 계절 5 플루초, 계절 6 모인초, 계절 7 살탄(우기).

아더월드에는 인간, 난쟁이, 거인, 트롤, 뱀파이어, 땅신령, 꼬마도깨비, 엘프, 유니콘, 키마이라, 타트리스, 드래곤 등 수많은 종족이 살고 있다.

☀ 그 밖의 다른 행성

드란보우글리스펜쉬르_ 드래곤들의 행성. 지능이 높은 거대한 파충류인 드래곤은 마법 능력을 타고나서 어떤 형상으로든 변신할 수 있으며, 대체로 인간으로 변신해 있다.

마법사들 편에 서서 림보의 악마들과 싸우고 있다. 세계의 영토를 점령하기 위해 악마들과 대립하면서 드래곤들은 지구의 마법사들과 충돌하는 순간까지는 알려져 있는 모든 세계를 정복했다. 끊임없이 악마들과 싸워야 하는 드래곤들은 지구인 마법사들과 전쟁을 벌인 뒤에 지구인들과 동맹을 맺는 것이 유리하다는 결론을 내렸다. 지구를 지배하겠다는 계획은 포기했지만, 마법사들이 지구를 지배하는 것도 인정할 수 없는 드래곤들은 지구의 마법사들에게 아더월드에서 더 많은 마법사를 양성하고 훈련시키자고 제안했다.

수년 동안 드래곤들을 경계하면서 고심한 끝에 지구의 마법사들은 결국 그 제안을 받아들이고 아더월드에 정착했다.

드래곤들은 드란보우글리스펜쉬르를 비롯해 지구, 아더월드, 마딕스와 타딕스 등 많은 행성에 살고 있으며, 특히 인간들의 일에 사사건건 참견한다. 드래곤들이 가장 끔찍하게 싫어하는 적은 림보에 사는 악마들이다.

🐾 **림보_** 악마의 세계로 악마들의 영역. 림보는 서클이라고 불리는 여러 세계로 나뉘어 있으며, 서클에 따라 악마들의 능력과 학식이 차이 난다. 제1, 2, 3서클의 악마들은 거칠고 아주 위험하다. 제4, 5, 6서클의 악마들은 마법사들과 정해진 조건 내에서 서로 도움을 주고받는다(마법사는 필요한 것을 악마에게서 얻을 수 있으며 악마의 경우도 마찬가지다). 제7서클은 마왕이 군림하는 서클이다.

림보에 사는 악마들은 저주받은 태양이 제공하는 악마의 에너지를 먹고 산다. 다른 세계로 가기 위해 림보를 나갈 경우엔 영리한 존재의 살과 정신을 먹어야 한다. 전 세계를 침략하던 중 갑자기 나타난 드래곤들과의 전쟁에서 패배한 뒤로 악마들은 림보에 갇히게 되었고, 마법사나 마법 능력이 있는 존재의 긴급 요청이 있어야만 다른 행성으로 갈 수 있게 됐다. 악마들은 이런 활동범위 제한을 견디기 힘들어서 끊임없이 해방될 방법을 모색하고 있다.

악마들이 지구를 침략하려는 이유는 아쿠알릭, 즉 바닷물에 중독되어 있기 때문이다. 악마들에게 바닷물은 알코올과 같은 작용을 하는데 림보에는 바다가 없다. 게다가 지구의 바닷물 맛을 특히 좋아하기 때문이다. '모든 인간을 죽이고 짠물을 실컷 마시겠다'는 것이 악마들의 신조다.

☝ **산티보르_** 텔레파시 능력이 있는 식물성 존재 진실의 입들이 사는 얼음 행성.

☝ **지구_** 인간과 비밀 임무를 맡은 마법사들이 살고 있다.

☀ 아더월드의 나라들과 종족

☝ **간디스_** 거인들의 나라로 수도는 제오폴. 세력 있는 그로아르 가문이 통치하며 흑장미 섬과 황무지 늪이 있다. 나라의 문장은 '주문 방지' 돌로 쌓은 벽에 아더월드의 태양이 올라앉은 형상이다.

☝ **랑코비트_** 인간이 지배하는 가장 큰 왕국으로 수도는 트라비아. 왕국의 문장은 은빛 초승달 아래 금빛 뿔의 하얀 유니콘이다. 베어 왕과 티타니아 왕비가 통치하고 있으며, 타라와 어머니 셀레나의 조국이다. 약 8천만의 주민이 살고 있고, 뱀파이어들을 받아들이는 드문 나라 중 하나다.

☝ **멘탈리르_** 보우 대륙 동쪽의 광활한 평원이며 유니콘들과 켄타우로스들의 나라. 유니콘은 생김새와 크기가 말과 같고, 이마에 나선형 뿔이 하나 있으며 발굽은 갈라져 있고 털은 흰빛이다. 지능이 떨어지는 유니콘도 간혹 있지만, 대부분은 영리하며 그 지능은 드래곤들의 지능에 견줄 수 있다. 유니콘의 이 특성을 어떤 종족의 지능이나

306

동물의 지능으로 분류하기는 힘들다.

　켄타우로스는 반은 남자나 여자의 형상, 반은 말의 형상을 하고 있는데 두 종류가 있다. 상반신은 인간, 하반신은 말의 형상을 한 켄타우로스와 상반신은 말, 하반신은 인간의 형상을 한 켄타우로스. 켄타우로스가 어떤 마법에 걸려 있는지는 알 수 없으나 소금이나 향유 같은 생필품을 얻기 위해서가 아니면 다른 종족들과 섞이기를 싫어하는 까다로운 종족이다. 사납고 거칠어서 영역을 침범하는 이방인들을 발견하면 가차 없이 화살을 쏘아댄다. 켄타우로스의 샤먼 부족은 평원에서 하얗고 파란 맹독성 개구리 플로프들을 잡아 그 등을 핥는 것으로 미래를 점친다고 전해진다. '찌르레기 대전'이 벌어지는 동안 켄타우로스들이 엘프들에게 몰살되었다는 것은 이 방법이 100퍼센트 믿을 만한 것이 아님을 말해준다.

🐾 **살테렌스_** 살테렌스들의 나라로 수도는 살라. 나라의 문장은 파란색 투명한 소금을 물고 곧추서 있는 커다란 벌레. 왕은 없고 위대한 카샤라고 불리는 족장과 재상 일파봉이 통치하며 여러 부족으로 나뉘어 있다. 노예제도를 주장하는 종족으로 사자와 표범의 잡종인 두 발 동물이다. 침투할 수 없는 사막에서 숨어 지내면서 마법의 소금 광산을 개발한다.

🐾 **셀렌다_** 엘프들의 나라로 수도는 세보른. 문장은 대각선으로 시위를 메긴 두 개의 활 위로 보이는 은빛 보름달.

　엘프들은 마법사들과 마찬가지로 마법에 재능이 있다. 겉모습은 인간이며 뾰족한 귀와 고양이의 눈처럼 동공이 수직으로 움직이는 크리스털 눈, 은발이 특징이다. 아더월드의 숲과 평원에서 살며 가공할 만한 사냥꾼이다. 엘프들은 전투와 싸움, 상대를 유인하는 온갖 종류의 게임을 좋아하기 때문에 그들의 에너지를 적절히 이용하기 위해 경찰국이나 국가정보국에 고용된다.

하지만 엘프들이 옥수수나 마법의 귀리를 경작하기 시작하면 아더월드의 종족들은 불안해한다. 그건 엘프들이 전쟁을 시작할 거란 뜻이기 때문이다. 실제로 전시에는 사냥할 겨를이 없기 때문에 엘프들은 곡식을 재배하고 가축을 기르며, 일단 전쟁이 끝나면 예전의 생활로 돌아간다.

또 다른 특성으로 아이들이 걸어 다닐 수 있을 때까지 남성 엘프들은 배에 달린 육아낭 같은 작은 주머니에 아기를 넣고 다닌다. 여성 엘프는 남편을 다섯 명 이상은 가질 수 없다. 엘프는 거의 죽지 않기 때문에 아이들이 별로 없다. 하프엘프 로빈은 혼혈이라는 이유로 엘프들에게 따돌림을 받고 있다.

🐾 **스몰컨트리_** 땅신령, 꼬마도깨비 파보, 요정, 고블린의 나라로 수도는 스몰빌. 문장은 원 안에 도안한 꽃, 새, 거미. 땅신령은 파란색, 꼬마도깨비는 초록색, 고블린은 회색, 요정은 여러 가지 색이다.

땅신령은 작달막하고 단단한 체구이며 오렌지색 털이 나 있다. 돌을 먹고 살며, 난쟁이들과 마찬가지로 광부들이다. 땅신령의 오렌지색 털은 고성능 가스 탐지기이다. 털이 곤두서면 별 탈이 없지만, 털이 내려앉는 순간부터 땅신령은 광산에 가스가 있다는 걸 알아채고 도망치기 때문이다. 또한 알 수 없는 이유로 인해 땅신령들만 '진실의 입들'과 교감할 수 있다.

스몰컨트리의 익살꾼인 꼬마도깨비 파보들은 키디코이라는 막대 사탕을 만들어낸 이들이다. 착시 현상을 일으키거나 일시적으로 보이지 않게 할 수도 있으며 금을 좋아해 비밀주머니에 숨겨둔다. 그 주머니를 찾아낸 자는 두 가지 소원을 빌 수 있고, 귀한 금을 회수하려면 반드시 그 소원을 들어줘야 한다. 하지만 꼬마도깨비들은 반대로 해석하는 데 선수여서 예측 불허의 결과가 일어날 수 있으므로 소원을 비는 것에는 항상 위험이 따른다.

요정들은 꽃을 가꾸면서 작지만 효과적인 마법을 날리며, 고블린들은 요정과 움직이는 것은 무엇이든 잡아먹으려고 한다.

🐾 **오무아_** 인간이 지배하는 가장 큰 제국으로 수도는 팅가푸르. 제국의 문장은 100개의 금빛 눈을 가진 주홍빛 공작이다. 타라의 고모인 여제 리스베스틸랑넴 탈 바르미 압 산타 압 마루와 삼촌인 황제 산도르 탈 바르미 압 마르치 압 브레비스가 통치하고 있다. 제국을 설립한 최고 마구스 데미데루스의 후손들이다. 오무아에는 약 2억의 주민이 살고 있다. 다른 나라들과 교역하고 있으며, 셀렌다를 제외하고 가장 많은 수의 엘프 군단을 거느리고 있다.

🐾 **크라살비_** 뱀파이어들의 나라로 수도는 우를라. 나라의 문장은 천문관측기 위에 무한을 상징하는 누운 8자와 별이 올라앉은 형상이다.

뱀파이어는 총명하고, 인내심이 많으며, 학식이 깊다. 수명이 아주 길고, 수학과 천문학에 몰두하며, 대부분의 시간을 명상하는 데 보내면서 삶의 의미를 추구한다.

아더월드의 뱀파이어는 동물의 피를 먹고 살기 때문에 가축을 키운다. 브르르르아아아, 모오오오우우우, 지구에서 수입한 말, 염소, 양 등. 하지만 몇몇 피는 금지되어 있다. 유니콘이나 인간의 피를 먹으면 미치게 되며, 수명이 절반으로 줄고, 햇빛을 쐬면 치명적인 알레르기가 일어나기 때문이다. 반면에 뱀파이어에게 물리면 독이 퍼지게 되며, 뱀파이어에게 물린 인간은 그들의 노예가 된다. 게다가 독성 피가 전이되면 뱀파이어가 되는데 이 경우의 뱀파이어는 파괴적이고 악독하기 때문에, 저주에 희생된 뱀파이어는 동족으로 구성된 특별수사대는 물론 아더월드의 모든 종족에게 쫓겨 다닌다.

크랑카르_ 트롤들의 나라로 수도는 크리아. 나라의 문장은 나무 꼭대기에 몽둥이가 걸려 있는 형상이다. 트롤 외에 식인귀, 오크, 고블린 들이 살고 있다.

트롤은 거대한 몸집에 납작한 이빨이 있는 초록빛 털북숭이로 채식주의 종족이지만, 고기를 흡수할 경우 식인귀가 될 수 있다. 식인귀가 되면 크랑카르에서 쫓겨난다. 먹고살기 위해 나무를 마구 죽이며(이것이 엘프들의 울화를 치밀게 한다), 쉽게 자제력을 잃어버리는 성향이 있어서 한번 성질이 나면 닥치는 대로 짓뭉개버리기 때문에 평판이 나쁘다.

타트란_ 타트리스, 카흠보움, 타츠보움의 나라로 수도는 시티 빌. 문장은 양피지 위에 놓인 직각자, 컴퍼스, 크리스털 볼.

타트리스는 머리가 둘인 특성을 가지고 있다. 관리 능력이 뛰어난데다 신체적 특성 덕분에 행정관이나 정부 고위층에서 일하고 있다. 오로지 일을 중요하게 여기면서 헛된 꿈을 꾸지 않는 현실주의자들이다. 또한 꼬마도깨비 파보들이 즐겨 놀리는 대상 중 하나이며, 이 장난꾸러기들은 유머가 결핍된 종족이라는 소리를 듣지 않기 위해 수세기 동안 끈질기게 타트리스 종족을 웃기려고 애쓰고 있다. 게다가 파보들은 웃기는 데 성공한 자들 중 1등에게는 상까지 수여하고 있다.

카흠보움은 빨간 눈과 촉수들이 있는 노란색 덩어리 모습을 하고 있으며 주로 도서관 사서로 일한다. 타츠보움은 촉수로 놀라운 멜로디를 연주하는 음악가들이다.

파트로크_ 에드라킨족이 사는 나라로 수도는 키크로크. 나라의 문장은 바람의 원소에 올라앉은 불새. 에드라킨족은 강력한 마법사들이며, 생김새는 인간과 비슷하지만 귀가 뾰족하고 털로 덮여 있는 육식동물에 가깝다. 머리털은 두상의 절반 정도까지만 자라며, 코는 거의 보이지 않는다. 다른 종족을 싫어하지만 의무적으로 여러 나라와 교역하고 있다. 에드라킨족은 아더월드를 정복하기 위해 네 번이나 침략을 시도했다.

히믈리아_ 난쟁이들의 나라로 수도는 미나트. 대장장이 씨족이 통치하고 있다. 나라의 문장은 광산 지하의 전쟁용 모루와 쇠망치.

　키와 몸통 폭의 길이가 똑같은 단단한 체구가 난쟁이들의 신체적
특징이다. 아더월드의 광부, 대장장이로 활동하고 있으며, 뛰어난 금
속 가공업자, 보석 세공인도 거의 난쟁이들이다. 성격이 몹시 까다로
운 것으로 알려져 있고, 마법을 싫어하며 아주 길고 복잡한 노래를 즐
겨 부른다. 또한 돌을 통과하거나 돌을 용해시키는 특별한 재능을 지
니고 있는데 마법과는 다른 차원의 힘이다.

✹ 아더월드와 주변 행성의 동·식물상 및 속담

☞ **가즈즈**_ 사슴뿔이 달린 네 발 짐승으로 털이 빨간
색(트롤들의 나라에서는 초록색)이다.

☞ **간다리**_ 대황에 가까운 식물이며, 꿀처럼 단맛이 난다.

☞ **갬볼**_ 마법에 흔히 이용되는 파란 이빨의 설치류 동물. 그 살가
죽과 피에 마법이 침투하지 못할 정도로 땅을 깊이 파고 들어간다. 건
조시키면 딱딱해졌다가 가루처럼 변하며, '갬볼 가루'는 힘든 마법을
실행할 수 있게 한다. 몇몇 마법사들은 갬볼 가루를 식용하는데, 그
가루가 환각 증세를 일으키기 때문이다. 갬볼 가루 복용은 아더월드
에서 엄격하게 금지되어 있으며 위반할 경우 엄중한 처
벌을 받는다.

그라옥스_ 아더월드의 신기한 동물. 돼지처럼 생긴 보라색 동물인데 납작한 주둥이는 확성기로 변할 수 있으며 울림통 역할을 하는 커다란 갑상선종 같은 것이 있다. 짝짓기 계절에 그라옥스는 괴성을 질러서 암컷을 유혹하는데 그 소리가 어찌나 큰지 주위에 있는 동물은 모두 귀가 먹을 정도이다. 그 때문에 짝짓기 기간에 아더월드의 동물들이 대이동을 한다. 하지만 짝짓기 기간을 제외하면 보이지도 않게 아주 조용히 지낸다. 학자들은 암컷이 수컷에게 달려가는 것은 괴성에 유혹된 것이 아니라 아가리를 닥치게 하려는 것으로 보고 있다.

글로우톤_ 털북숭이 동물. 길게 늘어나는 특성이 있어서 목을 조르는 밧줄로 사용한다.

글루릅스_ 머리가 아주 갸름한 초록색과 갈색의 도마뱀으로 호수와 늪 근처에서 서식한다. 식욕이 왕성하며, 물속에서 숨을 쉬지 않고 몇 시간을 견딜 수 있어서 목을 축이러 오는 순진한 동물을 잡아먹는다. 물가의 은신처에 굴을 파놓고 살며, 호수 바닥의 구멍 속에 먹이를 숨겨놓는다.

글리이르_ 새지만 날지 못한다. 포식동물들을 피하기 위해 트라둑과 같은 방식으로 생존한다. 냄새로 가장 끈질긴 흡혈파리 떼도 물리칠 수 있는 식물 예룩을 먹고 산다.

🐾 **늑대인간**_ 드래곤들의 왕이 납치해서 금지된 대륙에 정착한 아나자시족. 마음대로 늑대로 변신하며, 인간 모습일 때도 힘과 민첩성과 유연성이 굉장히 뛰어나다. 늑대인간은 깨무는 것으로 감염시킬 수 있다. 지구의 늑대인간들과는 달리 아더월드의 늑대인간들은 보름달에 의존하지 않고 언제든 변신할 수 있다. 타라 덩컨이 해방시켜준 늑대인간들은 아더월드 사람들의 마법 공격을 두려워하고, 금속 중에서는 은에만 약하다. 늑대인간을 죽일 수 있는 방법은 목을 베는 것이다. 알파 늑대들이 다스리고 있다.

🐾 **드래코-티라노사우루스**_ 뱀과 공룡의 잡종. 드래곤의 사촌이지만 지능은 많이 떨어지며, 날개가 작아서 날지 못한다. 가공할 만한 포식동물로 움직이는 것뿐만 아니라 움직이지 않는 것조차 닥치는 대로 잡아먹는다. 오무아 제국의 따뜻하고 습한 숲에서 살며, 이 지역은 관광 개발이 불가능하다.

🐾 **드룸므**_ 소처럼 생긴 물고기로 바다 깊은 곳에서 해초를 뜯어먹고 살며, 가시가 어찌나 두꺼운지 갈비뼈라고 한다. 아주 맛있고, 붉은 참치와 맛이 비슷하다.

🐾 **디스쿠타리움/데비자투아르(사용하는 국민에 따라 다르다)**_ 지구와 아더월드, 드란보우글리스펜쉬르, 악마들의 림보와 관련

된 모든 책, 영화, 예술 작품에 관한 정보를 조회
할 수 있다. 디스쿠타리움에서 나오는 목소리
는 어떤 질문에도 답변을 못 하는 경우가 거의
없다.

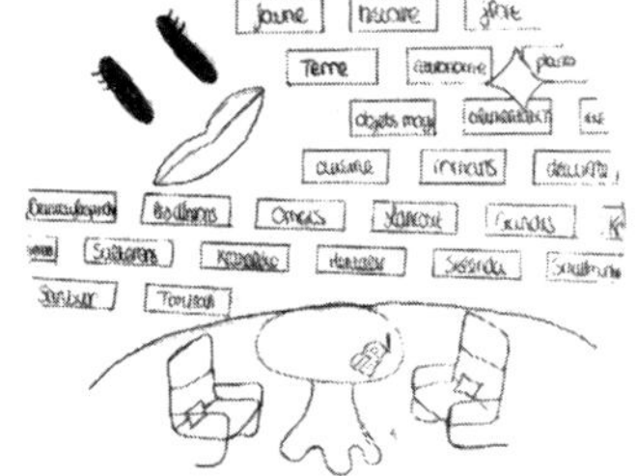

🖐 **로미네트_** 아더월드에서 가장 빠른 동물. 어찌나 빠른지 실제
로 존재하는지도 확실치 않다. 사진이나 영화에도 등장한 적이 없다.
털북숭이라는 것만 어렴풋이 알 수 있을 뿐 어찌나 빠른지 제대로 보
기가 힘든 동물이다. 그래서 아더월드에서는 '와, 로미
네트를 본 줄 알았네' '로미네트보다 더 빠르
네'와 같은 표현을 쓴다. 약간 히스테릭한 카
나리아만 로미네트를 발견할 수 있다.

🖐 **로우스_** 향기가 아주 좋은 커다란 장미의 일종으로, 사시사철
꽃을 피운다. 꽃을 꺾어도 몇 달 또는 몇 년 동안 시들지 않고 싱싱하
다. 랑코비트 왕국 티타니아 왕비 가문의 문장에 이 로우스 문양이 있
다. 이 가문의 조상이 로우스가 시들기 전에 사랑을 찾지 못하면 영원
히 야수의 몸으로 살아야 하는 저주를 받은 데서 유래한다. 이 조상을
사랑한 여자 마법사가 오무아의 로우스를 선택했는데 다행히 생명력
이 아주 강한 품종이었다. 아니었다면 무아노는 태어나지 못했을 것
이다.

🖐 **로크 새_** 공중에서 사는 자이언트 새로, 커다란 독수리 콘도르

와 비슷하다. 인공위성을 궤도에 올려놓거나 아더월드에
서 마딕스와 타딕스로 여행할 때 이용한다. 다행히 아더
월드의 태양 빛을 먹고 살기 때문에 배설하지 않는다.
로크 새의 똥이 머리 위로 떨어질 일은 없다.

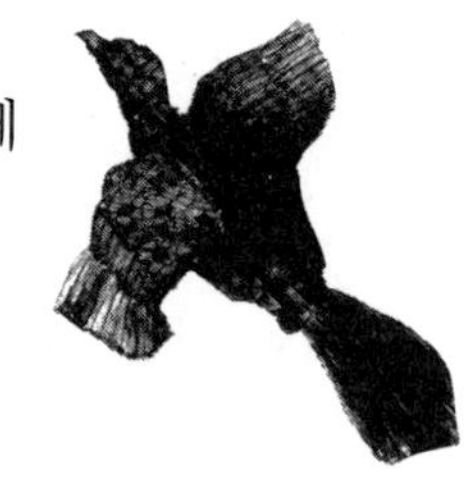

☞ **마누릴**_ 마누릴의 하얀 싹은 즙이 많아서 아더월
드 사람들이 즐겨 음식에 곁들여 먹는다.

☞ **모오오오우우우**_ 뿔은 없고 머리가 둘 달린 고
라니. 머리 하나가 먹을 때 다른 하나는 포식동물들을
감시한다. 이동할 때는 게처럼 옆으로 걷는다.

☞ **무슈티크**_ 벌처럼 쏘아서 아더월드 사람들의 피
를 빨아 먹는 공격적인 곤충. 흡혈파리보다 크기가 더
크며, 트라둑이나 브르르르아아아에 앉아 있다가 살 속
을 파고드는데 치명적인 독을 분비하기 때문에 아주 위
험하다.

☞ **므르르르**_ 초록색 귀가 달린 오렌지빛 고양이. 같은 능력
을 가진 빨간 생쥐 뿌익을 잡기 위해 공간이동을 할 수 있다.

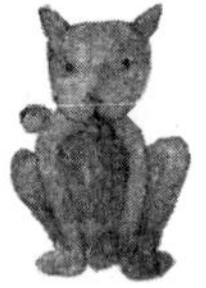

☞ **므르모움**_ 나무들이 숲 모양으로 거대한 군락을 이루고 있
어서 따기가 아주 힘든 과일이다. 므르모움나무는 접근하는 것이 있

으면 괴상한 소리를 내면서 땅속으로 파고들기 때문에 붙여진 이름이다. 아더월드에서 산책을 하다 보면 므르모움나무 숲이 통째로 사라지고 벌판만 남는 아주 놀라운 광경을 목격할 수 있다.

☞ **미암**_ 크기가 복숭아만 한 빨간 체리.

☞ **발로르키데**_ 꽃이 아주 화려한 기생식물. 이름은 개화하기 전의 노란빛과 초록빛의 봉오리에서 따온 것이다. 성장 속도가 아주 빨라서 몇 계절 만에 나무 한 그루를 죽일 수 있으며, 뿌리로 이동해서 그다음 나무를 공격한다. 그래서 아더월드의 나무들은 발로르키데들이 들러붙지 못하게 부식시키는 물질을 분비하는 것으로 생존 경쟁을 벌이고 있다.

☞ **발분**_ 거대한 고래로 붉은색이며 지구의 고래보다 두 배로 크다. 발분은 잊지 못할 멜로디의 노래를 부르며, 젖이 아주 풍부하다. 발분의 젖으로 만든 버터와 크림은 영양가가 높은 인기 식품이어서 물에 사는 트리톤과 사이렌들과 육지에 사는 거주자들 사이에 무역 교류의 대상이 되고 있다. 노래를 아주 잘 부를 때 '발분처럼 노래 부른다'는 말로 칭찬한다.

☞ **뱅뱅**_ 붉은색 나무로 인간이 이 식물에서 추출한 빨간 가루를 먹을 경우 행복을 느끼다가 황홀경에 빠져 죽음에 이

른다. 트롤들은 이빨이 아플 때 복용한다.

🖎 **버디 드라이어**_ 바람의 원소를 이용한 무형물로 욕실에서 주로 사용한다.

🖎 **베에에**_ 아름다운 흰털 양. 마법 행성의 변화무쌍 한 계절에 적응력이 뛰어나서 몇 시간 만에 털이 빠지거 나 털을 자라게 할 수 있다. 그래서 털 깎는 시기에 사육 자들이 그 특성을 이용해 날씨가 갑자기 몹시 더워졌다고 하면 베에에들은 즉시 털을 홀랑 벗어버린다. 아더월드에서 '베에에처럼 순진하다'는 표현을 쓰는 것은 여기서 유래한다.

🖎 **벤드룩**_ 림보의 여러 신 중 하나로 알려진 벤드룩은 생 김새가 어찌나 흉측한지 다른 신들조차 그 끔찍한 모습에 두려 움을 느낄 정도다. 벤드룩은 내장이 몸 밖으로 나와 있어 먹을 때 소화되는 과정을 구경할 수 있다.

🖎 **벨루르 목재**_ 내구성이 좋고, 아름다운 금빛 색깔 때문 에 아더월드에서 실내 바닥재로 많이 사용한다. 겉보기에는 차가운 느낌이지만 양탄자처럼 푹신하다.

🖎 **보벨**_ 앵무새와 유사한 아더월드의 화려한 새로 마법사들의 마 음을 사로잡는 마법 능력이 있다.

🐾 **보우둘 필터_** 파란색 자루처럼 생긴 유기체. 아더월드
의 항구에서 온갖 쓰레기를 먹어치우는 것으로 맑고 깨끗
한 물을 유지해준다.

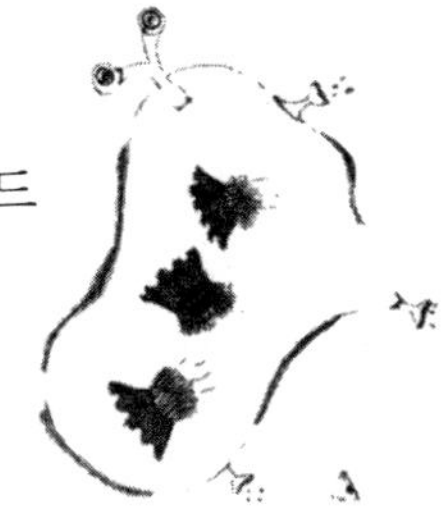

🐾 **본데르의 돌_** 마이크를 사용할 필요가 없을 정도로
소리를 증폭하는 특성이 있는 아더월드의 돌.

🐾 **부이브르_** 야행성의 날개 돋친 도마뱀으로 길이
가 30미터에 이르며, 물고기를 먹는 동물이다. 부이브
르의 이마에 박힌 보석에는 독을 중화시키는 성분이 있
고, 도마뱀의 부위들은 주로 묘약의 재료로 사용된다. 최
초의 부이브르는 알에서 태어난 것으로 전해지고 있지만
생물학적으로 도저히 불가능한 일이다.

🐾 **북극 젤레_** 흰털의 작은 동물로 혈액 속의 동결 방지 성분 덕분
에 영하 80도의 기온에서도 살 수 있다. 젤레는 두 봄을 보내고 나서
정확하게 플루초 1일에 죽는데 그 털이 희귀하기 때문에 사냥꾼들은
기온이 영하 20도로 오르는 북극으로 젤레를 잡으러 간다. 그러나 젤
레가 구멍 속에 숨어서 죽는 습성이 있는 데다 털이 새하얗기 때문에
찾기가 힘든 것이 문제다. 빙산 속에 숨어 있다가 구멍 가까이 접근하
는 것은 모조리 잡아먹는 '크로크라'라는 일종의 바다
표범들 때문에 구멍마다 손을 집어넣는 것은 아주 위험
하다.

🖝 **불비**_ 아더월드에 사는 회색과 보라색의 다람쥐. 옆구리부터 발가락까지 이어지는 비막을 이용하여 이 가지에서 저 가지로 날 수 있다.

🖝 **불사르딘**_ 공격을 받으면 몸이 팽창하는 특성을 가진 일종의 정어리. 껍질은 칼이 들어가지 않을 정도로 아주 질기다. 아더월드에서 파괴되지 않는 것을 보면 '불사르딘 같다'고 말한다.

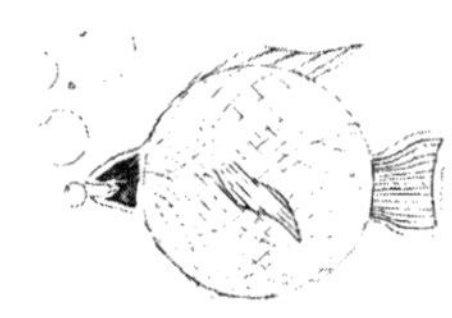

🖝 **불새**_ 깃털에 불이 붙어 있지만 신기하게도 털이 재생된다. 아더월드의 불에 타지 않는 나무에만 둥지를 틀며, 물을 떨어뜨리면 불새를 죽일 수 있다.

🖝 **붉은 트르르**_ 썩지 않는 목재. 부서지거나 맥주에 부식되지 않기 때문에 집과 술집에서 주로 사용한다.

🖝 **브롤부레**_ 난쟁이들이 사용하는 욕설로 세상에서 가장 비겁하고 지저분한 콧물 흘리는 찌질이를 가리킨다. 난쟁이들은 비겁한 것을 경멸하며, 광산에서는 까딱 잘못 재채기를 했다가는 수백 톤에 이르는 바위가 무너져 내릴 위험이 있어서 감기에 걸리는 걸 질색하기 때문에 생긴 욕이다. 따라서 가장 심한 욕이다.

🖝 **브롤크**_ 브롤크 드 슬루르크로도 쓰이며, '제기랄' '빌어먹을'

같은 욕설이다.

🖙 **브룩스** _ 드래코-티라노사우루스의 똥만 먹고 사는 도마뱀.

🖙 **브룸므** _ 일종의 빨간 무로 아더월드 사람들이 즐겨 먹는다.

🖙 **브르르르아아아**_ 거인들의 나라 간디스에서 생산하는 엄청나게 큰 소. 털은 숱이 아주 많아서 거인들이 그 털가죽으로 옷을 지어 입는다. 몹시 공격적이어서 움직이는 것이 있으면 뭐든 덤벼든다. 제 그림자를 쫓다가 녹초가 된 브르르르아아아를 보게 되는 것은 그 때문이다. 흔히 고집불통인 사람을 '브르르르아아아 같다'고 표현한다.

🖙 **브르리르**_ 흰빛과 금빛이 어우러진 고양이과 동물로 다리가 여섯 개. 특히 브르리르를 사랑하는 오무아 제국의 여제는 이 동물들이 궁전에 갇혀 있다는 생각을 하지 않도록 주문을 걸어놨다. 그래서 브르리르들에게는 가구와 침대의자가 나무와 편안한 바위로 보인다. 브르리르에게는 궁인들이 안 보이며, 궁인들이 쓰다듬어주면 바람에 털이 살랑살랑 흩날리는 것이라고 생각한다.

🖙 **브르맥주**_ 첫 모금에 몸이 부르르 떨리기 때문

타라 덩컨 321

에 붙여진 이름이다.

🐾 **브리양트**_ 요정의 사촌으로 아더월드의 조명 기구. 대륙에 따라 날개 달린 작은 요정 형상, 날개 돋친 뱀 형상 등 여러 가지 모습이 있다. 어둠 속에서 100와트 밝기의 빛을 발하며, 거리의 가로등이 되기도 하고 투명한 스탠드나 램프의 모습으로 아더월드의 모든 가정을 밝혀준다.

🐾 **브릴**_ 브릴의 싹 요리는 아더월드에서 아주 인기가 높다. 브릴은 히플리아에 있는 마법의 산골짜기에서 자라며 난쟁이들이 그 싹을 수확해서 아더월드의 상인들에게 비싼 값으로 판다. 게다가 히플리아에서는 브릴을 잡초로 여겨 먹지 않기 때문에 난쟁이들은 이 불로소득에 즐거운 비명을 지른다.

🐾 **브볼**_ 아더월드의 참새로, 위험이 닥치면 포식동물의 모습으로 위장하는 능력이 있어서 공격자를 달아나게 한다. 가령 포콩지르들이 공격할 경우 브볼들은 포콩지르의 천적인 에글롱의 모습을 만든다. 정말 에글롱인 줄 알고 포콩지르들이 줄행랑치면 브볼 떼는 흩어진다.

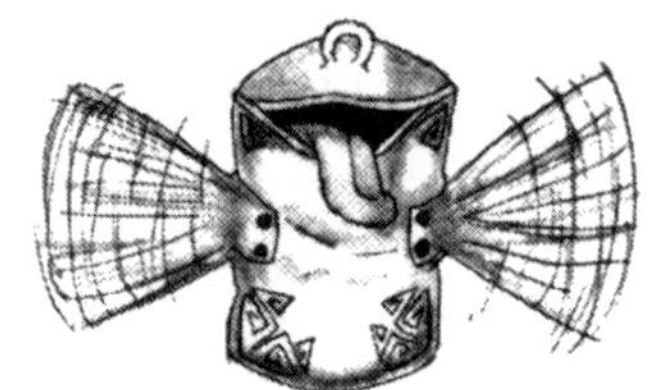

🐾 **블라즈**_ 청소하는 푸프푸프와 비슷하지만 블라즈는 날아다니며 아더월드의 자이언트 거미들을 공포에 떨게 한다.

322

🦋 **블루르**_ 새빨간 꽃이 피며, 감기에 걸려 막힌 코가 뻥 뚫릴 정도로 향기가 진하다. 아더월드의 많은 꽃들과 마찬가지로 마법 덕분에 일년 내내 꽃이 피며 특히 겨울에 블루르꽃을 많이 사용한다. 그리고 이 꽃향기에 나비들이 모여들기 때문에 나비를 좋아하는 난쟁이들이 이 꽃으로 유인하여 십여 마리의 나비들이 수염을 뒤덮을 때도 있다. 가장 많은 나비를 유인한 난쟁이에게 상금을 주는 대회가 매년 열린다. 아더월드에서는 많은 주부들이 막힌 하구수를 뚫는 데 블루르를 사용한다.

🦋 **블루릅스**_ 갈색 가죽배낭 같은 모습으로 흙 속에 숨어 있다가 접근하는 곤충을 잡아먹는 식물. 어린 블루릅스들이 흰개미처럼 어미 블루릅스에게 물과 먹이를 공급하며, 다 크면 둥지를 떠나 다른 데에 뿌리를 내리고 흙 속으로 파고 들어간다. 아더월드에서는 궁지에서 헤어날 방법이 전혀 없을 때를 가리켜 '블루릅스 둥지에서 헤맨다'고 표현한다.

🦋 **블루투르**_ 썩은 고기를 먹는 회색과 노란색 새로 무엇이든 소화할 수 있다. 블루투르가 죽어도 몇 달 동안 창자는 살아 있어서 먹은 것을 계속 소화시킨다. 블루투르의 창자는 독을 신선하게 보존하는 데 사용된다.

🦋 **블를**_ 대부분 물속에서 생활하다 번식기에 물 밖으로 나오는 날개 돋친 물고기. 색이 아름다워 수영장 장식용

으로 쓰인다.

☞ **블리르_** 아더월드의 금빛 자두. 지구의 자두와 아주 흡사하며 더 달콤하다.

☞ **비마_** 비마법사를 축약한 것으로 마법 능력이 없는 인간들을 가리킨다.

☞ **비즈즈즈_** 빨간색과 노란색의 커다란 벌. 지구의 벌들과는 달리 비즈즈즈는 독침이 없다. 독극물을 분비해 잡아먹으려고 달려드는 포식동물을 독살하는 것이 비즈즈즈의 방어 수단이다. 비즈즈즈들이 아더월드의 마법 꽃에서 생산하는 꿀은 그 어떤 꿀에도 비길 데 없는 맛이다. 아더월드에서는 '비즈즈즈 꿀처럼 달콤하다'는 표현을 자주 사용한다.

☞ **빠그락-땅콩_** 벌어질 때 나는 독특한 소리 때문에 붙여진 이름이다. 이 땅콩에서 짜내는 기름은 향이 좋아 아더월드의 유명한 주방장이나 숙련된 가정주부들이 주로 애용한다.

☞ **빨간 바나나_** 색깔을 제외하고는 지구의 바나나와 똑같다.

뿌익_ 이 장소에서 저 장소로 순간 이동할 수 있는, 꼬리가 둘 달린 빨간 쥐. 천적은 같은 능력을 지닌 초록색 귀의 오렌지색 뚱보 고양이 므르르르이다.

사카트_ 맹독성의 공격적인 빨갛고 노란 곤충으로 아더월드에서 특히 좋아하는 꿀을 생산한다. 미식가들인 난쟁이들만 사카트의 애벌레를 먹을 수 있다. 다른 종족이 먹었을 경우에는 애벌레의 딱지가 인간이나 엘프의 소화액에 용해되지 않아 배 속에서 벌떼를 분봉할 위험이 있다.

샤먼_ 아더월드에서 의사 역할을 하는 치료사. 마법사는 누구나 다쳤을 때 레파루스 주문으로 상처를 아물게 할 수 있지만, 이 주문만으로는 치료할 수 없는 병도 많기 때문에 꼭 필요한 존재이다.

샤트릭스_ 일종의 하이에나. 검은색이며, 독이 든 이빨을 사용하는 아주 공격적인 동물로 밤에만 사냥한다. 길들일 수 있어 오무아 제국에서 샤트릭스들을 문지기로 이용한다.

샤포트_ 눈이 커다란 암사슴의 일종으로, 불쌍하게 보이는 특성이 있어서 사냥꾼들이 눈물을 흘리다 대체로 사냥을 포기한다. 아더월드 람들은 매혹적인 사람을 보면 '샤포트 같다'고 말한다.

🐍 **세르팡 밀리에르**_ 황무지 늪 근처에 서식하는 뱀. 납작한 비늘 덕분에 진흙 속에서도 이동할 수 있다. 물속에 집어넣으면 빠져버린다.

🌿 **소포르**_ 향기로운 꽃들이 탐스러운 식물. 최면 작용을 하는 꽃가루로 곤충과 동물을 함정에 빠뜨린다. 곤충이나 동물이 잠들면 꽃가루를 뿌려서 번식을 도와주는 매개체로 삼는다. 얼마 후 깨어난 곤충이나 동물이 다른 소포르 군락지를 지나가면서 꽃가루를 옮기기 때문이다. 소포르는 위험한 식물이 아니지만, 매개체들을 잠들게 하기 때문에 다른 포식동물에게 쉽게 노출되어 위험에 처하게 된다. 소포르 군락지 주변에서 육식동물이 자주 보이는 것은 그 때문이다.

🐾 **수필루트**_ 아더월드에서 '수필루트 같은 놈들'이라고 하면 '비열한 놈'과 같은 뜻으로 자주 쓰이는 표현이다. 수필루트는 원래 히믈리아 산의 전사 부족으로 기질이 교활하다는 평판이 나 있다. 수필루트 부족은 온몸에 털이 덥수룩하게 나 있는데 희한하게도 머리는 완전 대머리이다.

🦊 **스너피**_ 생김새는 여우와 비슷하지만 두 발로 걸어 다니며 누더기를 걸치고 옆구리에 배낭을 달고 다닌다. 닭이나 스파슌을 훔치기 때문에 아더월드의 농부들이 아주 싫어한다. 제 몸을 복제하는 특성이 있어서 감옥에 갇혀도 탈옥할 수 있다.

🐾 **스쿠프**_ 아더월드의 기술로 생산되는 날개 달린 작은 카메라. 스쿠프는 지능을 가지고 있어서 촬영한 영상을 크리스털리스트에게 전송한다. 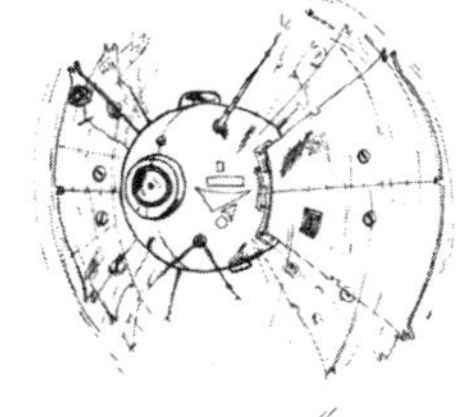

🐾 **스크로뉴플루프** _ 수달과 토끼를 뒤섞어놓은 듯한 생김새. 스크로뉴플루프는 아주 어리석은 사람이나 아주 멍청한 경우를 가리킬 때 흔히 사용하는 욕이다. 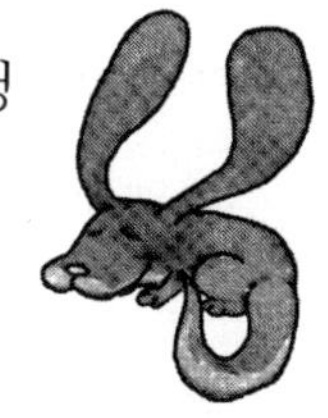

🐾 **스트리둘**_ 지구의 메뚜기에 해당된다. 몹시 파괴적이라 구름같이 떼를 지어 이동할 때는 삽시간에 농작물을 휩쓸어버린다. 스트리둘은 아주 풍부한 점액을 생산하기 때문에 마법에 널리 사용된다. 

🐾 **스파슈니어**_ 닭장처럼 스파슌을 가두어두는 우리.

🐾 **스파슌**_ 금빛의 자이언트 칠면조인데 시종일관 울음소리를 내면서 거드럭거리고 다니는 통에 사냥하기가 아주 수월하다. 흔히 '스파슌처럼 어리석다' 또는 '스파슌처럼 거드름피운다'고 표현한다. 

🐾 **스팔렌디탈**_ 일종의 전갈이며 스몰컨트리가 원산지이다. 땅신령들은 스팔렌디탈을 길들여서 말처럼 타고 다니며, 가죽이 아주 질기기 때문에 유용하

게 사용한다. 새를 좋아하는(미각적 의미에서) 땅신령들은 스몰컨트리의 서식 동물을 절멸시킴으로써 곤충을 포함한 다른 동물에게 생태적 지위를 열어주었다. 천적들에게서 해방된 스팔렌디탈들은 위험없이 자라면서 그 개체 수가 점점 더 늘어났다. 땅신령들 때문에 스몰컨트리는 결과적으로 자이언트 전갈, 자이언트 거미, 자이언트 다족류에게 점령되었다.

🐾 **스플루프**_ 엘프들의 나라 셀렌다의 숲에 서식하는 빨간 도가머리의 은빛 새. 스플루프의 알은 아주 맛있지만 건드리기만 해도 잘 깨진다. 길들일 수가 없는 새라서 알을 얻기 힘들고, 값도 아주 비싼 편이다.

🐾 **슬루릅**_ 멘탈리르 평원이 원산지인 식물이며, 그 즙은 신기하게도 후추를 친 쇠고기의 깊은 맛이 난다. 고기 맛이 나는 것은 초식동물인 유니콘 떼의 공격을 피하기 위해서다. 하지만 이 독특한 맛을 발견한 아더월드 사람들이 슬루릅 즙으로 요리하는 습관이 생겼다.

🐾 **아스토펠**_ 장밋빛 작은 꽃으로 냄새를 맡으면 며칠 동안 후각을 마비시킨다. 특히 초식동물을 비롯한 모든 동물의 공격을 막기 위해 꽃향기로 후각을 마비시키는 능력이 발달되어 있다.

🐾 **에글롱**_ 날 수 있는 포식동물로 포콩지

르를 잡아먹는다.

🐾 **에프리트_** 지각단층을 둘러싼 전쟁이 일어났을 때 인간들 편에 서서 악마들과 싸웠던 악마 종족. 감사의 뜻으로 데미데루스는 마법사의 호출을 받는 에프리트에게 아더월드로 오는 것을 허락했다. 아더월드에 온 에프리트들은 자기들의 능력을 인간을 돕는 데 사용하기로 결정했고, 대부분 하인, 전령, 경찰로 일하고 있다.

🐾 **엠엠로움_** 아더월드에서 재배하는 과일로 즙이 아주 많고, 달콤한 살구와 바나나를 섞은 맛이다. 엠엠로움나무는 침입자가 다가오는 즉시 땅속으로 사라지는 능력이 있다.

🐾 **예릭_** 초식동물들이 도저히 먹을 엄두를 내지 못하게 썩은 냄새를 풍기는 식물. 후각이 없는 새, 글리이르만 먹을 수 있다.

🐾 **원소_** 불, 물, 흙, 공기 등 여러 종류의 원소가 존재한다. 성질이 포악한 불의 원소를 제외하고 원소들은 대체로 다정하며 일상생활에서 아더월드 사람들을 도와준다.

🐾 **위베른족_** 드래곤들의 시중을 드는 자이언트 도마뱀으로 금빛 비늘이 덮여 있고, 회전하는 엉덩이 덕분에 두 발로 걸어

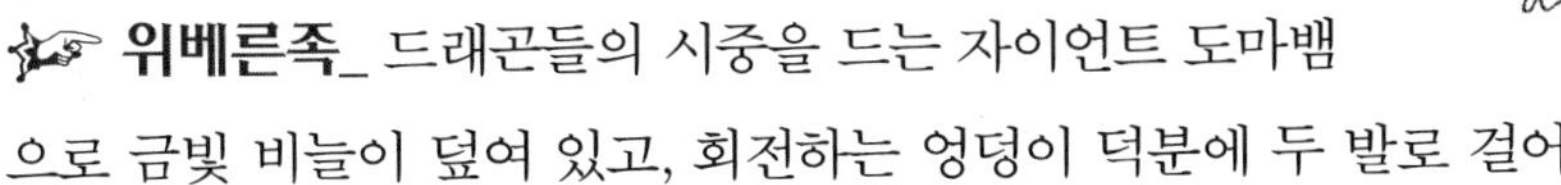

다닐 수 있다. 드래곤보다는 덜 영리하며, 유머 감각은 전혀 없다. 드래곤의 세포 실험 과정에서 태어났으며, 드래곤의 먼 사촌으로 볼 수 있다.

유니콘_ 갈라진 쌍발굽과 이마에 뿔이 하나 달린 말. 멘탈리르 평원에서 자라는 지혜의 풀 덕분에 아주 영리한 동물이다.

자이언트 강철나무_ 마법을 사용하지 않고서는 파괴할 수 없다. 키가 무려 300미터까지 자랄 수 있으며 야생 페가수스들이 둥지를 짓는다.

자이언트 거미_ 스팔렌디탈과 마찬가지로 스몰컨트리가 원산지이다. 땅신령들이 말처럼 타고 다니며, 그 거미줄은 아주 질긴 것으로 유명하다. 여덟 개의 다리와 여덟 개의 눈, 전갈처럼 독침이 있는 꼬리가 달려 있는 것이 특징이다. 아주 영리하며, 잡아먹기 전에 먹이에게 수수께끼를 내는 것이 취미이다.

젤리소르_ 림보에서 숭배하는 신. 입김이 어찌나 센지 향기가 나는 천으로 주둥이와 얼굴을 가려야만 신전으로 들어갈 수 있다. 악취 때문에 젤리소르의 신전에서는 파리도 살 수 없다. 다른 신들과 회의가 있을 때는 실내 공기를 고려해 송곳니를 깨끗이 닦고 들어가야 하며, 젤리소르 옆에서는 담배를 피울 수 없다.

🖐☞ **주르스탈**_ 텔레크리스털이 방송하는 아더월드의 뉴스이며, 마법사와 비마는 크리스털 볼과 크리스털 전광판으로 받아 본다.

🖐☞ **진비지블**_ 보이지 않게 모습을 감출 수 있는 카멜레온. 오무아 황실과 여제를 위해 일하는 살아 있는 녹음기이자 스파이이다.

🖐☞ **진실의 입**_ 아더월드에서 가까운 얼음 행성 산티보르 원산의 식물성 존재. 텔레파시 능력이 있어서 어떤 거짓말도 탐지할 수 있다. 말을 못 하기 때문에 진실의 입들의 생각을 읽어낼 수 있는 파란 땅신령을 통해 의사소통한다.

🖐☞ **진흙먹보**_ 간디스의 황무지 늪에 사는 털북숭이 동물이며 진흙에 들어 있는 영양소와 곤충, 수련을 먹고 산다. 진흙먹보들의 원시족은 아더월드의 다른 거주자들과 거의 접촉이 없다.

🖐☞ **차우프**_ 아더월드에서 가장 어설픈 동물. 머리에 나 있는 노란색 깃털과 트럼펫 모양의 빨간색 코, 코끼리와 하마를 섞어놓은 모습의 잿빛 털북숭이로, 여섯 개의 다리가 서로 걸리는 바람에 3미터도 못 가서 넘

어지기 일쑤이다. 그래서 차우프를 노리던 포식동물들이 깔려 죽는 일이 자주 일어난다.

🐾 **첼프**_ 림보의 동물로 액체가 가득 찬 풍선 형태를 하고 있다. 포식동물을 피하기 위해 날아가거나 겁이 날 때 액체를 투하하는데 냄새가 몹시 고약하다. 림보에서 '오늘 아침에는 첼프 향기가 나네요?' 하고 말하면 칭찬이다. 악마들이 첼프 향기를 좋아하기 때문이다.

🐾 **친파프**_ 콜라, 사과, 오렌지 맛이 나고, 콜라처럼 거품이 생긴다. 상쾌하게 해주고 활력을 주는 청량음료.

🐾 **카멜레**_ 하트 모양의 식물로 잎은 식용한다. 계절과 장소에 따라 색이 변한다. 카멜레 잎만 섭취하고도 생존한 여행자가 많아서 '여행자의 식물'이라고 불린다. 치즈 샌드위치 맛과 비슷하다.

🐾 **카멜린**_ 환경에 따라 색이 변하는 특성에서 이름이 유래한 희귀종 식물. 멘탈리르 평원에서는 파란색이고, 살테렌스 사막에서는 금빛이나 흰색이다. 꺾거나 옷감으로 짜도 그 특성은 유지되기 때문에 활용 가치가 높다.

🐾 **칵스**_ 근육을 풀어주는 효능이 있는 약초로, 달여 마시며 잠자기 직전에만 복용하라고 되어 있다. 근육에 영향을 준다고 하

여 아더월드에서는 '몰몰'이라고도 부른다. '이런 캉스 같은
놈!'이라고 말하면 아주 흐늘흐늘한 사람을 가리킨다.

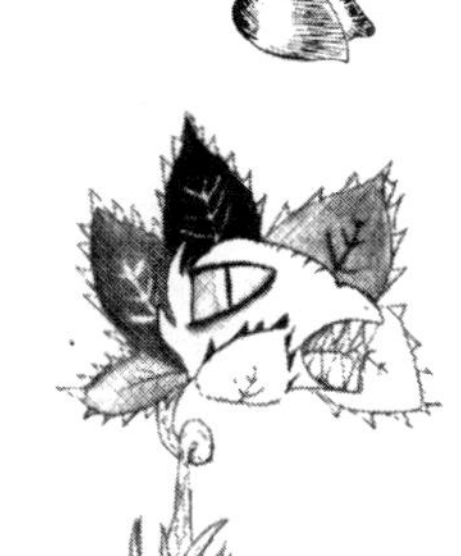

칸타루프_ 공격적인 식충식물이며, 주로 곤충과 설
치류 동물을 잡아먹는다. 꽃잎의 색은 다양하지만 항
상 눈에 거슬리는 빛깔이며, 날카로운 가시를 사용하
여 마치 작살로 찍듯이 먹이를 잡는다. 크기는 큰 개만
해서 꺾기가 힘들고, 아더월드의 특선 요리에 들어가
는 재료로 사용한다.

칼로르나_ 숲에 피는 매혹적인 꽃. 달콤한 장밋빛과 흰빛 꽃잎
으로 아더월드의 초식동물과 모든 동물에게 특선 요리를 제공해준
다. 멸종을 피하기 위해서 칼로르나는 세 개의 꽃잎을 포식동물의 접
근을 감지할 수 있는 탐지기로 만들었다. 커다란 눈 모양의 이 꽃잎들
덕분에 칼로르나는 재빨리 모습을 감출 수 있다. 그런데 불행히
도 호기심이 많은 칼로르나는 그 꽃잎들을 세우고 있다가
포식동물을 제때에 피하지 못하는 경우가 종종 있다. 호
기심이 많은 사람을 보고 '칼로르나 같다'고 말하는 것은
바로 그 때문이다.

케빌리아_ 광채가 나는 투명한 보석. 다이아몬드와 비슷하지만
훨씬 반짝거리며, 파란빛, 초록빛, 장밋빛, 노란빛, 빨간빛 등 빛깔도
훨씬 짙다. 케빌리아는 아더월드에서 가장 귀한 보석이다. 엄청난 가

치를 지니고 있다는 표현을 할 때 아더월드에서는 '케빌리아 같은 영
향력이야'라고 말한다.

🐾 **켈트릴_** 가볍고 아주 단단해서 갑옷과 보호대를 만드는 데 사용
하는 은빛 금속. 난쟁이들이 만들어서 엘프와 인간에게 아주 비싼 값
으로 판다.

🐾 **크라켄_** 시커먼 다리들이 위협적인 자이언트 문어.
엄청난 크기 때문에 아더월드의 바다에서 발견되지만,
민물에서도 살 수 있다. 뱃사람들에게는 위험한 존재로
널리 알려져 있다.

🐾 **크라크덴트_** 트롤의 나라 크랑카르 원산의 장밋빛 털북숭이 동
물. 앞뒤가 분간되지 않지만, 세 배 크기로 늘어나는 입을 갖고 있어
무엇이든 거의 한입에 덥석 집어삼키므로 상당히 위
험하다. 아더월드를 방문한 많은 관광객들이 "어머
어쩌면 이렇게 귀여울까!" 하고 감탄하다가 목숨을
잃었다.

🐾 **크레크레크레_** 레몬빛 털의 설치류 동물로 생김
새는 토끼와 비슷하다. 빛깔이 화려한 아더월드의 환경
을 이용해서 포식동물들을 아주 쉽게 피한다. 고기는 맛
이 없는데도 굶주린 여행가나 사냥꾼이 먹기도 한다.

아더월드에서는 크레크레크레를 사로잡아서 사육한다.

🐾 **크렐_** 아더월드의 금빛 미모사나무. 놀랍게도 지나가다가 건드리는 동물이나 사람들의 감정을 색깔로 반영한다.

🐾 **크로그로세이유_** 갈증을 풀어주는 청량음료. 아더월드 사람들이 즐기는 탄산음료 중 하나다.

🐾 **크로쉬엥_** 살테렌스 사막의 재칼. 크로쉬엥은 무리를 지어 사냥한다.

🐾 **크로아_** 두 가지 색의 개구리. 크로아는 글루룹스들의 주식이며, 신경을 거스르는 독특한 울음소리 때문에 쉽게 찾을 수 있다.

🐾 **크로우즈_** 향기가 짙은 야생 장미의 일종으로 꽃의 색깔이 다채롭다.

🐾 **크로크-르캥_** 아더월드의 바다 포식동물인 일종의 상어. 날카로운 이빨을 무기로 주저치 않고 크라켄을 공격한다. 크로크-르캥은 아더월드의 바다에서 크라켄과 함께 뱃사람들에게 위협적인 존재이다.

🐾 **크루이크크크**_ 빨간 상아가 돋친 파란색 잡식성 포유류 동물. 성질이 포악한 것으로 알려져 있으며, 고기가 맛있어서 사육한다. 야생 크루이크크크 떼는 삽시간에 밭을 황폐하게 만들어놓는다. 그래서 아더 월드의 농부들은 곡물을 지키기 위해 크루이 크크크 퇴치 주문을 사용한다.

🐾 **크르룩**_ 바닷가재와 게의 잡종으로 집게발 열 개가 달려 있다. 아더월드 사람들이 즐겨 먹는다.

🐾 **크리크리**_ 보랏빛과 노란색의 메뚜기. 이 곤충들이 수풀 속에서 울기 시작하면 어찌나 요란한지 잠을 잘 수가 없다.

🐾 **키디코이**_ 장난꾸러기 꼬마도깨비 파보들이 만들어낸 막대사 탕. 겉을 빨아 먹으면 속에서 예언 글귀가 나타난다. 이 예언은 항상 실현되지만 그 순간에는 당사자가 이해하지 못하는 경우가 대부분이다. 모든 국가의 최고 마법사들은 그 기능을 이해하기 위해 신비한 키디코이를 연구하 고 있지만 성과를 얻지 못했다. 파보들이 그 비밀을 잘 지키고 있기 때문이다.

🐾 **키마이라**_ 아더월드 군주들의 고문관 역할을 하며, 사자 머리에

염소의 몸, 드래곤의 꼬리로 이뤄져 있다.

타로데르_ 자는 동물의 살 속에 유충을 넣어서 번식하는 벌레. 타로데르에게 물리면 통증이 심하므로, 유충이 몸 속으로 퍼지기 전에 즉시 소독해야 한다. '타로데르 같다'고 하면 들러붙는 사람을 가리키는 모욕적인 말이다.

타오르미_ 얼굴이 개미처럼 생긴 쥐인데 깨물면 굉장히 아프다. 개미집처럼 생긴 타오르미 굴 하나가 이동할 때 숲 전체가 쑥대밭이 될 수 있다. 타오르미는 아더월드의 동물이 좋아하는 꿀을 생산하지만, 그 꿀을 얻으려면 목숨을 걸어야 한다.

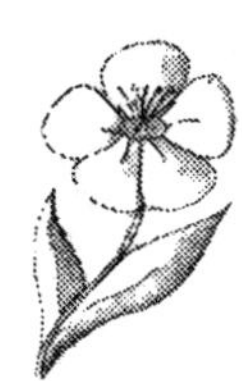

타춤_ 노란색 꽃이며, 꽃가루는 아더월드의 후추로 사용된다. 자극성이 아주 강해서 타춤의 냄새를 맡으면 어떤 상태의 코든 뻥 뚫린다.

타크_ 초록색 또는 회색 쥐로 항구 주변에서 많이 발견된다. 타크들이 며칠 만에 배를 갉아먹기 때문에 선원들이 아주 싫어한다.

타트롤_ 지구와 아더월드는 측량 단위가 서로 다르다. 타트롤은 킬로미터, 바트롤은 미터에 해당한다. 1트롤은 3미터, 1바트롤은 1미터 50센티미터, 1타트롤은 1킬로미터 500미터.

🐾 **탈루디_** 눈이 셋 달린 모자 모양의 작은 동물이며 무엇이든 녹화하는 능력이 있다. 촬영한 것을 보려면 머리에 쓰면 된다.

🐾 **테오디르_** 드래곤들이 즐겨 마시는 일종의 샴페인. 인간들은 부동액 맛을 느낀다.

🐾 **토예_** 마늘과 양파의 맛이 섞인 식물로 아더월드 사람들이 향신료로 사용한다.

🐾 **토쿨린_** 보석으로 이뤄진 꽃이며 수시로 색이 변한다. 보석-꽃은 아더월드에서 가장 아름다운 꽃이며, 위험한 파트로크 섬에서만 재배되기 때문에 구하기가 몹시 힘들다.

🐾 **톨리스_** 아더월드의 아몬드.

🐾 **트라둑_** 살코기와 털가죽을 얻기 위해 켄타우로스들이 키우는 동물. 악취를 풍기는 특성이 있어서 포식동물들로부터 자신을 보호한다. 그러나 트라둑의 냄새를 맡지 않기 위해 콧구멍을 막을 수 있는

늑대 크르르렉은 예외다. 아더월드에서 '병든 트라둑 같은 악취가 난
다'라는 표현은 모욕으로 받아들여진다.

🦅 **트란를쿠르의 드루프**_ 트란를쿠르는 여신들이 유난히 좋아하
는 신이며, 드루프는 남성의 생식기관을 말한다.

🦅 **트리**_ 작은 새로 아더월드의 숲에서는 루비 빛깔이
고, 트롤들의 숲에서는 초록 빛깔이다. '트리이이이이'
하면서 우는 독특한 울음소리를 따서 붙인 이름이다.

🦅 **트리크로크**_ 표적을 정확하게 찾는 마법의 무기로
세 개의 치명적인 침이 달려 있다. 공격자가 표적을 죽이
고 싶은가, 잠들게 하고 싶은가에 따라 세 개의 침에 독이
나 마취제가 생성된다.

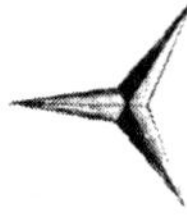

🦅 **트실**_ 살테렌스 사막의 벌레. 모래 속에 숨어서 동물이 지나가
기를 기다리다 동물에 들러붙어서 살갗이든 딱딱한 껍질이든 뚫어버
린다. 그 알들은 혈관을 침투해서 숙주의 몸속에 퍼진다. 100시간이
지나면 알들이 부화하며, 새로 태어난 트실들이 숙주의 몸을
먹는다. 아더월드에서는 트실로 인한 죽음이 가장 끔찍한
죽음 중 하나다. 이런 이유로 살테렌스 사막을 여행하는 사
람은 거의 없다. 일반적인 트실에 대한 해독제는 존재
하는 반면에 금빛 트실에 대한 해독제는 없어서 공격

을 받으면 죽음을 면할 길이 없다.

페가수스_ 날개 돋친 말. 지능은 개의 지능에 가깝다. 발굽은 없지만 갈퀴발톱이 있어서 어디든 쉽게 올라앉을 수 있다. 야생 페가수스는 키가 무려 300미터까지 자라는 자이언트 강철나무에 기대한 둥지를 짓고 산다.

포콩지르_ 아더월드의 포식동물로 날개를 회전시키는 놀라운 능력이 있다. 이름은 자이로스코프에 올라앉은 것 같은 모습에서 유래한다.

푸프푸프_ 발이 여섯 개 달리고 커다란 뚜껑이 있는 작은 상자로 아더월드의 청소기이다. 바닥에 떨어지는 모든 쓰레기를 집어삼킨다. 마법과 과학기술로 만들어진 푸프푸프는 안드로메다은하의 블랙홀과 연결되는 작은 공간이동의 문을 통해 쓸모없는 쓰레기를 자동으로 배출한다.

프르루트_ 아더월드의 식충식물로 하이에나와 포식동물을 유인하기 위해 짐승의 썩은 고기 냄새를 피운다. 동물이 다가와서 촉수에 닿는 순간 꿀꺽 삼킨다. '트라둑처럼 악취가 난다'는 표현과 함께 '프르루트처럼 악취가 난다'는 표현도 많이 쓰인다.

🐾 **플로프**_ 맹독성의 하얗고 파란 개구리로 멘탈리르의 평원에서 볼 수 있다.

🐾 **피크크크**_ 이름이 가리키는 대로 피크크크는 흡혈파리처럼 피를 빨아 먹고 사는 아더월드의 곤충이다. 피크크크의 독침에 쏘이면 트라둑이나 모오오오우우우, 베에에는 몸속의 피를 다 토해낸다. 다행히 피크크크는 늪 주위에 서식하면서 알을 낳는다.

🐾 **하르퓌아**_ 욕설로만 의사를 전달하는 여자 모습의 새. 매우 더러우며 산에서 생활한다. 갈퀴발톱에 있는 독은 해독제가 존재하지 않기 때문에 마법사들이 독을 사용하기 위해 많이 찾는다.

🐾 **호프호프**_ 아더월드의 신기한 동물. 지구의 캥거루처럼 펄쩍펄쩍 뛰는데 어디서나 시종일관 그렇게 뛰어서 전진한다. 그래서 언제, 어디로 뛸지 종잡을 수가 없다. 아더월드에서는 몹시 흥분해서 펄펄 뛰는 사람을 보면 '호프호프처럼 돌았다'고 한다. 지구의 춤과 혼동하면 안 된다.

🐾 **흡혈파리**_ 물리면 통증이 몹시 심하다. 많은 동물이 긴 꼬리를 발달시켜서 흡혈파리를 죽이는 데 사

용한다.

히드라_ 아더월드에는 머리가 세 개, 다섯 개, 일
곱 개 달린 히드라가 있으며, 강이나 호수에서 산다.

랑코비트의 덩컨 가문 가계도

-5015년 파이초 25일(아더월드력)을 기준으로 작성 -

마니투 덩컨 & 마젠티 발 아르젠몽 레틸라
(4850 DA~∞)　　(4849 DA~4928 DA)

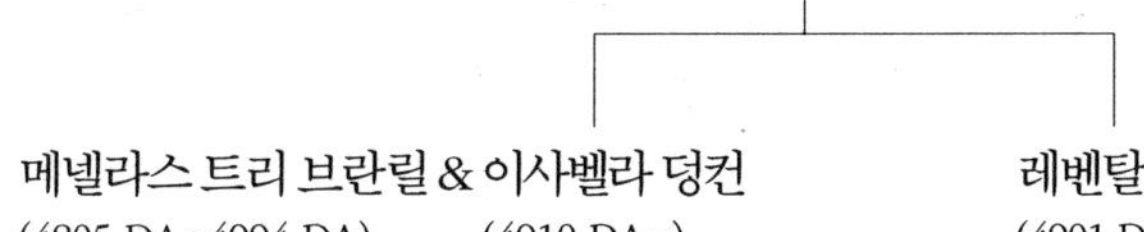

메넬라스 트리 브란릴 & 이사벨라 덩컨
(4805 DA~4994 DA)　　(4910 DA~)

레벤탈 덩컨 & 테일러 압 잔
(4901 DA~4998 DA) (4876 DA~)

셀레나 덩컨 브란릴 & 단비우 탈 바르미
(4977 DA~)　　압 산타 압 마루
　　　　(4973 DA~5002 DA)

배반자(라고 불리는)바라우스 덩컨
(4952 DA~)

타라틸랑넴 탈 바르미
압 산타 압 마루 탈 덩컨
(1991 DT/5000 DA~)

자르틸랑넴 탈 바르미
압 산타 압 마루 탈 덩컨
(5003 DA~)

마라틸랑넴 탈 바르미
압 산타 압 마루 탈 덩컨
(5003 DA~)

DA = 아더월드력
DT = 지구력

오무아 제국의 탈 바르미 압 산타 압 마루 가문 가계도
-5015년 파이초 25일(아더월드력)을 기준으로 작성-

'불의 주먹' 데미데루스, 오무아 제국의 시조
(-2984 DT~)

5000년 이후의 후손

오무아 여제
리스베스틸랑넴 & 다릴 크라투스
탈 바르미 압　　　(4950 DA~5005 DA)
산타 압 마루
(4970 DA~)

전 오무아 황제
단비우 탈 & 셀레나 덩컨
바르미 압　　　(4977 DA~)
산타 압 마루
(4973 DA~5002 DA)

**오무아 여제의 이복오빠,
이복형제 단비우를 계승한
현 오무아 황제**
산도르 탈 바르미 압 마르치
압 브레비스 (4958 DA~)

타라틸랑넴 탈 바르미
압 산타 압 마루 탈 덩컨
(1991 DT/5000 DA~)

자르틸랑넴 탈 바르미
압 산타 압 마루 탈 덩컨
(5003 DA~)

마라틸랑넴 탈 바르미
압 산타 압 마루 탈 덩컨
(5003 DA~)

DA = 아더월드력
DT = 지구력